光文社文庫

長編推理小説

霧の会議（下）

松本清張プレミアム・ミステリー

松本清張

光　文　社

目次

霧の会議　下

脱獄と出国

十月二十八日朝九時、和子は信夫とホテルの食堂に下りた。パリ行で荷物の整理も終っていた。

食事を終って、ロビーにまわった。

二十八日付のパリの新聞が来て置いてあった。

一面トップに、

《P2の首領ルチオ・アルディ脱獄　二十七日未明ジュネーヴの拘置所から》

と大きな活字が躍っていた。

和子は瞬間、息を呑んだ。

信夫も横から、

「えっ」と、声を出した。

ルチオ・アルディ。——この名はブラックフライアーズ橋上で、ネルビ「首吊り」の現場を見下ろしながらローマから来た中央政経日報ローマ支局員の八木正八から「P2」の説明の中で聞かされ過ぎているくらいだ。

Ｐ2の創設者。いまニューヨークにいるロンドーナと、ロンドンで怪死したロンバルジア銀行ネルビと両人のボス。イタリア政財界に君臨し、「影のＰ2帝国」をつくったといわれる男だ。去る一九八一年にはついに検察の手が伸び、シチリア島の首邑パレルモにあるアルディの別荘が特別捜査班に襲われ、金庫の中からＰ2秘密メンバー・リストが出てきた。リストには閣僚二人の名があった。ために時のフォルラニ内閣は倒れた。

アルディは逸早く国外へ逃亡したが、やがてアルゼンチンに居ることがわかる。彼はスイスの銀行に莫大な額の預金をしている。イタリア当局はアルディを詐欺・横領・殺人罪の犯人として捜査していることをスイスの銀行側に通告、協力方を要請した。

アルディは一九八一年の秋にアルゼンチンからひそかにジュネーヴに到着した。彼はある銀行の窓口にあらわれて預金を他銀行口座へ移すことにした。これは本人の手続きによらなければ無効であった。それでやむなくジュネーヴにきたのだが、この情報をキャッチしたイタリア官憲は、スイス官憲に依頼して彼を銀行で逮捕させた。

しかし、アルディはイタリアに引渡される前にスイスで裁判を受けることになった。

Ｐ2関係の裁判はどこの国でも長引く。ニューヨークのロンドーナがそれである。ロンドーナは、殺人、殺人教唆、詐欺、恐喝、暴力行為、横領、偽装倒産など数知れない容疑でローマ検察庁から起訴され、本国への送還要請がアメリカに出されているが、ワシントンの法廷では係争中との理由でこれに応ぜず、本人は悠々と保釈中の生活をたのしんでいる。

アルディも裁判中、ジュネーヴ郊外の拘置所に収容されていた。今回そこから彼は脱走したと新聞の大見出しは告げているのだ。

　これは、たいへんなことになった。信夫も和子も口の中で叫びが出る。

　二人いっしょには新聞をのぞけないので、和子は信夫にその英文記事を読んでもらった。

《イタリアのフリーメーソン系の秘密結社Ｐ２の首領として有名なルチオ・アルディ（六一）が、収容先のシャンドロン拘置所――レマン湖の南にある――から姿を消したのは二十七日朝であった。昨年の秋、逃亡先のアルゼンチンからジュネーヴの銀行に預金の引出しに来て逮捕され、スイスでの取調べを終えて近く身柄送還が認められるかどうかの決定をひかえた矢先で、イタリア当局は大きなショックをうけている。

　アルディが厳戒の中をどのようにして脱出したかは謎だ。独房の中は荒され、血痕が検出された。暴力による誘拐説が報道されている。

　アルディはイタリアのフリーメーソン系秘密結社『Ｐ２』の首領として曽て政財界に君臨したが、今回ロンドンのブラックフライアーズ橋の下で首吊り死体で発見され、ロンドンの検視法廷で他殺の疑い濃厚との評決が出たイタリアの大手銀行バンコ・ロンバルジアの頭取ネルビもＰ２の幹部であるという。ネルビの怪死がＰ２内部の手によるものかどうかは不明にしても、とにかくイタリアの黒い霧にはかならずＰ２の首領ルチオ・アルディの名が出てくる。

アルディが、報道されるように拘置所の独房から誘拐されたとすれば、それは誘拐ではなく、P2の組織員がボスを救出したのだという見方も出ている》

声出して読み終った信夫は、

「おどろいた」

と顔を上げていった。

「P2の首領ともなると、脱獄なんかはわけないんだね。外に手下どもがいっぱい居るから、外国の拘置所でも脱出は自由自在、まさにルパンなみの神出鬼没ぶりだな」

信夫がルパンを持ち出すのは、ヴァイキング・ヴェンチャラー号の船上で日本の商社マンからフェカンの近くの海岸にある岩礁がルパンの「奇巌城」のモデルだと聞かされたのが頭に残っているからだった。

信夫はこのフランスに渡ってからは、ネルビをテムズの工事現場に吊り下げたロンドンの下手人一味の追跡から脱れ得たと信じている。とくにロンドンの検視法廷が証人喚問を困難とみている新聞報道を読んでからなおさらそれが強くなっている。

検視法廷の評決がローマの司法当局を刺戟することは考えてないらしい。ましてそのことから大陸のP2のマフィア組織が日本人の目撃者の追跡を引き継ぐという想像はまったく持っていないのだ。いまP2の頭目の脱獄を信夫は深刻にうけとめないだけでなく、その自在な行動がルパンもどきだと愉快がっている。

それなら彼を心配させることはないと和子は思った。自分は神経過敏になりすぎているようだ。彼をその巻き添えにすることはない。

信夫はパリのホテルのガイドブックを調べて、ここからパリのホテルに電話して部屋の予約をした。場所は九区、モンマルトルの麓(ふもと)だという。ホテルの名はボン・ロルロージュという。

「日本人客は、ほとんどないそうだ。それにモンマルトルの丘の麓だというのがいい。朝の散歩に丘をまわってこられる」

日本人と顔を合せるのも避けられるし、信夫はよろこんでいた。

信夫はパリに何日間か滞在するつもりでいる。それから先のことは彼にもわかっていない。和子に相談しようともしない。言い出すのが怕(こわ)いのだ。

言えば、当面する二人の問題になる。その解決のことになる。このままいつまでもいっしょにはいられない。いずれは離れなければならない。その時期をどうするか。

信夫のほうからは言いたがらない。和子には決心がついている。パリで別れ、この人をフィレンツェの学究生活に還(かえ)してあげることだった。——

朝早くから登ったり降(くだ)ったりする車輪の音が遠くに聞える。モンマルトルの丘上と麓とを上下するケーブルカーであった。軌道は急な、長い石段に沿っている。石段の両側はヒナ壇式の住宅街だった。

アルディ脱獄の「続報」を、和子と信夫が新聞で読んだのは、ホテルの部屋だった。朝食といっしょに給仕が朝刊を運んでくれた。

《イタリアのフリーメーソン系の秘密結社P2の首領ルチオ・アルディが二十七日ジュネーヴのシャンドロン拘置所から姿を消した事件についてイタリア国営テレビは二十八日、同拘置所の看守が脱獄を手助けした疑いを発表した。この看守はアルディが何者かに連れ去られたように見せかける『誘拐偽装工作』を認めており、その周到な計画的犯行から改めて秘密結社の健在ぶりにイタリア各界は衝撃を受けている。

この日スイス司法当局に捕まったのは、アルディ係の看守エドワール・コルネという男である。コルネは二十七日早朝に注射器やエーテルを浸した脱脂綿を独房内に持ちこみ、アルディのパジャマにニワトリの血を塗りつけたまま、合カギを使ってアルディを連れ出した。金網を切断したのも偽装工作の一つだったという。

スイス捜査当局の捜査にもかかわらず現在までのところ、その後のアルディの逃走経路は判明していない。シャンドロン拘置所はフランス領に近いので、フランス警察当局でも彼の潜入を警戒している》

読み終って信夫は言った。

「外部からアルディを誘拐した疑いがあるということだったけど、彼はやはり看守を買収していて逃げてたんだね」

彼はパンをちぎりかけて、もう一度活字をのぞいた。

「この記事はローマ発になっている。イタリア国営放送のテレビによると、とあるね」

Ｐ２首領の脱獄でローマは騒然となっているだろう、と和子は思う。Ｐ２の活動は活発化するにちがいない。

ネルビを消す指令を出す一人はアルディだ、彼はジュネーヴの拘置所の中にいるが、まるでわが家のように拘置所から配下に指令を出すことができる、と八木正八はブラックフライアーズ橋上で語っていた。もう一人の指令者はニューヨークにいるロンドーナ。

最高指令者の脱獄は、部下の報告からネルビ殺しの現場を見た目撃者探しに新しい指令を出すのではなかろうか。

「ローマの八木さんはさぞ忙しいことだろうね」

信夫は新聞の「ローマ発」を見て言った。

和子はコーヒーを飲みながら眼でうなずいた。八木正八のことを思っているときだった。

「ネルビ頭取が殺された現場近くのブラックフライアーズ・ブリッジの上でも聞かされたけど、Ｐ２のことにはまったく詳しかったからね。アルディの脱獄でイタリアが大騒ぎになっていれば、八木さんは本社むけの記事を書かなければならないし、取材をしなければならないし、たいへんだ。けど、さぞ張り切っていることだろうね」

八木ならローマの司法当局側の動向を詳しく知っているにちがいない。ロンドンの検視法廷がネルビの他殺の疑い濃厚と評決したのを受けて、殺人事件として捜査を開始しているかどうかを。もしそれが確実なら、防禦(ぼうぎょ)にまわる犯人側も「現場の目撃者」追跡を再開するおそれがある。

それがこんどのアルディの脱獄と結びついて、自分たちを追跡する可能性が高くなる。

彼らは自分たち二人が「目撃者」であることをはっきり知っている。ロンドンのチェルシー地区、「スローン・クロイスター」の62号室に忍びこんで、スケッチブックに挟んであったのを持ち去ったのは、信夫の描いた隣室に出入りする人々の写生画。隣りは63号室。ネルビはフォルニの偽名で借りていた。64号室は「福助さん」だった。

隠れたところから、共通廊下を通って63号室をひそかに訪問する「客」たちの顔を、信夫は素早くスケッチしたのだが、その特徴をよく捉えていた。

「福助さん」も描いてある。ブロンド娘も描いてある。信夫の写生は、彼らにとって「顔写真」を撮られたようにも思えたろう。

これほど有力な目撃者はいない。

かれらが留守中に忍びこんでスケッチブックから自分たちの「顔写真」にあたる写生をことごとく持ち去ったのは、当然の行為にちがいない。

しかし、「画家」の頭には、スケッチした顔が灼(や)きついている。描こうと思えば、いつでも描けるはずである。三年も五年も前のことではない。今月の十日以降だから、まだ二十日と経っていないのだ。信夫の記憶が新鮮なわけだった。和子もかれらの顔を垣間見て記憶している。

対手側もそのことを知っているはずだ。ローマの検察・捜査当局がかりに信夫と自分とを証人として呼び出しネルビの部屋の訪問者たちの顔のスケッチを要請した場合を、かれらはおそれている、と和子は思った。

また、捜査当局には犯罪前歴者の記録が保存されてある。当局がその写真を見せて、この中から「スローン・クロイスター」63号室の訪問者たちを択んでくれと二人に言うのをおそれているだろう。——

「散歩に行こう」

信夫がイスを引いた。

ボン・ロルロージュはモンマルトルのトロワ・フレール通りのロータリイのそばにある。モンマルトルの麓で、百メートルも東へ行けばケーブルの駅になる。ホテルは四十室くらいで、こぢんまりとしていて静かだった。日本人客はほかにいないということだった。

ロータリイを北の急な道へまっすぐに上って行くと、やがて石段の坂になる。

「四国の金毘羅さんのような高い石段だね。両側には土産物屋がならぶかわりに高級アパートだ」

信夫は屈託のない眼で見上げた。

この石段を上るのは苦労だし、左のほうから左側の平坦な通りを歩いて、そこから丘上のサクレ・クール聖堂のほうへまわったほうが楽だし、風情があると信夫は言った。彼はパリに何度か来たことがある。

台地の平坦な通りは高級住宅地であった。石垣になっている側の建物の間から、パリ市街の俯瞰が破れ出ている。ユトリロの「ミミ・バンソンの家」がこういう構図だった。鉛色の雲の下に街はどんよりと翳っている。

途中から上のゆるやかな坂を上った。道幅の広いほうはもう車や観光バスが上っていたので、路地に入った。両側に長い塀がつづき、二人ではならんで通れない狭さ。石だたみみちの正面に聖堂の白いドームが見えた。

サクレ・クール聖堂へ歩いた。ローマ・ビザンチン様式だが二十世紀の初めにできた建築。貝殻の粉を塗り固めたように真白い。

ホテルで車輪の音を聞いたケーブルカーの終着駅がこの寺院の横であった。

教会前のテラスに立った。十時ごろのうす日が斜め上から雲の間を洩れて、パリの俯瞰に片側のやわらかい光を付けてほのぼのと浮び上がらせている。さっきよりもはるかに高い位置から見下ろしている。

——信夫はどう考えているのだろうか。

和子は横にならんでいる彼を、空とパリ風景とが正面に映っている眼の端に入れて思った。

テラスの下の広い斜面の草は色づいていた。

　このパリのどこかでもうすこし長く二人で逗留したいようである。口には出さないが、心ではそう決めているみたいだった。彼の明るい表情、仕合せそうな眼に、その心理が透けて見える。

　やはり自分はフィレンツェに行くのではなかったと和子は後悔した。いや、たとえフィレンツェに寄っても、カルミネ聖堂の壁画「貢の銭」の部分を模写している信夫の後ろ姿を、参観者の間から見たら黙って立ち去るべきだった。

　でなかったら、信夫の案内で市内の寺院や美術館回りをし、食事をいっしょにするくらいで、どのように信夫が言おうとそれを振り切って、ひとりでフィレンツェを発たなければならなかったのだ。心が弱かった。

　これ以上、信夫といっしょに居ると、彼をダメにしてしまう。彼はいつぞや和子を家庭へ還す責任があると言ったことがあるが、信夫こそフィレンツェに戻し、東京の母校へ戻し、家庭へ還す責任が自分にある。このまま信夫と居れば、ずるずると彼を荒廃させてしまう。学業にも戻れず、家庭にも還れなくなってしまう。

　そのことを、いつ彼に切り出すか。パリの滞在が長引かないうちがいいのだ。人からよく聞く話だけれど、パリには魔性のようなものがあって、いったんそれにとり憑かれるとどうにも脱け切れなくなるという。まさかそこまでは行かないにしても、パリで早く信夫と別れたほうがいい。

それを言うきっかけをどうつくるかである。信夫が、自分といっしょに居るのがあまりにも愉しそうで幸福そうなので、和子は苦しかった。

「さあ、ぼつぼつ行こうか」

戻りは登ってきたとは反対の北側の道へ下りることにした。

「こっちの道が、またいいんだな。古い面影が残ったりして」

信夫は相変らず愉しそうであった。

「ホテルに帰るには、だいぶ遠まわりになるけどね」

「かまいません」

「あ、そうだ」

信夫は思い出したように、ちょっと足をゆるめた。

「ぼくらのホテルのボン・ロルロージュがあるトロワ・フレール通りという名だけどね。トロワは『3』の意味で、フレールは『兄弟』の意味。だから『三人兄弟』だと思っていた」

「違うんですか」

「フレールに、もう一つの意味があったんだね。『修道士』さ。だから『三人の修道士』だね。通りにその名前を付けたいわれがあるんだろうけれどね」

和子は、あっと思った。

修道士。

修道士、托鉢僧(たくはつ)は英語のフライアー。複数で修道士道場(フライアーズ)。

ブラックフライアーズ橋の上で八木が話していた。

(これがブラックフライアーズ・ブリッジですね。フライアーズは修道院ですね。正確には、托鉢僧の道場ですかね。ところが、ネルビ頭取の隠れ家が『クロイスター』というのです。これは、ロンドンに派遣されたローマ市警の刑事が、ある方法でさぐり当てたんですがね。『クロイスター』も修道院です。じつに奇妙な暗合ですね。偶然かもしれないけど、この事件は宗教、ローマ・カトリック派に関係がありそうにも思えます)

それは信夫もいっしょに聞いている。

「どこまでも偶然に坊さんの話がついてまわるようだけど、ヨーロッパの中世がカトリックの世界だからね。各地にその名残りがあるんだね」

信夫は快活にいった。ロンドンをはなれてから、ネルビの首吊り遺体がテムズ川の満干潮に浸されたのは「日に二度水に洗われる刑罰」、ネルビのズボンのポケットや下腹に煉瓦(れんが)の破片や小石が詰められたのは「石打ち、および去勢の刑罰」で、それらはフリーメーソンの秘密結社たるP2が、フリーメーソンの宗教的処刑に則(のっと)ったものであるという和子の説明は、信夫の頭からすっかり離れているようだった。

石だたみの坂道はかなりな急勾配(こうばい)で、右側はブドウ畑、その向うの木立の中に古めかしい家が見える。左側は途中で継ぎ足された古い塀で、塀の上には葛がからんでいる。葛は黄ばんでいた。

二階屋の家は白壁だが、これが鼠色になっていて隅のほうが剝げている。窓の枠もヨロイ戸も緑色のペンキ塗りだった。年月を経た樹木が集まって家のうしろから亭々と伸びている。

いいなア。信夫は歩をゆるめ、左右を見、上を仰ぎ、前後を眺めまわした。

古いモンマルトルだ。このブドウ畑だって昔からのが残っている。ほら、ずいぶん色づいてきた。もうすぐ収穫だな。彼は愉しそうに言って、微笑が絶えなかった。

老人と中年婦人が坂道の石だたみをゆっくり踏んで上下している。寡黙である。上から枯葉が二枚落ちる。

「この道は」

亀裂の筋が走る長い塀のある風景を信夫は言った。

「ソール通りというんだ。ほら、ここからも見えるけど、道を下り切った右側の角にある小さな家が有名な酒場の『ラパン・アジル』だ。ユトリロやピカソなんかがよく飲みにきていたそうだが。ユトリロによく知られた『ラパン・アジル』の画があるね。彼はよほどここが気に入ったとみえ、のちにも『雪のラパン・アジル』を描いている」

もう一度見まわしたものだ。

「こういう塀に落書でもあるとね。ますますユトリロの画になるがね」

落書。——

和子はどきっとした。

——おまえたちは見た、見てはいけないものを。

——おまえたちは見た、見てはいけないものを。われわれはおまえたちを消さねばならない。

ロンドンの地下鉄電車内の広告枠と、スローン・スクエア駅前のロイヤル・オペラ劇場公演のポスターについていたイタリア語の落書が浮んでくる。

「ここが『ラパン・アジル』。いまでも営業していて、夜はなつかしいシャンソンを聞かしてくれるそうだ」

信夫は言ったけれど、ほとんど和子は眼に入らなかった。

通りを歩いても、店の前に出ているポスターなどにイタリア語の幻影が浮び上がったりした。——

ようやくボン・ロルロージュのある通りに出た。

Rue des Trois Frères.

——ああ三人の修道士。

夜十一時半になったら、東京の親戚の家へ電話したいのだけれど、と和子は信夫に十時ごろに言った。

告げたのは十時ごろだが、その気持を決めるまでに三時間くらいかかった。夕食のときに話し出そうかと思って、そのときは言いそびれた。

「どうぞ」

信夫は一瞬複雑な表情をしたが、すぐに平静にもどった。

複雑な表情にはさまざまな意味がある。和子が親戚の家へ電話したいというのを、自分の家に電話すると信夫は取っている。夫の仁一郎と話をするために。

なんの目的で夫と話をしたいのか。

もし夫婦の間に子供が居たら、留守中の子供のことが気にかかって夫にその様子を聞くということがある。

が、子供は居ない。しかも夫婦の間は冷却し切っている。和子は離婚を望んでいるが、仁一郎が承諾しない。カトリックの律法を楯(たて)にとっている。和子はあからさまには打ちあけないが、彼女の名義になっている親譲りの財産を怠惰な夫は目あてにしているらしい。

なんのためにここから仁一郎に電話するのかと和子の気持を信夫は測りかねているようだった。もし仁一郎自身の思惑(おもわく)をさぐるためにパリから電話するのだったら、なにも二人でいっしょにいるホテルのこの部屋からかけることはない。夫からいまのアドレスを訊かれたら、どう答えるつもりなのか。これは先にそっちの答えを用意しておいて電話しなければならないことだ。

だが、和子にはそんなことはできない。とすれば、電話は夫にいっさいを告白して、強く離婚を求めることだろうか。

そうとしか考えられないが、それなら電話する前にその決心を明かしてくれてもよさそうなものだ。明かせば、それが相談の形になるので、かえってこっちの立場が困ると思って、和子は勝手に電話して夫へ最後の通告をしようとするのだろうか。

信夫はそんなことをいろいろと考えている様子だった。古いモンマルトルの道を歩きまわった昼間とは打って変わり、十時からあと、信夫は黙りこんでしまった。

信夫は時計を見た。

「ぼくは階下（した）のロビーに下りている」

十一時半になっていた。

「すみません」

パリの午後十一時半は、東京の朝七時半である。

最初に出たのはお手伝いさんだった。はじめの国際電話のオペレーターの声でびっくりしたらしく、おろおろしていたが、すぐに嫂（あによめ）の声が出た。

「まあ和子さん！」

良太郎の妻久子はおどろいている。

「お早うございます。お嫂さま。朝早くからすみません。こちらは夜ふけですけれど。ご無沙汰しています」

「いま、パリからですって？」

「はい」

「お元気そうなお声ですわね」

「元気にしています」

嫂は何か訊きたそうだったが、

「代ります」

急ぎ足できたスリッパの音に、受話器が渡った。

「和子か」

良太郎の渋い声だった。

「お兄さま。お早うございます」

「パリからだって？」

「ええ。あちこちをまわって、こっちに居ますが、今日からイギリスへ行くつもりです」

「いつ、帰るつもりだ？」

「まだはっきり決めていませんが、あと一カ月かそのくらい」

「いきなりパリから電話をかけてきたりするから、どうしたのかと思った。変ったことはないか」

この、変ったことはないか、という訊きかたが、とおりいっぺんの調子でなく聞えた。兄のふだんの言いかたは、ぶっきらぼうで、無愛想だが、このときは妹のことを気にかけたような口吻（くちぶり）であった。

「べつに変ったことはありません」

「そうか」

心なしか半ば安心した声だった。

横で嫂が聞き耳を立てているようであった。

「仁一郎君とは、どこかで連絡が取れたか」

「えっ？」

問い返した。電話の一部が急に遠くなったかと思った。

「仁一郎君も五日前にヨーロッパをまわってくると言って日本を出た。だから、おまえと、どこかで連絡が取れているのかと思ったんだが、違うのか」

「いいえ、まだです」

和子は弱く答えたが、心臓に石を投げつけられたように鼓動が激しくなった。

和子が兄に電話したのは、夫の行動に何か予感するものがあったからだが、それが適中したと思った。

夫は、木下信夫の存在に気がついている。知っていて自分には何も言わない。言えば、それは夫婦間の表立った争いになり、たちまち協議離婚の話になってしまう。仁一郎はそれを回避して、信夫のことは一口も言わなかった。

だが、和子は夫の性格を知っている。妻の財産取得の目的の前に沈黙しているとはいえ、それは決して二人の間の黙認を意味しなかった。

むしろどれだけ仁一郎は木下信夫を憎んでいることか。彼の性格は、その友だちづき合いの上からいっても、彼を裏切った対手にはけっして許しはしなかった。かならずその仕返しや腹癒せをどこかで、人知れずに行なった。

和子が兄に電話をしたのも、留守宅の仁一郎にそんな予感をおぼえて、様子をそれとなく聞きたかったのだ。仁一郎との間は兄も知っていた。

兄は仁一郎が嫌いで、離婚を相談すれば率先して賛成するに決まっていた。カトリック信者の両親に育てられながら信仰が最もうすかった。亡父から嗣いだ事業の経営と、家庭だけを守って、妹夫婦のことにはいっさい干渉しなかった。仁一郎を好きでないからである。

和子がパリから夫の居る自宅へ電話せずに兄に電話した気持を、兄は理解している。そう思ってかけた電話だったが、のっけからの兄の一言は和子の知りたい以上のことをいっぺんに教えてくれたようなものだった。たとえ詳しい内容は聞かなくても。

五日前に、ヨーロッパへ行くといって出た。――それだけで仁一郎の意図が想像できる。

「おかしいな」

電話口で兄は不審そうにいった。

「おれはてっきり仁一郎君がおまえに連絡をとっていると思っていた」

「いいえ」

「そうか。……いや、そうだろうな。おまえのとこは普通の家庭と違うから」

「……」

「そういえば、仁一郎君が五日前にここへ電話してきたのも、午後二時ごろだった。ウイークデーにな。おれが出社した留守を狙ったような電話でね。久子に、今夜の便でヨーロッパに発つので、よろしく、とただそれだけの挨拶だった。久子が何も訊けないうちに電話が切れた。あの人のやりかただだから、こっちはおどろかないがね」

「……すみません」

和子は電話を切りたくなった。

「くりかえすようだが、おまえはいつ帰国するんだい」

兄の声は受話器でちょっと途切れてからつづいた。

「あと一カ月くらいか、もうちょっとで……」

「なるべく早く帰ってこいよ。そっちで仁一郎君には遇わないほうがいいかもしれんな」

はじめて和子夫婦の間のことに口出ししたような兄の言葉だった。

「ええ。そうします」

その電話は、兄の末の娘で小学三年生が代った。さっきから受話器の横で待っていたとみえる。

「おばさま、お早う」

はずんだ声だった。

「あら、ケイ子ちゃん」

「パリからおデンワだってきいて、ケイ子、いそいでお玄関からひっかえしてきたの。学校へゆくとこだったけど。おばさま、パリ、すてき?」

「そうね。いま秋だから、街路樹が黄色くなってるの」

「それ、プラタナスっていうんでしょ?」

「よく知ってるわね」

「ご本でよんだの。ケイ子も行ってみたいな」

「そのうち、お父さまやお母さまがきっとつれてきてくださるわよ」

久子が子供に声をかけた。

「じゃ、おばさま、お帰りを待っています。ケイ子におみやげをおわすれにならないでね。バイバイ」

久子が代った。

「すみません。では、和子さん、お元気で。お帰りをお待ちしています」

「ありがとうございます。お嫂さまもお元気で。さよなら」

受話器を措いて和子は肩で息を吐いた。

兄が、

（いきなりパリから電話をかけてきたりするから、どうしたのかと思った。変ったことはないか）

ときいた意味がわかった。その声に懸念の調子が含まれていた理由がのみこめた。

兄は、仁一郎が和子を探しにヨーロッパへ出かけたと推測している。が、じっさいは信夫といっしょに居るところを仁一郎は確認したいのであろう。兄もまた仁一郎の性格を知っている。

ひろいヨーロッパの何処に妻が相手の男性といっしょに居るか仁一郎にはわからない。その捜索を彼は自分の手でやろうというのである。——

和子は電話機の横の椅子にしゃがみこんだ。

仁一郎が探しに来ても、自分の前にすぐには現れないだろうと和子は思った。

近いところまで来て、姿を見せないまま、じっとこっちを見ている。そういうやりかたをするのではないか。

陰湿な性質だった。計算があった。正面に出てこないで、蔭から自己の眼を感じさせて、じわじわと苦しめようという肚（はら）である。

その直接的な打撃を仁一郎が信夫に対して用意しているかもしれない。考えたとき和子は愕然となった。

夫は「監視」だけでは満足すまい。何らかの仕返しの行動に出なければ承知しないだろう。信夫に与えるその復讐（ふくしゅう）は、和子をもっとも苦しめることを仁一郎は知っている。

しかも仁一郎がとる方法は、その行動が彼のそれとはわからないような手段である。仁一郎がいままで交際仲間にとってきた方法がそれだったのだ。裏切った対手への腹癒せに、けっして直接的な手段はとらなかった。かげにかくれて、二重にも三重にも間を置いている。いつも間接的な仕返しなのである。対手はそれが誰だか推定できても、証跡がない。

信夫に加える仕返しもたぶん同じ方法であろう。その手段が間接的で、証跡がないから、和子の抗議を封じることができる。

ぼくじゃありませんよ、と仁一郎はパイプをくわえて、和子のもの言えぬ憤りを冷笑していればいい。彼のじっさいの仕返しの目的はここにあろう。

では、仁一郎は、自分たち二人が居る場所を、ヨーロッパのどこに求めて来るのだろうか。

彼は、そのことで人に頼んだり、興信所を使ったりはしない。それは夫婦間のこととしておいて、外部には少しも洩らしたくないからだ。思わぬ外的情勢から離婚問題に発展しては、彼にとって一大事である。

げんに仁一郎自身がヨーロッパに来ている。彼はじぶんの眼で「事実」を確かめなければ承知できないのだ。というのは、そのことがまた彼の隠微な腹癒せになっている。

女房とその相手の男とがいっしょに居る現場へひそかに忍び寄ってくる。現実に夫の歪(ゆが)んだ性格を見るような気がして、和子は身震いした。

信夫はまだ一階のロビーから戻ってこなかった。午前零時を過ぎた。――

夫がヨーロッパで自分たちの所在に手がかりを求めるとすれば二つある、と和子は考えた。

一つは、木下信夫が留学するフィレンツェである。

仁一郎はとにかくフィレンツェには行くだろう。信夫が二年の予定で研究室に通う大学へ行く。そのことは彼の本校である東京の明和大学で、イタリアの指導教授の名を聞いているはずだ。木下信夫は十月初めから各国の美術館や遺跡めぐりが理由で二カ月間の休暇をとっている。時期が和子の出国直後と一致しているのを仁一郎は知る。

彼は信夫のいるアパートにまわる。該当する日本婦人の訪問はなかった、木下からはその後連絡がない、と管理人は仁一郎に答える。

いま一つは、パリである。

和子は、こんどヨーロッパにくるとき仁一郎に、パリへ行ってしばらく勉強したり、美術館をのぞいたりしたい、イギリスとかスペインとか、そういう近い国にもまわってみたい、このごろ精神的にも疲れてきたから、すこし外国で気ままな旅を三カ月ばかりして疲れを回復したい、と言った。

どうぞ、と夫はいった。和子の精神的な疲れの意味が仁一郎にはわかっている。彼が遊んでいる女のことである。これは夫の立場からは文句がいえない。

が、仁一郎には別な推測がある。妻のラテン語の先生は西洋美術史を専攻する助教授で、三カ月前に本校からフィレンツェの大学にルネサンス美術の勉強に行っていることを仁一郎は聞き知っている。

仁一郎は、その立場の弱点から妻のヨーロッパ行きに寛大であった。だが、同時にその寛大には、妻の「弱味」を押えこむ意味もあった。妻の「弱味」とは不倫な行為である。その不倫によって仁一郎は和子の希望するわがままな離婚をますます認めない。奇妙な理屈だが、養子の身分の仁一郎にはその理屈が成立するのである。妻の財産を所有するためには。——

この「養子の論理」からすれば、妻の恋人に与える打撃の結果は、こっちには何の影響も来たさない。かえって傍観的な爽快さを満喫できる。

では、仁一郎は信夫にどのような仕返しを試みようとするだろうか。

考えられるのは、木下信夫の将来を破壊することだ。仁一郎のことだから、あらゆる中傷を行なって、信夫を大学に居られないようにするかもしれない。信夫はまだ「新進学徒」だ。学界の地位はきわめて不安定である。

木下信夫への中傷を、仁一郎は、「女」の問題にするのではあるまいか。人妻との「不倫な関係」。――これが与える打撃の効果は最も大きい。大学にも居られなくなる。恩師は彼を見捨てるかもしれない。同僚で援護する者は少数にちがいない。かえって、この際とばかりに彼の足を引っ張る者が多いだろう。優秀なほど同輩に敵が多い。まだ新進学徒にすぎない木下信夫は、学界の地位は弱い。学校派閥的な背景を喪ったら寄るべきところはない。西洋美術史とくにルネサンス美術史専攻となると、いわゆるツブシがきかない学問である。

まして木下信夫はまだ学問的業績がない。発表した研究論文が注目されて学界の専門誌に引用されたり、評価を得たり、または論議を呼んだりしたが、むろん地位の安定にはほど遠い。

木下信夫が現在の大学から「追放」された場合、彼の将来はほとんど暗黒である。あとは市井にべつな生活を送るしかない。学者としては転落である。

「女の問題」で中傷されたとき、彼の家庭は暗いものになってしまう。これがまた信夫の転落に速度を加えるだろう。

仁一郎が「人妻との不倫な関係」で中傷するときは自己の妻のことだ。その覚悟はできているのか。

仁一郎にはその懸念はすこしもない。彼は身を隠しているからだ。その「人妻」がだれの妻なのか第三者にはまったくわからない。
知っているのは木下信夫当人だけである。
しかし、彼は人に問い詰められても絶対に相手の女性の名は明かさない。
――それは事実です。認めます。しかし、女性の名前は死んでも言えません。
これが仁一郎の狙いである。
木下信夫の性格と、その心理を知ったうえの仁一郎の「仕返し」である。この陰険さ。
――和子の想像である。が、真実味を帯びた想像であった。

いま、仁一郎がこのヨーロッパに来ている。

フィレンツェからパリに。

和子がパリへ勉強に行くと言ったのを手がかりに。彼はパリにやってくる。

信夫を仁一郎から守らなければならない。

信夫を無事に大学へ還し、将来へ挫折させることなく進ませ、家庭の平和の中へ戻す。それが自分の責任だと和子は思った。

では、信夫にすぐにフィレンツェへ帰るようにすすめるか。

不可能である。それと知ったら仁一郎もフィレンツェへ彼のあとを追って行くだろう。かりに信夫がこのまま日本へ帰っても、仁一郎は日本へ追跡するだろう。仁一郎はそういう性格なのだ。

これを解決するには、たった一つの方法しかない。

自分が仁一郎と会って話し合うことである。

仁一郎から逃げまわっても、信夫への脅威は除かれない。仁一郎にはこのことでなにもかも洗いざらいうちあける。そして徹底的に話し合う。その結果、はじめて仁一郎も信夫のほうを断念するだろう。

それには仁一郎が現れるまで待ってはいられないと和子は思った。こちらから彼に会いに行きたい。早ければ早いほどいいのだ。一日でも。

しかし、仁一郎にはどのような連絡の方法があるだろうか。

さっき東京の兄の家にかけた電話でも、仁一郎はヨーロッパに行くと嫂(あによめ)に電話で伝えただけだったという。

自己の姿を見せないで接近してくるのが、この際の仁一郎の流儀にちがいない。

だが、仁一郎にしても、こちらがパリのどこにいるかはわかっていないはずだった。

まったくふいに和子の胸に浮んだのは、ルアンのノートルダム大聖堂前のカフェテラスで遇った婦人ジャーナリストの小島春子の明るい顔だった。そしてその指にはさまれた一枚の新聞広告の切り抜きであった。

《精神武装世界会議。——十一月三、四、五日。モナコのモンテカルロで》

——日本からも文化人の方々がこの国際会議に参加されます。わたしも参加しますが、まだ開会までにすこし日数がありますので、こっちへ遊びに来たんです。

小島春子はにこにこ笑いながらいった。

この広告文と同じ内容はロンドンのブリストル・ホテルの壁にかかった英文ポスターで和

子も信夫も読んでいる。

《高度技術(ハイテクノロジー)の暴走は人類の破滅に通じる。これをとめるためには、いまこそ精神の武装を!》

日本からもその会議に文化人の参加があるところをみると、世界の主要国へむかって主催者は広範な呼びかけ宣伝をしているらしかった。

――もしかすると、仁一郎はこの会議に出るのではなかろうか。

ありえないことではなかった。仁一郎にはそういう「遊び」の一面があるのだ。画家で通っているように、絵画論を談じる。画よりも理論のほうが上手である。建築家、詩人、音楽評論家、劇作家、文芸評論家、小説家などのいわゆる中堅文化人とつき合っている。彼もまたその仲間だと世間の一部から見られている。

けれども、仁一郎にはその実体も内容もない。見せかけのポーズだけである。雑誌の知識でごまかし、人の発言の揚足をとって冷嘲(れいちょう)する。言葉はていねいだが、超然の演技と遊ぶ。

その文化人などとモンテカルロの「精神武装世界会議」に仁一郎は来るかもしれない。パリでじぶんたちの捜索に手をつけるのはそれからだろう。悠々たるものだ。船をゆっくりと水面に漕(こ)がせるカモ撃ちに似ている。――

それなのに、こっちから彼の前に出向いて行くのは危険ではないだろうか。いつか霞ヶ浦での仁一郎のカモ猟を見たように、葦(あし)の前に浮んだ偽装カモ(デコイ)と呼び笛に誘われて、こっちから彼の標的になって行くようなものではないだろうか。しかも銃をかまえた仁一郎は葦で囲われた鳥屋(とや)の中に身を隠して、姿を見せないのだ。

もし仁一郎がじっさいにモンテカルロにきているとすれば、彼の仕掛けた見えないデコイ、聞えないカモの擬音におびきよせられ、どこかのホテルの「鳥屋」の中にいる仁一郎に狙われるのではあるまいか。

だが、その会議には日本人が多数参加しているという。いくら仁一郎でも、その前で勝手なことはできぬはずだ。

高平仁一郎は退屈そうに新聞をテーブルの上に置いた。果実を盛ったテーブルもデッキチエアも大きなビーチパラソルの蔭にある。

仁一郎は外へ眼を放つ。空が半分を占めている。半分は眼下に沈んでいる谿谷(けいこく)の風景であった。搾(せば)まり合った谷間に赤い屋根と白い壁の小さな家が埋めこまれ、向うに海がある。ポルトフィーノの港には漁船が集まり、ヨットが走っている。沖は紫色に霞(かす)んでいる。

ホテルは岩山の高台にある。このへんの海岸は、山がせり出していて断崖(だんがい)が多い。ホテルの裏山は鈍い濃緑色のオリーヴに厚く蔽(おお)われている。糸杉が三、四本ずつ棒のように立っている。

その山腹はうねって山頂へとつづく。そこからはイタリアの背骨となるアペニン山脈の北端につながり、西のほうはアルプス山塊が南に降り迫ったところと結ぶ。これが帯状の壁になって北風を防ぐ。前は東リヴィエラの海岸。

ホテルの広いテラスにはフェニックスがならび、バラとグラジオラスの花が配置されてある。そのあいだあいだにこういう眺望がある。

仁一郎はこういう景色にも飽いていた。滞在三日間である。

「どうなさったの？」

影が射して、女の声が仁一郎の肩の上から落ちた。

阿佐子はデッキチェアに腰をおろした。フィレンツェで買った色の派手なブルーのワンピースを着ている。大柄なほうなので、自分でちょっと手直しするだけでぴったりである。いま部屋でその手直しをしてきたと言った。

「退屈そうね」

「うむ」

「スケッチのほうはなさらないの？」

「こう同じような風景ばかりじゃ面白くない」

「そろそろ動くことになるの？」

仁一郎は眼を閉じ、黙ってパイプをくわえた。グラジオラスの花から離れた虫が耳のまわりを小さく飛んでいた。

「そうだな」

仁一郎はパイプをふかし、けだるげな視線を遥か下方へ投げた。

二つの三角形の丘にはさまれた谷底には光る街と海港とがある。漁港には船体もマストも白く塗った漁船が流木を集めたように碇泊している。波止場から出て行く船もなければ入ってくる船もなかった。

「でも、ふしぎねえ」

阿佐子は港を眺め、肩で大きく呼吸をついた。

「何が？」

「こんな所に居るのも……。ヨーロッパにでも行くか、とあなたがおっしゃった時、ぜひ連れてってくださいとねだったけど、まさか本気とは思ってなかったもんだから」

「うれしい？」

「そりゃ、うれしいわ。外国の、こういうすばらしいところに連れてきていただいたんですもの」

阿佐子は頭をさげた。ハンドバッグからケースをとり出して、細巻きの煙草を指の間にはさんだ。仁一郎がライターの手を伸ばした。

「でも……」阿佐子は煙を吐いた。

「なんだか、わたしがくっついてきているのが、はじめからご迷惑になってるような気がだんだんしてきたわ」

瞳(め)を落した。

「どうしてだ？　ぼくにはまったくそんな考えはないが」

「ローマに着いて一泊し、すぐにフィレンツェへ行きましたわね」

「ローマはつまらない。あれはお上(のぼ)りさんが見るところだ。イタリアならフィレンツェだ。十四、五世紀ルネサンス美術がそのまま残っていて、その宝庫だ。全市そのものがミュージアムだ」

「立派な美術館や寺院をまわり、有名な画や彫刻を見せていただいたわ。ミケランジェロとかボッティチェルリとかダヴィンチとか、写真でしか知らなかったものを」

「景色はどうだった？」

「京都に似ているといわれると、そのとおりね。加茂川が流れていて、東山があって」

「アルノ川とボボリ庭園のある丘陵だね。しかし、美術の古都だけではない。大学の都市でもある」

「あなたはその大学へ行って、何か訊いてらしたわ。わたしを離れた所に待たせておいて」

「あの芸術大学には美術史の講座がある。これは当然だね。けど、どういう内容なのか、その科目を知りたかったのだ」

「で、わかって？」

「よくわかった。さすがにルネサンス美術に重点を置いている。その特色で、世界的に知られた大学とは聞いていたが、講座の科目の豊富なことにおどろいた。さすがだね」

「あなたも聴講生か何かで留学してみたくなったんじゃない？」

「若かったらね」

阿佐子は煙草を灰皿にもみ消した。

「フィレンツェでの用事は、奥さまのことじゃないんですか」

呟(つぶや)くように言った。

「どうしてそんなことを訊く？」

仁一郎は片方の眼を細めてかすかに笑(え)んだ。

「奥さまはヨーロッパでしょ？」

阿佐子も窺(うかが)うような表情だった。

「うむ」

「あなたは、わたしを待たせといて、小路の中に入って行きました」

「どこだったろう？」

「花の聖母寺というの、なんとかいうお寺……」

「サンタマリア・デル・フィオーレ大聖堂。大きな丸屋根のあるお寺。中にミケランジェロのピエタの彫刻がある」

「そのお寺を出て左のほうへ行くと広い大通りがあって……」

「アントニオ・グラムシ通り」

「その通りを左へ行くと三叉路になって、右のほうへ折れた広い通り」

「マッチーニ通りさ、それは」

「その二番目の四つ辻を北へ曲った横丁だったわ、あなたは手帖を見い見いしてアパートの前に立つと、番地をたしかめるようにしばらく眺めていたけれど、その表のドアを押して入って行ったわ」

「よく見ていたんだね」

「四つ辻のところで待つようにあなたに言われたから、そこから先はついて行ってはいけないと思って、じっと見ていたの」

「なるほど」

「あなたは五分もすると出てきたわ。訪ねた人が留守のようだったわね。なんだかがっかりなさったような様子だったわ」

「そう見えたかね？」

「見えたわ。あなたは手帖に町の名や番地をメモしてらしたのね。フィレンツェには美術館まわりに来たのか、人を訪ねて来たのかわからないわ」

「もちろん美術館まわりと古都の風景だ。きみに見せてあげようと思ってね」

「ご親切ね。でも、それは人を訪ねるついでだったような気がするわ」

「まったく逆だよ。……しかし、ぼくが人を訪ねるのがどうしてそんなに気になるのかね？」

坂道を上ってジャガーがホテル前に到着した。テラスの外で、車から降りた女三人連れの肥った紳士の歩みがバラ垣の間に隠顕した。仁一郎はそのほうに眼を遣りながらパイプの煙草を詰め替えた。阿佐子の返事を待つ間だった。

「奥さまはヨーロッパにご勉強においでになったと、いつかあなたわたしに洩らしたことがあるわ。ほんの一言だけだったけど。それを聞いた場所まで憶えてる。あの高輪のホテルで。……」

「そんなことを言ったかな。忘れたね」

詰め替えたばかりのパイプから仁一郎は煙を吐いた。

「女房の愛情は、天だ」

仁一郎は片手を挙げて空を指した。

「天？」

「女房はカトリック信者だ。天への愛情だよ」

阿佐子が呆れた顔になった。

「それから、ぼくがフィレンツェで人を尋ねていたのは、女房とは関係ないよ。女房はパリに居たことがわかってるんだからね。それに、もう日本に帰国しているよ」

「あ、帰国なさってるの？」

「一週間前にね。予定をきちんと実行する女だ。几帳面(きちょうめん)な女だ」

阿佐子の顔が輝いた。

夕食にはラパルロへ行った。

仁一郎と阿佐子が食卓についているのは海岸通りの名の聞えたレストランである。ジェノヴァはおろか、ミラノあたりからわざわざ車を飛ばして夕食して帰る客が少なくない。ミラノ、ジェノヴァから高速道路が通じている。

気分転換に、というのが二人でここへ夕食をとりに来た理由である。

阿佐子は晴れやかな表情をしている。「誤解」が解けたあとの女は、みんなこんな顔をするものだと思って仁一郎はパイプをくわえていた。

女房はパリから日本へ帰国したよ。そう聞いただけで阿佐子に元気がいっぺんに出てきている。

フィレンツェで仁一郎は大学へ行った。次にマッチーニ通りのアパートを尋ねた。そうした自分の行動をこの女は遠くからじっと見ていた。待つようにと言いつけておいた場所からである。

彼のその行動を、妻の和子と関連づけて阿佐子は推定していた。和子がヨーロッパに行っているというだけでそう考えていた。理詰めからではない。直感である。あるいは邪推である。フィレンツェで女房を尋ねるのに、女を伴れるとは不自然だという考えはないのだ。

妻との不仲を阿佐子は他人から聞いて知っている。たぶん「リブロン」の長沼嘉子だろう。嘉子はまた飲みに行く客から聞いている。教えた奴がだれだかはだいたい見当がつくが。

嘉子はまた阿佐子と自分の間を知り、阿佐子をたしなめたりおだてたりする。ママは使っている女に忠告したり煽動したりする。擒縦自在に操るのが経営者だ。長沼嘉子はそういう女である。

阿佐子は、おれの口から女房のことを直接聞いて、まず落ちついた。非難の眼をむけたが、じつは安堵しているのだ。が、それ以上具体的なことを言う必要はない。彼女もそれ以上には聞かぬ。聞けば、二人の間に早く破滅がきそうな気がするのだ。それが女にとっては怕ろしい。

女房はカトリックの信者だ、女房の愛情とは主の愛だと天を指した。阿佐子はカトリックの教義も律法も知らぬ。ただ、キリストの愛は精神的なものだと思っている。愛情は精神よりも肉体の結合によるもののほうがはるかに強靭だ、と彼女は経験やら見聞やらで信じている。

おれたち夫婦は、宗教的精神的愛情でようやくつながっていると阿佐子は察した。一つ家に住んでいるが、別居と同じではないかと考えているらしい。

考えたけれど、阿佐子は確認はしなかった。確認するのが恐ろしい。だからそのへんが曖昧になった。その曖昧にいまの彼女は安心している。

そのすぐあとに女房はパリに居たと聞かされた。フィレンツェとは無関係だった。しかも女房はすでに日本へ帰国している。

この一言に、阿佐子は泣いて邪推を仁一郎に詫びた。

ラパルロに夕食を誘ったのは仁一郎のほうだった。

いま、阿佐子がうまそうに食べているのに付き合いながら仁一郎はフィレンツェでの「聞きこみ」を思い出している。

木下信夫のその後の消息は、大学の事務当局の人間にも、マッチーニ通りの下宿でもわからなかった。

レストランの窓辺には鉢植えの花がいっぱいにならべられてある。テーブルの上には花瓶が見えないくらいに花がたわわに盛られている。赤、白、黄のバラは揃って大輪である。ラパルロの通りからしてそうで、商店の軒先にはバラやグラジオラスやゼラニウムなどがならび、切り花が盛られている。リヴィエラはいま花の季節である。

「対い側は何処になるんですか」

阿佐子は窓に遠い視線を投げる。暗いジェノヴァ湾は灯の連珠が海岸線を描いていた。光の珠がふくれているのは大きな町である。珠の連なりは元が小粒になっていったん消えるが、その光がふたたび対岸で瞬きはじめる。

海は黒い。空はうっすらと青い。空の半分が斜線を区切って黒くなっている。山である。

黒い山の下と黒い海の間に細い灯の紐が横たわっている。

「対いというと、サヴォーナかサンレモのあたりかな」

仁一郎は阿佐子の相手をする。自分の思案は、あいだあいだにつづけている。

「あ、あれが真もののサンレモなの？」

阿佐子は眼蓋を大きく開けた。

「真ものとは、どういう意味だ？」

「銀座に『サンレモ』というクラブがあるわ。そこのママをわたし知ってるの。だから、へえぇと思って、あの灯を見てるんです」

「真もののサンレモでは、いま花市があるはずだ。十月、十一月になると賑やかな花市がサンレモで開かれる。ポルトフィーノのホテルでくれた案内書にそう出ていた」

「行きたいわ、その花市を見に」

「その花市で買ったゼラニウムを花びらだけでも捺し花にして、『サンレモ』のママに進呈するか」

「素敵！　グッド・アイデアね。『サンレモ』のママ、よろこぶわ。明日、行ってみましょうよ。ここから遠いの？」

「灯の輪廓でもわかるだろ？　湾が大きく弓なりに引込んでいる。それを伝わって行くんだから、時間がかかる。モナコに近いからね」

「モナコというとモンテカルロ？」

「モンテカルロといえば、モナコ国の東地区さ」

「モンテカルロといえば、ほら、お店で話が出た何とかいう世界文化会議、あれを開くころじゃない？」

「そう、あれは来月の三日からだった。精神武装世界会議と称するものさ」

「あら、そいじゃ、みなさん、モンテカルロに来てらっしゃるわよ」

阿佐子は手を拍った。

「みなさん？」

「ほら、あなたのお仲間よ」

——阿佐子が知らないフィレンツェでの仁一郎の尋ね先がもう一カ所あった。「パオロ・アンゼリーニ文化事業団」である。十一月三日からモンテカルロで三日間にわたって開かれる“Conference Mondiale Sur Les Armes Spirituelles”（精神武装世界会議）の主催団体である。

「リブロン」で前衛音楽家が仲間に見せびらかしたパリの新聞広告には、パオロ・アンゼリーニ文化事業団のアドレスがもちろん活字で明記されていた。アメリゴ・ベスプッチ通りの何番地である。

　阿佐子がホテルの美容室へ行くというので、仁一郎はその間を利用し、散歩と称して出かけた。

　アメリゴ・ベスプッチ通りはアルノ川の北岸に沿った通りだった。市内の家が寺院を中心にして朱色の低い屋根と白壁で古都の風情の保存になっているため、市の西端にあるこの通りは近代的ビルがならぶ区域となっている。

　仁一郎が新聞広告を瞥見(べっけん)してそれを忘れないうちにメモした該当番地には、織物工業組合のビルがあった。もともとフィレンツェの歴史的発展は毛織物の生産とその交易による。

　ビルの正面出入口の横には入居している会社名文字が銅板に腐蝕されて掲げてあった。ほとんどが織物会社関係の名の中に、「パオロ・アンゼリーニ文化事業団　4F」の表示が挟まれていた。昇降機(アセンソーレ)の前に立つと、横手の管理室の暗い窓口の奥から額の禿(は)げ上がった男が顔をのぞかせた。イタリア語で質問したのは、どこへ行くかというのだろう。パオロ・アンゼリーニと仁一郎が言うと、管理人はフランス語が話せるかときいたうえ、そこへ何の用事で行くのかたずねた。

　仁一郎があまり得意でないフランス語で答えると、男はじろじろと眺め、あんたはジャポネか、いま係の人をここへ呼ぶからそこで待っていろと前の受話器を取り上げた。

　ビルの管理人にしては厳重なものだと仁一郎がそこに突立っていると、やがて昇降機(アセンソーレ)の針が動いて停まり、ドアから出てきたのは真赤なワンピースを着た女と、アラブ髭(ひげ)の男とであった。

パオロ・アンゼリーニ文化事業団事務局のものです、と女は大きな眼玉を仁一郎にむけた。首には金の輪を連ねて下げ、緋(ひ)のワンピースの腰を絞る大幅なベルトの前は金色の紋章めいたバックルであった。

コンフェランス・モンディアル・シュル・レ・ザルム・スピリチュエルの会員応募規則をもらいに来たんです、と仁一郎は、職員にしては派手すぎるこのイタリア女性に言った。

「精神武装世界会議(コンフェランス・モンディアル・シュル・レ・ザルム・スピリチュエル)の会員募集は、定員に達したので、とっくに締め切りました」
二十五、六かと思われる女子職員は、いまごろ会則などをもらいにきても遅すぎるといった突放した口調で言った。イタリア語訛(なまり)の強いフランス語だった。
半袖シャツのアラブ髭の男はすこし離れたところで壁によりかかって腕組みし、うすら笑いを浮べていた。

「では、オブザーヴァのほうはどうですか」

女は軽蔑的な眼で、首を強く振った。

「ははあ。それは残念です。じつはぼくも日本でこの会議の開催を知って申し込むつもりでしたが、規定がわからないのでそのままにしていたのです。こんど旅行でフィレンツェにきたので、会員かオブザーヴァかを申し込みたいと思ったのです」

「ご期待に添えないで、こちらも残念です」

　女子職員は、それでも紋切型の挨拶をした。

「わたしの友人たちは、幸運にもモンテカルロの会議に出席するようです。けれども友人のだれが出席するのか、ぼくが日本を出る前はわかっていませんでした。こちらには出席のメンバー・リストがあると思いますから、日本人参加者の名を教えていただけませんか」

「理事長の承認がないと第三者のどなたにも参加者の名前は教えられません」

「理事長は、パオロ・アンゼリーニ氏ですか」

「そうです。けれども理事長はいま旅行中です。三日後でないと帰りません」

「わたしはモンテカルロで日本の友人たちに会うのを愉しみにしているのです。かれらの名と、宿泊のモンテカルロのホテルの名とがわかるとたいへんにありがたいのですが、なにか便法はありませんか」

「残念ながら」

　女はまた首を振った。

「どうしてもダメですか」

「警備上で困るのです、事前に第三者にお知らせするのは」

「警備上？」

その大げさな言い方に仁一郎はおどろいた。

「この会議に対しては右翼の妨害が予想されるのです。われわれの会議の目的をアカだと思っているのです。ハイテクノロジーの進行をストップさせるというのはアメリカの戦略兵器技術を停止させることであり、それは共産国軍備の利益を図るものだというのです」

イタリア女は仁一郎のフランス語のたどたどしさをみて、英語に切り替えて言った。

真赤な服の女性職員の言うことを聞いて、仁一郎はなるほど、そういう面もあるのかと思った。

現在のハイテクの暴走は、行きつくところ人類の滅亡につながる、これを防止するには、人々が「精神武装」して対抗するほかはない、という趣旨は、ハイテクが兵器技術の進歩に寄与しているからには、すなわち軍事力増強の進行にストップをかけることになる。それなら戦争防止となって結構ではないかとだれもが思うが、それをアメリカ側に適用させることにより共産国の利益となる、というのが一部の勢力の考えであるらしい。それは「平和運動」が共産国を利するという考えのもとで「アカ」の運動に見られているのと似ている。

いま女性職員が、こんどのモンテカルロの会議を右翼が妨害しようと狙っている、と言うのを聞いて、それはありそうなことだ、いまの世には起りそうな現象だと思い、彼女の言う警備上の問題にも納得した。

「理事長のパオロ・アンゼリーニ氏は立派な方ですね」

そのような「右翼勢力」の妨害を押し切り、人類生存のために精神武装運動を提唱し、その世界会議を堂々と開いて、運動の宣揚に努めようとしている。しかもたいへんな費用をかけて。

「わたしたちは、パオロ・アンゼリーニ氏を尊敬しています」

女性職員は、その瞬間、派手な服装にもかかわらず、黒衣を着た修道女のような敬虔(けいけん)な表情をした。

「アンゼリーニ氏は何歳くらいのお方ですか」

「四十八歳になられます」

「まだお若いですね。働きざかりのご年齢ですね。そしてすこぶる理論家のようですね」

「素晴らしいお方です。世界にまたと出てこられないお方です」

彼女はまるでキリストに対するような口吻(くちぶり)で言い、頭(こうべ)さえかすかに垂れたのだった。

「いちどお目にかかりたいものです」

彼女は返答をしなかった。俗人はめったに近づけないというふうにみえた。

「アンゼリーニ氏のお住居はこのフィレンツェの市内ですか」

「警備上、申せません」

「では、せめて文化事業団の参観でも？」

仁一郎は昇降機(アセンソーレ)の「4」の階数文字を見上げた。

「警備上困ります。お断わりします。理事長が不在の間は、許可なしに外来者にお見せすることはできません」

アラブ髭の警備員が壁から身体をはなして、威嚇(いかく)するように靴を踏み鳴らした。

モンテカルロの灯は見えず、サヴォーナかサンレモあたりが対(むか)いに瞬いている。

「でも、あなたはモンテカルロの世界文化会議とかに出るの初めから気乗りしないみたいだったわ」

阿佐子は話を「リブロン」の客席に回(かえ)した。そこには建築家、詩人、作曲家、演劇家、文芸評論家などの顔がならぶ。

演劇家が、高平さんはこの集会に出られたらどうかと水をむけたが、仁一郎はあんまり興味がないと答えた。会議の趣旨をどう思うかと聞くので、それには賛成だが、そういう国際会議に出て何かしゃべらなければならない義務がいやなのだと言った。阿佐子は、いま、そのときのことを話しているのだ。

「あの場の皆さんの空気がいやだったのね。あなたはつむじ曲りのところがあるから」

「あの場で、われもわれもモンテカルロへと騒いでいたから、それに反撥を感じたのは確かだね。ちょっとおとなげなかったが……」

「あのとき、桜井センセとあなたとの間に、論争というんですか言い争いのようなことがあったわね？」

「論争だなんて、とんでもない。あの高慢ちきな教授面をやっつけてやったのだ」

仁一郎はパイプの灰を叩き落した。

「そう言っては悪いけど、桜井センセは自分が一段と高いところに居て、ほかの方の話をいつも冷笑してらっしゃるのね。人が何か言うと、すぐにニヤニヤしながら突込んだりする。大勢の前だと、学を見せびらかしたいのか、余計にそうなさるのね。イヤ味だわ。女の子たちにも鼻つまみよ」

「あのときも山崎君が」

仁一郎は演劇家の名前を出して言った。

「パオロ・アンゼリーニ文化事業団がモンテカルロの会議の参加会員の全員に往復旅費と滞在費を支出できるのは、『メディチ信託運営団』との財政的提携によるのだと印刷物の会則を持ち出して説明した。すると文芸評論家でもある桜井が横槍を入れて、メディチ家は十五世紀末には勢力を失い、十六世紀初めには没落している。だからメディチ信託運営団と称していても、それは世界的に著名なメディチの名を付けているだけで、じっさいのメディチ家とは縁もゆかりもない、などと教科書通りのことを例の気どった口調で言って、山崎君をへこまそうとした。で、ぼくが、つい、我慢できなくなった」

あのとき、桜井という私大の英文学教授・文芸評論家に言い返した自分の言葉を仁一郎は憶えている。

「一度は没落したメディチ家だがね、その後は、スペイン軍隊の援助でフィレンツェに復帰して立ち直っている。これがフィレンツェ公だ。ローマに移った教皇のレオ十世やクレメンス七世はメディチ家の出身で、その後も起伏は多いが、どうにか十八世紀まで家系を保っている」

これはモンテカルロの「精神武装会議」の主催者パオロ・アンゼリーニ文化事業団がメディチ信託運営団と財政的提携をしているという同事業団の「会則」から話題が発した。

もの識りぶる一部評論家には、細分化された分野での知識には虫眼鏡的に通じている反面、とかく常識程度の知識が欠落した者がいる。

桜井は英文学を専攻しているから、メディチ家のことぐらいは知っていると思ったのに、十四、五世紀の同家のことは有名すぎるのでわかっていても、十六世紀後半の歴史となるともうわからない。突込めば、ぼくは英国史が専門だからと、ふちなし眼鏡の顔を反らせて、鼻で冷笑し、弱点を隠す。兼業の文芸評論も気取っているだけで、たいしたことはあるまい。

が、いま、仁一郎が対岸のサヴォーナだかサンレモの遠い灯を眺めながら、少しのあいだ黙ったのは、桜井評論家との「リブロン」での論争を反芻しているのではなく、フィレンツェはアメリゴ・ベスプッチ通りの「パオロ・アンゼリーニ文化事業団」の事務局が脳裡に浮んでいるからであった。

織物同業組合ビル。正面出入口横にならんでいる標示板は、毛織物会社関係のものばかりだが、四階のパオロ・アンゼリーニ文化事業団だけが変った名に見える。

管理室からの呼び出しで昇降機から降りてきた同事務局の女子職員は、訪問者の前に立ちふさがるようにして四階に上がらせようとはしなかった。警備上という理由一点張りである。うしろにアラブ髭のガードマンが見張っていた。

四階を見せないのでわからないが、パオロ・アンゼリーニ文化事業団の本部は思ったより小さいようである。しかし、いやに秘密主義のようだ。右翼から襲撃されるのを防衛しているというが。

その理由を聞けば納得できないことでもない。同文化事業団が戦争につながる先端技術の暴走に反対するのは平和運動であり、「平和」は右翼勢力に左翼と見なされているからだ。

真赤な服と金の輪の装身具を著けた女子職員は、パオロ・アンゼリーニ氏の名を口にするとき、いとも敬虔な面持になった。よほど尊敬しているらしい。その尊敬も度が過ぎて、まるでキリストを語るような信仰的な表情であった。アンゼリーニ氏は聖者のような人格なのだろうか。

すると、アンゼリーニ氏のその崇高な人格に魅せられた金持が同文化事業団の財政的援助をしているのかもしれない。それが「メディチ信託運営団」との財政的提携の意味であろう。「メディチ信託運営団」というのはフィレンツェの何処にあるのだろうか。

アンゼリーニ文化事業団の本部は、毛織物同業組合のビル四階に在った。してみると、スポンサーは有力な毛織物会社か毛織物商組合かもしれない。その会社の名前を表面に出したのでは、いろいろと不都合があるので、メディチ家に因(ちな)んで「メディチ信託運営団」の名称を用いているとも考えられる。毛織物商とメディチ家とは、同家がフィレンツェを毛織物交易で繁栄させたことにより深い因縁がある。

もしそうだとすれば、毛織物商にそれほど多額な財的援助、つまり献金をなさしめるパオロ・アンゼリーニ氏は何やら教祖的な存在のようである。

先端技術開発の競争は激甚である。ハイテクノロジーの急速な進歩は、兵器を改良し、新型兵器を次々と生み出してゆく。かくてハイテクは人類殺戮(さつりく)につながる。これに歯どめをかけるために世界じゅうの人々が精神を武装して、この強者と対抗すべきである。それ以外にハイテクの暴走を抑止する手段なく、人類の破滅から脱(のが)れ得る方途はない。パオロ・アンゼリーニ氏はかく呼びかける。

人道的立場に立っている。精神を武装せよ、という言葉が目新しい。ハイテクという強敵に対してはこちらも「武装」しなければならぬという。物質文明対精神文明という言葉は昔から言いならわされてきているが、これはそんな古びた抽象語ではなく、現実の世界的現象に投げこまれて、きわめて切実感を持っている。

しかし、パオロ・アンゼリーニ氏が、その言葉の表現はともかくとして、人道主義者であるのはたしかなようだ。たんなる理論的な平和論者でなく、人道主義に立っているところが氏の宗教的な崇敬を得ている所以(ゆえん)であろう。そしてそれが献金が集まる理由でもあろう。

モンテカルロに参集する「会員」は三百名。世界各国からやってくる彼らに往復旅費と滞在費を支給するのだから、それだけでもたいへんな負担だ。しかし、それが可能なのも、献金が豊富なためにちがいない。――

「モンテカルロの精神武装世界会議には、日本からだれが参加するんだろうな」

仁一郎は、ふいと呟(つぶや)いた。パオロ・アンゼリーニのことを考えているうちに、思わず口から出た。

「山崎センセはモンテカルロへいらっしゃるわ」

仁一郎が思索の面持ちで沈黙している間、退屈していた阿佐子が元気をとり戻したように言った。演劇家の名である。

「山崎泰彦か。あいつは言い出しっぺだから行くだろうな。フィレンツェの文化事業団に会員参加の申し込みをし、その資格の認定を受けたんだろうね」

参加会員の資格は先方の認定を要する。その資格を得た者にかぎり日本からの往復航空運賃、モンテカルロでのホテル滞在費は全額先方負担となる。オブザーヴァとしての参加者は自費。ホテルの世話だけはしてもらえる。

これが「会則」であった。

「山崎のほかはだれが行くのかな？」

「あのあと、山崎センセがお店に来られたけれど、そのときは、なんでも川島センセ、庄司センセが会員として参加が決まったようなお話でした」

事務局の女子職員が秘密にしていた日本人参加者の名が、阿佐子の口からすらすらと洩れた。建築家・川島竜太、詩人・庄司忠平。

「オブザーヴァはだれだか聞いてないかね？」

「戸崎センセ、植田センセ。それに小島春子さんというジャーナリスト会議の代表とかの人」

作曲家・戸崎秀夫、画家の植田伍一郎。小島某は知らぬ。

「どちらもカネがあるからな、自費で行けるよ。桜井はどうだい？」

「桜井センセは参加しないそうです」

「ふん。大学教授・文芸評論家はおカネが足りないとみえるね」

仁一郎は笑った。

「いいえ、山崎センセがメンバーからはずされたんです。あんな人が入ると、みんなが気分を悪くするって」

「さすがだ」

仁一郎は愉快そうにいった。

「その代り、原センセが参加されるらしいわ」

「原？　原って、だれだ？」

「原章子センセよ。西洋史の……」

オブザーヴァとして原章子がモンテカルロの会議に出ると聞いて、仁一郎は海洋中に島影を見た思いになった。

原章子は西洋中世史を専攻し、二つの私大の講師をしている。その一つが、木下信夫が助教授となっている明和大である。

同じ大学の教師だから原章子と木下信夫とはもちろん知り合いである。のみならず原の西洋中世史と木下のルネサンス美術史とは相関関係にあるから、両人は親しいにちがいない。

原章子に聞けば、木下信夫の消息がわかるかもしれない。秘密な逃避行をつづけている者は、だれかに自分の現在をそっと報らせておきたい心理になるのではないか。たとえ暗示的にでも。

それはたとえば逃亡中の犯罪者が親しい者に隠れた通信をするような心理に通じていよう。秘匿しなければならぬ自分の行動の、しかしその孤独に耐えかねて、だれかに交流を求める。一方的でもいい。口の固い、信頼できる人間に通信を送ることが孤独の息苦しさに小さな窓を開けることになるのだ。かくて自ら禁を破り、それが捜査側に手がかりとなったという例を新聞で見かける。

和子と一緒にフィレンツェから逃げている木下信夫も同じ心理を抱いているにちがいない。むろん信夫は和子と一緒だとは言わない。女伴れであることも、その通信では黙っていよう。

——

仁一郎は原章子を識らない。しかし、もしモンテカルロの「精神武装世界会議」の会場であるホテルのロビーででも遇うなら、異国で顔を合せる日本人どうしのこと、こちらから愛想よく挨拶すれば、先方もうちとけてくるはずである。

そのうえで話題をさりげなく木下信夫に移せばよい。知人としてである。

「明日はポルトフィーノを引き揚げよう」

仁一郎は、ぽつんと言った。

「あら」

「モンテカルロの会議は三日からだったね？」

「そう。いらっしゃるの？」

「うむ。仲間に会いたくなった」

「うれしい。じゃ、明日すぐにモンテカルロへ？」

「いや、開会日にはまだ余裕がある。それまで近くの土地を回ろう」

ニースから西へ十キロ、タクシーで空港を過ぎ、川を渡って「ナポレオン街道」の起点を北方へ直線に向かうこと十三キロ、山岳地帯へ入ってせまい道路を登ること四十分ばかり、突兀として聳える岩肌の山頂に乗る白い砦と人家を見る。それがサン・ポール・ド・ヴァンスの古城とその町。

森林の上にあらわれた丘陵はフランス・ジュラ山脈。石灰岩の白い岩肌が荒々しかった。和子は、二日前から泊まっているニースのオテル・マルキーで、このサン・ポール・ド・ヴァンスが曽てはサラセン人の襲撃から守る目的で造られた町であり、中世の城廓中にある銅版画のような風景だと聞かされた。

とかくホテルなどで吹込まれる言葉を真にうけると期待はずれになるものだが、じっさいに来てみると此処ばかりは心から感歎した。

ニースの喧騒からはまったく隔絶した山中の仙境といった感じすらおぼえる。砦の背後にアルプス南端の連山が逼っているのも、その思いにさせるのかもしれない。

が、和子を驚かしたのは、廓内ではなかったが、森に囲まれた中腹で、すごい近代的な美術館に出会ったことだった。なんら予備知識がなかったので、不意だったたし、これには夢を見ているようだった。マーグ財団美術館文化センター。——ヨーロッパ第一のモダン美術館である。

展示品＝ジャコメッティ、ブラック、レジェ、ボナール、マティス、シャガール、カンディンスキー、ミロ、カルダー、タル＝コアトなど現代作家の作品。年中無休。

──門の掲示板を見て、和子は呆然とした。

ニース付近に美術館は多い。マティス美術館、ピカソ美術館、ルノワールの家、ジャン・コクトー美術館、エフルッシ・ド・ロートシルド財団美術館など。しかし、これらは十月末までで、十一月に入ると一斉に休館になる。

信夫が美術館回りを思い立ったのが昨日の十一月一日、あいにくと一斉休館に入った日であった。ただ、ニースの近くのビオットにあるフェルナン・レジェ美術館だけは年中無休と聞いた。教えた人は年中無休にもう一つマーグ財団美術館文化センターがあるのを言わなかった。

和子と信夫は十月三十一日にパリからニースに移った。

──仁一郎はかならず自分と信夫とを求めて近くまで来ている、というのが和子の予感であった。姿を見せないで忍び寄って来ている。

くるとすれば、どこまできているか。

眼にちらつくのはモンテカルロで開催の「精神武装世界会議」の広告である。英文ではブリストル・ホテルのポスターで見た。仏文ではルアンで小島春子の持っていた切り抜きを見た。日本からも会員参加募集とあった。

日本の文化人も応募して参加する。仁一郎のつき合っている人たちにその思い当る名が浮ぶ。夫はそれにまぎれこんでくるのではなかろうか。そうしてモンテカルロから妻と信夫の行方を知ろうとする。

ヨーロッパでもパリ、ロンドンを中心に限定すれば範囲はせまくなる。姿を直接現わすことを望まない夫は、モンテカルロまで来て様子を窺い、計画を練ろうというのではないか。性格からして、そのような愉しみを好む人なのである。

モンテカルロに行ってみよう。和子は決めた。夫に会い、信夫の将来の安全を確保するようにすべてを解決しよう。夫が日本を出たことをパリから東京の兄の家に電話して知り、衝撃を受けた。確実なのは、夫のほうから妻の捜索にヨーロッパへやってきたことで、それも普通の「捜索」ではない。

和子は、信夫には何も話していない。パリからニースに移った理由も、むろん日本人が参加するであろうモンテカルロの会議とは無関係なことにしている。

しかし、信夫も、うすうすは和子との別離の時が近づいたことは気づいている。彼は別れの場所をパリだと思ったらしい。が、パリではなかった。ニースに移ると和子から聞いて彼はほっとした。いきいきとした。生命が延びたような表情だった。

ニースのホテルの名は「マルキー」(Marquis＝侯爵)というのである。場所は海岸通りの遊歩路プロムナード・デ・ザングレに並行しているが、それより四ブロック北へ上った通りである。碁盤目形に切った横丁にはホテル、レストラン、商店が密集し、軒下のカフェテラスの雑踏の前を観光客がぞろぞろと歩く。だが、ブールヴァール・ヴィクトル・ユーゴーはプラタナス並木の広小路である。

毎日の夕食といわず、朝食でも、昼食でも、二人にとっては、それがいつ別れの食事になるかわからなかった。食前酒のグラスを軽く挙げても、いつ唇から、さよなら、の言葉が出るかわからなかった。そのおそれは信夫のほうにあった。――

ロンバルジア銀行のフォンターナ副頭取の飛降り自殺の報道は、ニースに着いた十月三十一日のフランス新聞で和子と信夫は読んだ。仏紙も大きな扱いにしていた。

《フォンターナ副頭取自殺――三十日、ロンバルジア銀行本店窓から飛降り》

写植活字のならぶ大きな見出し。

初老の男の顔写真と白いビルの正面写真とが記事の中にならんでいる。

《先に倒産したロンバルジア銀行のカルロ・フォンターナ副頭取（五八）は、十月三十日、同行ミラノ本店六階の窓から飛降り自殺をした。同氏はここしばらくノイローゼ気味だったという。

同行のリカルド・ネルビ頭取は去る十月十九日ロンドンのブラックフライアーズ・ブリッジの下で縊死体となって発見された。また、去る十月十五日の夜、同本店四階の窓から頭取の秘書ミス・マリーナ・ロッシが飛降り自殺をしている》

写真を見る。広い額と半白の髪、端正な顔が上品に微笑している。いかにも銀行の副頭取といった風貌であった。この平和な表情からは自殺するような苦悩が秘められているとは思えない。

ビルの写真は人物よりも形が小さい。それでも白亜のロンバルジア銀行の偉観は十分にわかった。十二階のビルである。正面が擬コリント式列柱。二層まで吹き抜け。六階の右側の隅に写真の上から矢印が付けてあった。飛降りはこの窓からという新聞の説明なのだ。——

「副頭取は飛降り自殺ではなかろう」

ホテルの部屋で、信夫は記事を指して和子に言ったものだった。

「きっとP2の組織の命令を受けたマフィアの悪漢どもに銀行の六階で身体を押えこまれ、窓から街頭に投げ出されたのだ。記事には死体発見が何時とは書いてないが、凶行はたぶん深夜で、死体発見は翌朝、通行人によってだろうね」

彼は昂奮(こうふん)してつづけた。

「副頭取がノイローゼ気味だったという警察発表はウソではあるまい。副頭取は、ネルビ頭取がロンドンのブラックフライアーズ・ブリッジで首吊りにされてからは、すっかりおびえていたんだよ。彼は、だれがネルビ頭取を自殺と見せかけて殺したか、なぜ殺さねばならなかったか、その理由を知っていたからね。銀行の窓から飛降り自殺したのに、十月十五日に頭取秘書のミス・マリーナ・ロッシの事例があるとこの記事は書いている。十月十五日といえば、ぼくらがネルビ頭取がテムズ川で首を吊されるのを見た十八日夜の三日前だよ。ロッシ秘書の飛降り自殺も、他殺だよ。マフィアの連中に四階の窓から外に放り出されてね。フォンターナ副頭取は、ネルビ頭取の死も、女性秘書の死も、ともにその真相を知っていたのさ。どうして、警察に保護を求めることもできず、おびえていたんだろう。そして、その予感した運命のとおりになったんだ」

信夫は大きな息を吐いて言った。

「すべてはＰ２とロンバルジア銀行との秘密な関係を隠蔽(いんぺい)するための殺人工作。……こんな推測を言うのも、八木君のレクチュアによる影響だけどね」

――八木正八。

……あの人は、中央政経日報ローマ支局員として、もしかするとモンテカルロの「精神武装世界会議」に取材に来るのではないか、と和子はふと思った。

サン・ポールの「中世」の山の町を歩きながら思っている。

信夫は、ロンバルジア銀行副頭取の飛降り自殺の報道を読み、それがＰ２組織のマフィアによる殺人だと推定しても、さして動揺の色をあらわさなかった。昂奮したのは、その推理そのものに対してだった。

「パリからニースへ移ってきてよかった」

彼は何か晴れやかな顔で言った。

「これで、連中の興味は、ぼくらからすっかりはなれてしまってるよ。連中も忙しくなっているはずだ。そういつまでもぼくらにかまってはいられないだろう」

彼はそっちのほうは相当楽天的になっていた。

その解放感は環境からもきている。パリには海がない。人家が密集して雑然としている。曇り日が多く、雨が降りやすい。橋も、河岸も、裏通りも、運河も、寺院の塔も、夕の鐘も暗鬱である。

ニースは太陽そのものの町だ。コート・ダジュールの海の色は黒いくらいに濃紺だ。ならぶビーチパラソルは三色の染め分け。すべてが原色。これが十月半ばまでだと、人々はファッションの水着、沖には白帆のヨット。空は底抜けに蒼く、区切るはアルプスのジグザグなスカイライン。十月末にきてもその名残りはあった。

信夫の気分が急激に転換したのは無理もなかった。彼の心理は複雑にちがいない。このニースが二人の別離の地になると覚悟しているはずだ。もうこれ以上は引き延ばせない。際限がなかった。逃避行はすでに一カ月になろうとしている。状況は極限にきている。

食事のたびにそれが訣別の杯を挙げる瞬間となるように、信夫は、残された最後を忘我に求めようとしている。

コート・ダジュールの太陽と風景とを愛してピカソ、シャガール、マティスなど多くの現代画家がここに滞在し、制作した。それら大家の作品群を収めた美術館がニース市内や付近に建てられてある。だが、十月下旬からローヌ渓谷ぞいに吹きはじめるミストラルが、十一月に入ると秋冷とともに強い雨の訪れともなる。だから十一月はどの美術館も休館する。

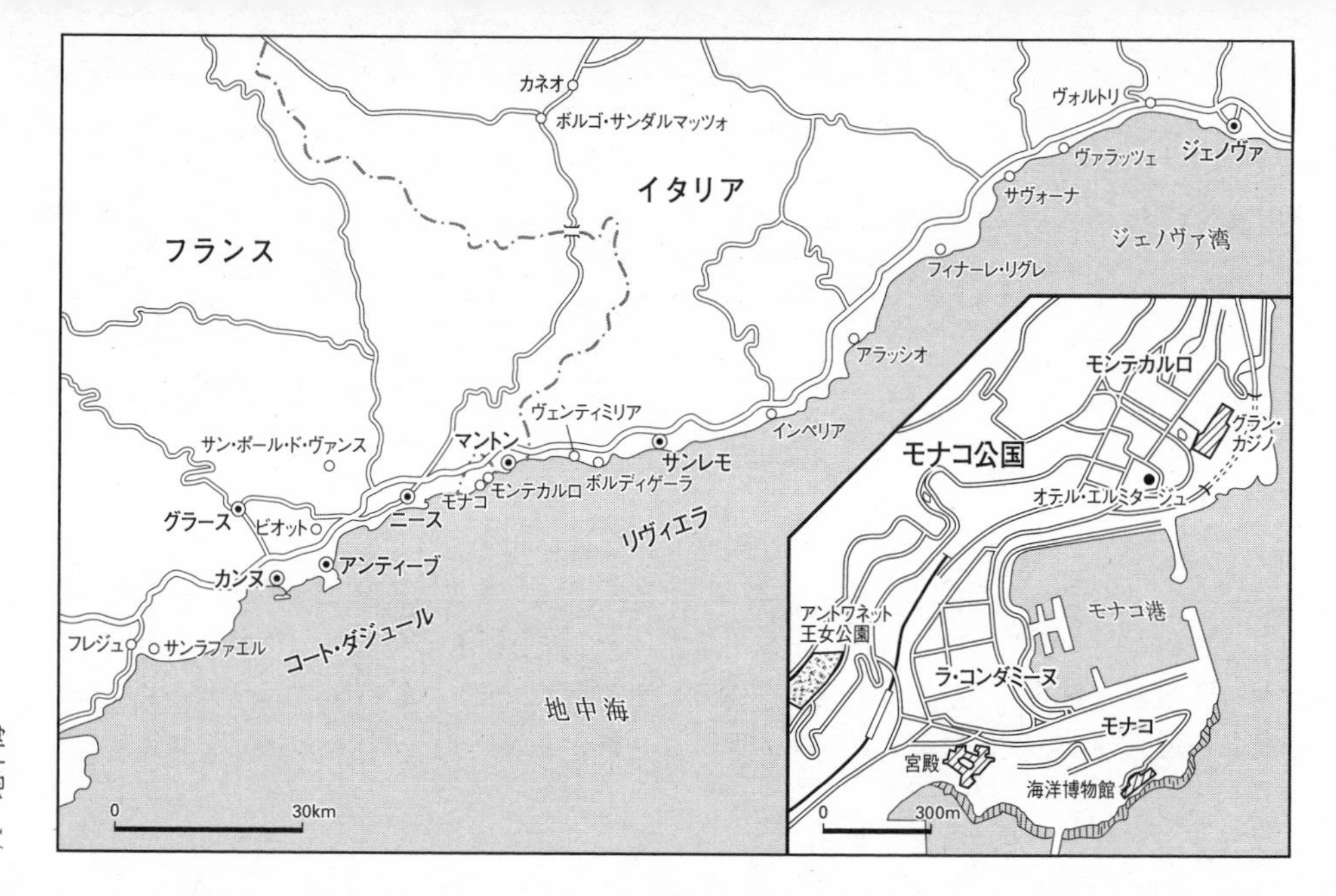
カネオ
ボルゴ・サンダルマッツォ
ヴォルトリ
ジェノヴァ
ヴァラッツェ
サヴォーナ
イタリア
フランス
ジェノヴァ湾
フィナーレ・リグレ
アラッシオ
ヴェンティミリア
インペリア
サン・ポール・ド・ヴァンス
マントン
サンレモ
モンテカルロ
ボルディゲーラ
モナコ
グラース
ニース
ビオット
リヴィエラ
アンティーブ
カンヌ
コート・ダジュール
フレジュ
サンラファエル
地中海
0
30km
モンテカルロ
グラン・カジノ
モナコ公国
オテル・エルミタージュ
モナコ港
アントワネット王女公園
ラ・コンダミーヌ
モナコ
宮殿
海洋博物館
0
300m

ただ国立フェルナン・レジェ美術館だけが年中無休と聞かされて信夫は今日、そっちへ回っていた。

――だが、信夫のこの意識をもう一つめくってみると、ロンドンのネルビ殺人現場目撃いらいマフィアに追われていた和子の危険が相互の紐帯となっていた。死の恐怖の前にそれが愛を強めていた。その危険が去ったいま、心の安らぎは来ていたが、緊張がゆるんでいる。和子から見た、信夫の変化だった。

石を高く積み上げた城砦（じょうさい）の入口、穹窿（きゅうりゅう）の門の傍は砲台跡で、げんに往時の大砲が据えられてある。十六世紀の切石は風化し、表皮がぼろぼろになっている。

門をくぐると、城廓内の街がひろがる。街は、頂上の天守閣の場所にむかって円錐形にもりあがっている。下からは登りの坂道ばかりである。路（みち）はすべて甃（いしだたみ）、これも当時の古色を保っている。廓内の街は荒廃を漂わせながらそのまま保存されている。

観光ルートに一本の路しか開放されていない。路の両側には土産物店、骨董（こっとう）店、レストラン、喫茶店、画廊などがならぶ。それがみな十六世紀の住居の中に引っ込んでいる。軒に看板は出ているが、いずれも楡（にれ）色に統一されて、家々の白壁と蔦蔓（つたかずら）と、白亜の岩山にマッチさせるようにしてある。その形もさまざまに工夫してあり、芸術的な変化をみせている。

甃の石段は螺旋（らせん）階段のように曲折をくりかえして上へ延びている。その曲り角の家の軒に古めかしいランプが吊るされていたり、古文書形、ヴァレット形、ボンネット形などの看板が突き出され、それらには、“du Dirux four MION”“Atelier C. Gruodla”“Atelier E. Bernadac TABLEAUX”“Maison Venore”などの文字が浮き出されている。

家々の入口の軒は狭く、すべてアーチ形。三層の建物はタテに細長い。まるで石膏を塗ったような石壁にはめこんだ窓は緑色の鎧戸(よろいど)。これがこよなきアクセントとなっている。山上の湧き水を流す側溝も昔のままなら、その溝を蔽(おお)う蓋石も十六世紀の切石であり、ヒビ割れも隅の欠けも、四百年近い星霜を伝えている。

曲りくねった中世の石段の角から不意に観光客が現れたりすると、かえって現代の亡霊に遇ったように恟然(きょうぜん)とするのである。サン・ポールという山上の砦のある旧(ふる)い城町である。

マーグ財団美術館文化センターは、あたりの「中世」とは急激に隔絶していた。

それは高台の林の中に囲まれていたのだが、その前庭からして新展開となっていた。ミイラのように痩せこけた、ひょろ高い、脚の長い男女の裸身像。あるいは直立し、あるいは歩き出そうとしている。まるで木の根を持ってきたようだが、材料は建築用のセメントに煉瓦(れんが)色を塗ったものや、そのへんの城壁の崩れ石を拾ってきて粉砕し練りあげたもの。なかにはスペインの画家ホアン・ミロの抽象彫刻もある。「ジャコメッティの宮廷(コア)」というのが設計者の命名とある。アルベルト・ジャコメッティはスイスの現代彫刻家。

その背景となる美術館の外観は、もとより近代的建築である。デザインは象徴的、色彩は白と朱と光。光はガラス窓である。けれどもその奇矯な抽象性は、破調でありながらふしぎと周辺の雰囲気と調和するようになっている。三マイル近くにローマ時代のヴァンスの町があり、古い伽藍(カテドラル)があるが、その街や伽藍とも谿(たに)を隔てて対応している。

館内に入れば、クリーム色に統一された広々とした各展示室に現代作家の作品が余裕たっぷりに掲げられてある。回転する赤い太陽の下に生命を歓喜する人間、曲芸と奏楽と踊りと舟遊びと愛欲と母子と。シャガールのメルヘン壁画は三百号くらい。エジプトの女王を黒とオレンジ色の二色で様式化したマティスの清楚な初期の作品二百号。そのような大作でなくても、ブラック、ボナール、レジェ、カンディンスキーなどの作品が、じつに無造作なくらい、しかし美事にならべられている。画は淡黄色の壁に展示され、床は濃いベージュである。壁が屈折した前のスペースには、ミロやルーマニアの彫刻家コンスタンティン・ブランクーシの前衛彫刻が置かれている。ディスプレイはシャガールの創意による。

——マーグ美術館がこれだけの現代作家の作品を蒐めているのは理由がある。エーメ・マーグ（一九〇六—八二）はマティスやボナールと親交を結んでいたが、第二次大戦後、パリにマーグ画廊を開き、巨匠だけでなく戦後派の幾多の画家をとりあげ、詩人たちを庇護した。こうした活動が発展して財団に成長すると、展示、売買のほか美術雑誌や図書出版にひろく手をひろげた。

ひろい館内はひっそりとしていた。五、六人の参観者の靴音が静かに聞えるだけである。監視人の若い女はイスに坐って本をめくっている。ニース付近の美術館でさえ十一月はみんな休館なのに、ましてニースから二十三キロ、山岳地帯のここまで足を伸ばす者はよほどの美術好きである。

信夫をつれてくればよかったと和子は思ったが、仕方がなかった。このマーグ財団美術館の存在は自分も信夫も知らなかった。ホテルで教えてくれなかった。ホテルのフロントが信夫に教えたのはビオットにあるフェルナン・レジェ美術館で、そこだけは開館しているというのである。

和子は外に出た。庭園も人工的な設計にすぎるが、植物の自然がそれに打ち剋った。海抜四百メートル、落葉樹は紅葉にはならないが、黄色になっている。が、それがかえって赤味がかった白亜の険しい岩肌の山と合う。

同じ路だが、往路とはまた見る眼が違ってくる。路のまん中にアーチの門がある。門の上は両側の家の渡り廊下になっていて下は窓、上の窓は開かずの扉。黄葉が左右から交差していた。門の外から眺めると、両側の家の入口が細長くならび、上に尖った穹窿形なので、あたかもゴシック式伽藍の身廊を眺めるようであった。この中世の城廓街が宗教そのもので、これも往路では気づかぬ発見であった。

石段の横にはまた石段があり、そこにある家の高い窓に赤い布がひろげられている。モダンな図柄で、これはと思って眼をむけるとそこが婦人服店であった。石段が家のうしろ側に回っているのである。

蔦の日蔭に暗く繁る路地の石壁に石油ランプが灯り、ランプは優雅な唐草文様の鉄灯籠に保護されている。ランプの下が古美術品（アンティーク）の店だったり、小レストランだったりする。陽が軒の間から洩れて斜めに射しこみ、そこに明暗の幽玄な諧調を醸し出している。

南仏プロヴァンス地方産の薬草店では、昆虫や植物根やえたいのしれない動物の臓物漬の瓶を棚に並べ、乾燥した亜熱帯植物の実を袋の中に入れている。骨董店は古い民芸品を置き、美術商は複製品を掲げている。

和子がここにきた記念にと民芸品の前に足をとめたとき、店の中から外国婦人と日本女性とが前後して出てきた。

日本の女性と和子とは顔を合せると、同時に、「あら」と双方から叫んだ。

「まあ、あなたは小島さん」

和子は言った。ルアンのノートルダム大聖堂で遇った「オリエント・ジャーナリスト連絡会議日本部会会員」の小島春子だった。

「あらあら、珍しいところで再会しましたわね」

彼女はお河童頭を振り、顔をのけ反らせて笑った。

「木下さんもマーグ財団美術館を参観においでになったんですか」

小島春子はきいた。

和子を「木下」と呼んだのは、ルアンの大聖堂の前で信夫が（ぼくは木下と申します）と言い、和子のことはべつに紹介しなかったので、小島春子は夫婦だと思いこんだようである。

和子は面倒なので、べつにそれを訂正しなかった。

「ええ。わたしはもう参観をすませてきました。すばらしかったですわ」

「あらそう？　わたしはこれからです。この坂道がしんどいので、道草を食いながらぼつぼつ上がるんです」

小島春子はほがらかに笑いながら手に持った土産物の包みを見せた。伴れの背の高い中年の外国婦人も同じ包みを提げていた。

「せっかくお遇いしたんですから、ちょっとお茶でもいただきませんか。こちらは、やはりモンテカルロの精神武装世界会議に出られるドイツの婦人です」

小島春子はその婦人にドイツ語で短く言った。

カッフェ店は路地の中で、石段の横。石づくりのアーチの小さな入口をくぐるのだが、店内が城砦の石垣であった。蔦の下がる石壁の棚に、赤い傘と赤い陶器の置きランプが目立った。三人でコーヒーをとった。

「モンテカルロの会議は明日からですね？」

和子は、いいときに、いい人に出遇ったと思った。

「そうなんです。今日あたり会議の進行について打ち合せがあるらしいんですが、わたしたちは参加会員ではなく、オブザーヴァですから、会議を傍聴するだけです。で、今日はこうしてここを参観です。相変らず遊び癖がついて困っています」

小島春子はルアンのときのように、おかしそうに笑った。

「小島さん。日本人の参加者はどういう方だかお名前がわかっていますか」

「リストをもらっています」

「リストを？　済みません、お持ちでしたら、ちょっと拝見できますかしら？」

「いいですとも。ちょっとお待ちください」

小島春子はハンドバッグを引き寄せた。

和子は動悸が搏った。夫の名がそこに記載されているかどうか、あと数秒でわかる。

「お待ち遠さま。これです」

手渡された仮綴の小冊子を和子は恐ろしいような気持でひろげた。

パオロ・アンゼリーニ文化事業団主催「精神武装世界会議」の参加会員三百名、オブザーヴァ百名の人名リストである。それだけでも圧倒される。「ＪＡＰＯＮ」の項を開いた。

日本人の名はむろんローマ字である。肩書・職名だけが仏文になっている。

『会員』建築家・川島竜太。詩人・庄司忠平。演劇家・山崎泰彦。

『オブザーヴァ』作曲家・戸崎秀夫。画家・植田伍一郎。大学講師・原章子。オリエント・ジャーナリスト連絡会議日本部会・小島春子。

――高平仁一郎の名はなかった！

和子に安堵がきた。

リストのうち、植田伍一郎、山崎泰彦、戸崎秀夫は夫の口からときどき聞いた名である。面識のある人もいる。夫仁一郎の飲み友だちであり、遊び仲間である。

一度は安心したが、一抹の不安があった。

「小島さん。この日本人の参加者の中で、存じ上げている方が居られるんです。なつかしいわ。できたら会期中にお会いしたいと思うんですが、宿舎のホテルを主催者に聞けば教えてくれるかしら？」

「いえ、それは主催者に聞くまでもありませんよ。わたしたち日本人だけの割当てホテルのプリントがあります」

小島春子はもう一枚の紙をとり出した。

「会員」の川島、庄司、山崎は「オテル・ド・パリ」。

「オブザーヴァ」の戸崎、植田は「ホテル・スプレンディッド」、小島春子、原章子は「オテル・ミラマ」となっている。

「小島さん、これを書き写させていただいて、いいかしら？」

「どうぞどうぞ」

和子はそれを手帖に書き取った。

「会員は同じホテルだけど、オブザーヴァは別ですわね」

「そう。会員のホテル滞在費は『精神武装世界会議』主催のパオロ・アンゼリーニ文化事業団が負担するうえに、ホテルもまあ一流です。ところが、われわれオブザーヴァは自費のうえにホテルは二流です」

「ではホテルを移ればいいじゃありませんか。モンテカルロはホテルだらけでしょう?」

「おっしゃるとおりです。でも、どこのホテルも満員なんです。ただでさえ客が多いのに、こんどの会議で四百名も入ったんですから。会場になっているオテル・エルミタージュは超一流ですが、そこだけでもパオロ・アンゼリーニ文化事業団の役員と会員とで百五十室が占められてしまったそうです。で、あとの各国の会員は他のホテルに分散です」

「ちょっと。いま各国の会員と言われたけれど、それは、どういう意味?」

「世界会議だから、各国から参加者が来ているのです。でも、オテル・エルミタージュに泊まっているのはふしぎとラテン系の人の数が多いんです。中南米からのね」

パオロ・アンゼリーニは名前からしてイタリア人である。中南米には以前からイタリア人の移民が多いと聞いている。パオロ・アンゼリーニ文化事業団が今回の「精神武装世界会議」に参加する中南米のラテン系の会員を、会場である超一流のオテル・エルミタージュに部屋を与える優遇はやはり「血」の愛情というべきだろうか、と和子は思った。

「それにしても、パオロ・アンゼリーニ文化事業団というのは、ずいぶんおカネがあるのね?　この会議だけでもたいへんな費用でしょ?」

和子は小島春子にきいた。

「わたしもね、それを事務局の人にたずねたの。そしたら、この趣旨に賛成して匿名の寄付者がいっぱいあったんだって。もう断わりきれないくらいに。イタリアだけでなく、フランスからも、イギリスからもスイスからも、とくにアメリカからも。財閥は戦争を望んでばかりはいないということがよくわかったと説明していたわ」

自分たちばかりしゃべっては悪いと思ったか、小島春子は傍の色の白い、痩せた顔の婦人にドイツ語で短く会話の内容を説明した。ドイツ婦人は曖昧(あいまい)な微笑でうなずいた。

「小島さん。あなたと同じオテル・ミラマに泊まってらっしゃる大学講師の原章子さんという方、仲よくできる方？」

とんでもないというように小島春子はお河童の髪を激しく振った。

「いやなヤツよ」

顔をしかめた。

「廊下を隔ててむかい側の部屋に居るんだけど、大学講師を鼻の先にブラ下げて、威張りくさってるの。わたしをブン屋くらいに思って、ものも言わずに尻目にかけてるわ」

「へええ。変ってる方ね」

「昨日、昇降機(アサンスール)の中で、いっしょになったの。向うから珍しく声をかけてきたかと思ったら、オリエント・ジャーナリスト連絡会議っていうのはアカじゃないですかと無知なことを聞くじゃないの。こっちも、わざとアカはおきらいですかと問うと、大嫌い、と返事したから、じゃ、ニースの街は眼をハンカチで隠して歩かれるんでしょうね、だって花市（はないち）にしても街のお店にしても切花のバラやグラジオラスの赤がいっぱいじゃありませんか、といってやったわ」

　小島春子はまた快活に戻った。

「あら、これからあなたがたは上の美術館文化センターへいらっしゃるんでしょう。お邪魔して済みませんでした」

「いいえ。どういたしまして。……あの、ご主人は？」

　小島春子が和子に、ご主人は、と訊いたのは信夫のことである。

「今日はよその美術館へ行っております。ここに、こんなすてきな美術館があるとは知らなかったものですから」

　苦しいけれど「夫」ということにした。

「そう。それは残念ね……あなたはニースのマルキーにお泊まりですか」

「えっ？」

「失礼。さっき、ハンドバッグから手帖を出されたとき、ホテルのカードが半分出かかって、のぞいていたの。それで、つい、その印刷したホテルの名が眼に付いちゃって。ごめんなさい」

「いいえ、いいの。そのとおりです。ヴィクトル・ユーゴー大通りのマルキーです」

「あれはいいホテルだわ。いえ、泊まったことはないけど、五年前にニースに来たことがあって、わたしの知った人が、あのブールヴァール・ヴィクトル・ユーゴーのマレシャルというホテルに泊まっていましたから」

「マレシャル？」

「マレシャルは元帥（げんすい）という意味だそうです。マルキーは侯爵という意味かしら。でも、マレシャルとマルキーとは発音も意味もなんだか似ているわね。それに同じユーゴー通りにあるんですからね」

「そういう似た名のホテルがあるのを知らなかったわ」

「ブールヴァール・ヴィクトル・ユーゴーは東西に長い大通りですからね。二キロ以上もあるかしら。それに両側に並木はあるし、ちょっと目につかないわね。わたしは知り合いのホテルを尋ねて行ったから、両方のホテルを見たのよ。五百メートルも離れていないでしょう」

「そう。それで観察がこまかいのね」

和子は腕時計に眼を落した。三人はイスから立ち上がった。

「小島さん。どうもいろいろとありがとう。……またお会いしたいわ」

日本で、という言葉を呑みこんだ。

「木下さんもよい旅を。ご主人によろしく。東京でお眼にかかりましょう」

ドイツ帰人とも握手を交わした。男のように強い力を持っていた。

見返ると、手を振った二人はすぐ曲り角に消えた。

小島春子は最後まで顔いっぱいの笑いを和子の瞳に残した。

麓の駐車場で、タクシーの運転手はほかの運転手と雑談していた。和子を見ると、帽子のひさしに手を当てて近づいてきた。

「お待ち遠さま、運転手さん。とても素晴らしかったわ。ここへ連れてきてもらって、たいへんありがとう」

帰り道は早かった。

和子はユーゴー通りの「オテル・マルキー」に帰った。午後三時すぎだった。信夫はまだ戻っていなかった。

和子は八木正八の名刺を手帖から取り出し、名刺の活字にしたがって、ローマの中央政経日報支局の電話番号を交換台に申し込んだ。ニースからローマの国際電話はすぐに通じた。出たのは男の声だった。

「こちらは木下と申します。八木さんの知り合いの者でございます。いまニースから電話しておりますが、八木さんはおられますでしょうか」

「ぼくは支局長の岩野です。八木は取材で昨日からモンテカルロに行っています」

ああやっぱり「精神武装世界会議」の取材に八木は来ているのだ。

「あの、恐れ入りますが、八木さんのモンテカルロでのホテルの名をお教えねがえませんでしょうか」

支局長は三秒ほど黙ったあと、

「あなたは、いまニースに居られるのでしたね？」

と確認するようにきいた。

「はい。そうでございます」

「では、お知らせしましょう」

ニースとモンテカルロとでは目と鼻の先だから教えないわけにはゆかない、と支局長は考えたのであろう。

「八木はオテル・ファヴァールです。ファヴァール。電話番号は……ちょっと待ってください」

と、メモをめくる音がして電話番号を教えた。

和子はていねいに礼を述べて電話を切った。

そのまま十分間ほど受話器の前にじっとしていた。八木に電話したものかどうか迷いが生じた。電話すれば彼と会うことになりそうである。会えば相談になる。相談するからには、ある程度事情を話して、助言を求めることになる。それではまるで愬(うった)えになるではないか。

……

廊下に靴音がした。

信夫が戻ってきた。――が、靴音はドアの前を通過した。

和子の指は急(せ)かされたようにモンテカルロのホテルの直通ダイヤルを回転させた。

「ムシュー・ヤギ？　ちょっとお待ちください(アンナンスタン・シルブプレ)」

オテル・ファヴァールの交換手はフロントに問い合わせていたようだったが、すぐに声を出した。

「ムシュー・ヤギの部屋番号は六二五号です(ムシュー・ヤギ・エ・トー・シサンバンサンク)。おつなぎします(ジュ・ブ・ル・パッス)」

接続音がして、ベルが鳴った。

和子は信夫が戻ってこないことを願った。

「アロー」

受話器に八木の声が出た。

「八木さんでいらっしゃいますか」

「はあ、八木ですが」

「わたくしは木下でございます。ロンドンのスローン・クロイスターの売店でも、またブラックフライアーズ・ブリッジの上でもお眼にかかった木下でございます」

おどろきの声が受話器から和子の耳を搏(う)った。

「しばらくでございます」

「どうも。いや、ふいなことで、びっくりしました。……で、いま、どちらから？」

「じつはニースからお電話しております」

「ニースから？」

八木の声がつづけておどろいた。

「すこしお話ししたいことがあります。いま、お忙しいでしょうか」

「かまいません」

「いえ、そうじゃありません。電話ではすこしお話ししにくいのです。お目にかかって、十分でも二十分でもお話ししたいのです。わたくしがモンテカルロにうかがえばよろしいのですが、それもできかねる事情があります。恐縮ですが、ニースに来ていただくというわけにはいきませんでしょうか」

——モンテカルロに行けばだれに見られるかわからない。高層ホテルの窓の上から仁一郎が偶然にのぞきこんでいるかもしれないのだ。そうでなくとも、彼の仲間に、こっちは顔を知らなくとも、向うにはわかっていて、どこで遇わないともかぎらない。

「わかりました。会議は明日からですから、今日は時間があります。ニースへ行きましょう。どこのホテルにうかがえばいいですか」

「申しかねますが、ホテルでお目にかかるのもすこし都合が悪いのです。木下も外出していますし……」

暗に木下信夫には聞かせたくない話というのは八木にも通じたのであろう。

「わかりました。じゃ、ぼく、これからすぐにタクシーでホテルを出ます。モーターウエイを利用すれば、一時間でニースのインターチェンジに出て、アヴェニューを下るとアクロポリスの横に出ます。アクロポリスでお眼にかかりましょう」

八木はてきぱきと言った。

「アクロポリス?……」

「市中の公園のようなものです。公会堂のような建物があって、噴水がさかんに上がっています。その前で」

アクロポリスはその名からしてローマ時代の遺跡であろう。だが、遺跡の感じはまったくなく、公会堂のある市民公園になっていた。公会堂の裏側は斜交線に区切られ、それぞれに泉水、芝生、花壇があり、泉水には大小の噴水が上がっていた。

和子は大噴水の見える前に立っていた。うしろは竪琴(たてごと)を弾くアポロンの巨大な銅像がある。五時近くなって、すでに空は昏(たそが)れ、公園の高い外灯は噴水をうすい虹色に輝かした。小公園をとり巻いてホテルや商店の窓の灯は明るく、四方のアヴェニューを流れる車のヘッドライトが眩(まぶ)しいので寂しくはない。

短い石段を上って男が急いでやってきた。その姿で八木正八とわかった。双方は五メートルのところから頭を下げ合った。

「お待たせしました」

「いいえ。電話でお呼び出ししたりして、ご迷惑をおかけいたします」

「いまはちょうど手空きでした。あ、しばらくでした」

「お久しぶりでございます。八木さんは相変らずお元気そうですわ」

「ここのベンチで話すのも何ですから、どこかコーヒーショップにでも入りましょうか」

八木は気をつかった。

「八木さんさえよろしかったら、わたくしはここでけっこうです。それにお話しすることは長くありませんから」

二人はならんでベンチに腰を下ろした。噴水に対していると道路を走る車のほうには背を向けることになった。車に乗っている人からは見られない。

「折り入ってお願いしたいことがあります」

和子は言葉を改めた。

「たいへん勝手な申しようですが、このことにいっさいの理由をお聞きにならないでくださいまし」

「………」

八木は、前もって頼みごとの重大さを聞かされたように、ぎょっとなった。

「わかりました」

彼は、前を通り過ぎる男女づれを見送ってから、深くうなずいて言った。

「何もお聞きしますまい」

「それは或る人について所在をさがしていただくことなんです。その名前はこれから申し上げますが、その人と、わたくしとの関係はお聞きにならないでください」

「承知しました」

「その人と木下信夫との関係、そして木下信夫とわたくしとの関係もお聞きにならないでください」

「え？」

その人と木下信夫との関係を訊くな、というのはわかる。しかし、木下信夫と自分との関係を訊くな、というのはどういうことか。八木が思わず、え？　と問い返して和子の横顔を見たのはその点だったのだろう。

和子はうつむき、唇の端をかんだ。木下信夫と自分の間のことまで今は八木にふれる必要はないかもしれない。しかし、仁一郎の所在を探してもらっている段階では、八木の疑問が当然そこに向かうのだ。八木は和子を木下信夫の妻だと思いこんでいるのだ。

和子が黙ったので、八木は、はっと何かを察したらしい。女の沈黙は雄弁だった。男に、複雑な想像を与えた。

「それもいっさいうかがわないことにします。約束します」

八木正八は重々しい声で言った。

「どうもありがとうございます。わがままばかり申しあげてすみません。おゆるしください」

「いや。……」

「おゆるしを得ましたので、さっそくですが、お願いのことを申しあげます。時間も遅うございますので」

前を人が通った。ベンチの二人を恋人のように見ている。

「どうぞお話しください」

「わたくしが知らせていただきたいのは、高平仁一郎という人がモンテカルロのどのホテルに宿泊しているかということでございます」

「それならお安いご用です。モンテカルロにはホテルはたくさんありますが、でも、それをかたっぱしから電話してみれば、二時間ぐらいでわかると思いますよ。……あ、その高平仁一郎さんという人もパオロ・アンゼリーニ文化事業団主催の『精神武装世界会議』に日本側の参加会員かオブザーヴァで来られているんですか」

「名簿リストにはその名が載ってないということでございます」

「そうですね。ぼくもその日本人の名前を見ていません。それだったら宿舎のホテルが決まっていて、わかるんですがね」

「でも、わたくしの予感としては、高平という人がモンテカルロのどこかのホテルに泊まっていると思います」

「モンテカルロはどこのホテルも満員だそうです。その場合、モンテカルロ以外の、近い土地のホテルは考えられませんか。コート・ダジュールは保養地がいっぱいで、ホテルだらけですからね。モンテカルロの東がマントン、サンレモ、西がニース、カンヌ。みんな近い」

和子は、あっと思った。

いままでは仲間の居るモンテカルロに夫は居ると考えていたが、彼の性格として、一歩離れた所に居るほうが似つかわしいのだ。――

モンテカルロ以外の地で高平仁一郎の所在をさがすとなれば、ことはたいそう厄介になる。サンレモ、マントン、ニース、カンヌまでホテルの問い合せ範囲をひろげるとなると、それだけにかかっても一日じゅうかかる。ことにニース、カンヌのホテルの数はモンテカルロに負けぬくらいだ。

八木正八もため息をついて言った。

「そこまで手をひろげるとなると少々たいへんですね。明日から例の会議がはじまらなければ一日で調べられるんですが、あいにくと明日はそういう状態ですから。これで助手でも居ると、それに頼めるんですが。とにかく、明日はモンテカルロだけを、ざっとあたってみます」

「すみません」

和子は頭をさげた。

「ざっとあたってみるという意味はですね、明日が会議の初日で何が出るかわからないので、そこから目が離せないという意味です。日本から文化人が会員とかオブザーヴァとかで七人も来ている。で、中央紙の三社、それに合同通信社の各ローマ支局員がこれに特派されて来ています。そんな次第で、ぼくもちょっと緊張しているのです」

「それじゃ、ご迷惑ですから、わたくしのつまらないお願いを取り下げさせていただきますわ」

「いや、大丈夫です。モンテカルロのホテルに電話するくらいの時間はありますから。あとのコート・ダジュールの各地のホテルのほうは、ちょっと時間をください」

「はい。それはどうぞ」

「ハイテクが兵器産業に利用されると、核兵器などの無限な進歩となって人類の破滅に通じる。これをいまのうちに阻止するには人々が精神を武装して物質ハイテクに対抗するしかない、という趣旨は、かくべつ目新しいものではありませんが、精神武装という戦闘的なスローガンの呼びかけが、受けたようですね。日本の進歩的文化人の参加があったのもそのためです。参加会員の川島竜太さんも庄司忠平さんも、それから山崎泰彦さんも大張切りで、英文の発言要旨に手を入れていました。ただ、会員が三百名もいるので、主催者側がどれだけ発言時間を呉れるのかわからないのが心配だといっていました。会議の日程を見ると、毎日のレジメは議長のパオロ・アンゼリーニ氏の講演で半日が占められ、残りはフランス、ドイツ、イギリス、ラテン系の会員の意見発表になっています。事務当局に問い合せると、レジメにはそう一応書いてあるが、アンゼリーニ議長の随時指名だからご心配なくという答えでした」

「………」

「なんだか、これまでとは違った型破りの国際会議のようです。いうなれば、スケジュールのない会議ですからね」

八木正八は開会前の感想を言った。

「スケジュールのない会議ですって？」

「たいていの国際会議だと、だいたいの構成を示してあるでしょう。それは構成委員会が討議して作製したものなんです。ところが『精神武装世界会議』にはその構成がまったく示されてないのです。だからスケジュールのない会議というのです」

「………」

「しかし、よくいえば『自由な会議』でしょうね。主催者側が決めたお膳立に従わないで、参加者が自由に討議し、会議を自分たちで運営してゆく」

「参加者による会議の自主運営ですか」

「と、ぼくもはじめはそう思ったんです。ところが、どうやらそうではない」

「スケジュールはあったんですか」

「スケジュールも参加会員の自主性もない」

「どういう意味ですか」

「われわれ日本人記者団はパオロ・アンゼリーニ氏に共同記者会見を申し込みました。が、体よく拒絶されました。会議が終了するまで新聞記者には会わないと秘書を通じて短いメッセージを読み上げさせるのです。それを読む女性秘書の態度がまるで教皇の勅書を読むように敬虔（けいけん）な態度なんです」

「まあ」

「思うに、パオロ・アンゼリーニ氏は、われわれにとっては無名の人ですが、事業団ではカリスマ的存在の人のようですね。ですからこんどの会議はアンゼリーニ氏のカリスマ的指導の下に、自由に運営されると思いますよ。だからこそ三日間の会議で連日午前中は、アンゼリーニ氏の講演に取られているのでしょう」

「それでよく参加会員から抗議が出ませんわね？」

「抗議なんか出ませんよ。参加会員はみんな往復の航空運賃、ホテル滞在費が事業団から支給されていますからね。ホテルだって、モンテカルロでは四ツ星印です。つまり一級。中南米から来ているラテン系の人々には四ツ星にL印、つまり超一流のデラックスホテルに泊まらせています。これじゃ会員から文句が出るわけはありません。匿名財団の寄付を湯水のように使う型破りの会議。何もかも型破り。……」

「……」

「目が離せないといえば、ローマの検察庁の動きがそうなんです」

八木は声をはずませて、

「あなたはロンバルジア銀行のフォンターナ副頭取が銀行の窓から飛降り自殺したのをご存知ですか」

ベンチから身を浮かせるようにして和子にきいた。

「フランスの新聞に大きく報道されていたくらいですから、ローマではさぞたいへんなニュースになっているだろうと思いました」

「ニュース以上にもうたいへんな騒ぎですよ。だれもフォンターナが自殺したなんて思っていません。マフィアの連中に六階の窓から放り出されたんだと考えています。ちょうどネルビ頭取がロンドンのブラックフライアーズ橋の工事現場で首吊り死体となる四日前の十月十五日に、頭取秘書のロッシ女史が同じ銀行の四階の窓からマフィアの連中に街頭に投げ出されて、飛降り自殺に処理されたようにね」

それは信夫が言ったとおりの推測と一致していた。ただ信夫の場合はたんなる推測だが、八木は現地の取材記者として検察当局のデータをつかんでいるはずだ。そこに現実感があり、迫力がある。

「新聞にはまだ書けませんが、ローマの検察陣は確実に動いています。それというのは、P2の大頭目のアルディはジュネーヴの拘置所を脱獄して、ふたたびアルゼンチンだかウルグアイだかに逃げこんでいる。彼の第二の本拠です。しかし、さしものイタリアの本拠たる組織は、これで壊滅に瀕していています。ヴァチカンも、『神の銀行』がロンバルジア銀行の破産からその黒い癒着ぶりが暴露されて、大弱りに弱っています。法王がヴァチカンからフリーメーソンの追放の布告を出したのはもう一年半も前のことですが、内閣は、いよいよP2摘発の強腰に出ようというわけです。噂では、アメリカに粘っていてイタリア政府の引渡し要求に応じなかったP2のナンバー2のロンドーナも、イタリア政府の強硬交渉の前にはアメリカ側がロンドーナをローマに送還せざるを得ないのじゃないかといわれていますね。もし、そうなるとロンドーナは死刑ですよ。彼は部下のマフィアを使って、どれだけ邪魔者を殺しているかわかりませんからね。ネルビ頭取を首吊り自殺と見せかけて殺したのも、ニューヨークにいるロンドーナが、部下に指令を出して、ネルビをローマからロンドンに誘い出し、マフィアとロンドンのギャングとの合作だというのが、ローマ検察庁の見方です」

「………」

「それには、ネルビの首吊りは他殺の疑いが濃厚というロンドンの検視法廷の評決がずいぶん影響しています」

暗くなるのは早い。それだけに四囲のビルの灯は輝く。車の灯の流れも眩しくなる。ベンチの前を急ぎ足で通るのは勤め帰りの人。ぶらぶらと歩調を合せて歩く男女は恋人であろう。公園の外灯がその姿の片側を白くし、片側を黒くしている。照明を受けた噴水の動きは瞬時も熄まぬ。

「ぼくの知っているローマ市警の刑事にイゾッピとベッティというやつがいるんです」

八木はつづけた。

「この二人がね、まだネルビ頭取の首吊り死体が出ない前に、ローマから消えた頭取を追跡してロンドンに行き、血眼になってその行方をさがしたんです。ぼくも支局長に命じられて、二人の刑事の尻にくっついて行きましたがね。ところが、どうしても頭取の居場所が知れない。仲間のクネヒトはヒルトン・ホテルに居て、ネルビと電話連絡している。ローマ市警からわざわざ盗聴のエキスパートを呼びよせて盗聴させたが、かんじんのネルビの居場所がわからなかった。とうとう刑事三人はあきらめてローマに引きあげました。そのあとネルビの首吊り死体発見です。で、これはあとでロンドン警視庁の調べでわかったことですが、ネルビは十月七日から十八日まで、チェルシー地区のスローン・クロイスターに居たのです。その63号室に。……スローン・クロイスターといえば、あなたとお遇いしたのもアパート式ホテルのあの売店でしたね？」

「はい。そうでした」

和子は身が縮む思いだったが、息を吸って言った。

「でも、わたしは何も知りませんでした」

「そうでしょう。ネルビはむろん偽名で居たし、顔も知ってなかったでしょうからね。あのアパート式ホテルはいろんな人種の外国人が滞在していたようです。……しかしね、ネルビ頭取がブラックフライアーズ橋に行ったのは、スローン・クロイスターからではないのです。彼はスローン・クロイスターを十八日の午前十一時に引きあげていますからね。そのあとどこへ行ったか。その場所が未だにわかりません。そこをX地点としましょう。ネルビがブラックフライアーズ橋の工事現場で首を吊るされたのは、ロンドンの検視法廷の報告によると、十九日午前一時から三時ごろまでということです。つまりその時刻に現場にX地点から到着したわけです。もし彼が自殺とすれば、乗ったタクシーの運転手や通行人の目撃の証言者が出てこなければならない。それはないのです」

「………」

「他殺の場合でもその条件は同じです」

八木が言ったとき、和子は心臓を握られたようになった。

「他殺の場合は」

八木は前をすぎる買物籠を抱えた肥った主婦を見送ってつづけた。

「マフィアやロンドンのごろつきどもはネルビを車に押しこんでブラックフライアーズ橋の

工事現場近くへ運んだでしょう。テムズ川の南河岸通りです。それを通行人は目撃していなかったか。深夜といっても、まだ十二時か一時ごろです。通行人はあったでしょうし、車も通っていたでしょう。ネルビはおとなしく連行されはしない。必死に抵抗する。それを皆で押えこむ。ネルビはもがく。格闘する。この異常な光景に目撃者が気がつかぬはずはない。ところが証言者が出てこないのです。では、ネルビは睡眠薬を飲まされていたのか。それなら、ぐったりとなった彼を一同が酔っ払いを介抱するように抱えて行く姿を見た通行人がなければならない。その目撃者も名乗り出ないのです」

男女が肩を組んで、ベンチの二人の前を通る。

「もっとも十八日の晩はテムズ川付近は相当な濃霧だった、とロンドン気象台の報告を検視法廷報告書は引用しています」

八木が言ったので、和子はまた胸が騒いだ。

「だから霧のために通行人の眼が隠されたということも考えられます。犯行にはロンドンの早すぎた濃霧が幸いしたといえましょうね。けれども、ブラックフライアーズ・ブリッジはメイン・ストリートに架かる重要な橋です。車の通行は深夜まで絶え間がない。また、あの橋下の河岸通りは夜間に歩行者がある。公衆便所があって、歩行者が利用するのです。アル中などの浮浪者もひと晩じゅううろうろしている、と検視法廷報告書にある。そういうのが、霧の中でも、近い距離だとかならず目撃しているにちがいない。それが証言者として出てこないのは、たぶん、マフィアの見張りがついていて、そいつらにおどかされたにちがいないとイゾッピ刑事は言っています」

「………」

「ロンドンの検視法廷報告書の存疑評決に従って、スコットランド・ヤードが当夜テムズ川を運航した船舶について調べています」

和子は、はっとした。

「ネルビが現場に船で運ばれたのではないかとの疑いからです。しかし、貨物船については怪しいものは一隻もなしという報告です。貸ボートは午後八時以降は休み。遊覧船は問題外、ＧＬＣのゴミ処理船は午後三時限りで作業終了だから、もちろん公共の性格からいっても問題外です」

高い声で歌を唄いながら若者が来た。

「しかしですね、ローマ検察庁はネルビのロンドンでの首吊りをあくまでも偽装自殺の他殺とみて捜査をやっています。それに今回のフォンターナ副頭取のたぶん偽装飛降り自殺も一つのバネになっています。さきにロンドン検視法廷報告書とスコットランド・ヤード調査報告書をとり寄せて詳細に検討し、またロンドンに派遣したローマ市警のイゾッピ、ベッティ両捜査員の報告を聞くなどして、いよいよ他殺の確信を深めただけでなく、両刑事の進言にもとづいてネルビが首を吊るされる現場の目撃者の発見に全力をあげることになりました」

八木の言葉はローマの検察庁の動きを手にとるように伝えた。和子は呼吸の乱れを八木に隠すのに苦労した。

「それというのが、ネルビの他殺の実証こそガブリエッレ・ロンドーナとＰ２の息の根をとめるからです。ロンドーナはこれまで子分に命じてずいぶん人を殺している。彼の会社のパートナー、弁護士、新聞社の編集長、脅迫者、そういった連中です。ネルビのようなＰ２組織の大物、内部では互角の勢力者、強力な対立者を屠ったのははじめてです。ですから、犯行の目撃者を探し出し、用心深いロンドーナをニューヨークの穴から引張り出して捕まえることは、Ｐ２の壊滅にもなるのです。イゾッピはロンドンいらい執念に燃えていますからね」

彼は灯が点いている山のある空のほうを見た。

「刑事二人はいま一歩というところでローマに引きあげさせられたんだから、今になって口惜しさがいっぱいなんです。ヒルトン・ホテルにいる一味のオーストリア人やブロンドの姉妹を張りこんだり尾行したり、電話盗聴したりして、追い込んでおきながらね。だからもう、目撃者はかならず見つけ出して、この無念を晴らすとわめいています」

和子はそこに居たたまれない気持になった。

「もちろんＰ２組織のほうも検察庁や警察のこの動きの情報は刻々に入手しています。まだまだ組織は根深いし、抵抗は強力ですからね。彼らも防禦に必死です。つまりネルビ殺しの目撃者があれば、それを警察の手に渡す前に、なんとか処分しようと、これもその発見に努めているでしょうね。これはたいへんな事態になっていると思いますよ。だから、ぼくはモンテカルロの会議もだが、ローマからすこしも眼が離せないのです」

「八木さん。お忙しいのに、あまりお引きとめしてもいけませんから、わたくしは、これで失礼させていただきます」

和子はベンチから立ち上がった。頭がふらふらした。

「あ、大丈夫ですか」

急いで立った八木が気遣わしげに和子を見た。

「大丈夫です。すみません」

八木と対い合って立った和子は、心を引き緊めなければと思った。

「ぼくが、ひとりであんまりしゃべりすぎたのがいけなかったのです。あなたのお身体のことも考えずに。申しわけありませんでした」

「いいえ。そんなこと」

「高平仁一郎さんのホテルのことは、たしかに調べておきます。あの、どこへご返事したら、いいでしょうか」

「勝手ですけれど、またわたくしのほうから八木さんのホテルにお電話させていただきます。会議のことがありましょうから、何日の何時ごろでしたらご都合がよろしいでしょうかしら？」

「そうですねえ。モンテカルロのホテルでしたら明日一日の電話で終りますが、とりあえずニースとカンヌのホテルまで当ることにすると、……明後日の午後十時に電話してください。会議のほうは、もちろんその時間には終っています」

――こちらのホテルに電話してくださいとは言えなかった。八木から電話がくれば信夫に聞かれる。だからニースのどのホテルに泊まっているかも八木には言えないのだ。苦しかった。

こちらから電話をする、と言ったので、八木もそのへんに何か事情のあることを察したのであろう。ホテルはどこですかともきかない。

「では、お先に失礼」

八木のほうから言った。和子への配慮である。

和子は頭をさげた。

噴水を照らす照明灯を受けた八木の背中が五、六歩ばかり行った。その歩みが鈍くなり、思案げに停まり、忘れものでもしたようにこっちへ引返してきた。

何か……という眼をしている和子の前に、八木は面映ゆそうに視線をわきに逸らして、低い声で訊いた。

「木下さん。つかぬことをうかがいますが、あなたは或る証券会社の副社長で、白川敬之さんという方をご存知ないでしょうか」

「白川さん？　……いいえ、存じあげません」

生唾(なまつば)を鉛(おもり)のように呑みこんで答えた。

「そうですか。いや、すみませんでした」

八木はくるりと背中をかえし、こんどは急ぎ足で去って行った。

和子は震え脚で立った。

「元帥」の客

仁一郎は、大型スケッチブックを膝に、コンテを握って写生している。ワインカラーに黒の大きな筋のチェック。カシミヤのスポーツシャツ。

ニースの「オテル・マレシャル」の五階、道路に面した張出し窓。そこに椅子を持ち出して下のブールヴァール・ヴィクトル・ユーゴーを見下ろして街路風景を写している。ときどき眼をしかめるのは、パイプの煙が滲みるのか、実景と画を比較するためか。

「ご精が出るわね」

阿佐子がうしろに立った。

「ああ」

コンテの動きをやめない。

阿佐子は下を見ていた。

「車ばかりやけに通るわね。みんな右へ走って行く」

「一方通行だからさ。こんな大通りでもね」

「向う側もこっち側も並木道。プラタナスの実も熟れてだいぶん垂れさがったわね。あの形が山伏の鈴懸の衣に似ているから鈴懸の木と教わったけど、その実の垂れたほんものの形を見るのはここへ来てはじめてだわ」

「日本にプラタナスが入って、鈴懸の木の名になったのはいつごろか知ってるかい？」

「あら、鈴懸の木は昔から日本にあったんじゃないの？」

「ばかなことをいっちゃいけない。あれは明治のはじめにプラタナスが日本に入って、鈴懸に似ているから鈴懸の木と名づけたんだ」

「そうお。……こうして見ると、プラタナスの並木の歩道にもずいぶん人が通るわね。わりと身なりのいい人が多いわよ。山の手というところかしら」

「この上の丘陵地帯が高級住宅街になっている。こっちの窓は赤屋根ばかりごちゃごちゃしてて海は隙間からちょっぴりしかのぞいてないが、下町風景というのがよくわかる」

「あなたは昨日からそんなスケッチばかりしてて、外へは出ないの？　あんなに張り切ってたのに」

「まあそんなにあわてることはない」

仁一郎はパイプを手に持って、旅のころもは鈴かけの、露けき袖やしおるらん、と謡らしいものを唸った。

「いやだわ。気が変ったの？　それとも落ちついちゃったの？」

「まあ落ちついたんだ、ひとまずね。このホテルの名はマレシャル。意味は元帥だ。元帥というのは府に在って、軽々しくは動かん。戦略を練っておる」

また、パイプをくわえた。

仁一郎は窓ぎわのスケッチをつづけている。

阿佐子は居間（リヴィング）のクッションにかけて服飾雑誌を拡げている。あちこちに置いた花瓶にはバラ、グラジオラス、ミモザ、ゼラニウムなど花市で買った切花が溢（あふ）れていた。

「あのねえ」

仁一郎はそのまま背後（うしろ）に呼びかけた。

「コーヒーのルームサービスをとってもらおうか。フルーツを添えて。こっちの果物はうまいからな」

「わたしもお紅茶をいただきます」

阿佐子が立って、受話器をとり、英語で三度くり返して注文した。

そのあと仁一郎の背中に歩いてきた。

「あらまた新しいのを描いてらっしゃるの。もう何枚目？」

「七枚目」

「おどろいた」

「さっき、元帥のことを言ったろ？　このホテルの名に因（ちな）んでさ」

「ええ、聞いたけど」

「元帥の上がある。大の字が付く」

「大元帥？　あ、それは戦前の天皇陛下の位だとか聞いたわ」

「帝国陸海軍統帥の上御一人の大元帥とは違うね。密教のほうだ」

「へええ、密教にも大元帥があるの？」

「奈良に秋篠寺というお寺がある」

「行ったことはないけど、聞いたことはあるわ。感じのよさそうな名前ね」

「文人墨客がよく訪れる」

「日本にかえったら、わたしも連れてって」

「そこに秘仏がある。一般の人には拝観できない仏さまさ。それが大元帥明王」

「そんなにありがたい仏さま？」

「仏像の全身に蛇がまきついている。髪も蛇、首飾りも蛇、着物の紐も蛇、手首の宝輪も足首の宝輪も蛇だ」

「おおイヤだ。気持が悪い。ぞっとするわ」

阿佐子は身震いした。

「もとはインド教からきたらしい。とにかく憎い対手を呪い、調伏する。呪い殺す。そういう利益のある仏だ。大元帥はな」

仁一郎はコンテの手をとめて、一点を見つめた。

「元帥より格が上だけに、そういう効験はいちじるしい、大元帥明王はな。あは、ははは」

　とつぜん声を出して笑った。

「あっ、こっちを見て笑った」

　双眼鏡を眼にあてていた男が、ぎょっとしたように双眼鏡をはずして、顔を窓に置いた鉢植えのゼラニウムの蔭にかくした。

「どれどれ」

　横の男が双眼鏡を取った。渡した男も受け取った男も色の浅黒い男である。どちらの髪も瞳も黒い。一人は小肥り、端正で、濃い口髭をたくわえている。三十歳をこしている。一人は、痩せぎすののっぽで、すこし若い。髭はなく、顎が長い。双眼鏡を渡したのはこの若いほうである。言葉はイタリア語。小肥りの男は花のかげに半分かくれるようにして双眼鏡を眼に当てて前をのぞいていたが、その双眼鏡の先をあちこちに移している。

「どうも前のプラタナスが邪魔して、よく見えねえ。ほかの窓ばかり映ってな」

「もうちょっと右寄りじゃないかな」

　小肥りは双眼鏡を右にずらした。

「どうもプラタナスが大きく映りすぎる」

　――こちらはビルの四階の一室で、ヴィクトル・ユーゴー大通りオテル・マレシャルと対い合っている。間口の狭いビルで、歩道に面した階下は陶器の壺や皿などをならべた食器店、二階が婦人服店、三階がレース編みなどの手芸品店、四階と五階がアパルトマンになっている。大通りにはよく見かけることで、ならぶ堂々とした店舗の間に挟まれた目立たない建物だった。

この一室も事務所ふうだが、机と椅子が置かれているだけで、がらんとしている。さしずめ休眠会社のオフィスといったところだ。

家主にどう話をつけたか、イタリア人の二人は昨日からこの部屋を臨時に借りて、朝から晩まで窓ぎわに椅子を持ち出して、前のホテルを眺めている。双眼鏡をかわるがわるに眼に当てて、その焦点を真向いのホテル五階の右角に近い出窓に結んでいた。

「やあ、見えた見えた」

双眼鏡の下で小肥りの口髭がにやりと笑う。

「どうだ、日本人の男、画を描いているだろう?」

若い、背の高いのが横の椅子から訊いた。

「うむ。熱心に描いてる。スケッチブックにな」

「女も横に居るだろう?」

「女の姿は見えない」

「さっきまで男のうしろに立っていたんだが。引込んだのかな」

「いや、また現れたよ」

「何をしている?」

若い男は双眼鏡を眼に当てた口髭の男にきいた。

「二人で話をしている。男のほうはスケッチをやめない」

彼は答える。

「こっちを写生しているだろう?　まさかおれたちに気づいたんじゃあるまいな」

若い男が言う。

「気づくものか。景色を写生しているだけだ」

「日本人の男と女。年齢も聞いたとおりだ。男は画を描く。見張りのバトンタッチを受けたときの指示どおりだ。上のほうからな」

「尾行や張りこみが同じ人間だと先方に気づかれる。そこで上からの命令で交替したのがおれたちだ。新しい任務をもらってな。しっかりやろうぜ、アンジェロよ」

「言われるまでもねえ。それを思うと、総身の血が熱くなってくる。……けど、対手はあの日本人ふたりに間違いあるまいな?」

「人相は聞いているが、東洋人はどれも似た顔をしている」

「対手を間違えたら、えらいことだぜ、グイド」

「大丈夫だ。あの日本人の男が熱心にスケッチしているのが、申し送りを受けたとおりだ。

それに、名前が動かぬ証拠だ。タカヒラという名がな」

「それも上からの指示か」

「そうだ。追跡はロンドンからはじまっている。ロンドンの宿帳にあった名がタカヒラだそうだ」

「それは男のほうか、女のほうか」

「夫婦だから姓はどっちも同じだ。おれが電話でマレシャルにたしかめた。日本人でタカヒラという客はたしかに泊まっていると言った。523号室にな。それがあの窓の部屋だ。スケッチしている男だ」

「それなら間違いない。上の指示も、ホテルはマレシャルといったか」

「ヴィクトル・ユーゴー大通りのホテルで、たしかにそういう名だったな……」

「たしかに、とは、どういうことかい？」

「ちょっと、ど忘れしただけだ。変った名のホテルだから憶えてるよ。『元帥（マレシャル）』というのは風変りな名前だからな。場所はユーゴー通りにある。電話でホテルに確認したが、タカヒラという日本人の客は泊まっている。スケッチをする男というのも指令どおりだよ」

「そう聞けば安心だ」

「おや、男はスケッチをやめたぜ」

双眼鏡の下で口髭が動いた。

仁一郎はスケッチブックを閉じた。

「今日は十一月四日だな」

クッションに戻って、運ばれてきたコーヒーを一口すすり、オレンジにフォークを刺した。

「そうよ」

阿佐子はイチゴを食べている。

「二日目だな」

「なんの？」

「モンテカルロでね、つまらん会議をやっている」

「あ、あれ？」

阿佐子も気づいたように言った。

「精神武装世界会議とかいったわね」

「うむ。明日が最終日だったな、たしか」

「川島センセたちは来てらっしゃるかしら、会議に？」

「来ているはずだ、会員だからね。川島竜太、庄司忠平、戸崎秀夫、植田伍一郎、山崎泰彦。

……きみがそう言ったじゃないか」

「わたしは山崎センセから聞いた話だけど」

「山崎はとりまとめ役だから、あいつが言ったのだったら間違いはない」

「夢のようだわ」

「何が？」

「だって、お店で皆さんがモンテカルロの会議のことをわいわい騒いで話してらしたのが、ずいぶん前だったような気がするわ。あのときの冗談みたいなお話が、まさかほんとうになろうとはね。それに、そのモンテカルロのお隣りのニースにわたしたちまでが、こうしてちゃんと来てるんですもの」

「ぼくもこんなところに出かけてくるつもりはなかったが、妙なことから出来心を起した」

「出来心だなんて。……そいじゃなんだか魔がさしたみたいで、そして、その魔がわたしのようだわ」

「きみと飲んでいて、ふいと旅に出る気持になったのはたしかだね」

「妙な言いかたね。わたしに出来心の責任があるような口ぶりね。いいわ、わたしはいつでも日本へ帰ります」

「そう憤(おこ)るな。せっかくここまで来たんだからな」

「そりゃつれてきてくだすったのはありがたいわ。でも、あなただってそろそろ自由が欲しいころでしょうから、いつでもあなたをひとりにして解放してあげます」

「ありがとう。そのときは頼む」

仁一郎は腕時計に眼を落した。

「あら、どこかへお出かけ？」

阿佐子が見咎めた。

「うむ。山崎や川島や、植田、戸崎なんかの連中に会ってこようかと思ってる」

「モンテカルロに？」

眼をみはった。

「いまが四時十分だな。五時半にはモンテカルロに着くだろう。例の会議もちょうど終ったころだろう」

「わたしも行っていいかしら？」

「………」

「モンテカルロを見たいわ。世界的に有名なところですもの。それに、すぐ隣りだもの、ぜひ見たいわ」

「この次に連れて行くよ。ゆっくりとな。そのときはカジノでルーレットでもしよう」

「今日はダメなの？」

「山崎や川島、植田といった連中に会いに行くんだからな。きみを伴れてったら、なんだかんだと騒がれる。口うるさい連中ばかりだからな」

「あなたとわたしの間は、みなさんうすうす気づいてらっしゃるわ」

「だから、よけいに困るんだよ。人類のサヴァイヴァルをはかる神聖な会議中に、高平が『リブロン』の阿佐子を伴れてきたなんて言われるとね。それもはるばるモンテカルロまで。カネのあるやつは違うとやっかみ半分に非難される」

「でも、わたしは皆さんにお目にかかりたいの。銀座なんかでお会いするのと違って、外国でしょう？　なつかしいわ」

「ぼくはすぐに帰ってくるから、留守番してらっしゃい」

残念そうだったが、阿佐子はしぶしぶ納得した。

仁一郎は外出着の着替えにかかった。阿佐子が手伝う。

「仕方がないから、わたしは日本から持ってきた本でも読んでるわ」

「それがいい」

「夕食は、ひとりでね。ルームサービスにはせいぜいご馳走(ちそう)をとって、ブランデーでも飲んでるわ」

「あまり飲むなよ」

「酔っ払ったら、ベッドの中に入ってるわ。どうせ、今夜は午前さままでしょ。あの人たちとハネを伸ばして」

「いや、早く切りあげるよ。きみが心配だから」

「どうだか」

阿佐子は仁一郎の首もとに結びかけた茶、白、黒の斜め縞のネクタイを、ぐいっと息の根がとまるくらいに締めつけた。

西のニースから東のサンレモの間、A8号線のモーターウエイは海岸部を北へよほど離れていて、山岳部を通る。

それは山間というよりも、まさに山岳部といったほうが地形に似つかわしい。スイスからフランスへとつづくアルプスのジュラ山脈は石灰岩がおもである。これは地質時代のいわゆるジュラ紀とよばれる中生代中期のもの、アルプス造山期にできたとされているが、スイス・フランスジュラは東側で褶曲しており、北部よりも南部のほうが標高が高い。コート・ダジュールに逼る「白い」アルプス海岸は、このジュラ山脈の南端である。

A8号線は標高四百メートルないし五百メートルの高地を貫通している。海岸部との距離が短いので、急激な斜面となり、断崖や谿谷を形成している。

インターチェンジの「サンレモ・ウエスト」からサンレモの街に降りて行くにはその急斜面についたジグザグな道路を辿る。ヘアピン・カーヴの連続は「羊腸たる道」といった悠長な坂ではない。

「モナコ」のインターチェンジからはモナコとモンテカルロの二方面へ下りて行くが、どちらをたどるにしても石灰岩質の断崖を穿った道路で、険しい岩肌の急激な斜面は、これまた鋭角なカーヴが稲妻形に走っている。

ニースからのタクシーが「モナコ」インターチェンジの料金所(トール・ゲート)をくぐり出たのは夕方の五時であった。

「ちょっと待て」

仁一郎は車を降りた。そこは駐車用の広場になっていて、海側は林にかくされているが、北の山側はよく見える。谷を隔てて森林に蔽(おお)われた丘陵があり、彼方(かなた)に白い山なみがつづいていた。ジュラ山脈も石灰岩が露出したところと、そうでないところとがある。高原となっている部分は土壌が堆積し、森や草が茂る。駐車場の端に標識が立っていて「Sanctuaire de Laghet」の文字に矢印が斜めに付いている。「ラゲ教会」はここを西南へ下るという方向指示。

ここは車のひと休み場とみえて、あとから来た一台の黒いベンツもそこに停まっていた。が、中からは人が出ず、窓から景色を見ているらしかった。

仁一郎がその文字を見つめているうち、彼にはこの教会の名 Laghet から“Lâcheté”の文字が連想された。「臆病、卑怯、卑劣な行為」などを意味する Lâcheté である。

(おれの行動は卑怯だろうか、卑劣な行為だろうか)

仁一郎はその前に棒立ちとなっている。

(そんなことはない。臆病なのだ！ 臆病者だからこういう行動に出ようとしているのだ。

和子と別れることができない。もう彼女の財産欲しさではない。そんなものは目的でなくなった。欲しいのは和子だというのがよくわかった。彼女に「男」ができて、はじめてそれを思い知らされた。ヨーロッパへきて、それがますます強くなってきた。和子を放したくない）

以前は違っていた。

こう思った。ヨーロッパのどこかの地方を歩いている和子と相手の男とを冷静に想像して、それをつきとめようと考えた。その「証拠」を握って、和子から二度と離婚の言葉が出ないように封じてしまう。それを契機に妻の財産を押え、暴君になれると思った。

どのように和子が「不貞」を懺悔し、哀願しようと、離婚は絶対に認めない。これを機会におれは強者になれる。和子を煉獄の鎖につなぐのだと思った。

が、いまはそれが変った。和子に戻ってもらいたい。そのために彼女の所在を見つける。捜索の内容が大きく転換していた。

仁一郎は或る友人のことを思い出す。大学時代のAという友人は、妻が情人と逃げたので、その行方を血眼になってさがした。関西にいることがわかってAは大阪へ行った。大阪には相手の男の親戚がある。その親戚たちをAはかたっぱしからたずねる。どの家の者も知らぬという。妻を匿しているように思われてAは何度でも押しかける。外聞もなにもなかった。家業も放棄してのことだ。半年後、七、八回目に関西に行ったとき、遂に神戸の三ノ宮駅前で両人が歩いているところを見つけた。Aは逃げ出しそうな両人を喫茶店に無理に連れこんで話をつけにかかる。妻は帰らぬという。Aはついに両人の前に土下座をし、涙を流して懇願する。客がおどろいて見ている前だった。男は彼女の意志に任せると言った。だが、妻は男に付いた。

その妻が、男にすてられてAのもとに戻ってきた。煩悶(はんもん)に日々を送っていたAは狂喜する。それいらい妻の機嫌を損じないようにひたすら奴隷のように奉仕した。――仁一郎は、その友人の痴呆ぶりを仲間とともに嘲笑した。

Aの妻はそのあとまた家出する。いま、仁一郎にはAの行動が理解できた。Aの心情になっていた。

お客さん(ムッシュ)、と運転手がうしろから声をかけた。

「モナコのほうへ行きますか、それともモンテカルロですか」

われにかえって仁一郎は標示板の前を離れた。

道が二つに岐(わか)れている。

「行く先はオテル・エルミタージュなんだがね」

「エルミタージュなら、グラン・カジノの近くですよ。じゃ、モンテカルロ地区へ出る道を行きましょう」

モナコ公国は、西がモナコ、中央がラ・コンダミーヌ、東がモンテカルロの三地区より成っている。

　モーターウエイの料金所のあるところは一つの峠である。そこを南へ下りはじめると、風景はたちまち一変する。あたりは白い岩山ばかりである。ジュラ山脈の石灰岩層は、この稜線の南から表面にあらわれる。突兀(とっこつ)とした断崖が、海岸部へ落下している。

　モナコ公国は長さ三キロの海辺になだれ落ちた岩塊の上に街づくりがなされ、街の建物は海岸から岩山の急斜面にむかって這(は)い上がっている。ホテル、別荘、住宅が街から岩山の麓(ふもと)に土地を求め、崖を開拓しては寸土なく建ててゆく。これを下から仰ぎ見ると、建築物の上に建築物を積み上げたようである。

　峠のあたりからの眺望では、モンテカルロ地区は海岸線にへばりついた白や赤の砂のかたまりにしかみえない。それほど海洋は雄大であった。コート・ダジュールというよりは地中海のひろがりである。

　五時はすでに日没だが、山の上はまだ明るい。おりから西の空は夕照に輝き、海の上をまだらに蔽(おお)う雲のふちに朱色の光を与えている。が、下界は昏(く)れ、夕闇の底からひとつまみの街の灯がまたたいている。

　その風景はひとときも静止しなかった。車はつづら折りの道にかかっての下降である。カーヴを曲るたびに光景が変転する。海がなくなると前面が山になる。山は下へ落下している。するとたちまち海の彎曲(わんきょく)に戻った。その前面風景の往復のたびに身体も右に左に揺さぶられる。

窓の横に白い岩肌が逼っている。石灰岩の断層は陰影も荒々しく、山皺(やまじわ)のたて縞(じま)が重なり、岩塊が上から楣(ひさし)のように突き出ている。カーヴを反対に曲ると深い谿谷が横に口を開けている。

道幅は二車線だが、曲り角からふいに現れる対向車を避けに片方へ寄ると、いまにも前輪が路肩から外れそう。車は前に傾斜し、乗っている人間は座席でずっと前こごみ。

うしろから三、四台の車がつづいてくる。その中に、さっき料金所の広場で休んでいた黒塗りの中型ベンツもあった。

ガードレールも付けてないヘアピン・カーヴの連続を、運転手はさしてスピードを落さずにハンドルを切る。そのたびに、断崖と谷の淵が交互にフロントガラスに大きく迫る。

数年前に、モナコの王妃が運転を誤って乗用車が断崖から転落した事故を仁一郎は思い出した。

「あれはもう一つ西の下り道ですよ。モナコへ出るほうのね」

運転手は、仁一郎の問いに、ハンドルからはなした片手を右の方向へ振った。すこしでも昂奮(こうふん)すると、ハンドルから手をはずして大げさな身ぶりになるのがラテン系人間の癖である。が、この場合は危険きわまりない。

「お客さん(ムッシュ)も、グレース・ケリー主演の映画を見たことがあるかね？」

「ああ見たよ。だいぶん前だったがね。きれいなひとだったが、惜しいことをしたね」

「王妃になってからも、あの美しさは変らなかったね。もともと気品のある美女だったからね」

後頭の禿げた運転手の声はまだ昂奮していた。

「あっしはケリーさんの大ファンでね。若いときはケリーさんの映画には夢中になったもんでさ。ケリーさんはモナコ国王の妃なんかにならなければよかったのにね。だってさ、王妃にならなきゃ、あんな事故で亡くなることはなかったからな」

初老の運転手のグレース・ケリー追憶談はその主演映画を持ち出してまだつづいた。昂奮が恍惚状態に変っていた。

「おい、きみ。話もいいが、運転に気をつけてくれよ」

「わかってまさ。あっしだって、まだ命が惜しいからね」

車はヘッドライトを点けている。その光芒の先に輝くのは魔のように白い崖。車体が逆落しの状になっている。

カーヴはますます多くなる。運転手のハンドル操作も忙しくなる。さすがに口をつぐんだ。腕はたしかであった。が、仁一郎の身体は前に傾きつづけ、大きな動揺のたびに胸を打ちそうだった。

何回カーヴを曲ったことか。数十回のようにも思われる。谿谷の底には寂しい灯がちらついている。谷間に沈んでいる村である。その灯は星屑(ほしくず)のようにか細い。数十メートルの下にある。ようやくモンテカルロをふちどったイルミネーションが下から近づき、輝きを増してきた。対向車のヘッドライトが登ってくる。後続車のライトがうしろ窓にいっぱい眩しく当って揺れる。黒塗りの中型ベンツだった。

危険で、長いカーヴの連続はようやく終り、鏡面のような道路へ出た。マルティール・ド・ラ・レジスタンス通りでさ、お客さん(ムッシュ)。

マルティール・ド・ラ・レジスタンス通りまで下りてくると、完全にモンテカルロの山の手の感じになる。大通りとなった両側には庭園をもつ別荘、高級住宅がならぶ。南へくだる坂道の勾配(こうばい)もゆるやかである。

シャルロット王女通りを横断し、スイス・デュナン通りに入ると、市街の中心部にとりこまれる。道路は海岸部にむかってやはり緩慢な傾斜を持つ。

モンテカルロの広い通りは海岸だけである。ニースはベイ・デ・ザンジュ（エンゼル湾）に臨んだパイヨン河口の沖積地で、山には遠いから、その平地に市街がひろがり、東西に通じる数条の大通りをもつ。プロムナード・デ・ザングレにはココヤシやフェニックスの並木が、街なかの広小路(ブールヴァール)にはプラタナスの並木がそれぞれ繁る。機械や電気工業の工場さえある。

だが、モンテカルロはアルプスが海岸に流れ落ちた斜面にできているので、繁華な街がそ

こにひしめき合う。市中の並木は一部である。緑色のない殺風景さを近代建築と、車と観
客の混雑が補っている。
　それと、街の背後にせまる険阻な白亜の山岳が特殊な風景となっていた。ここはフラン
ス・ジュラの褶曲が南の端で突然終ったところであり、その波打ち際でもある。壮大な山
皺は真白な石灰岩に奇怪な陰影を刻んで市街地へのしかかるようにしてそびえていて、それ
が青い海とカラフルな市街との対照だけに、異様な光景である。
　が、それは昼間の風景で、暗くなったいまはこの一にぎりの市街は不夜城となっている。
灯の海の輝きは、オーロラのように空に映え、暗い沖合まで虹(にじ)を投じていた。
　仁一郎の乗ったタクシーは、大通りを進んだ。
　広場にきて徐行した。そこはエルミタージュ広場。各国の国旗がポールの上に翻っている
ホテルが見えた。
「オテル・エルミタージュ」の集会場用の車寄せに停まった。左右が駐車場になっていて、
高級乗用車がおびただしくならんでいた。
　横長の正面出入口の中はシャンデリヤの光に満ちている。金モール服のドアマンが近づい
てきた。夜会服の男女の何組かが玄関前に彳(たたず)んでいた。
「ありがとう、運転手さん」
　仁一郎がチップをはずんだのは、断崖の道を無事に来られた礼心からであった。

あとから車がゆっくりと入ってきた。花壇の蔭でライトを消したのは黒いベンツだった。しかし、中からすぐに人が降りるではない。仁一郎が正面入口へ入るまでじっと待っている。

ドアの中に仁一郎は入った。広々としたロビー。壁画にいくつものシャンデリヤの光が当り、色彩を浮き上がらせていた。

タキシードとイヴニングドレスとがそこに集まっていた。集会場につづくロビーだとわかった。

時計を見た。六時半だった。

「精神武装世界会議」は終っただろうか。それともまだ続いているのだろうか。――ロビーの様子からはわからなかった。夜会服の群れはもちろん会議とは関係がない。新しく紳士の群れが入ってきた。通路の奥からだ。小型シャンデリヤの列がそこにある。

国際会議場は、ロビーを左へ折れるのか、それとも通路をまっすぐに進むのか、見当がつかなかった。壁画の抽象画を見るように仁一郎は昏迷（こんめい）した。

ボーイに聞けば、ただちに会議場の入口へ導かれそうである。それでは困るのだ。参加している日本人と遇うかわからない。山崎、川島、庄司、戸崎、植田、そのだれとも顔を合せてはならないのだ。

仁一郎は通路のほうへ進んだ。どうやらそっちに昇降機（アサンスール）があるらしい。彼は片側に寄って歩いた。向うから人々がくる。長身の連中ばかりで、フランス語や英語の話し声には安心だったが、それとても油断はならず、やあ、と日本語でいつ呼びかけられるかわからなかった。仁一郎のうしろを間隔をおいて二人づれのイタリア人がうつむいて歩いていた。ぶらぶらとした足どりである。

昇降機の矢印があった。そのホールの前に出る。ここにも客の群れが立っている。日本人はいなかった。五階がショッピング・センターとフロント・ロビーと掲示してある。昇降機へあとから人が詰めこんでくる。

五階で降りた。いきなりきらびやかな商店街だった。緋絨緞の通路の片側にブティックのショーウインドウがならんでいる。贅沢な品物ばかりだ。

通路の左を見た。正面にロビーがある。フロントではなかった。アーチ形の門があった。門には、ふちを花で飾った大看板が掲げられてあった。“CONFERENCE MONDIALE SUR LES ARMES SPIRITUELLES”の装飾文字。

ここが「精神武装世界会議」の会場入口だったか。海側からの入口は宴会場だったのか。道理であのロビーにはタキシードやイヴニングドレスばかりが集まっていた。

はじめてそれとわかった仁一郎は、装飾されたアーチ門に眼を遣った。その下にも、前のロビーにも人の姿はなく、こっちのショッピング・センターとはうって変って、閑散としていた。

「精神武装世界会議」の会議場入口前が閑散としているのは、会議が終ったからだろうか、それともまだ続行中なのだろうか。

アーチ門のあたりには、受付の机も何も出ていない。耳を澄ませたが、中から声も拍手も聞えなかった。会議場は入口から遠いのかもしれない。仁一郎は迷った。中に入れば、主催者側の者がいてそれに様子を聞くこともできるが、これは危険だ。日本人の参会者がふいと出てきて顔を合せそうである。

仁一郎が会いたいのはオブザーヴァできているという原章子であった。評論家の桜井が参加メンバーからはずされ、その代りに原章子が入ったと阿佐子から聞いたとき、仁一郎に思いつきが起った。原章子は西洋中世史を専攻し、二つの大学の講師をしている。その一つが木下信夫と同じ大学である。

木下のルネサンス美術史と、原章子の中世史とは親縁関係にある。同じ大学の助教授と講師とはその関係でも親しいにちがいない。フィレンツェから逃避行した木下の所在を知っているかもしれない。

これが適中しているかどうかはもとよりわからない。だが、和子の行方を求める手がかりはこれよりほかにないと思った。結果は当ってみてのことだ。

だが、仁一郎は原章子を直接には知らない。会ったこともない。彼女のほうもそうだ。いや、彼女は高平仁一郎の名も聞いたことはなかろう。——

原章子にさりげなく面会するにしても、この会場では不得策である。日本人参加者の連中に見られてはおしまいだ。仁一郎は彼女に「高平」の名では会わないことにした。

原章子にあとで、高平仁一郎という人がじぶんに面会を求めてきたと参会の連中に吹聴されてはならない。

仁一郎は、原章子の泊まっているホテルがわかれば、そこへ彼女を訪ねて行くつもりだった。たぶんホテルは山崎や川島など男の参加者とは別にちがいない。さすれば彼らと顔を合わすことなく原章子に面会できる。それが最も理想的な方法だと思った。

だが、原章子の宿舎の名をどのようにして知るかである。オブザーヴァも主催者のパオロ・アンゼリーニ文化事業団が世話しているそうだから、同事業団の事務員に聞けば彼女のホテルの名がわかるはずだ。しかし、会場の入口付近に人影はなく、がらんとしている。

会場の中へ入って行けば主催者側のだれかに会えるだろうが、会議が続行中ならばうかつには入って行けない。山崎、庄司などの連中と遇う恐れがある。

仁一郎は、このへんをうろついているうちに、会場の中から主催者側の者が出てくるだろうと思い、それを待つことにした。

しかし、こんなところに顔をさらして立っていては、日本人の参加者が中から出てきたときに処置なしとなる。で、隠れ場所にいて、そこから様子を眺めることにした。

ショッピング・センターがその絶好の場所だった。はなやかなブティックの列は、ショーウインドウのまわりに人々の足をとめさせている。その群れに混じっていれば安全だろう。そこからは会議場の入口がまっすぐに、見とおしであった。

超高級ホテルの中に場所を持っているだけに、どの商店の陳列窓も撰りすぐりの豪華品をならべている。ウインドウの中は真昼のように明るく、貴金属は燦然と輝き、さまざまな色彩は虹の発光となっている。

岐れた通路には意匠を凝らした看板がならぶ。レストラン、ナイトクラブ、カッフェ、カジノなどの案内で、モンテカルロ一流の店ばかり。イタリア料理のレストランが多い。

このとき仁一郎の眼がにわかに緊張した。

ショーウインドウの前で、人々の間にかくれるようにして立っていた仁一郎は、そこから絶えず会議場の前をうかがっていたのだが、いま視線に入ったのはその場所ではなく、眼の前に現れた一人の日本女性の姿であった。

ショーウインドウには"LEFABEL"のマークが貼りついてあり、男女の革製服やバッグなどがならんでいる。"Mode Belle Cuir"レザー・ファッションの店だ。

仁一郎もじつは陳列窓の中のレザーのジャンパーとズボンとに見とれていたところだった。革ジャンパーはそれほどでもないが、うす茶色の革製のズボンが魅力であった。こういうのをはいて狩猟に出かけるのも悪くない。が、その気分も、眼の前にとび出した日本の女を見ていっぺんに消しとんだのだった。

その女はお河童頭のように短いショートカットをしていた。まる顔で、頸が長い。若く見えるが、三十半ばのようである。店から出てきたが買物の包みは持っていなかった。赤いツーピース。男のような足どりで、通路をフロントのほうへ歩いて行く。一人である。

仁一郎はすぐあとについた。普通の観光客でないことは、上着の衿につけたバッジでもわかる。ちらりと見たのだが、そのバッジは星形で、中にAとSが組合わされている。Armes Spirituelles の頭文字だろうから、まごうことなき「精神武装世界会議」の参会者だ。

原章子だ、と仁一郎は思った。彼は躊躇せずにうしろから大股で追った。お河童頭の女は白い項を見せて、どんどん歩いて行く。早くしないととり逃がしてしまう。彼は彼女の横に出た。

「失礼ですが」

仁一郎は声をかけた。

「はあ?」

彼女が歩みをやめたとき、仁一郎は頭をさげていた。

「申しわけありません。ちょっとうかがいたいんですが、精神武装会議に参会されたお方ではないでしょうか」

そこは時計店の前であった。ショーウインドウには“Cartier”の時計のマークが金箔で貼られている。店の入口に"APSARA"の看板がある。

その女性は仁一郎に顔をむけた。その片頰に時計店の陳列窓の光が射している。

「はい。わたしは精神武装会議に参会した者ですが」

彼女は歯切れよく答えた。そして、にっこりとした。同胞の親愛を示しているようだった。

「失礼ですが、もしや原先生ではございませんでしょうか」

仁一郎は丁重にきいた。

とたんにこれは違うと直感した。大学講師原章子はこんなお河童（かっぱ）のような断髪はしていないだろう。この女性のものの言いかたや態度には学者の威厳のようなものは少しもなく、まことに庶民的な感じであった。

「いえ、わたしは原章子先生ではありません」

この首の振りかたがやや強く見えたので、仁一郎はそれを活発な女性の身ぶりと受けとった。

「はあ、そうですか。それはまことに失礼いたしました。日本の女性の方で、精神武装会議のバッジをつけてらっしゃるものですから、すっかり原先生と思いまして」

「この会議には日本からオブザーヴァの女性が二人きております。わたしはその一人、ジャーナリストの小島と申します」

きっぱりとした口調だった。その態度からもジャーナリストであった。本当は原章子と間違えられて迷惑なという口ぶりなのだが、仁一郎にはそこまで弁別できなかった。

時計店のショーウインドウの前にも数人が足をとめて中の品物をのぞいていた。時計のほかに指輪や首飾りなど貴金属が輝いていた。婦人が三人、男が五人。男のうち二人は髪が黒かった。イタリア人らしいが、小肥りの男と背の高い男とは伴れのようだった。この二人だと、仁一郎がタクシーで宴会用入口に着いたときから、あとを尾けていた。二人が乗っていた中型車は黒塗りのベンツだった。

「あの、会議はまだ続行中でしょうか」

仁一郎は小島春子にきいた。

「いいえ。会議は一時間ほど前に終りました」

小島春子は即座に答えた。

「え、一時間前に済んだのですか」

やっぱりそうだったのか。会議場の前に受付の机がなかったのは、会議が終ったためか。

「で、日本人参会者のみなさんは？」

「ばらばらに散って行きましたよ。わたしはばかばかしくなって、早く出て、こうしてウインドウ・ショッピングしてまわってたんです」

「ばかばかしい？」

「ええ、こんなナンセンスな国際会議って、はじめてですわ。だって、パオロ・アンゼリーニ議長の独演会みたいなものですもの。あの人が、昨日も今日もひとりでしゃべってるんですもの」

　小島春子は笑顔を消した。

「参会者の討論は？」

「討論どころか、発言もろくにさせないんです。アンゼリーニさんは神がかりの状態でしゃべっているんです。眼をつむって、身体を幽霊のようにゆらゆらとさせ、ひろげた両手は音楽の指揮者のように自分の演説のリズムを取っているんです。あるいは自分で陶酔して踊っているようにも見えるのです。まるで踊る宗教みたいですわ。言っていることはくりかえしなんです。それをゆっくりゆっくりと話しているんですから、時間ばかりかかるんです。あの方は自己催眠にかかってしゃべっているんです」

「参会者から発言を求めると？」

「それはのちほど、と言って議長の職権で封じてしまいます。また、アンゼリーニ氏の話は、牛のヨダレのように長々とつづいて、切れ目がないんですから、ほかの者には発言の隙もないくらいです」

「それでよく参加者が我慢していますね？」

「アンゼリーニ氏は新興宗教の教祖ならうってつけの人だと思います。前列に席を占めている大半がイタリア人やラテン系の人たちですが、この人たちが恐れ入ったようにアンゼリーニ氏の話に頭をさげて謹聴しているんです。そして強いて発言を求める者があれば、ふりむいて睨（にら）みつけたりするので、みんな尻ごみするのです。まるで総会屋のようですわ。ひとつには、会員のみなさんは旅費、滞在費がタダという怯（ひ）け目もあるんです」

「ははあ」

「ですから……」

装身具もならぶカルティエの時計店の前で小島春子の立ち話はまだつづいた。

「会員の資格で張り切って出られた山崎さん、川島さん、庄司さんはお気の毒ですわ。発表する意見の演説原稿などをちゃんと用意してきてらしたのに、その発表の機会がないんですもの。このぶんでは、明日もアンゼリーニ氏の独演会ですわ」

「明日が最終日でしたね」

仁一郎はいった。

「そうなんです。わたしはオブザーヴァでなかったら、立ち上がって、なにがなんでもがむしゃらにアンゼリーニ氏に喰ってかかるんですが。オブザーヴァには発言権も討論権もないので、いらいらしてイスに坐っているだけでした」

小島春子は、あとを苦笑でまぎらわせた。しかし、忿懣やるかたないといった昂奮は、まだその紅潮した顔に残っていた。

見ず知らずの男性でも、同胞という親愛さからか、それとも肚がおさまらぬためか、ジャーナリストの小島春子はあけすけに会議の模様をぶちまけた。

「原章子先生も、小島さんと同じ口惜しさをおぼえていらっしゃるんでしょうか」

仁一郎は話を原章子へ向けた。

「原さん？」

小島春子の眉が上がった。

「さあ、どうですか。あの方のお気持はよくわかりませんわ。学者ですから、わたしと違って、冷静に受けとめてらっしゃるんじゃないでしょうか」

ショートカットの髪の下で、こめかみがぴくりと動いたようだった。

「ああそうですか。……じつは、ぼく、原先生にちょっとお目にかかりたい用件を持っているのです」

「おや、あなたが？」

小島春子は微笑をおさめ、彼を一瞬見据えた。それは訝りの眼ではなく、軽蔑に近い眼差であった。

「あの会場の前でお目にかかるつもりでしたが、会議が終ってしまってはいたしかたがありません。ついては、まことにぶしつけなおたずねですが、原先生の泊まられているホテルがおわかりでしたら、教えていただけませんか」

仁一郎は自分の名を反問されるのではないかと内心要心をしながら、遠慮げに訊いた。

「原さんは、わたしと同じホテルです」

小島春子は即座に答えたが、女性の宿舎を訊く未知の男を疑うではなく、明快な返事であった。明快すぎて、なにか不機嫌そうな口調だった。

いままで愛想のよかった女性が、にわかにお天気変りしたようなので、仁一郎はとまどったが、辞を低くしてそのホテルの名をきいた。

「オテル・ミラマです」

これも躊躇（ちゅうちょ）のない答えであった。そしてつけ加えた。

「ですが、これからあなたがミラマにいらしても原さんには会えませんよ。原さんがまだホテルに戻っていないからです。今夜のお帰りは、たぶん遅いでしょうね」

小島春子は断定的にいった。

「とおっしゃると、原先生はどこか遠方にでも？」

仁一郎がきくと、

「いえ、近くです。カジノですわ」

という小島春子の答えだったので、あっと思った。

「グラン・カジノです。山崎さんや川島さんなどの男性参加者といっしょに行かれました。ルーレットやバカラなどをして賭けに勝ってくるんだといって、たいへんなはしゃぎようでしたわ」

小島春子は皮肉と軽蔑とを響かせて言った。

「グラン・カジノですね？」

「このエルミタージュ広場からは歩いても七、八分くらいです、グラン・カジノは」

すぐそばのレザー・ファッション店のショーウインドウに見とれているイタリア人の二人が、日本人の会話に「グラン・カジノ」の名が出たので聞き耳を立てた。

「あなたはカジノにはいらっしゃらないのですか」

「わたしはご免こうむります。カジノだなんて資本主義の腐敗したギャンブル場所は大きらいです。名目的にしても『精神武装世界会議』に来ている人たちが、そんな所に行くなんて、気が知れません。あれは堕落ですわ」

彼女は原章子を非難した。

「どうもいろいろとありがとうございました」

仁一郎は頭を深々とさげた。

「ぼくは原さんに会いに、グラン・カジノへ行きます」

「あらそう。どうぞご自由に」

おまえもまたその堕落組か。――というように小島春子は冷淡な会釈を返した。

背の高いほうのイタリア人がショーウインドウの前をすうっと離れ、駐車場へむかって駈け出した。

エルミタージュ広場前の通りは優雅な風景がつづいている。ココヤシよりも高いパルム(棕櫚)の並木の黒い影を近景に光が空まで輝くその一帯が豪壮な建築物の連続。

仁一郎は眩しい光にむかった。歩道には男女がそぞろ歩きをし、車道には車の群れがつづいていた。ロールスロイス、クライスラーといった世界の高級車が貴婦人の足どりで徐行している。シーズンになると、ここでモーターカーの国際レースが行なわれ、国王夫妻出席のもとに大観衆が熱狂するのである。

仁一郎の二十メートルばかり後方を来ている黒いベンツの中型車があった。その見すぼらしさを自覚しているかのように、高級車の列の間をコソコソと隠れるように尾いて来ていた。

ひときわ典雅なホテルの前に出た。オテル・ド・パリ。――世界屈指の豪華ホテル。十九世紀前半の意匠をまとった大理石建築である。五層だが、正面の五階は昔ながらに各部屋ごとの小門がならび、四階はコリント式列柱、三階の窓の軒には煩瑣で重々しい彫刻飾り、二階の正面にいたってはルネサンス風な裸女の彫刻四体が半円形の窓の間にならぶ。屋上に小さな青銅の円蓋が三つならび、中央のそれが中心線となって垂下して、正面玄関に及ぶという古典的な左右均整である。

この宮殿のようなホテルの近くにさらに古典的に見える殿堂がある。グラン・カジノだ。

車寄せの前庭にはプラム樹のひとむれが高々と伸びて葉をひろげ、その下には花園の美しい配置がある。棕榈（パルム）の木立は東側へつづいて離園をつくっているのだが、そこにある建築物の半分こそパリのオペラ座が引越してきたようなシルエットである。それも道理、オペラ座の設計者シャルル・ガルニエの同様設計で、モナコの近代化で知られたプリンス・フレロスタン（国王）の要請によりパリから同じ職人たちがよばれてここにオペラ座をつくったのであったが、いまはそれが本館の西に隣接している。この国王と妃はともに美術を愛し、かつモナコをバーデンバーデン（西ドイツの南部）のような世界中の人が集まる保養地としたかったのだ。

グラン・カジノは、中央の丸屋根の左右に中世寺院のように双塔を持つ、これまた古典的プランだ。正面出入口の上辺に天使の彫像を侍（はべ）らせた置時計型の大時計がある。いまやあたりの光彩を受けた針は七時四十五分を指していた。

「まだ八時にはならないか」

見上げて仁一郎はひとりで呟（つぶや）いた。

ゲームは行なわれているだろうが、時間が早過ぎた。雰囲気が高潮するのは、十時以降になる。

客が少ないと、お互いに顔を合せやすい。これは困ったことで、原章子を容易に見つけることができるかわりに、彼女といっしょの日本人の男どもにこっちが発見される。

山崎泰彦や川島竜太、戸崎秀夫などの連中に顔を見られることなく原章子に接触するのが理想的だ。だが、これは困難かもしれない。もっともルーレットなどのゲームをやっていると、そこはギャンブルのこと、それに熱中しているうちに各自がばらばらとなり、仲間のことなどは見ていられなくなる。そういう時間になるのがもっとも好ましいのである。しかし、時刻が早い。

場内が混雑してこちらの好条件になってくるには、すくなくともあと二時間を待たねばならないだろうが、ちょうどいい、食事の間だけでも時間が経つと思い、仁一郎はすぐ前に「グリル・チャールズ三世」のネオンを掲げたカフェテラスへ歩いた。グラン・カジノの中にもレストランはあるはずだが、そこへうっかり足を入れると山崎らと鉢合せの危険がある。

このテーブルに坐っていれば、グラン・カジノの正面が見通しだ。原章子らしい日本女性がその三つの大ドアのいずれから現れても完全に視野に入る。

照明で夜空に浮き出ている大カジノの変った建物と、運ばれてきた料理とに半々に眼を遣りながら仁一郎はワインを飲み、ナイフとフォークを動かした。

このカフェテラスにも客は多い。土地の者よりも観光客がほとんどである。仁一郎のうしろの席でイタリア人の二人がフォークにスパゲッティを巻きつけていた。

この二人、仁一郎の背中を見ながらひそひそと話をかわしている。落ちつきのないことだった。

　時間をかけるつもりで、ゆっくりと食事をした。

　グラン・カジノの前を眺めていると、八時半になった宵の口とはいえ、乗用車が次々と着き男女客が正面の石段を上り、入口の係員に迎えられて三つのドアに吸いこまれて行く。両側の見上げるような棕櫚（パルム）の木立の下は駐車場だ。

　そのパーキング場にはまだ高級車の姿が少ない。さすがに時間が早いせいである。

　が、そのかわりバスが何台も連なって続々と到着して、団体客が吐き出された。老若男女、みんな気楽な服装で、あきらかに団体観光客。バス一台ごとにコンダクターのようなのが先頭に立っている。これが行列をつくってカジノの石段をぞろぞろと上って行った。モンテカルロの夜の観光団体か。

　仁一郎はフォークを措（お）いた。

　この観光団の連中にまぎれてカジノの中に入ることを思いついたのだ。百何十人かのグループだ。見学は、ルーレットの部屋、バカラの部屋をまわるはずだ。たんに見学だけでなく、ルーレットなどは少額のチップなら初心者でもできる。ルージュ（赤）かノアール（黒）かのどっちかに賭けるだけで、二倍にはなる。すこし欲を出してクロスのまん中にチップを置けば九倍にはなる。面白くて、ちょっとやめられなくなる。ルーレットの台のまわりにはその連中で人だかりができよう。

そうだ、群衆と同じ彼らにまぎれこめば、山崎や戸崎らに顔を見られることなく原章子に接近することができる。

これだ、と仁一郎は思いついた。

仁一郎はボーイを呼び匆々(そうそう)に会計をした。それから、ちょうど到着したバスの団体客と合流すべくグラン・カジノの石段へすすんだ。

その後ろ姿を見たイタリア人二人が、カラになったスパゲッティの皿をすべり落しそうな勢いでテーブルを押しやって立ち上がり、髭の小肥りのほうが大急ぎでボーイを呼んで勘定を払った。その間に背の高いのは、対手を見失うまいと棕梠(パルム)の黒い木蔭を拾ってカジノの石段へぶらぶらと歩いて行く。相棒があとから追う。いかにも伴れではないような顔つきで。

仁一郎は三つの大ドアのうち左側から入った。バスできた団体客は正面と右側からだ。団体客から入場料を徴収しないのは前もって一括払いしていると思ったが、仁一郎までも入場料は取られなかった。

十数年前、それは和子と結婚する前だったが、彼は曽(かつ)てディヴォンヌのカジノに行ったことがある。ディヴォンヌというのは、スイスのジュネーヴから北へ約十五キロのフランス領に入ったところで、そこにはモンテカルロに次ぐヨーロッパ第二の著名なカジノがある。

ディヴォンヌのカジノでは入場料を徴収されることはもとよりで、外国人はパスポートの提示が必要であり、かつ紳士として威儀ある服装を要求された。さもないとタキシードの係員（たとえその正体がやくざであろうと）から丁重に入場を拒否される。

　ところがディヴォンヌよりははるかに伝統があり、世界中のギャンブラーを集め、モナコ公国の財政をそのテラ銭で支えているこのモンテカルロのグラン・カジノ（ほかにもカジノはもちろんあるけれど、ここが最大）が入場に面倒な手続き要らず、まったくのタダとは。

——

　正面石段を上り切ったところから眼もあやな殿堂がはじまるのだが、そのホール入口横に立つ係員も、タキシード姿どころではなく、よれよれの平服を着ているところなどは、美術館の門衛と変りなかった。

　いま、美術館といった。まさにグラン・カジノの内部はミュゼアムという形容にこそふさわしい。絵画や彫刻の展示こそ主にしてないが、内部建築じたいが美術なのである。豪華、優雅、壮麗、絢爛（けんらん）、その表現にさまざまな語彙（ごい）を集めたくなる。しかし、あまりに凝（こ）りすぎて、煩わしく、成金趣味だという批判があるかもしれないが。——

　仁一郎が最初に足を踏み入れたのは喧騒きわまりない広間であった。騒音は金属性を主体に人声がそれに和していた。もうもうとたちこめる煙草の煙でできた霞（かすみ）のあいだからよく見れば、金属性の騒音は羅列するスロットマシンから発しているのであった。

　この広間に、ところせましとばかりに通路の縦横に配置されたスロットマシンの列。器械の前に蝟集（いしゅう）する人々。その間を歩く群衆。——上のシャンデリヤをうけてマシンが光り、群衆の衣服の色彩がゆらぐ。それに金属音と叫声の喧騒がかぶさる。

ここだけではない。大きなアーチの次の室からも、同じような騒音が聞えているのだ。

(これはスロットマシンの間にてもありつるか)

仁一郎が冗談に疑ぐってみたのは、「鏡の間」とか「黄金の間」とか「音楽の間」とかの連想からである。これらの名称は、各部屋が独立して工夫設計されたロココの名残りである。

それにしてもこのスロットマシンの壮大な設備とそのゲームに熱中する群衆の光景はどうだろう。アメリカのラスベガスに迷いこんだような錯覚を一瞬に仁一郎は覚えた。肥っちょのおばさんの背中の隣りには、アロハの若者の背中が置かれている。その横にはリタイアした観光旅行の老夫婦組がならんでいる。そのわきにはブロンドの娘三人がイスの上でふとい尻をひねっている。みんなスロットマシンをまわし、リンゴの画がヨコに三つ揃うのを熱望している。マシンの回転音、メダルの奔出音、喚声と叫声。手を叩き、足を踏み鳴らす。それが何百何十人となくここに集まり、密着し、流動し、また密着する。煙草の煙が人々の頭上を這う。禁煙でも、客の人数には制禦がきかぬ。エネルギー、それもアメリカふうエネルギーである。

いったい、ルーレットはどこへ行ったのか。

仁一郎はそのへんを通りかかった場内係らしい男にきいた。

「この部屋を三室ばかり通り抜けてまっすぐに行ったところにドアがある。そこが特別室で、ルーレット場になっている。だが、入場料が要るよ、ムッシュ」

やっぱりそうか、と仁一郎は思った。

伝統的なルーレットは依然として厳存しているのだ。その「特別室」に入るには入場料を徴収するというから、服装も紳士淑女の威儀を保つものでなければなるまい。外国人はパスポートの提示を要し、その名は名簿に登録されるのだろう。

近ごろの風潮で、さしものモンテカルロのカジノもアメリカのラスベガスやリノのような式のスロットマシン賭博を導入せざるを得なくなったらしい。伝統あるモナコ公国としては歎かわしいだろうが、ギャンブル立国（？）の同国としては是非もない次第である。

けれどもヨーロッパの紳士淑女たちはメリケン遊びのスロットマシン・ゲームなどには近づかないだろう。彼らは眉をひそめてこの部屋を素通りし、まっすぐに「特別室」へ向かうにちがいない。

日本からきた連中もまた同じだ。山崎、川島、庄司、戸崎、植田、みなルーレットにあこがれている。スロットマシンなど下品なゲームはせぬ。大学講師原章子も小島春子によると、気どり屋らしいから、同じにちがいない。

ルーレットの場の貴族的なたたずまい。まるで外国映画の一シーンにでもあるような取り澄ましたロマンティックな雰囲気。百万ドルぶんを一瞬に失っても眉一つ動かさぬギャンブラーたち。その肩ごしにささやく宝石いっぱいの美しい女。静かな昂奮と冒険。山崎らはそれを見て、昂奮に浸る。

が、ルーレット室の高潮はまだ先だ。いまが九時十五分。せめて十時になるまではここで待とう、と仁一郎は思った。

十時になれば、ルーレットもそろそろ人が混んでこよう。ルーレットの台が何台設置されてあるかしらないが、山崎ら五人も熱中して各台にばらばらに分れてチップを張るはずだ。そこを狙って原章子に接近しよう。彼女は女でケチだから、たぶんルージュかノアールかあたりの安全パイでうろうろしているにちがいない。あと四十五分だ。

四十五分の間、このスロットマシンの騒音と混雑室に佇(たたず)んで、周囲の空気とはまったくかけはなれた建築美術を鑑賞することにした。時間つぶしというよりは、この機会の吟味だと仁一郎は思った。

この建築物の上にかぶさっている大天蓋(クーポル)がすべての中心であり、宇宙であった。仰ぎ見るは天界、球形の上に昼は日輪が黄金の馬車に座し、夜は北斗が銀の馬車を駆るかのようであった。それを中心に支柱があたかも地球儀の経度線のように放射形に八方へ伸びている。が、その経度線は支えの巨大なアーチで断たれていた。

上の円蓋(クーポル)を受けているのは、いくつもの巨大な半円形で、これがあたかも穹窿(きゅうりゅう)の門のように数多い床(フロア)の支柱の上に円弧を描いているのだが、天蓋の円はそれを中心に大理石の同心円文が広狭の幅をもって取り巻いている。

これを下から見上げると、ちょうど天文台の大望遠鏡の、何枚も重ねたレンズをのぞいているような心地がする。が、いうまでもなく天蓋をとりまく同心円文的な積み上げは建築の安定感のためであり、かつ重要なのは装飾のためであった。

グラン・カジノの大天蓋（クーポル）は、各室が分担して支えている。その一室の柱を見るに、大と小とから成り、大なるが主柱であり、小なるが支柱である。主柱は二柱が接している。これを一本にすると重苦しく見える。二つにすると軽やかだし、力学的にも負担力の分散になる。下は方形だが、上をせまいアーチにしている。

細い支柱は円柱で、上が大きなアーチ。客はこの広いアーチの下の両側から出入りする。側面の壁は絵画などの装飾である。

みごとなのは、天蓋をとりまく同心円文の縁に彫りこまれた彫刻と、その縁とアーチの間の空間を埋める彫刻で、これらはすべてライトブラウンの大理石。そしてその彫刻文様たるや古代ペルシアとギリシアの混合である。

ビザンティン建築装飾は、お寺の柱頭や内陣壁面の浮彫りで抽象的な聖樹や幾何学文様などだが、壁面はキリストや聖母子を中心とした人像をモザイクした色ガラスで飾る。これら色彩美術は、超現世で、霊的世界の可視化を目的としたものだといわれている。

では、ロココ式の、このグラン・カジノの内部装飾はどうか。

天界をあらわすという円蓋のふちの同心円文に彫刻されているのは、パルメット（オリエント起原の植物文様）を楕円形にしたものを区分内にはめこんでならべている。アーチのふちは女神と顔とロータス（エジプト起原の蓮の花）とが配置されてある。二つのアーチが相反り合う中間のV字形の空間には奏楽の有翼裸女がむかいあい、あるいはニンフが長髪をなびかせて裸身で躍る。

柱の中には有翼異人あり、有翼獅子あり。それぞれのふちどりにパルメットの蔓草が巻きつき、または連珠文がつながる。そこには寸分の隙間もなく、びっしりと装飾彫刻で埋め尽されている。コンスタンティノポリスの聖ソフィア寺の円蓋は絹糸で吊るされたようだというが、ここモンテカルロのグラン・カジノの円蓋は巧緻きわまりないロココ風な複合曲線の上に置かれているのである。

仁一郎は呆れる思いで、上方のまわりを何度も見まわした。

ここにはロココのパトロンたる「重商主義」が露骨に現れている。これほどギャンブルの特質をむき出した殿堂があろうか。成金趣味と言われるのも道理だ。賭けに勝った者は、ユスティニアヌス帝の言葉をもじって言うだろう。「ソロモンよ。われ、汝の富に勝てり」と。

曲線の構造の中に居るから、まるで球体の中に立っているようなものだった。天蓋の球形はもとよりのこと、壁もゆったりと彎曲して球体の一部を構成している。

壁間は双様渦文のイオニア様式の柱頭飾りをもっと複雑にして豪華にみせた円柱と円柱と

のあいだだが、その壁いっぱいに嵌めこまれた三百号ぐらいの油彩画の額ぶちも、当然に壁の彎曲にしたがって凹レンズのようになっていた。

パリのオペラ座の巨大な円柱が支える丸天井はシャガールの明るい画で彩られている。だが、このグラン・カジノの壁間にはめこまれた油絵は今世紀のものではない。

仁一郎がイんでいるところから視野に入っているのは、三つの壁間である。壁画は三枚である。距離があるが、三枚とも婦女の林泉入浴図である。一人ではなく数人づれである。脱しかけているコスチュウムは中世の服装である。髪型も中世の風俗である。泉や森、空の雲の描写はフランスの古典主義そのものである。

もしかすると、これらはブーシェやワトーなどロココ派絵画の大家の作品ではなかろうか、と仁一郎は眼を擦った。

フランソワ・ブーシェはパリ生れ。彼の本領はタブローよりも壁面装飾にある。ヴェルサイユ宮王妃の間やオテル・ド・スービーズのサロンの装飾などで一躍流行作家になったが、神話画、牧歌画、風俗画などの主題を壁画やタブローのみならずタピスリーの下絵としても精力的に描いて活動した。

アントワーヌ・ワトーはブーシェよりも先に出て、優雅な色彩で演劇や貴族の恋愛遊戯を主題に作品を描いた。過労のため肺を病んで仆れたが、日本にも知られている「雅宴」はその代表作だ。ワトーの影響でブーシェ、フラゴナールなど十八世紀の艶麗なサロン壁画の黄金時代のさきがけをつくった。こういうことは西洋美術史をちょっとでものぞいた者ならだれでも知っている。

であればブーシェに「水浴のディアーナ」という代表作があることは、それがルーヴルに入っていることでもあるし、仁一郎も知っている。

このカジノにある三つの壁間の画は、みな水浴の貴女たちだ。もしかするとブーシェの作ではなかろうか。多作の彼の画を全部知っているわけではもちろんないから、なんともいえない。あるいはフラゴナールなど同時代の作家の画か。それともワトーやブーシェの模写であろうか。

仁一郎がそれを確かめるために、足を前に動かしかけたとき、肩をうしろから軽く叩かれた。

振り返ると、小肥りの、あきらかにイタリア人とわかる男が、右手を胸に当てて敬意を表しながらにこにこして立っていた。口髭も洒落(しゃ)れている。見知らぬ顔だった。

「失礼いたします(エクスキューズ・ミー・サー)」

日本人と見てか、イタリア人は英語でいった。

「さきほどから拝見しておりましたが、この建築の芸術にはずいぶんご熱心にご観賞のようですが」

男は眼もとも口もとも愛嬌(あいきょう)たっぷりの微笑であった。

「きみはだれですか」

対手の服装からして、観光団体の案内人かと仁一郎は思った。

「わたしはこのカジノに出入りする業者です。つまり、その、スロットマシンの調子が悪いときなどそれを修理したり、手直ししたりするために、毎日こうして見まわりに来ている者です」

そう聞けばそういう男に見えた。背後ではスロットマシンが叫喚を上げている。

仁一郎はいままで建築構造と装飾彫刻に気を奪われていたが、いま耳にひさしぶりに金属性の喧騒が戻り、眼に群衆のざわつきがかえってきた。

「わたしもこういう仕事をしていますが、この中のすばらしい芸術にはまったく感激です。ここは宮殿(パレス)です。同じ豪華(ゴージャス)な建築でも近くのオテル・ド・パリなんざわれわれふぜいには一歩も入れませんからね。それにくらべると、このグラン・カジノはわたしの職場同然ですから、毎日、朝から晩まで気ままにどこでも見られます。マシンはしょっちゅう故障しているわけではないんで、毎日が見学のようなもんです。わたしは支配人(マネジャー)から可愛がられていますからね、いろいろとここの芸術について教えてもらっていますよ」

「それは仕合せだね」

「こんな幸福はありませんよ。ここにくる連中はギャンブルに夢中でしてね、このすばらしい芸術の粋に見むきもしません。情けないことです、まったく。それなのに、旦那はここにじっと佇んで天井から柱からくまなく彫刻を飽かずに見入っておられた。その姿に、わたしは感激したんです。で、失礼とは思いながら、つい、声をおかけしました」

男は両手をこすり合せた。

それから、自分に何かお役に立つことはないだろうかと仁一郎を上眼づかいに見て言った。

「それはどうもありがとう」

仁一郎はイタリア人のスロットマシン修理職人の好意に感謝した。

「きみはここに出入りして、支配人の愛顧をうけて、いろいろとこの中のことを教えてもらっているそうだが、ぼくのいまの関心はあそこにならんでいる壁画でね」

「壁画？　へえ」

職人は仁一郎の視線に誘われて、そっちへ眼を遣った。

「あれが何か……」

「あそこにならんでいる画はロココのものだと思うけどね、だれの作品だろうかね？」

仁一郎はきいたが、イタリア人は支配人に教わってないのか答えなかった。彼は壁画に近づいた。

ゆるやかに彎曲した壁に荘重な金の額縁の中に入ったのは沐浴の婦女図ばかりである。写実の精密な描写は、さまざまな表情の顔と姿態、豊満な肉体、まとう下着や、着けたコスチュウムの光沢ある襞などに行きわたっている。とくに甘美な顔は艶麗な筆で薔薇のようにほのぼのと浮き上がらせている。ワトーやブーシェやシャルダンなどの一派がもつ独特のものだ。ほのかな空の色を背景にした繁る木立の濃淡と泉の深い色とが女たちを立体化している。全部で六面だ。六枚の壁画とも同じ画家の手に成っていることは疑いない。——

仁一郎はさらに近づき、腰をかがめて画面の下部をのぞいた。サインはどこにもなかった。六枚とも。

さては模写だったか。

彼はふたたび数歩あとずさりして画を見直した。

うかつであった。六枚ともこの壁間にきちんとおさまっている。十八世紀のロココの画が、十九世紀末にできたグラン・カジノの壁間の寸法に合せて描かれたわけはない。模写だ。それも原画をこの寸法に合せて拡大したものだ。

それは十分に考えられる。もともとワトーにしてもブーシェにしても、その原画は工芸品に応用されている。仁一郎が読んだ美術史の本では、ワトーの数少ない版画はブーシェはじめ多くの画家に大きな影響を与えたというし、ブーシェにいたってはゴブラン織りの画になっているし、彼自らその下画を描いている。

そのようなわけだから、ロココの画は模写しやすい。それが甘美であり、通俗性を持てば持つほど。

それにしても、この模作はブーシェだろうか、ランクレだろうか、それともシャルダンかグルーズか。

「だれの作のイミテーションか」

仁一郎が疑問を口に出して思わず英語で呟くと、横で聞いたイタリア人のスロットマシン修理工が、すすみ出て言った。

「オリジナルの画でしたら、隣りの東館にありますよ、旦那(サー)」

東隣りの建物はパリのオペラ座のとおりの設計で、職人もオペラ座をこしらえたのを呼んでつくらせたのは有名だ。美術に造詣(ぞうけい)の深い国王がカネに飽かせてつくったのだから、なるほどワトーやブーシェ、またはシャルダン、グルーズなどのオリジナルのコレクションはしているかもしれない。……

「旦那(サー)、もしご希望でしたら、わたしが東館の壁画がならんでいるホールへご案内してもいいですよ。わたしはここの総支配人フランジーニさんにとくべつ眼をかけられていますのでね。わたしの言うことなら、たいてい聞いてくれますよ」

イタリア人は口髭に二本の指を当てて自慢げに言った。

「それはほんとうか」

「信じてください」

反り身になった。

ロココの画のオリジナルが見られるかもしれないのだ。ブーシェの原作が眼にできそうであった。仁一郎は主柱にチェーンで吊り下げられてパルメットの浮彫りの間に止められた大時計に眼を走らせた。天使の青銅像のさし上げる燭台の光に針は九時二十三分を見せていた。

　原章子はたぶん十一時ごろまではルーレット室に居るだろう。ゲームが面白くなって、エキサイトするにちがいない。客も混んでくるころだ。

　十時までにここへ戻ってくればいい。

「では、画を見せてもらいに東館へつれて行ってくれるかね」

　仁一郎はついに言った。

「いいですとも。わたしもいまは遊んでいる身体です。これからすぐにご案内します」

　男は入場する人々とは逆に出口のほうへ行きかけた。

「おや、そっちのほうへ行くのかね？」

　東へつながる建物だから、奥のドアから通路へつづくものと思っていたのだった。

「いえ、建物は別なのです」

　イタリア人はちょっと立ちどまって説明した。

「このカジノの横から庭に出ても行けますが、その庭はまた離れた庭になっていて、間に木戸があって、夜は閉まっています。警備員がかためていて警戒が厳重なんですよ」

「………」

「なにしろこういう商売ですからね。いつ強盗なんかのギャングに襲われないともかぎりません。そのため屈強な連中が傭われています。このカジノの中だって、そういう連中が蝶ネクタイの従業員になりすまして、あちこちに配備されています」

ありそうなことだった。仁一郎は見まわしたが、むろん識別はできなかった。

「昼間だと、庭の木戸もわたしはフリーパスなんですが、夜ではやはり駄目です。いや、昼間の離れの庭を旦那にお見せしたいですね。そりゃアすばらしい庭園ですから。……」

「ほう」

「ですが、東の別館に入るには庭園を通る必要はありません。別館の入口があります。ちょうどこのカジノの反対側です。ですから、ここをいったん出て、車で道路をまわったほうが早いです。旦那」

「車で？」

「少々距離がありますからね。歩くと時間がかかります。車はパークさせてあります。おんぼろ車ですがね」

「それはかまわないが」

また人混みをわけるようにして出口へむかった。

石段の上に出ると、次々と到着する高級車のドアから着飾った女性と、きちんとした身なりの紳士が吐き出される。スロットマシンの客ではない。ルーレット室はようやく賑やかになってくるようだった。もはや団体バスは見えなかった。

車を呼び出しそうなポーターの動作を断わってイタリア人は高いエルムの樹の下へ仁一郎を案内して歩いた。そこは駐車場だったが、彼が右手をあげると、車の群れからライトがついて二人の前に一台がすべってきた。

「こいつはわたしの弟です」

イタリア人は座席で仁一郎とならび、ハンドルを握る若い男の背中を紹介した。車はカジノの建物の前を東へ向かった。右側が全館の側面となる。棕梠(パルム)の影がつづく「カジノ庭園」はその近景である。

建物の照明が見せたのは、本館と東館は連続したものだった。おや、たしか東館は別になっていると聞いたが、と思ったときだ、車は地下道に入って景色が見えなくなった。それも数秒。たちまち広い道路に出た。グラン・カジノの姿はすでに後方に去っている。

車はスピードを出した。

「これからオリジナルの画を見るためには、スケッチされたほうがいいと思いますがね、ミスター・タカヒラ」

隣りの口髭の男が、ぴたりと身体を寄せていった。

「えっ、どうして、わたしの名を？」

仁一郎はおどろいて問い返した。

「あなたはミスター・タカヒラに間違いありませんな？」

横から見つめる眼が光った。

「わたしは高平だが……」

「タカヒラ」の名を背中で聞いた運転の男がまた急にスピードをあげた。仁一郎はうしろに倒れそうになった。

道路は広い。ほかの車も百二十キロの速力は出している。それだけ街を離れ、寂しい方向へ走っているのだ。

《Menton, San Remo》(マントン、サンレモ方面)

その標識も一瞬に飛び去った。——

電話が鳴った。

長椅子に横になっていた阿佐子は眼をさました。ルームサービスのブランデーがきいて、睡(ねむ)りこんだのだった。

ベッドのわきの受話器をとりながら時計に眼を遣った。十一時十三分であった。仁一郎からだ。遅くなったが、いまから帰る、という言葉を期待した。

“Hello”

阿佐子は、はっとした。外人の男の声だ。番号を間違えてかけている。英語がわからないので、違います、と言うつもりで、

「ノー」

　といって切った。

　すると一分も経たないうちに、また鳴った。

　ハロー、ハロー、ハロー。

「ノー。ちがいますよ」

　阿佐子は、あとを日本語で強くいった。

　先方は黙った。日本語を聞いて度を失ったらしい。阿佐子が受話器を措こうとすると、ハロー、ハロー、と先方は呼びとめるように忙しくつづけた。

「もしもし。ここは日本人客の部屋ですよ」

　阿佐子は癇にさわったように大きな声を出した。

　相手はふたたび黙った。が、すぐに英語で何かしゃべりはじめた。その中に、タカヒラの名が入っていた。

　阿佐子は受話器を耳に押しつけた。

「高平さんからのことづけですか」

　英語がそのあとにつづく。相手は、阿佐子がタカヒラといったので、反応ありと知ったのだろう。ゆっくりとした英語になった。潤いを含んだ、ねっとりとした声だ。

　阿佐子は、仁一郎がモンテカルロの酒場かどこかの使用人に、いまから帰る、と電話させていると思った。酔っている様子が浮ぶ。

「高平さんに、早く帰ってくるように言ってちょうだい」

日本語が分らぬ相手でも、語気で察しがつくだろうと思ってやり返した。

「ハロー、ハロー。……タカヒラ、……タカヒラ……」

いくら、ていねいに言っても英語はわからなかった。

「うるさいわね、切るわよ」

受話器を叩きつけるように置いた。

また鳴った。阿佐子は出なかった。いつまでも鳴る。執拗だ。

信号音はなおも五分間ぐらいつづいて、ようやく止んだ。やっと諦めたらしい。阿佐子はロックしたドアに眼を遣った。不安と気味悪さがだんだん強くなってきた。——

白い崖の死人

十時を二分すぎた。

和子はホテル一階の公衆電話ボックスに入っていて、腕時計の針を見ていた。モンテカルロの「オテル・ファヴァール」のダイヤルに指をまわした。

一昨日の夕方、この街のアクロポリスで八木正八と会い、そのとき受けた不安と恐れがつづいていた。

信夫には言えないことだった。神経がたかぶって、二晩ともほとんど睡れず、この受話器をとるまで動悸の昂進はしずまらなかった。

「八木です」

待っていたような声だった。

「木下でございます。今晩は」

いま、信夫は部屋に残して来ている。

「やあ今晩は。一昨日はたいへん失礼しました」

八木の声に微笑はなかった。

「いいえ。わたくしのほうこそありがとうございました。お忙しいところをわざわざおいでいただきまして」

「ぼくが長くおしゃべりしすぎて、ご迷惑をかけたと思います。申しわけありませんでした」

「そんなこと。とんでもございません」

「なんだかお声が呼吸切れしているように聞えますが、大丈夫ですか」

八木は敏感に聞きわけたようだった。

「大丈夫でございます」

「そうですか、安心しました。……ご依頼を受けていた高平仁一郎氏の泊まられているホテルがわかりました」

和子は声が出なかった。胸に波濤がきた。

「もしもし」

「………」

「高平氏のホテルを申しあげます。あの、メモをなさいますか」

「はい。いたします」

声がうろたえた。

「そのホテルはニースでした」

「えっ、ニース？」

「ニースのオテル・マレシャルです。オテル・マレシャル」

八木は控えを見てつづけた。

「場所はブールヴァール・ヴィクトル・ユーゴーです。電話番号は……」

和子は機械的にメモをとった。

「これはニースのホテルに電話でかたっぱしからあたってみて、わかったんです。マレシャルの客室係が教えてくれました」

そのあとで、めまいがした。

和子の声が跡切れたので八木が、もしもし、と呼んだ。

「は、はい」

「あの、これでいいでしょうか」

動転と混乱が和子を襲った。彼女は受話器を握りしめ、上体が傾きそうなのを踏みとどまった。

「ありがとうございました。……でも、ちょっと待ってください」

眼をかたく瞑り、唇をかんだ。昏い嵐の中に径をさぐるのに似ていた。七秒ほどじっとしていた。

「おねがいがあります」

和子は前より高い声でいった。

「はあ。……」

「明日の午前十時、わたくしのほうからもう一度、八木さんにお電話してもいいでしょうか」

「午前十時ですね。けっこうです。この部屋でお電話をお待ちしています。どこにも行かないでいます」

「ありがとうございます。わがままなおねがいばかりして、ほんとに申しわけありません。とても、うれしゅうございますわ。では、おやすみなさいませ」

「失礼します。おやすみなさい」

公衆電話のあるロビーの隅からまっすぐに昇降機(アサンスール)へ和子はむかった。ロビーに出ると、仁一郎が突然、外から入ってきそうであった。

部屋のある四階を素通りし、屋上庭園に出た。下にひろがったニースの灯が街と海とを地図のように分けている。和子には縁のない乾いた風景だった。

夫はこのヴィクトル・ユーゴー通りのオテル・マレシャルに泊まっている。——

この同じ通りのきわめて近いホテルだ。サン・ポールで再会した小島春子は、和子がヴィクトル・ユーゴー通りの「マルキー」に泊まっていると聞いて、じぶんは知人が宿泊している「マレシャル」を訪ねたことがあるが、「マルキー」と「マレシャル」とは五百メートルもはなれていない、と語ったのを和子はいまにして思い出した。

和子は喘いだ。夫が目と鼻のさきのホテルに入っているのは、夫が狙いをつけてのことなのか。それとも、仲間がいるモンテカルロのホテルをわざと避けた結果、おこった偶然か。どちらにしても、夫から先に乗りこまれて来ては、和子が夫へ話し合いに行く計画は潰された。信夫を安全な所へ移す余裕はなくなったのだ。

信夫と二人で居るこのホテルへ、夫の射程が微動だにせずにすわっている。——

明朝十時に八木へ電話する気持は、それから脱出する藻掻きに似ていた。


入江に臨むモナコ王宮の西北側の台地上にアントワネット王女公園がある。そこからジュラ紀の山岳が屹立している。公園はその東山麓である。

アルプス山系の南端がここへ落ちているところにモン・アジェル（一一〇〇メートル）の瘤があり、山脈の舌端はコート・ダジュールの海へ山塊となって迫る。それがモナコとニースとの海岸側交通を阻んでいる。蓋をしたその山塊を“Trophée des Alpes”と人々は呼んでいる。高いところで六百メートルだが、海ぎわから聳え立つ白亜の険しい形がトロフィーにも見えて、かく名づけたのであろう。モンテカルロのホテル街に異様な背景を添えるのはこの「アルプスのトロフィー」である。

ニース・モナコ間は山間部の高速道路が通じている。モナコからモーターウエイの「モナコ」インターチェンジに出るには、王女公園の上の道を北へむかう。モワイエーヌ・コルニシュ通り。「アルプスのトロフィー」の縁(ふち)に付いている。コルニシュ通りは途中までは広いが、やがて道幅が狭くなる。

十一月五日の午前七時ごろであった。

コルニシュ通りを下からあがって行く赤いオープンカーがあった。運転席も座席も若い男女のカップルである。東はイタリアのリヴィエラの町か、西はカンヌ、ツーロンあたりまで遠出の様子らしかった。

上り勾配(こうばい)がつづく。左右に別荘の高級住宅が断続する。糸杉の木立が多くなる。この時間、まだ車は少なかった。若者の車はカセットの音楽を流して快走する。

家が切れ、森も消えた。コルニシュ通りと岐(わか)れ、道幅がせまくなった。突兀(とっこつ)たる山中に入ってから回転道路になった。

崖の下を何度も曲るようになった。急坂のヘアピン・カーヴの連続であった。

海から昇った陽が石灰岩の崖を直射した。この時刻、ホテルの谷間になっている街は蒼然とした影の中だが、西側の四百メートル近い高地は朝の太陽の強い光を正面に受けている。真白な岩山はまるでそこから発光するかのように耀(かがや)きわたった。

車は一時停止した。この眩しさにはかなわない。——四人とも急いでサングラスをかけるためだった。サングラスをスーツケースの中にしまいこんで、それを後部のトランクに入れている女がいた。

彼女は車を出た。後部へ回ったが、そのとき、ふと眼が前の崖にむいた。

おや、と怪訝な表情になった。

そこは道路から二十メートルくらい高い丘陵の中腹あたりだった。丘陵はそのまま高い山につづくのだが、稜線までの斜面には岩塊の出入りが激しく、それがいくつかのせまい段丘となっている。

アルプスでもスイス側とフランス側は石灰岩質であり、南フランスの「海岸アルプス」ではジュラ山脈が褶曲して地中海に逼っている。石灰岩の段丘の細長いテラスには、雨水でできた窪みに土がたまり、草や灌木を生やしている。硅質だからその草も灌木も短い。しかし、全山が真白なので、この少ない緑は点描になっている。

トランクにおさめたスーツケースからサングラスをとり出した金髪女は、眼鏡をかけると、ふたたび同じ地点を凝視した。三つ重なった段丘はそれぞれ上辺に灌木と草地とを細長く持ち、ちょうど緑の横縞に見えるのだが、女の眼に映じた物体は、そのまん中の横縞の下で、白い斜面にあった。道路からは十メートルくらい上だし、車をとめた場所からは離れている。

女は車の外から運転席の赤いセーターの男に、崖の斜面を指して言った。

「見てごらんよ。あそこに黒い物が落ちかかっているけど、なにかしらね？」

「どれだ？」

「ほら、あそこよ。上から二番目に短い木がかたまっているその下よ。白い岩の斜面にひっかかるようにして黒い物が、落ちかかってるじゃないの」

男は運転席から身体を乗り出し、サングラスの下で眼を見開いた。

「はてな。人間かもしれんぞ」

座席の男女も中腰になって見つめた。

「どうやら男のようだな」

青いジャンパーの男が瞳をつけたまま言った。

「イヤだわ」

「上に二本出ているのは両足だろう。逆さまになっているんだよ。下に頭がある。両手はよくわからんが……」

「動いているの？」

「動いているようには見えないね。とすれば死んでいる」

「死体なの？　おお、気持が悪い。ジミー、早く車を出して」

座席の栗色の髪の女が両手で顔を蔽った。

「待て待て。きみの望遠カメラでたしかめろよ。二五〇ミリのレンズならはっきりと見えるだろう」

金髪女が悲鳴を谿間にこだまさせた。

モナコ警察の車と救急車とが「現場」に到着したのは八時ごろであった。

「モナコ」インターチェンジのトール・ゲートは、モナコ領・フランス領境の検問所を兼ねている。通過する赤いオープンカーの男女から途中の崖に人間の死体がひっかかっていると知らされた検問所では、これを警察に電話で通報したのだった。通報から四十分後に警察車はその地点に着いている。

現場は一目でわかった。坂の道路には車が列をなして停まり、人々が窓から首を出して崖を見上げたり、道路におりて眺めたりしているからだった。

死体の発見はスポーツカーの男女だけでなく、間をおいた後続車の連中もこれに気づいた。白い崖は朝の光を受けて輝く。その中に黒いものが筆先で墨をつけたように点じているのだし、しかも、それが回転道路のカーヴを曲った正面なので、いやでも目についた。

警官がせまい道路を渋滞させている弥次馬の車の列を追い立てる一方、捜査係の四、五人は死体の横たわった場所をめざして崖を上った。が、直接に岩塊の断崖をよじ登る必要はない。段丘になっている端が道路のすぐ上につづき、草や灌木の生える段丘のテラスが径の役をしていた。

死体が崖の斜面に逆さまになってひっかかっているのは、三つの段丘のうちのまん中で、灌木の棚から二メートルばかり下だった。道路面からすると、十メートルの高さになる。

遺体は東洋人であった。仰向けになって宙吊りの格好である。途中でひっかかっているのは、崖に凹凸があって、そのために下まで落下しなかった。

遺体はグレイ地に細いブルーのチェックが入った洋服を着、茶、白、黒の斜め縞のネクタイをつけていた。これはワイシャツからはずされて頸に巻きついている。ネクタイによる絞殺であった。

顔面は鬱血して暗紫色となっている。年齢は三十すぎと見えたが、東洋人の年齢推定にはモナコ警察の鑑識係は不慣れで自信がなかった。死後経過時間は検視時より十一時間ないし九時間。だから絶息は昨夜の四日午後十時から五日午前零時の間である。

洋服はところどころ裂けている。顔も両手も小さな負傷をしている。崖の斜面から墜落し岩石に当って受けた疵である。疵からの出血がきわめて少ないのは、死後だからだ。殺害は他の場所で行なわれ、死体をここに遺棄したとみられた。

この朝、天気は快晴であった。

遺体の身もとはその場でわかった。内ポケットにパスポートがあった。日本人であった。「NIICHIRO TAKAHIRA」とあった。生年からすると三十四歳。アドレスは「TOKYO」となって、その番地が記入してある。職業欄に「画家」とある。上着の右ポケットがふくらんでいた。一束の紙が突込んであった。

警察官がその紙をとり出してひろげた。全部で七枚あった。うち四枚はタテ十五センチ、ヨコ十二センチくらいで、スケッチブックなどに使われているケント紙、あと三枚は商店の包装紙を切った裏である。これは寸法が揃って(そろ)いない。包装紙は食料品店のもので、「Chelsea, London」などの地名が端に残っている。

スケッチブックから一枚をはぎとったようなケント紙も、包装紙も、まともな形ではなく上部がちぎり取られている。理由は、それに描かれた画にある。

画は七枚ともスケッチ風な鉛筆の人物画である。だが、顔の部分が失われている。胸から下の部分で、それも半身像だからわずかに衣服が描かれているだけであった。うち女性の服装のが一枚ある。

対象をすばやくスケッチしたという素描で、クロッキーに近いが、画家らしい熟達の筆致であった。

なぜ、全部が全部とも顔の部分を破り取ったのであろうか。このスケッチからすると、顔の素描に画家が力点を置いたことは確実である。なのに肝腎(かんじん)な部分を除いている。

顔の切り取りが画家の意志ではなさそうなことも推察できた。スケッチが集められて、ポケットに乱暴に押しこまれたといった状態からもそれが第三者のしわざとわかるのだ。この日本人画家を殺した犯人か、または関係者であろう。

顔の部分が破り取られているのは、スケッチされた者の人相を他に知られたくなかったからにちがいない。失われた素描部分は、この犯罪に関係深い者の顔なのだ。その中には、あきらかに女がいる。男の服装も、身体つきもまちまちである。

では、いっそスケッチそのものをみんな消してしまえばよさそうなものである。そうすればこの殺人関係者が複数であることも、女が含まれていることもわかりはしない。なのに破り残したスケッチを、描き手である被害者のポケットに押し込んでおいたのは、どういうつもりか。

とにかく、直接犯行が複数の人間の手で行なわれたのはたしかだった。

犯人が複数と推定できるのは、遺体の運搬状況をみてもわかる。

殺害の第一現場から死体遺棄の第二現場までは、当然に車でくるほかはない。死体運搬は一人の運転でできるにしても、車から死体を出して十メートルの高さのある段丘の上に運ぶには単独ではできない。死体の重量は七十キロ以上はある。

三重になっている段丘のまん中の段丘上に行くには道路から短い草や灌木が蔽うテラスをたどるが、それも相当に急勾配である。単身で登るにも灌木に手をかけなければならないくらいだ。体重七十キロ以上もある死体を一人の人間が肩に担いで、この急坂を登れるものではない。運搬はかならず複数の人間でなければならない。

さらに死体の遺棄状況についても、大きな疑問を警察官は抱いた。

犯人の心理として犯罪の発覚はなるべく遅いことを望むだろう。死体の置き場所も人目にふれないような木立の中とか林の奥とかを択ぶはずだ。岩蔭とか、石灰岩が雨水の浸蝕でできた小さな洞窟とか、陥没の底とかに匿せば、死体の発見は相当に遅れる。この「アルプスのトロフィー」の山中にはそういう場所が多すぎるくらいだ。渓谷には深い森林がある。

それなのに、なぜに、わざわざ人の眼につきやすいこの場所を択んだのだろうか。白亜の崖の斜面に置けば、その両脚を上に開いて両手を下にしたまっさかさまな人間の姿は、白いカンバスに画を描いたようである。その首に巻きついたネクタイの茶、黒、白の色彩が一点のアクセントになっている。

結んだネクタイの端は風にひるがえっていた。

——なんだか、みせしめのようだな。

検視の警官の一人が、その姿を見て呟いたくらいである。

——ほんとだ。これではまったく処刑のようだよ。

他の警官たちも同感を表わした。

その姿が鑑識係によって写真に撮影される。

道路の車やトラックは、警官の「急いで通れ」という指示にもかかわらずのろのろ運転をしながら崖上の死体を見上げている。女たちは恐怖の声を上げる。回転道路は、ときならぬ交通渋滞。

「みせしめ」と言ったのは、その死体の遺棄場所からだ。なるべく多くの人の眼にふれさせる。その公開性が「みせしめ」を想像させるというのである。

絞殺死体を崖の途中に逆吊りのように置く異常なやりかた。これがまた「処刑」に通じるというのだ。

処刑者の遺体を公開する。――犯行は普通ではない。この犯罪には「組織」の存在を感じさせた。……

この殺人事件に「組織」を予感させることは、犯人が複数だという現場状況からの推定とも一致する。

では、その「組織」は何か。

世界一級の享楽機関カジノという賭博場を多く抱えているモンテカルロは、やくざ組織にことを欠かない。名だたるグラン・カジノのみならず、山の手のレピュブリック通りにも派手なカジノがある。これがなんと警察署や市役所のまん前なのだ。そのような独立した建物でなくとも、モンテカルロの大きなホテルは、そのほとんどが内部にデラックスなカジノを設けている。

カジノはモナコ公国からきびしい監督を受けているとはいえ、ギャンブルをしにくる客の保護などの場内警備や貸金の取立てなどの必要からも運営者はやくざ組織と手を握っている。グラン・カジノの副支配人などの幹部にしても、その種の組織の「顔役」と見られている。やくざの組どうしの勢力争いとか、または仲間うちの闘争が表沙汰（おもてざた）になることは、モンテカルロではめったにない。陰ではあっても、表面に出ないで上手に始末されるのであろう。

昔は、モンテカルロのカジノで大金を失った客がよく自殺をしたものだ。いまはそれがなくなったという。賭けに失敗して死ぬほど絶望する人間が、にわかにあとを絶ったとも思われない。カジノは恐ろしい陥穽（かんせい）の場所だ。モンテカルロの自殺者もオモテに出ないように上手に「始末」されているのではないかという疑いを人々は持つ。

「処刑」「公開」となると、崖の死者は、そうした組織の裏切者だろうか。その残忍な方法から推して、この推定がもっとも理を得ているように思われる。

しかし、被害者は、所持しているパスポートが証明するように、間違いなく日本人である。画家だ。その職業に偽りのないことは、ポケット内にあった七枚の素描画が立証している。これはあきらかに被害者「ニイチロウ・タカヒラ」本人の筆と見られる。

スケッチの人物画は七枚とも顔がちぎれている。

――これも「処刑」と「公開」とを意味するものではなかろうか。

警察官は、被害者の死体の遺棄状況のそれと、首無し人物画とを関連づけて言った。

――なるほど、なるほど。

画の人相を知られたくないために破り取ったというそれまでの推定理由が、「処刑説」によって検討し直された。

被害者のポケットに押しこまれていた写生画のうち三枚は、ロンドンの食料品店の包装紙を切ってその裏白（うらしろ）に描かれたものである。

包み紙が食料品店とわかるのは、その切り端にハム、ソーセージ、バター、トマトケチャップ、ミルクなどの品目の文字がピンクの地色に白抜きで散らされていて、それが断片的に残っていたからである。包装紙のデザインはもっともありふれたものであって、むしろその店が大衆的であるのを示している。紙質も上等ではない。

ところが、かんじんの店名を印刷した部分が残っていない。スケッチ用に任意にハサミで切断したのだが、偶然にも店名が切れている。わずかに Chelsea, London の文字が残っているのだが、チェルシー地区は広く、大小のストリートが多い。その通りの名も包装紙には残っていない。

しかし、被害者とロンドンはどう結びつくのだろうか？　この気の毒な日本人が所持していたパスポートにはロンドンに立寄った形跡がまったくないのである。

所持品はイタリア製ワニ皮の二つ折り紙入れ一つ、小銭入れの小型ガマロ財布一つ、パイプ一つ、タバコ入れ一つ、ライター一つ。パイプは英国製の高級品だが、相当使いこんだものである。手帖、書類、領収証類といった本人の最近の行動を知るようなものは一切ない。それと、腕時計がない。カバン、ケースなどは一個もなし。

紙入れには千三百ドルと八百五十フラン、小銭入れ財布にはコインが百二十フランほど入っていた。合計千三百ドルと九百七十フラン。本人の身なりからして所持金が少ないように思われる。

あるいは犯人が大半のカネを抜き取って、僅かだけ残したのかもしれない。強盗の所為と思わせたくないためだ。

だが、一方では腕時計が失われている。当人が腕時計を持っていなかったとは考えられず、他の所持品の質からみて、それはかなり高級品であったと思われる。

強盗の犯行でないと見せかけておきながら、大半のカネの抜き取り、さらに腕時計の奪取は、この犯行の特徴と犯人の性格とを暗示しているようである。

ポケットに手帖がないのは犯人が被害者の身もとをわからなくするために使う手口だが、この殺人の場合はパスポートはそのまま上着の内ポケットに残してあった。これがその特徴の一つである。つまり身もとはすぐに判るようにしておくが、被害者の行動は知られないようにしてある。

だが、被害者が最近このコート・ダジュールにきて、どこか観光保養地のホテルか知人の別荘に泊まっていたであろうことは推定がつく。

——それはどこだろう？

被害者のポケットには当人がどこに宿泊しているのか手がかりになるようなものは一物もない。モンテカルロか、西してニースか、カンヌか、または東してマントンか、サンレモか、アラッシオか、ジェノヴァか。モナコ公国を中心に、東西いずれの保養地にしても、そう遠くはあるまい。

殺害の第一現場と、この死体遺棄の第二現場とがそう遠く離れているとは思えない。あまり遠いと死体運びが困難になるからだ。

では、死体運搬の車は海岸に近い下の道路から上ってきたのか、それとも山側の高速道路（モーターウェイ）を下ってきたのか。

検視の鑑識係の推定では、死亡時刻は四日午後十時ごろから五日午前零時ごろの間という。二時間の幅はすこし広すぎるようだが、誤差を考慮するのは、慎重というよりも、結果が出たとき判断の間違いを恐れるからであろう。ベテランの解剖医でも死亡時刻の推断にはじっさいのところ自信がない。

死亡時刻は第一現場から第二現場へ死体を運搬した時刻の割出しに重要な影響をもつ。絞殺による窒息死が午後十時ごろとすれば、死体運搬に約一時間を要したとして、死体遺棄の第二現場到着は十一時ごろである。死亡が五日午前零時ごろなら、同一時ごろである。

死体運搬に約一時間と見るのも仮の推察であって、第一現場の遠近によってこの時間も動揺する。遠ければ二時間を要するかもしれないし、近ければ三十分くらいで済む。

殺害の第一現場がどこなのか、いまのところ皆目わかっていないのだから、判断のしようがなかった。

だが、いずれにしてもモナコ地区のモワイエーヌ・コルニシュ通りにつづくこのルート・ド・ラ・テュルビー（回転道路）は、高速道路ならびに5号線に結ぶ道として、深夜まで車やトラックが通る。

死体を犯人が運搬の車から出して現場の崖に運ぶには、その死体をかついで段丘の上まで上る時間、その死体を段丘下の斜面に宙吊りの形で落す工作時間、そうしてふたたび段丘を下って車の中に戻る時間などが必要で、犯人のそのような行動時間中、車は待っていなければならない。

せまい道路上に車がとまっていれば、通行中の車の運転者の眼にふれないわけにはゆかない。

その眼を避けて車を隠すとすれば、現場からかなり離れた段丘の間の草地の奥へ、車を引込ましておかねばならぬ。通行車のライトにそれが見えなかったろうか。

四日午後十時から五日未明までの間、現場付近を通行した車の運転者をさがし出しての聞きこみ、モナコを中心にした隣接保養地のホテルや市内の聞きこみなどが今後の捜査となるが、遺体は検証がすんだあと、解剖のため公立病院へ運ばれた。五日午前九時だった。

被害者は日本人である。当局はフランス政府を通じてこの事件をパリの駐仏日本大使館に連絡した。独立国だがモナコ公国は国連にも加盟してなく、外交事務はフランス政府が依嘱をうけている。通貨もフランである。

普通の事故死だと被害者の身元確認や処理などに近くの日本領事館から館員を派遣するだけでよい。モナコだとマルセイユの日本総領事館が近い。

しかし殺人事件となるとそれだけでは済まなくなる。捜査次第によっては、日本大使館としても事件の調査や情報を得なければならない。それは国際刑事警察機構（ＩＣＰＯ）に日本が加盟しているので、それにもとづく。ＩＣＰＯは俗にインターポールと呼ばれている。が、ＩＣＰＯという組織には強制捜査権も逮捕権もない。こういう事態だと、警察庁より出向した大使館員の現地派遣が適当となってくる。かくて桐原参事官がパリからモナコにくることになった。

被害者のパスポートには、本人の生年月日と住所が「TOKYO」と記載されているだけである。だが旅券の発行番号がある。モナコ警察の通知からこの発行番号を大使館は本省に照会した。それによって遺族の名がわかるまでには、ちょっと時間がかかる。だが、モナコ警察では桐原参事官が出張してくるのを待つまでもなく、被害者の身元が知れた。

――オテル・エルミタージュで、精神武装世界会議なるものが開かれている。その参加者に日本人がいる。彼らは文化人だ。被害者は画家である。会議に出ている日本人に聞いてみたらどうだろうか。

集会の最終日、午前九時ごろ、オテル・エルミタージュのロビーに集まった日本人たちに署員が近づいた。

「このなかで、どなたかムッシュ・ニイチロウ・タカヒラをご存知ありませんか」

署員は、パスポートから書きとったローマ字の名を示した。

「高平仁一郎ならよく知っているどころではありません。われわれの友人です」

山崎泰彦が代表して答えた。

「それは都合がよかった。じゃ、悲しいお報(し)らせをお伝えします。ムッシュ・タカヒラは殺害されました。その遺体確認にきてください」


八木正八は公立病院から自分のホテル「ファヴァール」に大急ぎで戻った。部屋に入ったのが午前九時五十六分であった。

呼吸(いき)をしずめるために窓辺に寄った。カーテンを三分の一ほど開ける。風景はよくない。部屋代が安いせいか、道路に面している。山側の斜面についている道路は、この四階の高さと同位置にある。道路のわきには乗用車やトラックが駐車していて、車からおりた運転者たちが、あちこちで立ったり、しゃがんだりして雑談をしていた。顔をこっちにむけているので、この窓を覗(のぞ)いているようにみえる。

カーテンを閉めた。

電話が鳴った。十時であった。正確だ。八木は深呼吸して受話器をとった。

「八木です」

鎮めたつもりだが、声に動悸が出た。

「お早うございます。木下でございます」

声の背後に物音はなかった。電話ボックスの中からのようだった。

「お早うございます」

八木は挨拶を返した。受話器を握る手がかたくなっていた。

「どうもすみません。……あの、お約束にしたがって、この時間にお電話させていただいたんですけれど」

遠慮そうな声だった。

「あの……、そちらでは、その後、なにか変ったことはありませんか」

「いいえ。べつに何もございません」

不審を起した彼女の声だった。

「そうですか。わかりました。では、さっそく申しあげたいことがあります。よくお聞きください。高平仁一郎氏は、亡くなられました」

「え？　どうおっしゃったんですか、もう一度お聞かせください」

「高平仁一郎さんは、昨夜、急に亡くなったんです。死亡されたのです。そして、それは殺害によるものです」

人の声とも異う、物体を潰したような音が受話器から八木の耳を搏った。それは悲鳴の極まった声だった。

「あの、高平は死んだのですか」

確かめる言葉が、不意に「高平」と呼び捨てになった。近親者の言語である。衝撃のあまりに彼女は思わず発したのだ。

八木は、はっとしたが、かねて彼女の上への想像があたったのを知った。

「そうです。死亡されました。お気の毒です」

はっきり言った。八木の片手は拳をつくっていた。

「………」

「それから、よく聞いて下さい。いま申しあげたように高平さんの死亡は、殺害によるものです」

「………」

サツガイという単語が電話ではわかりにくいように思われたので、八木は、

「マーダーです」

と英語で言い直した。

返事の声はなかった。受話器は長い沈黙をつづけた。

「モナコ地区から北の山側の道路で高速道路と連絡するルートですが、その道路の傍の崖に遺体があるのを通りがかりの車が発見しました。今朝の七時ごろだったそうです。ネクタイ

による絞殺でした。死亡時は昨日の深夜です」

八木は、黙っている相手に話しつづけた。

「遺体のポケットにはパスポートがありました。高平仁一郎とありました。遺体の確認には警察の要請で、精神武装世界会議に日本から参加している山崎泰彦さん、川島竜太さん、植田伍一郎さんが公立病院の解剖室へ行きました。ぼくは病院の待合室で三人のお話を聞いたのですが、友人の高平仁一郎さんご本人に間違いないということでした」

ぐ、ぐ、ぐ、と受話器から声が洩れた。それは地底から生きものがうめくような、啼くような声に似ていた。

「犯人はまだわかりません。捜査中です」

八木はかぶせるように言った。

「パリの日本大使館から警察庁出向の参事官がこちらの捜査の情報収集に出張してくるようです。いまごろはすでにパスポートの発行番号から、外務省より高平仁一郎さんの東京の家族が大使館にもわかっていると思います」

ああ、と苦悶の声が聞えた。自分はどうすべきか、ともだえている歎声だ。

「奥さん」

八木は呼びかけた。相手を、はっきり高平仁一郎の妻と認識してである。——

「奥さん。あなたは絶対にモナコに来てはいけません。モナコに姿を現わしてはいけません」

八木は、高平仁一郎の妻に言った。

相手は黙っていた。だが、そのかすかな嗚咽は、なぜですか、と訊ねているように聞えた。

「ぼくは事務的に言います。この電話ですから短く。あなたがモナコにいらっしゃると、事態が面倒なことになります。高平さんの友人たちもいます。パリからは大使館の人が来ます」

こう言えば、じぶんよりも彼女に察しがつくはずだった。それは深刻なのだ。

「……わかりました」

かぼそい声で、彼女はようやくいった。

「それに、危険です」

八木は強い声でつけ加えた。

「ぼくはモナコ警察から高平仁一郎さんのポケットに入っていたものを見せてもらいました。それはロンドンのチェルシー地区の食料品店の包装紙の断片です。その紙の裏に人物のスケッチ画が描かれてありました」

「えっ」

彼女の叫びが受話器を震わせ、八木の鼓膜に響いた。

「ただし、包装紙の断片には、その店の名は切れて残っていないのでわかりません。ただ、チェルシー地区だけで、通り(ストリート)の名も残っていないのです」

「………」

「警察では、高平仁一郎さんが殺害された原因はその包装紙を切った裏側に描かれたスケッチ画と関係が深いように推定しています。というのはその七枚の人物画の顔がみんな切り取られていて、それが犯人のしわざらしいからです」

声の慄(ふる)えだけが伝わった。

「高平仁一郎さんがロンドンのチェルシー地区の食料品店で買物をしたとは思われません。パスポートを見ても、高平さんはイギリスには入国していないからです」

「………」

「どうしてこんなことになったのでしょうか。犯人が人違いをして高平仁一郎さんを殺害したとしか考えられません。こう言えるのは、ぼくにはチェルシー地区の経験があるからです。食料品店で買物をするからには、チェルシー地区のアパートのようなところに滞在している人です」

チェルシー地区に自分の経験がある、というのに八木の語は力が入った。

「もしもし」

相手の沈黙に、八木は呼びかけた。

かすかな返答があった。

「これ以上は電話では話せません。とにかくホテルから外へ一歩も出てはいけません。出ると危険です。お二人とも」

八木ははじめて「お二人とも」と口に出した。

ブラックフライアーズ橋の上で木下信夫と名乗った男の顔が浮ぶ。「学校の教師」と称するとおり、いかにも学者ふうな風采だった。彼女とならんで、ロンバルジア銀行のネルビ頭取が首を吊った現場を見ながら八木の話を熱心に聞いていた。――

その女性に初めて遇ったのは、その二日前のチェルシー地区のホテル「スローン・クロイスター」の一階売店であった。まだネルビが死体として出ない前で、「クロイスター」の名を手がかりに彼の居所を探してまわっていたときだ。

売店は食料品を売っていた。高平仁一郎の死体のポケットに入っていたスケッチ画のある包装紙の断片も食料品店のものだという。が、ストリート名と店名が残っていないので正確にはわからないが、「スローン・クロイスター」の売店である疑いは強い。

あのときは、「木下」も彼女といっしょにネルビ頭取の借りている部屋の近くに滞在していたのだ。

自分にはチェルシー地区に経験がある、と電話で言ったのは、そうした意味だ。彼女にはそれが通じるはずだ。危険だという警告もわかるにちがいない。

「とにかく、ぼくがそちらに行きます。いい方法を考えないとたいへんなことになりそうです」

それは東京の対策も考えなければなるまいという意味だ。高平仁一郎の不慮の死はすぐに東京の留守宅に連絡される。その妻はヨーロッパに出かけている。彼女への捜索の手はこのほうからも伸びる。

渦中にある彼女に、はたして混乱なく判断ができるだろうか。

ホテルからは一歩も出られない状態の中だ。しかも他に知られてはならない男性と一緒に居る！

「ぼくがあなたのホテルへ行きます。ホテルはどこですか」

三秒間の沈黙があった。

「ニースの……」

彼女の声は決心したように、はっきりと言った。

「ヴィクトル・ユーゴー通り、オテル・マルキーです。……わたくしの名は、高平和子です。……申しわけありません、八木さん」

八木の手配

ニースとの電話が切れたあとも八木の気持の中はまだ嵐が過ぎずにいた。

（わたくしの名は高平和子です）

きっぱりとした声が耳底に残っている。衝撃から立ち直ったのではない。彼女の告白であった。決然と覚悟をつけたといった語調であった。

八木は高平和子と聞いても意外ではなかった。和子の名はむろんはじめてだが、高平仁一郎の妻だとは想像していた。

が、それよりも愕然（がくぜん）としたのは、和子と木下とがヴィクトル・ユーゴー通りのホテルに居ると聞かされたことだった。

ニースのヴィクトル・ユーゴー通りのオテル・マレシャルは高平仁一郎が泊まっていたホテルだ。それはげんに三日前に和子から、高平仁一郎の居るホテルを探してほしいと頼まれて、モナコ近傍のホテルにかたっぱしから電話をかけてそれがわかり、彼女が昨夜電話をかけてきたときもそう伝えたことだった。

「木下」はブラックフライアーズ橋で両人に会ったとき、彼自らが自己紹介で言った名だ。

仁一郎の泊まるオテル・マレシャルと、和子・木下の泊まるオテル・マルキーとはとなり合っているホテルか、またはどれくらい離れているホテルかしらないが、奇しくも同じ通りに二つのホテルはならんでいる。

奇しくも、という意味は、近所のホテルに夫の仁一郎が泊まっているにもかかわらず、妻が夫のホテルを八木につきとめてほしいと頼んだからだ。妻は夫が近くのホテルに部屋を取っているのをすこしも知っていなかった。

では、仁一郎はどうだろうか。

これもたぶん、妻が木下と目と鼻の先のホテルに宿泊しているのを知っていなかったのではあるまいか。もし彼にそれがわかっていれば、「オテル・マルキー」にいる妻なり木下なりとの間になんらかの交渉事が起っているはずだ。

だが、そのことはなかった。

妻が夫のホテルを知らなかったのは、その泊り先を「ニースのヴィクトル・ユーゴー通り、オテル・マレシャルです」と八木が電話で教えたとき、彼女があきらかにショックをうけた返事をしたのでもわかる。近くのホテルに泊まり合せながら、夫婦の間に交渉がなかった証拠だ。

同じ通りの二つのホテルに泊まったのはまったくの偶然だったのだ。さらにまた、近所のホテルに居るのに、両者とも街頭で顔を合せることはなかったのだ。

偶然が重なり合っている。

八木は電話機のそばに坐ったまま考えをつづけている。

――ニースのブールヴァール・ヴィクトル・ユーゴーにはまだ行ったことがない。さぞかし美しい大通りにちがいない。そこにならんでいるホテルも立派なものであろう。「マルキー」と「マレシャル」。――名からして似ている。

八木はポケットからフランス語の辞書をとり出した。「マルキー」は「侯爵」。「マレシャル」は「元帥」。どちらも栄光の称号で、いかにもフランス人が付けそうなホテル名だ。

待てよ。八木は顎に手をやった。

高平仁一郎は犯人に人違いされて殺されたと思う。その証拠は彼のポケットに突込まれた七枚のスケッチ画のうち三枚の包装紙の裏を使った断片だ。包み紙は、ロンドンはチェルシー地区のマーケットのような大衆食料品店のもの。惜しいことに、ストリートの名も店名も切れて無いが、八木に浮ぶのはホテル「スローン・クロイスター」の売店である。あそこは食料品店であった。高平和子と遇った場所だ。正確にいうと遇ったのは二度目だが。

あのアパート式のホテルの六階63号室にはロンバルジア銀行頭取のリカルド・ネルビがカルロ・フォルニの偽名で潜伏していた。その付人でボスコなる人物もいたはずだ。

管理人のパーマー夫人は、日本人の一組が止宿していたことには頑として口を閉ざしていた。しかし、八木は推定している。その近くの部屋には木下信夫と高平和子とが滞在していたにちがいないと。

この推定に立つと、仁一郎の遺体のポケットに入っていた人物のスケッチ画は何者の手によって描かれたか。

八木は床を蹴って洋服ダンスへ走った。

上着のポケットから二つに折った紙片をとり出した。ロンドンのテンプル通りに近いコーヒーハウスの伝票である。

その裏に描かれたスケッチ画。新渡戸稲造の横顔に似た東邦証券株式会社副社長、白川敬之の素描！

伝票の裏に走り描きしたクロッキーだが、相当なデッサンの力量である。その顔は白川敬之の特徴をよく捉えている。

「アルプスのトロフィー」の崖で発見された高平仁一郎の死体のポケットに押しこまれていたスケッチ画は、モナコ警察から見せてもらったが、その筆致はまったくこれと同じであった。

高平仁一郎の遺体のポケットに入れられたスケッチ画は、どれも顔がちぎり取られていたが、東邦証券の白川敬之を描いた伝票の裏のこの素描力からすると、その失われた七つの顔はまことに写実そのものであったにちがいない。

描いたのは木下だ。——

対象は「スローン・クロイスター」の63号室のカルロ・フォルニことネルビ頭取の部屋に出入りする人物だ。木下と高平和子とは、63号室の近くに部屋を借りていたのだ。

犯人側は、日本人にネルビの部屋に出入りする自分たちの顔を写生されたことを察知した。有力な「目撃者」だ。これが高平仁一郎が殺害された原因にちがいない。

モナコ警察から見せてもらったスケッチ画の中には、食料品店の包み紙の裏に描かれた一枚に女の顔無し半身像があった。服装からして若い女である。

あの金髪女アグネス・ヴェラーだ。ロンドン・ヒルトンに、姉リディアと謎のオーストリア人トーマス・クネヒトといっしょに泊まっていて、しかも姉妹ともにクネヒトの情人らしい。そのアグネスの半身像だ。

このブロンド娘には八木も相当に悩まされた。ローマ市警から出張してきたイゾッピ刑事なども彼女を尾行したが、八木も尾行した。姉と共にクネヒトの情婦のはずなのに、奇妙に潑剌(はつらつ)とした、小娘らしい感じの女であった。クネヒトとネルビとの連絡係をつとめていると思い、尾(つ)けたこともあるが、行動敏捷、とらえがたかった。

総局の助手ミセス・ローリイ・ウォーレスがヒルトンやコンチネンタル・ホテルなど高級ホテル街を根城とする「バッグ・レディ」にヒルトンの前を見張りさせ、金髪娘がチェルシー地区にタクシーで行ったことまではつきとめ得た。

それを手がかりに八木はチェルシー地区のキングズ・ロードの若者向きのブティック街や

骨董店街(アンティーク)、さてはそれと平行に走るフーラム通りまで足を伸ばしたものだ。ブロンド娘を探して。

けっきょく、イゾッピ刑事らがクネヒトの部屋に仕掛けた盗聴で、「クロイスター」の名が出てきた。それを「修道院」と解した。アグネスは「修道院」に隠れているネルビ頭取のもとに連絡に行くようである。連絡だけではなく、ネルビとひとときの情事をも営むらしかった。

八木正八は、ロンドンのテンプル通り近くのコーヒーハウス、あの音楽学院の近くにあるコーヒーハウスの伝票を前に、回想をつづける。

――「クロイスター」を修道院と考えたのが誤解、事実はチェルシー地区のキングズ・ロードにほど近いアパート式ホテル「スローン・クロイスター」だったのだ。頭から「修道院」と思いこんでいた。まさかホテルとは考えなかった。

それだけではない、売店で遇った女性が二度目だということもわからなかった。かえって先方のほうが八木の顔を見て、度を失ったのである。彼はなぜその女性がびっくりしたのかわからなかった。狼狽したのは、見ず知らずの日本人の男性に思わぬ場所で不意に声をかけられたからだととって、悪いことをしたと思って詫びた。

が、それは二度目の邂逅(かいこう)だった。ただ、こちらには確信がなかった。先方は知っていた。最初は白川敬之に誘われて入ったコーヒーハウスで、初対面の白川を「教授」と思っていたときである。

船艙のように暗い、奥深い店内。テーブルの裸蠟燭の赤い炎に客の影が幻のように揺らぐ。静かな話し声がコーヒーの香りに乗って漂う。

「教授」はテンプル騎士団の話を熱心に語った。いま新聞社街のフリート・ストリートをテムズ河岸のほうに下ってきて通って見た法学院、ミドル・テンプル、インナー・テンプルはテンプル騎士団の名を残したもの、その建物も十六世紀から十七世紀のものだ。八木がぼんやりと眺めていたところを話好きの「教授」にコーヒーハウスへ引張りこまれた。

想い起す、テンプル騎士団の話を。——

さらに、テンプル騎士団の遺した財宝捜しの物語から秘密組織の話になった。その組織形態はイギリスにできた「自由な石工」の組合の掟に応用され、十八世紀のフリーメーソンとなり、さらに軍隊などになり、その秘儀は秘密結社に利用され、社交機関としては今日のロータリー・クラブやライオンズ・クラブなどの形式的な会員宣誓等となる。……

昼間でも貨物船の船底のように暗いこのコーヒーハウスに、このとき日本人の男女客が二組いたが、その顔がよくわからなかったのは、裸蠟燭だけの暗さのせいのみではなく、話に身を入れすぎていたためである。その一組はあとから入ってきたが、それは常連だった。老店主があとでそう言ったことだ。

「教授」の話の終りごろにアンが持ってきたのが、この伝票の裏に描かれた「教授」の横顔の素描だった。先に出て行った日本人男女の一組が残したものだとアンは言う。——今にして思えばそれが木下である。

デッサンがしっかりしている。「教授」に、今日ここでお目にかかった記念にこの伝票をいただけませんかと八木が乞うと、「教授」はちょっと惜しそうな顔をしたが、よろしい、さし上げましょう、と言った。

それが、いま八木が手にしているこれである。

一枚のコーヒー店の伝票に描かれたスケッチ画から、当時のことが低い話し声とほろ苦い香りとを漂わせて赤い蠟燭の炎に影絵のように揺られている。

秘密結社といえば、秘儀は中世のそれを模倣している。団結はかたく、首領の命令は絶対服従だ。組織の秘密は厳守。もし裏切者が出たら、容赦なく処刑される。

中世では絞首刑と火刑であった。「異端者」と「魔女狩り」の処刑が知られているが、秘密結社の処刑は火刑がないとされているだけで、その他はどのような方法でもとられた。

ロンドンのブラックフライアーズ橋下の工事現場のパイプ棒で首吊り死体となって発見されたイタリアのロンバルジア銀行のネルビ頭取のズボンのポケットや下腹部には煉瓦の破片や小石が詰まっていた。偽装自殺にして殺した犯人が押しこんだものだが、それは去勢を意味するとされている。

これはテンプル騎士団を潰滅させたフィリップ美王の死後、二王妃と通じていた小姓二人の処刑のとき、その性器を切断し、車裂きにした故事によるものらしい。

白川敬之と八木との出会いは、テンプル通り近くのコーヒーハウスで終らなかった。

その後、ホテル・ヒルトンのロビーで偶然にふたたび遇った。そのときはじめて名刺を出されて白川が東邦証券副社長・国際本部長であるのを八木は知った。

東邦証券は他の証券会社と同じく「シティ」に現地法人ロンドン東邦証券を持っている。シティ近くの、由緒ある料理店に八木は白川に招待された。白川のお伴の福間貫一郎という国際本部次長が同席した。白川は東京の本社から視察に出張してきていたのである。

格式はあるが古めかしい料理店で八木は白川と福間国際本部次長から国際金融の「講義」を聞かされた。金融市場では、投資家は自己の名が公開されるのをいろいろな理由から好まない。そのばあいは名義代理人となる名義貸し会社の、いわゆるノミニー・サービスがある。

（……たんにノミニー・サービスだけの企業は少ないです。株式の売買、配当受領、増資払込みなどの事務代行、これをまとめて、てまえどもはカストーディアン・サービスと申しておりますが、ノミニー・サービスとそのカストーディアン・サービスとを合せて業とするケースが多うございます。イギリスの大きなマーチャント・バンクにはノミニーおよびカストーディアン・サービス用の子会社をもつ企業が多うございます。シティの投資機関のノミニー利用度が高くなると、真の投資家の姿がわれわれ日本の証券会社にはまったくわからなくなります）

福間次長の話だ。

――次長さん。そうしますと、ノミニーとかカストーディアン・サービスとかいうのは、かんたんにいうと投資家の隠れミノで、金融機関はそれへの協力ですか。

八木は質問したのを憶えている。

(悪くいうと、そんな点もなきにしもあらずですね。内容はもうちょっと複雑ですが)

副社長・国際本部長の白川敬之は、新渡戸稲造そっくりのおだやかな微笑を浮べ、ときどき鷹揚(おうよう)に口をはさんだ。

白川はもと大蔵省の高級官僚である。よくある例で、証券会社に副社長として天下ったのだ。一時、教壇に立ったことがあると当人は言った。八木が「教授」と錯覚したのも理がないことではない。官僚だが、知識人だ。証券会社が迎えたのも、官庁に対する義理だけではなく白川敬之の世界貿易経済的な感覚を買ったからであろう。

その白川敬之が、テンプル通り近くのコーヒーハウスで自分の似顔画を描いた日本人客のうち、女性のほうをあとで気にしていた。年齢はいくつぐらいだったか、その様子はどんなぐあいだったか、などと八木にきいた。

そのあと、八木は白川敬之にもう一度遇った。三度目だ。正確には後ろ姿を見ただけだった。先方は気がつかない。

ヒースロウ空港からローマへ帰るときだった。偶然にも張りこみ中の警視庁のノーウッド刑事に見送られるかっこうになり機内に入って出発を待っていると、最後に急いでやってきた搭乗客の中に白川敬之の顔を見た。向うには伴れがあった。

挨拶しようと思ったが、白川はファースト・クラスで階上の席へ上がってしまった。こちらはむろんエコノミーで後方席。そのままになった。

忙しい人が日本に帰るのに南回りの機に乗るとは珍しい。たぶん途中で社用があるのだろうと思っていた。パリ、ジュネーヴでは機外に出て、トランジットで一時間休憩だったが、白川は同行者二人にとりまかれて談笑し、こちらは用もないのに近づけなかった。その白川がローマではいっしょに降りたのだった。

いっしょといっても、ローマ空港では一行の出迎え人が十人ばかりもあった。支店の人や取引関係先らしい。白川もたった一人の八木の存在には気がつかなかった。

白川の出迎え人には、銀行や商社勤めとは思えないような高貴な服装をした中年のイタリア婦人が二人とカトリックの尼僧が一人居た。

中央玄関前に待たせた高級車三台に分乗し、白川の車を先頭にいずれともなく去って行く。

八木は眼で送り、ロンドンの由緒ある料理店で語った東邦証券の福間国際本部次長の言葉がよみがえったものだ。

（副社長は、ヨーロッパ文化に通じられた非常に教養の高い方です。わが国の証券界に新風を送りこんでおられますよ。こんどロンドンにこられたご用件の一つは、かねがねご懇意なイギリスの貴族夫妻にお会いになるためです。その奥方はイタリアの旧貴族の出身だそうです。その先祖は、十四世紀の教会大分裂の原因となったボニファティウス教皇時代以前からの有名貴族コロンナ家だそうですからね。ボニファティウス教皇が、対立するコロンナ家の広い所領と莫大な財産を没収して一族に分与したのは有名な話ですが、なにしろ名家だけに子孫はえんえんとしていまも残っているのです。とくに教皇庁がフランスのアヴィニョンからローマに帰還してからは、コロンナ家に対するヴァチカンの信頼は篤いということです。副社長はそのコロンナ家の子孫の夫妻と親しくされているわけです）

（まあまあ、次長）

白川は照れたのか、それともよけいなことを、と迷惑がったのか、困惑顔で次長を制止したものだった。

白川が教養人や国際人であることも興味をもったが、なんといっても関心は、高平和子と白川との関係である。

あの二人は他人ではなく、縁戚関係といった間柄ではなかろうか。

コーヒー店の中では互いがわからなかったが、あとになってそれと気がついたのだろう。まさかロンドンで見かけようとは思わなかったからだ。日ごろ音信の絶えがちな遠い縁戚にはよくあることである。

八木がはじめて「スローン・クロイスター」の売店で和子に話しかけたとき、彼女は顔色を変えた。あのおどろきは、ふいに日本人の男にものを言いかけられたときの狼狽ではなかったのだ。八木がコーヒーハウスで白川敬之の伴れだったことをその輪廓からなんとなく知って、白川の使いでじぶんの隠れ家に尋ねてきたと直感したのだ。

それは八木が出した中央政経日報社ローマ支局の名刺で和子に錯覚とわかったが。

しかし、錯覚と知ったあと、こんどは、和子と木下のほうからネルビ事件の経過を知りたいと求めてきた。

ブラックフライアーズ橋下の銀行頭取首吊り事件はロンドンじゅうを沸かしていた。が、和子と木下の好奇心は人なみ以上だった。「スローン・クロイスター」の63号室の近くの部屋に滞在して、そのネルビの部屋に出入りする犯人側の人物らを目撃し、木下がそれらの顔をスケッチしていたから、事件に異常な興味と好奇心を持つのは当然だ。高平仁一郎のポケットに突込まれていた七枚のスケッチ画がそれだ。

仁一郎が殺害されたのは、そこに原因がある。頭取殺しのマフィアの連中は、木下と間違えて仁一郎を殺したのだ。顔を破り取った写生画を死体のポケットに入れたのは犯人の仕返しと犯行の誇示か。

イタリアでは、ロンドンの検視法廷の「存疑評決」を受けてネルビはP２配下のマフィアに殺害されたとの見込みで検察庁は捜査を開始し、目下、犯行の目撃者を探している。

マフィアはイタリア検察庁や警察側の先手を打ってその「目撃者」を消した。しかし、消す対手を間違えた。

八木は、ここにいたって思う。和子と木下は、63号室出入りの人物を目撃しただけでなく、もしかすると、ネルビがブラックフライアーズ橋の下に吊されるところまで見てしまったのではなかったろうか。マフィアの執拗さからいって。——

この想像は、われながらあまりに突飛すぎるように八木には思われた。

だが、事件後、ブラックフライアーズ橋上での彼の説明に聞き入る両人の熱心さ。

さらには、あわててスローン・クロイスターを引きあげて去った奇怪な行動。

管理人のパーマー夫人の両人を庇うような言辞。

ヒースロウ空港に両人を追って、その行先を探しにきたシェパード・マーケット界隈（カーゾン通り付近）の顔役。

——符節がいちいち合うではないか。

和子と木下は、ネルビ殺しの現場をおそらく見ている。両人はその目撃者と考えていい。

——ヴィクトル・ユーゴー通り。ならんだ二つの似たような名のホテル。「マルキー」と「マレシャル」。どちらも日本人客。年齢も同じ。男はどちらも画を描く。犯人が間違えたのだ。

奇妙なのは、どうして犯人が対手の顔を確認してなかったのか、ということである。これがわからぬ。が、とにかく人を間違えたのだ。

　それと、どういうわけか、犯人は木下のつもりで、高平仁一郎だけを殺している。なぜ、「木下」といっしょだった女だけを残したのだろうか。

「木下」がひとりで拉致(らち)しやすい場所にきたのでこれを車に乗せ、第一現場で絞殺し、第二現場の「アルプスのトロフィーの崖」に死体を捨てたのだ。その時、パスポートを点検する余裕はなかったのだろうか？

　しかし、この間違いは、やがて犯人にもわかってくる。

　失敗を知った犯人は、たちまちその回復を、和子と木下との上に向けてくるだろう。実行組の連中はどうせ組織の末端だ。その失敗を上部に叱責され、やり直しを厳命される。

　和子と木下が危険だ。

　自分の手に合わない、と八木は思った。

　モンテカルロの「精神武装世界会議」の日本人参加者にはむろん相談できることではない。

　白川敬之しか居ない、と八木は考える。白川は和子の縁戚にあたるはずだ。そのことはニースのアクロポリス公園で、白川の名を口にして彼女の反応をたしかめている。いいえ、存じあげません、と和子は答えたが、あきらかに動揺があった。

　八木は白川敬之の名刺を探し出した。ロンドン「ヒルトン」で再会したときもらったものだ。

　白川はまだローマに滞在しているかもしれない。空港で多くの出迎え人にかこまれ、車で去ったのがいまだに眼に残っている。

もらった白川の名刺は東邦証券副社長・国際本部長として東京本社のものだった。国際本部次長福間貫一郎の名刺も同様である。ロンドン東邦証券社長小室恒雄の名刺が入っていた。白川に随(したが)っていた一人だ。いうまでもなくロンドン東邦証券は東邦証券の現地法人である。

名刺の番号で、八木はロンドンに電話した。「シティ」のロンドン東邦証券では社長室へつないだ。

「中央政経日報ローマ支局の八木です。いつぞや白川副社長とごいっしょのときにヒルトンでお眼にかかった者です」

「やあ、その節はどうも」

先方は憶えてくれていた。

「たいへん失礼しました。あの、さっそくですが、白川副社長に至急に連絡したいことがあるのですが。副社長はまだローマでしょうか。それともすでに帰国なさったでしょうか」

小室社長は、白川と八木との親しそうな間柄をヒルトンで見ていたらしく、安心した調子で言った。

「いえ、まだローマです。こちらからローマ支店に電話して聞き合せ、副社長のホテルとその電話番号とを後刻お知らせいたします」

八木は礼を言って受話器を置いた。十分後に電話が鳴った。

「副社長はローマのアスラー・ヴィラ・メディチに泊まっておられます」

「ほかの方は？」

訊いたのは、問題の性質上、他人に知られては都合が悪いからである。

「秘書の矢野達之輔がお伴をしております」

秘書は仕方がないだろうと思った。万一の場合は遠ざければよい。

「ありがとうございました」

電話を切って、すぐに受話器をとりあげ、ローマにつながせた。ホテル「アスラー・ヴィラ・メディチ」。ローマでいちばん格式の高いホテル。もとメディチ家の邸宅。

そのホテルの交換台が出た。ひさしぶりのローマの女の声だ。部屋番号を告げた。

「少々お待ちください（モメント・ペル・ファヴォーレ）」

白川敬之は部屋に居るかどうか。十時三十六分。接続音。

「白川です」

「ロンドンでご馳走（ちそう）になりました八木正八ですが」

「八木さん。やあどうも。いまモナコですか。相変らずご活動のようですな」

白川敬之の渋い声はのんびりとしていた。

「じつは高平和子さんのことですが」

「え、和子が、どうかしましたか」

白川は急に眼がさめたように問い返した。思わず釣りこまれた問い方だった。

八木は、はっきりと知った。高平和子と白川敬之とがおそらく縁戚であることを。

――どのような続柄かはわからない。しかし、親戚には違いなかろう。

遠い縁戚で、日ごろあまり往来しない間というのはよくある。不仲ではないが、なんとなく疎遠になっている。白川のほうは娘のころの和子を知っていて、現在の和子に会っていない。それで、ちょっと見ただけではわからない。だが、あとになってから、それと気がつく。そのような間ではなかろうか。

和子がどうかしましたかという白川の言葉を聞き、一瞬の間に八木はこれだけの考えが過ぎた。

釣りこまれて思わず発した白川の質問は、八木に答えやすくさせ、語調も自然なものにさせた。

「はい。和子さんのことなんですが、その前に申し上げたいことがあります。じつは、高平仁一郎さんが殺されました」

「えっ、なんですって?」

「高平仁一郎さんが殺されました。その死体は今朝モナコの北の道路横で見つかりました。犯人はまだわかりません」

「仁一郎君が、こ、ころされた?」

喘いで、白川は声を絶った。

その一言で、やはり白川敬之は和子の縁戚だと八木は知った。でなかったら「仁一郎君」などとは呼ばない。

「で、和子さんは、仁一郎さんのこの不幸な現場にまだ行っておられません。というのは、和子さんと仁一郎さんとはいっしょではないからです。ヨーロッパでは別行動だからです」

「別行動……」

受話器につながったローマで沈痛にうなずいている白川の顔が見えるようであった。

「和子さんは、仁一郎さんの死を知っておられても、ご主人の遺体確認や遺族としての処理に行けない事情があります。白川さん。まことに申しにくいことですが、和子さんは、ぼくらがロンドンのテンプル・アヴェニュー近くのコーヒーハウスで見かけた男性とご一緒らしいのです。白川さんのお顔を店の伝票の裏にスケッチした、あの画の上手な男性と……」

「わかりました」

和子が夫以外の男性と旅しているのは、ロンドンのコーヒーハウスの瞥見で、白川にものみこめたようで、低いが、重々しく返事をした。

「白川さん、よく聞いて下さい。問題はこれからです」

八木は受話器にいっそう口を寄せた。

「仁一郎さんの身もとは、所持のパスポートでわかっていますが、泊まっていたホテルが、モナコ警察にはまだわかっていないのです。しかし、これがわかるのはもうすぐでしょう。夜まではかからないと思います。その前に、和子さんを現在のホテルからよそに一刻も早く移してあげたいのです」

「八木さん。それは、どういう意味ですか」

「和子さんたちが入っているホテルと、仁一郎さんの泊まっていたホテルとが偶然にも近所だからです。二つともニースのヴィクトル・ユーゴー通りにならんでいるホテルなんです」

和子さんたちとは、伴れの男性という言葉をわざと避けた。

「仁一郎君は何というホテルで、和子はどういう名のホテルですか」

白川は、和子と単数を使って、相手の男を無視した。

「仁一郎さんが、オテル・マレシャルで、和子さんたちがオテル・マルキーです」

白川がメモする紙の音が聞えた。

「モンテカルロでは目下、コンフェランス・モンディアル・シュル・レ・ザルム・スピリチュエルが開かれています」

八木が言うと、

「ふむ、ふむ」

と白川は返事した。

おや、と八木は思った。「精神武装世界会議」をこっちの現場の雰囲気から、ついフランス語で言ったのだが、フランス語は白川にわかるにしても、耳なれないこの会議の名に普通なら訊き返しそうなものなのに、いかにもそのことをとっくに承知しているような白川の軽い返事であった。

「精神武装世界会議」はヨーロッパ各国に参加者を募集するため宣伝がひろく行きわたっているので、フィレンツェに本部のあるパオロ・アンゼリーニ文化事業団の地元ともいえるローマでも大きなポスターが掲げられているのだろう。白川のはそれを見ての知識だろうかと八木は思った。

「で、この会議に、日本からも参加者が七名ほど来ております。そのうちの五人の男性は仁一郎さんの親しい友人です。もし、この人たちが、モナコ警察の要請でニースのオテル・マレシャルへ同行すると……」

近くのオテル・マルキーに泊まる日本人客が警察の注意をひき、それが彼らによって仁一郎の妻和子の発見となるだろう。和子だけではなく、その伴れの男性も警察の興味をひくだろう。つづいて駐仏日本大使館にそのことが知られる。

八木は電話で白川につづけてそう話した。

白川は唸（うな）っていた。

外国で日本人が殺害された。場所はモナコ。舞台に申し分はない。その妻は近くのニースにきて別の男と泊まっている。夫の殺されたのも知らぬ。知っても、遺体の対面や、その引取りにも行かぬ。スキャンダルが日本のマスコミへ伝えられ、国内を電光のようにかけめぐる。受話器の底から聞える白川の呻吟(しんぎん)は、この瞬間の困惑と混乱から発している。

「どうしたら、いいでしょうか、八木さん？」

白川のほうから気弱く相談してきた。

「ぼくが思うに、これは和子さんたちの身柄を白川さんのもとに一時かくまってもらうしかないと思います」

八木は言葉に力をこめた。

「かくまう、のですか」

「退避です。それも、一刻も早くです」

八木は、一刻も早く、というのをまた使った。

「退避？」

「緊急避難です。それは決して言葉のアヤではありません。じっさい和子さんたちは危ないのです。危険が身に迫っています。二人はマフィアの組織に狙われているのです」

「なんですって？」

「詳しいことはとても電話ではお話しできません。即刻に、ローマからニースに飛んできていただけませんか。今日の午後の早い便でないと間に合いません」

急がないと仁一郎のホテルが警察によってつきとめられるという意味もある。

「それは困りました。急にそう言われても……」

　こちらの仕事もあるし、都合よくローマからニースへ連絡航空便があるかどうかという当惑だった。ローマ、ジュネーヴ（乗換え）、ニースが普通のコースになっている。

「よろしい」

　白川はにわかに明快に言った。

「いま、わが社の秘書室の矢野達之輔が休暇でモンテカルロのローズ・ホテルに宿泊しております。824号室です。あなたとは、ロンドン・ヒルトンでわたしといっしょにお眼にかかっています。わたしがこれから彼に電話しておきますから、あなたは、あと三十分ぐらいして矢野君に連絡してください。彼に当座わたしの代行をつとめさせます」

　偶然にも都合よく東邦証券の白川副社長の秘書がモンテカルロに来ていた。矢野秘書は副社長がローマ滞在中、休暇をもらってこのへんに遊びにきているのだろう。

　三十分経つのを見はからってローズ・ホテルにダイヤルした。このホテルの前は何度も通っている。モナコ湾に面して約十メートルの岸壁の上に建つ高層ホテルだ。824号室はすぐにつながれた。

「もしもし。矢野です」

　先方は八木の電話を予期していた。

「あ、八木です。いつぞやはロンドンで失礼しました」

ヒルトンのロビーでちょっと逢っただけでよくおぼえていないが、細長い顔だったように思う。

「こちらこそ失礼しました」

「さっそくですが、白川さんからお電話があったでしょうか」

「ローマ滞在中の副社長から電話をいただきました。八木さんにお眼にかかって、お話を承り、ご指示を受けるようにとのことでした」

矢野は秘書らしくきびきびした調子である。声はアナウンサーにしてもいいくらいに響き(エコー)があった。白川は、秘書にはまだ何も内容を話してないようだった。

「矢野さん、指示なんてできませんが、相談に乗ってください。念のために申しあげておきますが、これは白川さんのプライヴァシーに属することで、他に絶対に洩れてはならないことなのです」

「はい。……」

ごくりと咽喉(のど)に生唾(なまつば)を呑みこむ音が聞えた。副社長のプライヴェートな秘密と聞いて秘書はにわかに緊張したようである。

「よ、よくわかりました」

矢野は急にどもった。

「ところで、矢野さん。あなたにお会いしてご相談する前に、ぼくは一つやっておかなければならないことがあるのです。それは白川さんにご相談するためにも、準備として必要なのです。それが済みましたら、あなたにお電話します。今日は何時までホテルに居られますか」

「八木さんのお電話があるまで在室して待機しています」

「ありがとう。たぶん二時間後には電話できると思います」

八木はタクシーでニースへ向かった。王女公園を右手に見下ろすコルニシュ通りの坂道にかかったのが十一時三十五分であった。

十時から開会されたオテル・エルミタージュでの「精神武装世界会議」は三日目の最終日、スケジュールによれば午後三時に大会の宣言採択、閉会パーティとなっている。午前中は参加者の活発な意見発表ということになっているが、第一日、第二日にひきつづき相変らずパオロ・アンゼリーニの独演会となっているであろう。あのようなことなら会場に残って取材する必要はない。取材記事は書きようもないくらいだった。

アンゼリーニの説くところによると、彼は精神医学を学んだことがあり、その方面の論文があり、また精神分析学の著書も数多くあるという。精神武装の基礎はこの方面から構築されねばならない。精神医学の応用こそ人間の精神改造に役立つものであり、かくてはじめてテクノロジストの頭脳を改変することが可能である。

そのためには色彩学もこれに参加しなければならない。音楽も重要な参加者である。色彩も音楽も人間を恍惚状態にひき入れる有効な機能だが、その極限は宗教である。ゆえにわれわれは宗教を存分にとり入れて、科学者の脳髄を麻酔させなければならぬ。かくてはじめて、とどまるところを知らぬハイテクノロジーの暴走に拮抗しうる精神武装運動は勝利を得るのである。人類と地球を破滅から救い得るのである。いまほど総合的なメタフィジックスにして、しかもその分野に所属する各戦術の総動員の必要なときはないのである。

パオロ・アンゼリーニの演説は、精神医学、音楽、美術、宗教にわたり、あるいはそのイタリア史を回顧し、未来を予見し、修辞絢爛、麗句縦横、説き去り説き来たること天馬の空を駆ける如くであった。が、いっこうに収束がつかぬ。収束がつかぬから二日半にわたっても彼の独演会がつづく。また収束する気はないらしく、当人ひとり陶酔して、壇上で眼閉じ、両手踊らせ、身体をくねらせている。内容は八百字くらいで要約できるていのものである。アンゼリーニ自身が精神医学の実験台に上っているのではないかと思われるくらいであった。

参会者がこれより離脱しないのは、最終日まで会場にとどまらない会員たちには、罰則として往復の航空運賃、滞在のホテル代などを自弁にさせると規定しているからである。これではイヤでも三日間は軟禁されていなければならない。会員連中の愉しみは、無事に「お勤め」してお金をパオロ・アンゼリーニ文化事業団からもらったあとの観光旅行にある。むろん自費だが、こんな安上りな旅行はなかった。

八木のタクシーは、「アルプスのトロフィー」のふちなる回転道路を登って行く。

だ。

──それにしても、パオロ・アンゼリーニとは何者なのか。まだ四十代の後半という若さ
新聞記者が質問すると、アンゼリーニは答えた。

──あなたはそれほど著名人ではないようですが。

──わたしは有名人です。なぜなら、こうして世界各国の著名な文化人がわたしの呼びかけで集まったから。

世界各国のなかでもラテン系の参加者が多い。とくに中米、南米あたりから来ている人たち。これが会員としていい席を占めている。アルゼンチン、ウルグアイは以前からイタリア人の移民地だ。やはり血は濃い。

──わたしがイタリアで著名であることは、この大会をひらくにあたっても多くの寄付が寄せられたことでもわかろう。この大会の運営には莫大な費用がかかるが、寄付はそれ以上で、余裕たっぷりさ。その金額も寄付者の名も言えない。税金がこわいからね。

アンゼリーニは笑って首をすくめた。

──これまでのわたしは大衆的に有名ではなかった。知識人の間に著名であった。しかし、この大会を機会に、わたしは大衆的に有名になってゆくだろう。イタリアのみならず、世界的にです。なぜなら、来年から各国の首都で「精神武装世界会議」を持つからだ。

彼は意気軒昂（けんこう）として語った。

パオロ・アンゼリーニは傑物なのか、カリスマを装った山師なのか。

いずれにしても今日の最終日は、作曲家の戸崎秀夫、画家の植田伍一郎が殺害された高平仁一郎の遺体処理や留守宅連絡などにあたっているだろう、と八木は思った。やがてパリから大使館の桐原参事官も到着するはずである。それへの事情聴取にも応じなければならぬ。この二人はオブザーヴァだから、会議を脱けてもべつに違反にはならない。

オブザーヴァといえば、原章子と小島春子とが居る。この女二人は日本人の殺人事件をどう見ているだろうか。

女！

八木は座席で飛び上がりそうになった。

重大なことを忘れていたのだ。

そうだ、女の存在をうっかりしていた。

仁一郎は「スローン・クロイスター」の木下と間違えられて殺された。木下は「クロイスター」に和子といっしょに居たのだ。仁一郎も女づれだったに違いない。

しかし、モナコで殺されたのは「木下」一人だ。

では、木下の女と間違えられた仁一郎の伴れの女は、どうなったのだろうか。

回転道路の白い崖の殺人現場前も、八木は視線を走らせただけで、タクシーをヘアピン・カーヴへ曲芸のような運転にさせて急がせた。

――犯人はなぜ殺す対手（あいて）を間違えたのか。どうしてこんなことが起ったのか。場所はわからないが、第一現場に仁一郎を拉致（らち）して絞殺しているから、もちろん顔ははっきり見ている。闇夜に遠くから射殺したわけではない。

推測されるのは、犯人が仁一郎を「木下」と間違えたのは、かれらが「木下」の顔をじっさいには見たことがないからである。尾行や襲撃の任務を引き継いだ者が、前任者の申し送りだけで実行にあたったのだろう。

尾行は途中で変えないと対手に気づかれる。組織ではそういう方法をとる。ところが和子と木下のばあいはロンドンを脱出して尾行を絶った。それが組織の探知網にかかったのはどのような経緯によるのかわからぬが、あるいはパリかもしれない。ロンドンで消えてパリに浮ぶというのは、地理的にもまた日本人の習性からいっても掌（たなごころ）を指すようなものである。

ここで両人の追跡は、ロンドンのマフィアからパリのマフィアに引き継がれたと思われる。

日本人の男女で、それぞれの推定年齢、身長、顔の特徴。当人の写真は無し。男は写生画を描く。

パリのマフィア組織とそれにつながる街のやくざは、せまいパリにマロニエの葉脈よりも筋の目がつまっている。両人はまたパリから消えた。

P2は有力な「目撃者」の行方を、ローマの検察庁よりも先に発見するため、各地の組織に手配する。ニースがその情報をつかんだ。パリのマフィア組織からニースのそれへ引き継がれる。写真無しの「手配書」だけのもの。

間違いは、この二重、三重もの「申し送り」と「引き継ぎ」の中から生じたようである。根本は両人についての情報の曖昧さにあるのだが。

そのうち偶然の相似性が重なった。

ニースの同じ大通りにならんでいる二つのホテルに泊まった日本人の男客は、どちらも写生画を描いていた。仁一郎は画家だから、スケッチしているところを犯人に見られたかもしれない。日本人の顔は外国人にはよく区別がつかないから、申し送りを受けたとおりに判断ができなかったろう。そして、女の名である「タカヒラ」が、引き継ぎの途中から男の名になったのだろう。つまりは、リレーと襲撃実行者の混乱である。

仁一郎はたぶん一人で外出してどこかへ向かっていたところを犯人に襲われ、いずれかへ拉致されて殺害され、あのモナコ北方の白い崖に死体を遺棄されたのだ。すべて犯人は車を利用。するとあのホテルには、「木下」の伴れの「和子」が残っているはずだ。

「木下」といっしょにいた彼女も目撃者だ。犯人は「木下」だけを消して、はたして彼女を無事にしておくだろうか。

回転道路が終って稜線上の高速道路に出た。「モナコ」の検問所・料金所である。ここを西すればフランス領になる。東すればマントンを過ぎてイタリア領に入る。

タクシーを停めさせて八木は降りた。検問所前の広場。「Laghet」の道標が立っている。下の村に修道院があるらしい。

海岸アルプスの山間を貫いている東西のモーターウエイ。仁一郎の死体は昨日の深夜、西から運ばれてここにきたのか、東から来たのか。西からだとニース方面である。仁一郎のホテルがある街付近だ。

オテル・マレシャルをひとりで出てニースの街を散歩していたところを犯人によって誘われ、車で拉致され、いずれかの場所で絞殺される。第一現場はニースだ。この推測には無理はない。殺し場所は付近に多い。古城の跡、岩山の蔭、海岸の岩礁。夜だから人は来ない。

では東が第一現場だとすると、どうなるか。次の検問所・料金所は「マントン」である。その次の料金所が「ヴェンティミリア」、次が「ヴォルディゲーラ」「サンレモ・ウエスト」「インペリア」「アラッシオ」……まさか「ジェノヴァ」までは行くまい。

仁一郎がモンテカルロに行ったとすれば理由がある。精神武装世界会議に参加した仁一郎の友人たちに会いに行ったと思われるからだ。カジノもあるが、カジノだけだったらニースにもある。やはりモンテカルロに行ったとすれば友人たちに会うためだろう。

だが、じっさいには仁一郎は友人たちに会っていない。その友人たちは、モナコ警察に仁一郎の殺害を聞かされてはじめて彼がモナコに来ているのを知り、びっくりしたくらいだ。

では、やはり仁一郎はモンテカルロには本場としてのカジノにだけ来ていたのか。しかし、それだったら、どうして女を同伴しなかったのだろうか。女を連れていれば拉致されずにすんだのに。単独行動だったから襲撃されたのだ。——

東西に長いヴィクトル・ユーゴー通りは約二キロ。両側はプラタナスの並木である。レストランがその下でカフェテラスを出し、客が茶を飲んでいるのは見なれた風景。

「オテル・マレシャルが眼についたら、その手前で降ろしてくれ」

車がすこし進んだところで、あれですよ、と運転手がフロント窓を指した。
十五、六階建てぐらいで、屋上の庭園の繁みを背景に、HOTEL MARÉCHAL と白い文字が一字ずつ離して出ている。フランス式建物でクリーム色。
八木は降りて大通りの遠方へ目を遣(や)った。間にいろいろな建物がはさまっているが、これと同じようなクリーム色のホテルらしい建物がある。瞳(め)を凝らすと、その最上階に HOTEL MARQUIS の立体文字のならぶのがわかった。

想像どおり「マレシャル」と「マルキー」とは近かった。同じ大通りの、同じ側(サイド)に建っている。前のプラタナスの並木までが一つの帯(ベルト)のようになっている。

マレシャルとマルキーとは発音が近い。耳に聞いてちょっと混同する。意味からすると「元帥」と「侯爵」も記憶に誤りやすく、栄誉称号で共通している。

知能の低いマフィアの連中が、申し送り、引き継ぎをくりかえす段階で、混乱と間違いが生じたことは無理もないと思われる。「タカヒラ」も男の名だと彼らは考えた。結果的には殺されたのは仁一郎である。「スローン・クロイスター」では女（和子）の名だったのを、とり違えている。

その和子と木下とは、あの「オテル・マルキー」で八木がくるのを待っている。

が、八木はそこへ行く前に、仁一郎が「オテル・マレシャル」に残した女が気がかりである。そっちの様子を見たうえでないと落ちつかぬ。和子にはもうすこし待ってもらうことにした。

「マレシャル」の回転ドアを押した。

ロビーは、美しく、ひろびろとしている。

午後零時四十分。午前十一時のチェックアウトの時間をとっくに過ぎたいまは、ロビーも閑散で、忙しいのは館内のレストランだけである。

八木は、逆三角形の大きなシャンデリヤが垂れさがった下からすこし奥まったところにならぶクッションの端に腰をおろした。まわりは美術店の中のようである。昼間だから照明はないが、夕方ともなると、シャンデリヤの灯が飾りの金銀や壁間の鏡に映えてきらびやかなことであろう。

ロビーには十人ばかりの男女客がばらばらにすわってのんびりと話し合ったり、人待ち顔でいたりして、平静そのものの空気であった。

宿泊客の高平仁一郎がモナコで殺害されたという通知は、どうやらホテル側にはまだ来ていないようである。それがあれば、ホテルの中はもっとあわただしい動きが見られるはずである。警官の姿もちらちらするだろうし、ホテルのマネージャーとかフロントの主だった者とか従業員などが、このフロントの前の通路を緊張した面持ちで往復していなければならない。が、それはまったくない。

また、このホテルが仁一郎の滞在先だとわかれば、モンテカルロから彼の友人の日本人がモナコの警察官に同行してきているはずだが、このロビーにすわって見るかぎりその姿もなかった。

思ったとおり、モナコ警察では被害者の宿泊先をまだ割り出していないのだ、と八木はひとりうなずいた。

モナコ警察は、高平仁一郎はロンドンと因縁があると考えている。彼のポケットにあったチェルシー地区の食料品店の包装紙の切れはしからだ。裏には顔のない人物のスケッチ画。

モナコ警察は、ロンドン方面にも照会しているかもしれない。

　だが、被害者が泊まったのは、モナコを中心にしたコート・ダジュールの観光保養地と警察でも見当をつけているから、この「オテル・マレシャル」が判明するのも今晩をまたないであろう。

　それにしても、ここには仁一郎の伴れの女性がかならず居るはずだ。その安否を知りたい。だが、このホテルの中のこの平穏な様子だと、なにごとも起っていないようである。

　まずは無事であるらしい。

　が、そうなると、もう一歩進んで、その積極的な確認を八木はしたくなった。

　問題はその方法である。

　高平仁一郎が女づれでこのホテルに泊まっていたのはほとんど間違いない。それはマフィアの連中が仁一郎を木下と錯覚したことでもわかる。木下は女性同伴だったのだ。

　八木には、仁一郎がどのような女性を伴れているのかまったくわかっていない。苗字も名前もわからない。

　できるなら、電話で彼女と話してみたいが、その方法がない。

　そしらぬふりでフロントに行き、高平さんに会いに来た者だが、高平さんがお留守なら同室の方にお会いしたい、と言ってみようかとも考えた。

　しかし、これは冒険である。冒険というより危険だと思った。

　万一ということがある。その女性と会っている間に、モナコ警察の捜査官に踏みこまれたらどうなるか。警察がニースのこのホテルを割り出すのは夕方だと思っていても、その予想よりも早いかもしれないのだ。

被害者の同伴の女と会っている現場を押えられたら、警察によってこっちはたちまち殺人事件の重要参考人扱いにされるにきまっている。そんな巻き添えを喰うのはごめんだ。

じぶんとしては、よそながらその女が無事かどうかを見きわめればいい。かんじんな目的は和子と木下とを窮地から脱出させるにある。これは切迫した問題だ。他のことに時間をとられてはならない。

仁一郎の女がどうしているかをもうすこし見とどけるためにはもうちょっとここに居よう。和子たちのほうにも早く行かねばならないが、こっちも気になる。時間を延ばそう。

クッションに気楽げに凭って、備えつけのファッション雑誌を開いているが、八木の心は揺れ動いていた。

いったい高平仁一郎の伴れてきている女はどういうのだろう。外国人か日本人か。彼ひとりがモンテカルロに行ったとすれば、外国女ではなさそうだ。男が遊びに出かけてぽつんとホテルに残されるなどとは、外国女には我慢ができないからだ。

では日本からつれてきたとすれば、仁一郎の職業が画家とあるから、それはモデル嬢か、バアのホステスか。それとも人妻か。高平夫婦の間は複雑のようだ。ほとんど別居、それも離婚直前といった状態にみえる。妻には愛人がいる。夫にも。——

その原因が夫の側にあるのかどうかはわからない。とにかく、夫はニースのホテルに女をつれてきているらしい。

高平仁一郎の部屋は、このホテルの何階で、ルームナンバーは何番だろうか。そしてそこに居る日本女性の様子はどうなのだろうか。こればかりはフロントにうかつに訊けなかった。

ここから近い「マルキー」では、高平和子と木下とが自分の来るのを待っているだろう。時計はやがて一時になろうとしている。モード雑誌をひろげ、心はあせりながらも何か聞き出す自然な方法はないものかと考えていた。

すると、すこし変った現象が起った。ロビーの入口のほうにボーイが二人出てきて、こっちをのぞいている。まわりには禿頭(とくとう)の肥った老紳士と、豊かな髪の細身の青年紳士とが書類を膝にのせて話をしている一組だけで、ボーイたちの偸(ぬす)み見はあきらかに八木にむけられていた。

そのうちにボーイに替って、フロントのほうから黒服の蝶(ちょう)ネクタイの係員が二人あらわれ、やはり八木のほうをそこから眺めている。

眼の前にひろげている大型の雑誌の上の端から八木がそれとなく瞳(め)を半分出していると、係員二人は顔を寄せ合い、こっちへちらちらと視線を放ちながら、ひそひそと話していた。

八木は姿勢を崩さずに、内心で緊張した。フロントの連中は、日本人だと見て、覗(のぞ)きにきたのだ。低い声で相談しているのは、なにか公開できないことを問いたそうな様子に見えた。

ということは、ここに宿泊している高平仁一郎の同伴女性の身に何やら異変が起ったことを意味する。

胸をとどろかせながら雑誌を両手でひろげたままでいると、フロントの係員二人は忍びやかな足どりで傍にやってきた。

「失礼します（エクスキュゼ・モワ）、ムッシュ」

やわらかな声に、八木が雑誌をのけると、四角い顔の蝶ネクタイが背をかがめ、両の掌を重ねて、ほほ笑んでいた。後ろの若いほうも同じ格好で微笑している。

「日本人の紳士とお見受けしますが（ヴーゼットジャポネ・ジュシュポーズ）」

「さよう（ウィ）」

八木は雑誌を横に置いた。

「それでは、まことに恐れいりますが、日本のお方の習慣について、少々教えていただけないものでしょうか」

上品ぶった低い声だった。それだけでないのは、まわりにちらりと眼を配ったことでもわかる。

「わたしはフランス語が十分でない。英語で話してもらえるとありがたいが」

「おお失礼しました。それは気づかぬことで。おゆるしください」

たちまち接客用の流暢（りゅうちょう）な英語になった。

「日本人の習慣について質問というからには、こちらのホテルに宿泊している日本客に関することでしょうね？」

八木は、このときだとばかりに逆に訊いた。機会は向うからやってくるものである。しかし、顔色にはあらわさなかった。

「じつはそうなんです」

失礼します、とフロントの係員二人は八木の両側に腰をおろした。ホテル客のことだからまわりの耳に入らないようにしたい、という密語の態度であった。

「どういうことでしょうか」

八木のほうから声を低くした。仁一郎の伴れの女にホテル側が気づくような何ごとかが確実に起ったと直感した。

「てまえのほうに日本の婦人客がお泊まりになっておられますが、その方は英語もフランス語もその他の外国語もまったくおわかりになりません。すくなくともてまえどもが接するかぎりはそうなのでございます」

八木の右側に坐った四角い顔の男、これがフロントの主任格らしいのだが、抑えた声で云い出した。

「その婦人が部屋にお一人でおられるとき、メイドに用を言いつけられるのも日本語で、それにカタコトの英語の単語と身ぶりが入るので、メイドはやっと用件を察するようなしだいです。電話でルームサービスをとられるときも、部屋番号と、かんたんな英語の料理の単語だけです。そして、このフロントにこられても、ほとんど日本語で話されて、あとは身ぶりだけなんです。ここにはときどき日本人ガイドがあらわれるので、そのときは通訳してもらって大助かりですが、そうでないかぎり、ほとほと当惑いたします」

　彼は肩をすくめた。

「なるほど、それはお困りですな。その日本婦人は年配の方ですか」

「いいえ、まだお若いです。パスポートを拝見してわかったのですが、じっさいの年齢よりもずっと若く見えます。とくにキモノをきておいでのときは美しいです」

　そうだ、ホテルのフロントは外国人の宿泊客の記帳にはパスポートの提示を求めてそれを登録する。パスポートの名前も生年月日も判っているはずだ。

　その婦人客の名は？　と八木は咽喉（のど）から問いが飛び出そうなのをようやく抑え、もうすこしフロント主任の話を聞くことにした。

「けれども、日本婦人は謙遜（けんそん）な性格で知られております。それは多くの日本婦人にお泊まりいただいててまえどももよく存じております。つきましては……」

　と言ってから、フロント主任は言葉をひと休みしてつづけた。

「日本婦人の謙遜ぶりがあまりにもはなはだしいと、われわれ外国人には習慣の違いで理解できかねることもございます。率直に申しまして、もしかすると二重人格（ダブル・パーソナリティ）ではなかろうかと……」

「えっ、二重人格？」

八木はおどろいて四角な顔を見返した。

「いえ、これは、たとえばの話でございますが」

主任は苦しそうに蝶ネクタイに手をやった。

「なにぶんにもてまえどものお客さまのことを申しあげているので失礼とは存じております。でも、あまりにてまえどもに理解が参りませんので、日本人紳士のあなたさまをここでお見うけして、そっとお教えねがうわけでございます」

「日本人といってもさまざまな人がいますから、いちがいには言えません。いったい、その婦人があなたがたに二重人格のように映るのはどういうわけですか」

「はい。と申しますのは、ミス・アサコ・キタノは今朝おひとりでホテルを出て行かれたようだからです」

「ははあ。その婦人はミス・アサコ・キタノというのですか」

八木は初めて高平仁一郎の同伴した女性の名を知った。姓は北野と書くのであろう。アサコはどういう字をあてるのかわからない。

その北野アサコが今朝ひとりでホテルを出て行ったらしいと聞いて八木は胸が鳴った。モナコの崖で殺された仁一郎は昨夜ホテルの部屋に帰らない。北野アサコは仁一郎の行先を彼から聞かされていて、モナコかモンテカルロにでも今朝早く探しに行ったのであろうか。

「しかし、ミス・キタノがひとりでホテルを出かけるのがどうして彼女の二重人格につながるのですか」

「ミス・キタノは英語もフランス語も話せません。ひとりで外出して用を達することは不可能です。ですから、ほんとうは彼女は外国語ができるのだと思います。それをてまえどもの前では謙虚に、控えておられたのではないかと思うのですが」

ホテルの中では外国語を解さないようにみえるが、外に出ると自由自在に話せるのだろう、それが日本婦人の二重人格とも映るくらい過度な謙虚の性格か、と客の北野アサコについてフロント主任は八木にきくのである。

しかし日本婦人がいくら奥床しいといっても、そんなばかなことはない、と答えようとしたとき、主任の四角い顔にすわった猜疑と狡猾をまじえた表情を見て、八木ははっと気がついた。

フロントでは、泊り客の北野アサコを日本婦人の典型のように賞め上げながら、その言葉の裏で彼女への不審を投げかけているのだ。その巧妙な「訊問」ぶりが八木にもようやくわかってきた。

さては彼女の同伴者の高平仁一郎の殺害がモナコ警察から通報されたのか、と八木は思ったが、見たところ依然としてフロント主任にそんな様子はなかった。警察官らしい姿もそのへんになく、ざわついた空気もない。フロント両人の疑問的関心はもっぱら仁一郎の同伴婦人だけにあるようだった。

「ミス・キタノに対するあなたがたの疑いを率直に聞かせてください」

八木は両人の顔に言った。

「日本婦人の性格とか習性はぼくも知っています。いったい彼女がどうしたというのですか。ぼくに答えることができる範囲なら協力しますよ」

ますますチャンスだと思うから、熱心を顔にあらわした。

「感謝します」

主任はまず彼の好意に礼をいった。

「じつは、ミス・キタノは今朝部屋から行方不明になりました」

「えっ、ミッシング？」

八木は、どきりとした。

「いやいや、行方不明というのは少々大げさな言いかたになりました。訂正します。じつは今朝早く人知れず外出されたようであります」

「人知れずとは？」

「ミス・キタノが今朝その523号室から出て通路を歩くところも、リフトで一階に降りてフロントの前を通るところも、正面玄関に出てタクシーまたは迎えの車に乗るところも見た者はありません。つまりメイドや、ボーイ、フロント係、それにポーターなどホテルの従業員はだれ一人としてミス・キタノの外出を目撃していないのでございます」

「では、彼女が今朝早く出て行ったとどうしてわかる？」

「伝票を調べたところ、昨夜の夕食はルームサービスをとっておいでででございます。けど、今朝の朝食は召しあがっておられません」

北野アサコの部屋は523号室だという。それは高平仁一郎と同室のはずだ。――八木は、そのことはまだ持ち出さないで、もうすこしフロント主任の話を聞くことにした。

「523号室のキイはどうなっているのですか」

「フロントのキイボックスにはお預かりしてございません。また、部屋の掃除に入ったメイドの話でも、部屋にも残されてありませんでした。ご本人がキイをお持ちのまま外出されたと思います」

「ミス・キタノの外出を従業員のだれ一人として目撃した者がいないというのでは、彼女が今朝の何時に外出したかはわからないわけですね？」

「そのとおりでございます。昨夜の夕食のルームサービスは午後七時半です。伝票によると、ブランデーが一本添えてあります。正確には、ミス・キタノの外出はその時間以後ということになりますが」

「ちょっと。そのルームサービスの食事は、一人ぶんだったのですか」

フロント主任は、いい質問だ、と言わんばかりに指を鳴らした。

「はい。昨夜はお一人ぶんでした」

「昨夜は一人ぶんというと、いつもは二人ぶん？」

「イエス。カップルでお泊まりですから」

「男性（ゼントルマン）の名はなんというのですか。さしつかえなければ」

「ミスター・ニイチロウ・タカヒラです」

その名にはおどろかなかったが、フロント主任が平静に高平仁一郎という北野アサコの同伴客の名を口にするからには、仁一郎の変事はまだこのホテルに届いていないことが確実となった。

「そのミスター・タカヒラは外出なのですか」

「そうです。昨日の午後から外出のようです」

ホテルには仁一郎の変事が到着していないのがいよいよはっきりした。捜査陣は、被害者高平仁一郎の泊まっているホテルの割り出しがまだできないでいるのだ。

「ミスター・タカヒラは昨日の何時ごろにこのホテルを外出しましたか」

八木にとっては大事な質問だった。

「それはわかりません。われわれの気がつかないあいだに外出されましたから」

「ホテルの前で拾ったタクシーはわかりませんか」

「ホテルの前には常時客待ちのタクシーはおりません。流しのタクシーをつかまえるしかないのです」

「昨日、ミスター・タカヒラに訪問者は？」

「フロントを通しての訪問者はありませんでした」

「両人は何日からこのホテルに滞在ですか」

いつのまにか問答の立場が逆になった。

高平仁一郎と北野アサコの滞在期間を八木にきかれて、フロント主任にかわって、顔の長い係が答えた。

「今月の一日午後六時ごろ入られました。523号室にご案内しました。お部屋がお気に入ったといわれて、六日の午前中まで予約されました」

六日は明日である。

今月（十一月）一日といえば、モンテカルロでパオロ・アンゼリーニ文化事業団主催による「精神武装世界会議」が開会される前である。ホテルを引き揚げる予定の六日は、その会議が五日に閉会した翌日になる。

八木は心の中で唸（うな）った。

高平仁一郎はまるで「精神武装世界会議」の会期に合せたように、このオテル・マレシャルに滞在する意図だったのだ。女はそれに従ったまでだろう。

ところがすぐ近くのオテル・マルキーには妻の和子と木下とが泊まっている。これは偶然だ。仁一郎はそのことを知らずにいたらしい。和子はもちろん知らなかった。

「計画」と「偶然」とが隣り合せになっていた。――

「ところで」

八木はフロントの係にきいた。

「ミスター・タカヒラとミス・キタノの両人がフランスに入国したのは、パスポートでは何日になっていましたか」

フロントの受付(リセプション)では、外国人客の旅券番号を記録するさい、内容をも確認することがある。八木はその記憶があるかどうかを訊いたのだ。

「入国は十月二十五日でした」

顔の長い係は憶えていた。

「十月二十五日に入国？　そんなに早く？」

このホテルに入る七日も前だ。

「そうです。しかし、その入国はフランスではありませんでした。パスポートには、ローマ空港のイミグレーションが最初の入国受付のサインでした」

高平仁一郎と北野アサコが成田から来て到着したのはローマ空港であった。それが十月二十五日。両人は日本からイタリアへまっすぐに来ている。

なぜ、高平仁一郎はローマへ最初にきたのか。十一月一日に、このニースのホテルに入るまでのあいだ、両人はどうしていたのだろう？　イタリアの各地を遊び歩いていたのだろうか。いや、それよりもなぜイタリアにきたのだろうか。何か目的があったのだろうか。

八木が頭に手をやっていると、フロント主任は言った。

「ミスター・タカヒラは英語が話せます。ミス・キタノの用事はみなミスター・タカヒラが通訳していました。ところが、さきほどから言うとおり、ミスター・タカヒラは昨日の午後にホテルを外出しました。昨夜は戻っていません。すると、今朝早くミス・キタノもホテルを出て行っています。日本の婦人は、英語が話せるのに同伴者の前ではつつしみ深くそれを抑えているけれど、感情に走るとその謙虚さが破れるものでしょうか」

主任は質問の主導権をとりもどした。

「感情に走るとは？」

「つまり、その嫉妬(ジェラシー)です」

「ジェラシーですって？」

「ミスター・タカヒラが外出したきり夜が明けてもホテルに帰ってこないので、ミス・キタノはジェラシーで眠れなかったと思います」

「………」

「じつは、わたしどもは交換台を調べました。すると昨夜の十一時すぎに、523号室にモンテカルロから電話がかかってきております。それにミス・キタノが出られたのですが、先方はミスター・タカヒラの声ではありませんでした。それは英語で、自分はタカヒラの代理だが、いま気分が悪くなって病院に居るというのを話しかけようとするのですが、ミス・キタノはその英語がわからないらしく、日本語でぺらぺらと言い返して、がちゃんと電話を切ってしまわれました。これは交換手が傍聴したことなんです」

「……」

「先方からは前後三回も電話がかかったけれど、ミス・キタノはまともに話すことはついになかったそうです」

重大な話である。

昨夜の十一時すぎにそんな奇怪な電話が北野アサコにあったのか。——

「婦人のジェラシーほど怕(こわ)いものはありませんね」

フロント主任は、口辺に意味ありげな微笑をすこし浮べて言った。

「同伴の男性が外泊の言いわけを代理人に電話させても、ミス・キタノは聞く耳持たぬとばかりに電話を切ってしまわれたんですからね」

「ミスター・タカヒラの代理はモンテカルロのどこの病院に彼が入院していて、そして、そこにミス・キタノに来るように言ったのですか？」

モンテカルロからの奇怪な電話。——ここがポイントだと八木は思った。

「そこまでは話がすすまないうちにミス・キタノは電話を切ってしまわれたんです」

惜しいことをしたと八木は思った。

がしかし、そのために北野アサコは命が助かったのだ。うかうかと乗ってモンテカルロへ行ったら、どんな目に遭ったかしれない。

「その電話はモンテカルロのどこかのホテルから？」

「いや、公衆電話からです」

そうであろう。そうでなくてはならない。

「もう一度、きくけど、その電話は昨夜の十一時すぎ？」

「そうです。十一時十三分、交換台の記録です」

——十一時十三分とすれば、犯人が高平仁一郎を殺害した直後ではなかろうか。仁一郎を絞殺した後に、ニースの「オテル・マレシャル」に残っている伴れの北野アサコを電話でモンテカルロに呼び出し、その途中のどこかでこれも殺害する。「ネルビ頭取殺しの目撃者」の日本人男女として。

モナコ警察の検視や病院の解剖所見でも、仁一郎の死亡は前夜の十時から翌朝午前零時の間となっている。

「婦人の嫉妬(ジェラシー)は、向う見ずになるようです」

主任は、八木の思索にかかわりなく言った。

「英語が話せないミス・キタノが、われわれ従業員の知らない間に朝食もとらずに、ホテルをとび出して行かれるなんて、まったく無鉄砲です。ミスター・タカヒラがモンテカルロのどこの病院にいるのかわかりもしないのに」

さきほどからこの主任が日本婦人は謙虚だの、二重人格だのと言っていたのは、要するにこれを言いたいための前段だった、ということに八木は気がついた。ロビーにたまたまぽつんとすわっている日本人を見出して、滞在客のことではあるし、はじめはホテル独特の慇懃さで遠まわしに質問したのだが、さいごにそれが露骨となった。

それなら、ホテル側がミス・キタノにかけた疑惑がまだあるはずだ、それでなければフロントの主任と係とが自分の傍へすり寄ってこないはずだと八木は思った。

八木はそれを問うた。

「ミス・キタノの最大に不審な点は？」

八木の質問を受けてフロント主任は四角い顔をしかめ、肩をすくめた。

「523号室にわれわれは入ってみたのです。正午すぎです。チェック・アウトは午前十一時ですが、滞在客の留守のルームはシーツやタオルを取り換えて掃除し、ベッドをメークしておきます。523号室もそうなっていました」

「523号室のシーツやタオルを取り換えたのも十一時ごろ？」

「各部屋のシーツやタオルやマットなどを集めて積んで専用リフトまで運ぶのはリネン・ワ

ゴンという車輪つきの箱ですが、各階とも十時から十一時ごろの間が忙しいです。523号室もその時間帯です。リネン・ワゴンは十五部屋ぶんを集めて乗せるのが限度です」

「で、そのあとは部屋が掃除されて、整頓されるんですね？」

「メイドが備え付けのものを補充したりするのです」

「主（あるじ）の居ない523号室に変ったことはなかったのですか」

「ありません」

主任は両手をひろげた。

「われわれは点検しました。ちょっとおかしいと思いましたからね。……洋服ダンス（アルモワール）にはミスター・タカヒラの着更えの洋服が二着きちんと下がっていました。また、ミス・キタノの着更えの外出着のツーピースが二着ぶん、ワンピースが二着ぶん、整然とハンガーにならんでいました。また、押入れ（プラカール）を開けると、ミスターの大型トランク一個とスーツケース一個、ミスのトランク二個とスーツケース一個、それに化粧トランク一個とが、これまた整然と置かれていました。もちろんカギがきちんとかかったままです」

「異状はないわけですね？」

「はい。変ったところはありません」

「部屋をかたづける前、つまりベッドのシーツや枕カヴァや各種のタオルやそういったものを取りはずしに係のメイドが入ったときも異状はなかったのですか。あ、そうだ、そのときはルーム・メイドがマスター・キイを使って523号室に入ったんですね？」

「その点は、五階のルーム・キーピング（客室係）主任に聞いたんです。五階は三十室ありますが、リネン・ワゴンは二台で分担します。523号室はNo.16室からNo.30室までを担当するルーム・ボーイに当らせたが、なんら異状はなかったと答えています」

「客室係（ルーム・キーピング）主任は、各室のシーツやタオルなどをとりかえるメイドやボーイらの作業を監督して見回っているのですか」

「なるべくそのようにさせています。部屋数が多いので、なかなか手がまわりませんがね。ですが、今朝は五階のNo.16からNo.30室を見回っていたと主任は言っています。ですからそのとき523号室に異状のなかったのを彼は確認しているのです」

「各室から出されたシーツ、カヴァ、タオル類などの洗濯物は量がたいへんでしょうね？」

「十五室ぶんでリネン・ワゴンに山もりになります」

リネン・ワゴンはホテルの通路で見かけるメイドやボーイが二人で押す四輪車つきの箱型運搬車。「リネン」と付いているのは客室のシーツやタオル類などを専用に運ぶからだ。箱はかなり大きく、その上に集めたシーツなどがもり上がっている。

「それはすぐにクリーニング屋行き？」

「そうです。専用リフトでワゴンごと地下駐車場へ降ろされ、数台のワゴンとともにこのホテル直営のクリーニング会社のトラックに積まれて、クリーニング工場行きです」

「523号室には、掃除の前に入ったときも異状はなかったという、ルーム・キーピングの話ですね？」

八木は話を戻した。

「それなら不審な点はないではありませんか」

フロント主任は、いやいやをするように首を振った。

「室内があまりに整頓されすぎていることです。それが最大に不審な点です」

「え、なんですって？」

「部屋の掃除は従業員がします。けれども洋服ダンス（アルモワール）の中とか、押入れ（プラカール）の中のバッゲージなどには手もふれません。それはきびしく訓練してあります」

「………」

「いいですか。ミス・キタノの洋服ダンス（アルモワール）のハンガーは五つですが、その四つに外出着が四着とも整然とかけてあるのです。嫉妬のあまり朝早く狂乱状態でホテルを出たと思われる彼女には、これは奇妙に感じられるのですよ」

あっと思った。言われてみると、そのとおりだ。とり乱した状態で部屋をとび出して行った女性なら、ハンガーにかかったスーツも乱れた様子になっていなければならない。すくなくとも一枚ぐらいはハンガーからはずれて下に落ちていなければならない。

整頓されすぎている点にかえって不審を持つとは、さすがヴェテランのホテルマンだと八木は感歎した。

「それだけではありません」

フロント主任は眉（まゆ）の間を指先で揉（も）んだ。

「ミス・キタノの洋服ダンス（アルモワール）のハンガーは五つ、その四つに外出着がきちんとかかっていた。一つは何もないから彼女が着て行ったものと思われます。すると外出着がいつも五着ハンガーにかかっていたことになります」

「そういうことですね」

八木はうなずいたが、主任が何を言いたいのか、よくわからなかった。

「まあ婦人は外出着をできるだけたくさん持ちたいでしょうが、五着もホテルの部屋にぶら下げておくのはすこし数が多すぎると思われます。タレントなら別ですがね。ふつうは三着ぐらいをハンガーにかけて、あとはスーツケースの中にしまっておくんじゃないですかね」

「そうかもしれないがね。普通よりも二着ぶん多いか」

「いやいや、外出着の五着は多すぎます。わたしはね、この空いているハンガーには外出着ではなくて、パジャマがかかっていたと思いますよ」

「え、なんだって。彼女はパジャマを着てホテルの外に出たというのか」

しっ、と主任は唇の前に人差指を当て、まわりに眼を配った。

「そうです。ミス・キタノは日本からご持参のパジャマをハンガーの一つにかけていたのでしょう。そしてそれを着て外出なさったとしか思えません。嫉妬のあまりに、狂気に近い状態になっていたのでしょう」

「しかし、きみ」

八木は遮った。

「そういう狂乱状態と、洋服ダンスの中や部屋の整頓ぶりとは一致しないじゃないかね?」

「そうなんです。その点がまことに面妖なんです」

「第一、そんなパジャマ姿で女性が外に出たら、たちまち騒ぎになって警官に捕まるよ。特に言葉もできない日本婦人がね。警察からまだ何も連絡はないんだろう?」

「ありません。それも奇妙です」

このとき、フロントから女事務員があわただしく小走りにやってきた。

あたりをはばかって小さな声で主任に耳打ちしたつもりだろうが、昂奮しているので、八木の耳に筒抜けであった。

「いま、カンヌ警察署から電話連絡がありました。当ホテルの523号室のキイをハンドバッグに入れたパジャマ姿の日本婦人の死体が、ル・プラン・ド・グラースで発見されたそうです」

八木は「オテル・マレシャル」の回転ドアを静かに押して歩道に忍び出た。心理的には忍び出たという形容があたっている。女事務員の知らせで、主任も係もあわただしくフロントへ駈け出した隙に脱け出たのだ。

十メートルばかり行ってふりかえった。プラタナスの並木の下の男女の群れがそぞろ歩きしている。そのうしろから追ってくるホテルの従業員の姿はなかった。安堵したあとで、八木の動悸が激しくうった。靴先は「オテル・マルキー」にむかっている。MARQUIS の立体文字が数百メートル先の、黄ばんだプラタナスの葉の空に真白に浮ぶ。

カフェテラスでは人々が往来を眺めながら茶を飲んでいた。隣りが間口のせまい本屋。「カンヌ」の入った地図を買う。

軒下に立ち、地図を顔の前にひろげて裏側を遮蔽にし、文字を拾った。

（カンヌ警察署管内で、ル・プラン・ド・グラースをさがせ）

カンヌの街を中心に地図の左右を見た。無い。下（南）は地中海だ。上を眺めまわした。大陸の広大な山地。「Grasse（グラース）」の文字が眼についた。大きな町。このへんだろう。

あった！　その南の東寄りに「Le-Plan-de-Grasse」。虫のような小さな活字だ。

グラースはカンヌの北西およそ二十キロ、なんとナポレオン街道(ルート)の中に存在していた。

一八一五年、ナポレオンは流謫(るたく)のエルバ島を脱出、ニースとカンヌの間の海岸に上陸し、兵士と農民に守られて山あいの間道を北上、なんらの抵抗を受けずに、ルイ十八世の亡命したパリに入る。ワーテルローの会戦で敗れるまでの百日天下がこれ。ナポレオン街道とはその行軍した間道だ。いまはN85号線のルート。

ル・プラン・ド・グラースは、その幹線道路からわかれた細い道に沿う小さな点で出ている。おそらく「村」ていどのものにちがいない。

八木は信じられなかった。

「オテル・マレシャル」523号室の北野アサコが、どうしてホテルの従業員の眼にふれることなく、ホテルから消え、ニースからは五十キロもあるナポレオン街道グラース町近くの小村で死体となっていたか。

いや、ホテルから消失した謎(なぞ)はこの際、どうでもいい。重大なのは予感が適中したことだ。ネルビ殺しの目撃者に間違えられて高平仁一郎は殺害された。同伴女性もその目撃者だ。P2の「仕事」を請負ったマフィアの任務遂行は確実であった。そして錯誤の上でも。――

「オテル・マルキー」の入口の前で八木は立ちどまった。煙草に火をつけながら街路に視線を放ったが、不審な影はないとみた。疑えば際限がない。

車を降りた金持らしい夫婦とお供の者がポーターのお世辞を受けてメリーゴーラウンドのように回転するドアにすすんだ。八木はそれに紛れるようにつづいた。

正面のロビーをちらりと見て、横の通路に歩いた。はたして公衆電話ボックスのコーナーがその先にあった。館内用の電話でフロントの客室係にミセス・タカヒラのルーム・ナンバーを彼は聞いた。４１３号室。その番号にかけなおした。

和子の声が出た。

「八木です」

「高平和子でございます。いま、どちらですか」

あんがい落ちついた声だった。

「ホテルのロビーの横です」

和子と木下とをロビーに呼び出すわけにはゆかなかった。だれに見られるかわからない。

「わたくしの部屋へおいでいただけませんか。この４１３号室に」

木下といっしょに部屋で会いたいという意志だ。だが、「わたくしの」と単数で言ったのが八木にちょっと気になった。やはり彼女が動揺しているせいか。

「わたくし一人です。木下さんは、帰りました」

「えっ？」

「どうぞ、いらしてください」

ロビーの横をカギの手にまわって昇降機(アサンスール)の前にたどりつくまで八木は、

(木下さんは、帰りました)

の意味を解こうとした。

(木下さんは、帰りました)

さらりとした言葉である。が、その中に無限の意味と万感がこもっている。

(わたくし一人です。木下さんは、帰りました)

帰った。何処(どこ)へ? わが家へか。

「帰った」は、彼女のもとを去ったという意味か。

昇降機に乗った。昼間でも混んでいた。フランス人の中年夫婦とドイツ語のスイス青年らしい五、六人が同乗。八木はわざと五階まで行って降りた。あとは階段を歩いておりる。ふり返ったが尾(つ)けてくる者はなかった。下からボーイが二段階飛び上がって来て、すれ違った。

四階に降りた。No.413のドアの前だ。左右を見たが、長い通路には人影はなかった。ひそやかにノックした。

ドアの覗き窓に瞳(め)が出た。

中でチェーンが外される音がし、ドアが細目に開いた。と、すぐにそれが半開し、濃紺のツーピースの和子がノブを握り招じ入れる姿で立っていた。

八木が中に進むと、背後のドアを和子の手がぴたりと閉めた。

八木は、はっとした。女ひとりの部屋を訪問しているのだ。カヴァをかけたツイン・ベッドが見える。通路側のドアを半分でも開けておくのが主客ともに心得だが、和子自身がそのドアを閉じたのは、もとより他の眼を防ぐためである。

窓は、うすいカーテンで全部が塞がれている。これもまた身を護るためである。そこには寝室付きの女一人のホテルの部屋を、男一人が訪ねてきていることへの普通の配慮を入れる余裕は微塵もなかった。あるのは緊迫した空気だった。悲劇的な破局への直面と、緊急な事態が、空気の中に喘いでいた。

「申しわけありません。八木さんにご迷惑をおかけして。……それに、こういう不面目なことをお眼にかけてお恥しいしだいです。ほんらいなら、もうお眼にかかれた義理ではございません」

和子は頭を深々とさげた。涙声ではなかった。

「ぼくには、ご事情のことはぜんぜんわかりません。また、うかがっても、ぼくとは何も関係のないことです。ですから、どうか、謝るとかいったようなお言葉は二度とおっしゃらないでください」

八木はいった。

和子はうつむいた。

「それよりも、さっきの電話では、木下さんは帰られた、ということですが、それは何処に行かれたのですか」

「どうぞ、おかけくださいませ」

窓ぎわのテーブルをはさんだ椅子を和子は八木にすすめた。

八木は腰をおろした。和子を落ちつかせるためでもあり、自分を落ちつかせるためでもあった。

和子は対い側の椅子にかけた。蒼白い顔にちがいないが、客を迎える礼儀として最小限にうすく化粧していた。眼は充血していた。その瞳をまっすぐに八木に当てた。

その強い眼差しに八木のほうが視線を逸らした。その先にテーブル上の花瓶にあふれる切り花の赤いゼラニウムがある。

「木下信夫さんは東京のある大学の助教授です」

和子はその強い眼を八木にむけたまま云った。その視線の強さは、はち切れるばかりの感情を抑える強さである。たとえば組み合せた両の指を潰れるくらいに握りしめて、嗚咽に耐えているのに似ていた。

「そして、現在フィレンツェの美術大学に留学なさっています」

和子は感情を声に抑えていた。

「フィレンツェに？」

八木は思わず言った。

「はい。……」

和子の眼に瞬間怪訝（けげん）な表情がよぎった。

八木は高平仁一郎と同伴者北野アサコのパスポートにローマ空港が最初の通関地になっていたことを思い出した。

なんのために高平仁一郎は最初にイタリアに入国したか。それがわからなかったが、いま、和子の口から木下信夫がフィレンツェに留学中と聞いて、仁一郎のイタリア入国の目的がわかったような気がした。

だが、これは今は和子には言えなかった。パスポートのことはいずれ彼女にわかるとしてもである。

「で、木下さんはフィレンツェへ帰られたのですか」

八木は、すぐに先をたずねた。

「木下さんには学者としての将来があります。早くフィレンツェへ帰ってもらわないといけないのです」

和子の眼はまたもとに戻った。

「しかし、木下さんもあなたもＰ２配下のマフィアに狙われているのですよ。木下さんは、いったいどういうコースで、いつフィレンツェへ出発したのですか」

「このホテルを午前中に出ました。高平の遺体が発見されたという八木さんの電話を聞いて一時間後です。木下さんはぐずぐずしていましたが、わたくしがあの方を急き立てたんです。ニース空港から、ジュネーヴ行に乗り、ジュネーヴからローマ行に乗り換えるのです」

「ニース空港からジュネーヴ行ですって？」

八木はおどろいたようにいった。

「ニースにしてもマフィアがうろうろしています。ローマなんかは、それこそP2マフィアの本拠じゃありませんか。危険この上ない……」

「高平は、マフィアに例の目撃者と間違えられて殺されたのでしょう？　わたくしたちの一人だと思って」

「どうして、それをご存知ですか」

「直感です。この大通りにならんだ二つのホテルからです」

和子は息もつかないふうに言った。

「わたくしにはわかるのです。向う側は、高平を殺したので、目撃者の男のほうは始末がついたと安心していると思います。……ですから、木下さんがニース空港へ公然と行っても、ローマに着いても、もう標的にされることはありません。危険はありません」

彼女の言葉は、悪魔のそれにも八木に聞えるはずだった。夫の犠牲の上で愛する男が助かっている喜びの声だ。

が、和子の石のように硬い表情には、八木に何か別のことを思い詰めているものがみえた。

彼女はさきほど木下には将来があると言ったが、それが彼女の気持のすべてをあらわしていると思われる。木下信夫を解き放ち、逃がした心理が、いまの言葉になっている。残った和子自身は、闇からの襲撃を受ける覚悟でいるのだ。——

木下信夫が「帰る」先はどこか。

フィレンツェではなく、おそらく東京の妻子のもとであろう、と八木は想像した。それこそ和子がすすめた先にちがいない。両人がフィレンツェからロンドンにくるまでの経緯は知らぬ。が、ロンドンから逃亡してニースにあらわれるまでのいきさつは察することができる。それはマフィアの手からのがれるというだけではなく、そのまま両人の逃避行なのだろう。

その恋愛の事情はわからぬ。が、途中で木下との別れを望んだのは和子であったろう。しかし木下は彼女から離れなかった。その関係が逃亡のあいだじゅうつづいたろう。

早く別れなければならないと和子は思っていたろう。その機会がこんどきた。チャンスは、夫の仁一郎の殺害という最も不幸な、最悪な事態できた。

和子は、八木の電話で仁一郎の他殺死体発見を知らされて、マフィアが「目撃者」を間違えたと直感したと言った。仁一郎が近くのオテル・マレシャルに泊まっていることは、八木の電話で彼女は知っている。

木下も仁一郎も好んでスケッチを描く。尾行するイタリア人に、日本人の両人が入れ替って間違えられた。

彼女はそうすぐに頭に浮んだにちがいない。

木下には危険はない、彼はもはやマフィアの標的からはずされている、といった和子の言葉は、しかし、いまや、八木の心に目のさめるようなベルを鳴らした。

和子も同じ立場になっているではないか。「目撃の同伴者」が殺されたから。——和子も安全なのだ。

和子さん、あなたは安全です。なぜなら、「マレシャル」に泊まっていた北野アサコという日本婦人が、目撃者の同伴婦人として殺されましたから。——八木はすぐにでもそう言いたかった。

それは、まず仁一郎が「女」を伴れてニースにきているのを明かすことが前提になる。

八木には言えなかった。いまは告げられないのだ。

——それにしても、なぜ仁一郎は女なんかを伴れてまっすぐにイタリアに入り、ついでニースに回ってきたのだろうか。日本からローマに直行した彼の行動は、フィレンツェの木下信夫と関連がある。彼は、妻の和子が木下信夫とフィレンツェで一緒に居ると思っていたのではないか。

ただ、和子はそこまではまだ知っていない。

だが、夫の旅行を知ったにしても、女性を同伴しているだけのことだったら、和子もさしておどろきはしないだろう。

彼女には木下信夫のことがあるので、かえって安らぎを覚えるのではなかろうか。

だが、それは、彼女自身の行為に対する「免罪」の意味ではない。仁一郎のそのような素行はたぶん日常的であったにちがいない。夫婦のあいだは、とうから冷却状態だったとみていい。

どうしてそのように想像するか。またしても白川敬之の言動が八木の暗示的な材料になる。ロンドンのあのコーヒーハウスで見かけた「和子と男性の影」を白川はあとあとまで気にしていた。白川の気がかりには、夫婦の離別に近い状態――それも長いあいだの状況を見ている縁者の、新たな憂慮が含まれているのではなかろうか。

こんども、八木がローマにいる白川に電話したとき、白川の返事は、和子にだけ救いの手をさしのべるものであった。仁一郎の死後処置に白川は一言もふれなかった。

白川の意向を踏まえて、和子にあなたは安全ですと八木がいま言えないのは、その安全の理由が、彼女と間違えられて北野アサコが「身代り」になっているからだ。和子の安全はその上に築かれている。

事実を知らせるのは、彼女に衝撃を与え、苦しめる。

だが、八木としては、北野アサコの死の「犠牲」で、和子の身柄を安心して白川敬之に渡すことができるのだ。いまはそれだけを考えるしかない。

「このホテルは一刻も早く出ないといけません」

八木は椅子をうしろにすべらして和子に言った。

「モナコ警察はご主人のホテルをもう突きとめているでしょう。いまごろは、モナコの警察官がマレシャルに向かっているかもわかりません。パリの大使館から参事官も到着するはずです。そうなると、近所のこのホテルにいるあなたもぐずぐずできないのです」

「参事官の方がモナコにこられるんですか」

和子は眼をあげた。

「警察庁から出向した人です。日本人が殺されたので、事件の捜査の情報を集めるためです。それだけではなく、マレシャルに同行してくるのは、モンテカルロの精神武装世界会議に参加しているご主人の友人もでしょう。だれがニースにこられるかわかりませんが」

「困りますわ。あの人たちにわたしの姿を見られたら。とくに戸崎さんと、植田さんは宅にもよく見えましたから」

「だから、このホテルを早く引きあげた方がいいです」

和子はそれにはすぐに返事しないで眼を閉じた。苦痛の表情だった。

「高平の遺体の引取りは、どうなるんでしょうか。……」

「ご遺体の確認は、山崎氏、川島氏、庄司氏、戸崎氏、それに植田氏などの友人でできました。しかし、引取りのほうは、変事の通知とともに東京の奥さんあてに電話がなされたと思います」

「………」

「留守宅にはどなたが居られますか」

「実家からきた二十年来のばあやがいます」

「ばあやさんでは要領を得ないですね。ばあやさんは、どこへ連絡しますか」

「兄のところです。わたくしの実兄で、高平良太郎といいます」

「お兄さんは、あなたのヨーロッパでの連絡先をご存知ですか」

和子は首を振った。

「お兄さんはモナコに来られそうですか」

「来ないと思います。会社を経営して忙しい人です。それに仁一郎とは不仲でした」

「ご主人の実家の方は」

「無理でしょう。……ですから、わたくししかありません」

和子は唇をかんだ。

「あなたはダメです」

八木は断乎として言った。

「とつぜんモナコに現れて、ご主人の友人らの前でどう説明なさるんですか」

「………」

「それに、あなたが姿を出したところをマフィアが襲いでもしたら、それこそ屈辱の上塗りじゃありませんか。あなただけのことではありません。日本人社会の問題です」

北野アサコの殺害を隠していた効果が思わぬところで八木に利用できた。

いま、夫の遺体引取りにモナコに行けばマフィアは生き残りの同伴者を襲撃するだろう、そうなれば屈辱の上塗りになるといった八木の言葉は、和子に大きな打撃を与えた。

「ああ」和子は、はじめて両手で顔を蔽った。

「わたくしは、どうしたら、いいでしょうか。……」

肩が慄えていた。罪の意識をそこに八木は見たような気がした。

夫の死顔にも対面できない。遺体を引取ってここで葬礼をしてあげることもできない。日本からは遠い国のことで、荼毘に付すしかない。妻としてその遺骨箱を抱いて東京へ帰ることもできない。罪の深さにたいする自覚が、彼女の苦悶の姿に顕われていた。木下信夫の「身代り」が、その上に地獄の呵責となって加わっているかのようだ。

八木は眼を逸らした。壁に古城の画がかかっている。その画の灰色の望楼にむけて語りかけた。つとめて事務的な口調で。

「ぼくの考えですが、ご主人のご遺体の引取りには、白川敬之さんを煩わすしかないと思います」

和子が両手を顔からはなし、八木を屹となって凝視した。濡れた眼がぎらぎら光っていた。

「白川氏に、ご主人の縁者としてモナコ警察署に出むいていただくのです。白川氏は、いま、ローマに居られます」

「え？」

「近いから、すぐにモナコに来られます。新聞で知って駈けつけてきたとおっしゃれば自然です。……白川さんは、ご親戚でしょう？」

「はい」

和子は、はじめてうなずいて言った。

「先日はウソを言って申訳ありませんでした。じつは、わたくしの母の従弟にあたります」

やはりそうだった。仁一郎の側ではないと思っていた。

「それにしても、ご縁戚です。白川さんにいっさいをお願いしましょう」

「でも、白川のおじさまに、こんなことを申しあげるのは……。もう、長いあいだ、お目にかかってないんです」

それなのに、いまごろ、と躊躇が和子にあった。

「じつは、ローマの白川さんには、ぼくからあなたの保護のことをお願いしてあります」

「えっ、なんとおっしゃったんです？」

和子がおどろいて叫んだ。

「出すぎたことをしたのでしたらあやまります」

八木は、眼を見ひらいている和子に言った。

「しかし、あなたの現在置かれた立場を思うと、それよりほかに方法はないのです。白川さんはひどく心配しておられました。そして、ぼくの申し出をよろこんで、すぐに代理の人をモンテカルロに待機させてくださったのです」

「代理?」

「白川さんの東邦証券の秘書です。矢野という人です。ちょうど休暇で、モンテカルロに泊まっているので、その秘書がじぶんとの連絡にあたるから、と白川さんは言っていました」

「………」

「じつは、ぼくはここへくる前に、電話でモンテカルロの矢野秘書と話して打合せをしたんです。矢野さんは、いま、ぼくの電話を待っています」

「………」

こんどは和子が宙を凝視していた。

表通りの窓の下からは車の走る音がかすかに聞えていた。ドアの前の通路を、女が男にものをねだるフランス語といっしょに足音が通りすぎた。

「この電話を使います」

八木は立って電話機へ歩いた。細長い机の前で、前に鏡がとりつけてあった。鏡にはツイン・ベッドの一部が映っている。手帖を出し、直通の外線のダイヤルでモンテカルロのローズ・ホテルにつないだ。

「もしもし、東邦証券の矢野です」

声は、八木の電話を待っていたようにはじめから日本語で言った。

「八木です。どうも遅くなって、すみません」

「お待ちしていました」

しびれを切らしたような矢野の口ぶりだった。無理もない。あれからだいぶん時間が経っている。

「いろいろなことがあったのです。いずれお話ししますが。……まず、白川さんに報告してください。行動なさるのは和子さんひとりです。ほかにはどなたもおられません。そう言ってもらえば、白川さんにわかります」

鏡にはツイン・ベッドがある。きちんとカヴァをかけてあるのが、冷たく、あわれに見えた。

「カズコさんお一人ですね？」

矢野の電話は事務的に復誦（ふくしょう）して確認した。

白川敬之には、むろん、それで通じる。彼自身の顔をロンドンのコーヒーハウスでスケッチした男。「和子さん一人」という言葉で、その男が従姉の娘、家を出た高平仁一郎の妻和子から去って行ったことがわかるはずだ。——

八木の電話する声を、和子は呆然と聞いていた。

「それでは、副社長から受けた八木さんへの伝言を申し上げます」

受話器は八木へささやいた。

こっちの電話を待たずに白川の指示があったというのだ。

「ご当人たちを、ジェノヴァのコンチネンタル・ホテルに、わたし矢野がご案内するようにとの命令で、それをお伝えせよとのことです」

「ジェノヴァ？」

「はい。そこのコンチネンタル・ホテルです。ご当人たちは、ニースからまっすぐに高速道路(モーターウエイ)でジェノヴァに行ってください。モンテカルロには寄らずに。そこのコンチネンタルの支配人のレーモン・エルランを訪ねるようにとのことです」

「支配人のレーモン・エルラン。フランス人ですね」

「いや。スイス人です。社長もスイス人だそうです。ご当人たちのことは白川副社長から頼んであるそうです」

ご当人たちと複数で言っているのは、「スケッチの男」の去ったのを白川が知らない前だからである。

「ですが、こんどは状況が変ったのです。和子さんが一人です」

八木がいうと、矢野はちょっと考えるように黙っていたが、

「それでも事情は同じです。とにかくカズコさんだけでもジェノヴァのホテルへ行ってもらってください。わたしは、ここをすぐに出てジェノヴァへ向かいますから、向うのホテルでカズコさんをお迎えするようにしたいと思います」

と言った。女ひとりと聞いて、矢野もそのつもりになったのであろう。

「そうしていただけるとありがたいです。和子さんもご安心です」

八木は、ほっとした。

「副社長には、すぐにわたしからあらためて指示をもらいます。……八木さん、あなたはどうされますか」

矢野は気がかりげにきいた。

「そうですね。ええと……ぼくも白川さんには電話でお話ししなければならないことがあります。それは後のこととして、とにかく和子さんのことをお願いします。たいへん急ぐものですから」

八木は言った。

「承知しました」

受話器の奥から矢野は答えたあと、

「八木さん、そうですよ、カズコさんのジェノヴァへの出発は急ぐ必要があります」

とつけ加えた。

「なにかそちらに事情が起ったのですか」

「起りました。モナコ警察では、被害者の高平仁一郎氏の宿泊ホテルが判明したというので、ニースへ警察官と、日本大使館の桐原参事官、それに高平氏の友人の戸崎さんと植田さんが向かいました」

「それは、何時ごろです？」

「一時間前です。もうそろそろニースのオテル・マレシャルに着くころではないかと思います。戸崎さんと植田さんが同行したのは、精神武装世界会議ではオブザーヴァだからです。ほかの友人たちは正会員なので、会議が続行中は抜けられないのです」

休暇をローズ・ホテルで愉しんでいるはずの矢野は、モナコ警察の動きをつかんでいた。のみならず、オテル・エルミタージュの精神武装世界会議のことまで詳しく知っているようである。

「わかりました、矢野さん。和子さんにはすぐにこのホテルを出ていただきます」

「それがいいです」

「では、いずれ。……白川さんにはよろしく」

「そのように申し伝えます」

八木は受話器を措いて、和子のほうをふりむいた。

和子は椅子から立って八木を見ていた。

「お聞きのとおりです。モナコの警察は、一時間前にオテル・マレシャルに向かったそうです。さあ、早く、ここを引きあげましょう。ジェノヴァに向かっても危険はありません」

和子はかすかにうなずいた。言葉を失ったようだった。ジェノヴァのホテルへ行くということにも無抵抗であった。いまは母の従弟の意志に従うしかないようにみえた。

「バッゲージは？」

「整理は終っています」

和子は虚（うつ）ろな声で言った。

「では、支払いだけですね」

ポーターを呼ぶ時間もなかった。八木が押入れ（プラカール）を開けると彼女の荷物が片寄せてあった。その横が空いている。居なくなった木下信夫の空虚の跡がまざまざと見えた。

ホテルの前にタクシーがいた。運転手は五十近いフランス人で、耳の上が白かった。

八木は、和子をホテルのドアの中に待たせて、彼女のトランクとスーツケースを運転手に渡した。そして大通りの左右を見る。

「どちらへ？」

「ジェノヴァだがね。行ってくれる？」

「ウイ、ムッシュ」

「いや、ぼくではない、ご婦人だ」

「よろしゅうございますとも」

運転手は荷物を後部トランクに入れている。

八木はオテル・マレシャルの方角を凝視した。モナコ警察一行は、オテル・マレシャルに着いただろうか。ヴィクトル・ユーゴー大通りは一方通行である。プラタナス並木の車道を流れて向うから近づく車は無数であった。パトカーでくるとは限らない。むしろ普通の乗用車であろう。遠くからでは区別がつかない。

運転手がトランクの蓋を閉めて、ふたたび八木の前にきた。

八木はホテルのドアをふりかえった。和子が出てきた。彼は無言で、早く、と彼女を車の中に入れた。

「このマダムお一人ですか」

肥った運転手で、赤ら顔だった。白髪がきれいである。年寄りだから大丈夫だと、八木は思ったが、自分もモンテカルロに帰る身だ。

「ジェノヴァまでは、どのくらい時間がかかるかね？」

「二時間くらいです」

八木はうなずいて、腕時計に眼を落すと、車の中に素早く入って和子の座席の横にならんだ。

和子がちょっとおどろいた表情になった。

「失礼します」

和子に言ってから、運転手の背に早く車を出すように命じた。

「ぼくはモンテカルロに帰りますから」

同じ方向とわかって和子の口もとがゆるんだ。

タクシーは高速道路に出て、「ニース」の料金所を抜けると、東へまっすぐに走った。何も言わなくとも運転手は一一〇キロの速力は出す。

うしろをふりかえったが、「ニース」のインターチェンジから上がってきた車は三台。みんな若い連中で、こっちのタクシーを嘲（あざけ）るように追い抜いて行く。

半白頭の運転手が、片手でハンドルを叩き、

「あれだからひっくり返って命を落すんだ」

若僧め、と舌打ちした。

次の「モナコ」の検問所までは三十分くらいだ。タクシーはそこで停まった。モナコ公国に入国するにしても、検問所にパスポートを提示するわけではない。

が、検問所の「モナコ」の文字を眼にして和子が八木の顔をちょっと見た。モンテカルロだと、ここから南へ下らねばならないからだ。

「モンテカルロに降りると、寄り道になって時間がかかりすぎるので、ぼくもこのままジェノヴァへ直行します」

八木は、和子の表情に答えた。

「え、では？」

「ここからだとジェノヴァまでは一時間ちょっとぐらいですからね」

お送りします、とは、言葉に出さなかった。

「すみません」

和子もすなおに頭をさげた。が、短く、それだけをぽつりと言った。かえって感激がこもっていた。

白い道路が流れてくる。右側の下にリヴィエラの海が俯瞰できるはずだが、木立に遮られて、空しか見えない。左側の山麓には、オリーヴの繁茂が蔽っている。

「San Remo Ovest」のインターチェンジがくる。Imperia Ovest, Alassio, Finale Ligure. 八木は、眼の熱い泪で、それら青地に白抜きの掲示文字が滲む。どうしてだかわからない。和子を安全な場所へ送っているというだけで、身震いするようなものを感じる。

対向車が風を巻いてすれ違う。

和子の身体がかすかに動いた。八木は、はっとした。

「八木さん、すこしおうかがいしてもよろしいでしょうか」

八木は、どうぞ、と言った。動悸がうっていた。

和子はその質問を口にする前に、ちょっと躊躇した。

「あの、オテル・マルキーでおっしゃったことです。わたくしがあのホテルを出てジェノヴァへ向かっても危険はないと八木さんは言われましたけれども、危険がないというお言葉は、どういう意味でしょうか」

　柔らかな口調だった。が、その問いになるまで、彼女がそのことを解こうと、ひとりで考えつづけていたことが、その口吻にこもった語勢でわかった。

　ああやっぱりそのことか、と八木は思った。ホテルの部屋であの言葉をいったとき、和子が瞬間怪訝な表情になったのを思い出す。

　いま、それが彼女の口で質問になっている。彼女は自己の身の「安全」を、木下信夫の立場に置いているのだ。木下は、仁一郎の死の「犠牲」で、マフィアの眼から解放され、危険が去った。すると目撃者のじぶんの身が安全になったというのは、同じように「身代りの犠牲者」が出たからではないだろうか、と和子は考えているようだ。

　彼女にとって、おそろしい想像である。だから八木に質問する前に言い淀んだのだ。

「それはですね」

　八木は答えた。

「対手は、そうつづけさまには手出しをしないからですよ。すでに高平さんを殺害しているのです。その捜査がすぐに行なわれていることを知っていますから、向うでも要心をしていると思います。連中は犯行直後に、この界隈から散って、姿を消していると思うんです」

ひととおりの理屈は立っていた。が、その説明で納得してないことは和子の顔色でわかった。彼女は窓外に眼を据えている。じっと考えこんでいる。

オリーヴの森の中に糸杉がふえてきた。空にむかって黒い棒のように直立している。孤立した細い姿である。

オテル・マレシャルに泊まっていた高平仁一郎の伴れの女がカンヌの北のグラース付近で他殺死体で発見された事件は、いずれは新聞に報道されて、彼女もその記事をジェノヴァかどこかで読むだろう。早晩そのようなかたちで彼女が知るにしても、いまの八木には彼女の「身代り」のことはやはり言えなかった。

Sarona, Varazze, Voltri ――ジェノヴァが近づいてくる。和子は凝乎として窓に顔をむけている。八木も身体を硬くしていた。

が、和子の蒼白い頰に光る筋を八木は見て、胸をつかれた。彼女が初めて流している泪だった。

コンチネンタル・ホテルは、ジェノヴァ市内のアントニオ通りにあった。

その大通りは、ポルト・ヴェッキオ（旧港）に沿っていて、大きなホテルがならぶ。背後の丘陵に、朱の屋根と白壁の家々が混み合いながら山頂まで積みあげられている。

和子と八木は、待っていた矢野の案内で、支配人室に通された。支配人レーモン・エルランは四十すぎの、見るからにビジネスをすっぽりと着こんだような人物だったが、和子を愛想よく迎えた。

「マダムのことは、ムッシュ・シラカワから電話でご連絡をうけております。それに、ギラン銀行の社長、このホテルのオーナーでもあるピエール・ギランと懇意な仲のムッシュ・シラカワからご依頼のことでございますから」

エルラン支配人は、和子のうしろにいる八木にもいんぎんに言った。

八木は、このホテルがスイス人の経営だとは矢野秘書から聞いていたが、社長はどうやらチューリッヒに企業の本拠を置いているらしかった。

「てまえどもの社長アルフォンス・ギランはチューリッヒで個人銀行を経営しているピエールの実弟であります。ギラン銀行は、ピエール・ギランで三代目でございます」

スイスには、スイス・クレジット銀行、スイス・ユニオン銀行、スイス・バンク・コーポレーションの法人銀行があって、三大銀行として世界的に名を知られている。本店はチューリッヒにある。それらの法人銀行とは別に、スイスには個人銀行が無数に存在する。個人銀行でも、バーゼルやジュネーヴにあるそれは大手として知られている。

個人銀行は、スイスでは十九世紀のはじめにはその事業が確立している。オーナーが三代にわたっているのは普通である。顧客もまたそれと同じであり、相互の信頼関係は親戚のように深い。

個人銀行には協同経営者(パートナー)の参加がある。協同経営者があるということは、個人銀行が投資その他の運営に慎重だという印象を与え、信用を得ている。

個人銀行も顧客の資産の管理、投資活動など大手の法人銀行のそれと変らない。そのために資本が要る。協同経営者の豊かな財力は法人銀行の増資にもあたる。また伝統的で保守的な個人銀行のオーナーに、協同経営者の参加は外からの新しい血であり、近代経営に適応する。

八木はそう書いてある本を読んだことがある。

白川敬之は東邦証券の副社長だ。彼がスイスの個人銀行のオーナー社長であるピエール・ギランと親交があるらしいのは、もちろん金融取引の面からの知己なのであろう。チューリッヒの国際金融市場は、ロンドンやニューヨークのそれにくらべると小さなものだが、かつて英国のポンドを暴落させた仕掛人は「チューリッヒの小鬼どもだ」と当時の英経済相を憤激させたほど、油断も隙もならないところがある。

いまや日本の銀行や証券会社は、ロンドンの「シティ」に劣らないほど競ってチューリッヒに現地法人を設立している。チューリッヒがスイスだけでなく、ヨーロッパ金融資本の中心地の一つだからである。

チューリッヒのギラン銀行の社長は、本業の傍(かたわ)らイタリアのジェノヴァにホテルを建てているところをみると、スイスのお家芸の観光事業にも手を出しているようである。スイスの個人銀行は毎年、貸借対照表を発表するように要請されていない。預金者のプライヴァシーを守るためというのが最大の理由とされている。その伝でゆけば、ピエール・ギランが実弟アルフォンスの名で観光事業に手をひろげているとしても、その資本はギラン銀行から流れているのか、ギラン家の私財から出ているのか、実態はわからないのである。

「では、マダムのためにお取りしたお部屋へご案内いたしましょう。お気に召すかどうか――」

支配人がメイドを従え、自ら和子のために部屋の案内に立った。矢野は副社長に報告すると言って、部屋に残った。

そこは五階であった。共同廊下の突き当りの右側で、もっとも奥まった位置だった。続き部屋（スイート・ルーム）で、調度が華麗である。ピエール・ギランの意を受けた弟のアルフォンス社長がエルラン支配人に、和子をこのように待遇するように命じたのであろう。

白川敬之はおそらくピエール・ギランには和子を匿（かく）まってほしいとは一言もいってないだろう。親戚の女性だから、じぶんがそこに行くか、あるいは彼女が次の行先を決めるまで、ホテルに滞在させてもらいたい、それと、彼女は疲れているから、静養に適（む）く部屋を頼みたい、と白川は言ったにちがいない。

しかし、ここは奥まっていて静養にふさわしい部屋であり、匿れ部屋にも適していた。

窓を開けた。海側ではなく、市街側であった。大きな教会の屋根が見えた。

部屋がお気に召して何よりです、とエルラン支配人は和子に腰をかがめた。

それから窓外の風景を説明した。通りの建物に邪魔されて、ここからは見えないが、あのあたりに日本人の観光団がよく見に行くコロンブスの生家があると言った。次に二つの大きな教会に顔をむけた。説明する前に、支配人は、十字を切った。カトリック教徒である。

「左側に見えているのが、サン・マッテオ教会です。十三世紀の建物で、たいへんに旧い寺院です。小さくとも、建物がよく眼に入るのは、まわりの家を遠ざけているサン・マッテオ広場にあるからです。こちらの右側の大きいのはこれも十二世紀のカテドラルで、ゴシック式の教会の正面が白と黒の大理石で飾られ、荘厳な美しさを持っています」

和子は二つの教会を眺めていたが、突然膝を折って頭を垂れると、片方の手を挙げ、指先を額に当て、下にすべらせて左右の胸に横切らせた。

彼女のそのしぐさを見て、八木は、おや、と思った。和子はカトリック信者だったのか。いま、十字を切ったことで、初めて知った。するとと、和子のしぐさに気づいたエルラン支配人が、カテドラルとサン・マッテオ教会へそれぞれむかって手を合せ、低くお祈りをとなえた。

和子は「復活の希望をもって眠りについた」夫仁一郎が主(しゅ)の光の中に受け入れられるように願ったのであろう。だが、それだけだろうか。それよりも「懺悔(ざんげ)」のほうがはるかに強いのではあるまいか。

が、その十字を切ったあと、和子は突然、何かに気がついたように、戦(おのの)いた。非常な愕(おどろ)

きようであった。彼女は窓辺に顔をさしむけ、外の空気をいっぱいに吸いこんだ。自身の驚愕からくる心臓の動悸を、胸を抑え、鎮めるように、じっとしていた。

八木には和子がどのような理由で、あのように、突然の驚愕に打たれたのか、わからなかった。

教会にむかって懺悔しても、わが罪は許されないと気づいたからだろうか。——しかし、彼女の様子は、それとも違っていた。八木はなんとしても解けなかった。

「奥さん。ぼくはこれでモンテカルロに引返します」

和子は八木を見返った。哀しげな眼であった。

「八木さん。わたくし、下までお送りいたします」

空気を大きく動かして和子は、立っている八木へ近づいてきた。彼女はその頰を赧らめていた。

三人の日本人が病院を出てきた。五日の午後三時半ごろだった。一人は四十すぎの小柄な男。二人は三十五、六、揃(そろ)って長身だった。

白亜の四階建て、中央が塔のようにひときわ高く、長方形の両翼が左右に延びている。ありふれた総合病院のスタイルだ。正面玄関に突き出したポーチの廂(ひさし)の上に、青色の立体文字が殺風景にならんでいた。

「Hôpital Policier de Cannes」(カンヌ市警察病院)

警察官とその家族が診療を受けたり入院したりする専用病院である。が、死体解剖室もあれば、構内の裏手には死体収容所もある。

三人の日本人は、タクシーに乗って海岸にむかった。十分とかからないで、西コート・ダジュールの海を見渡す小さなレストランの前に着いて、そこで降りた。カフェテラスに三人は席を取った。

小柄な人物がパリから来た日本大使館の桐原敏雄参事官。揃って背の高いのが作曲家の戸崎秀夫、画家の植田伍一郎。

桐原参事官は平然としているが、戸崎と植田は顔をしかめ、まるで嘔吐しそうなのを抑えているような表情だった。ハンカチを口に当てる代りに、海にむかって立ち、まるで胃の腑を洗うように風を吸いこんでいた。風は汐の香をふくんでいる。沖合に派手な色の帆を傾けたヨットが三隻、白い船体を秋雲の下に走らせていた。

二人の眼底には死体収容所の「対面室」がまだ灼きついていた。一枚の大きなガラスの障壁。手前には対面者が椅子にかけている。やがて白衣の係二人に手押し車で柩が運ばれてきた。柩の窓からうすく化粧した女人の顔があらわれた。咽喉には繃帯が巻いてある。胸から下は毛布で蔽われていた。銀座のクラブ「リブロン」の阿佐子であった。
眼蓋は閉じられているが、口をかすかに開けていた。前歯がのぞいていた。「リブロン」のテーブルで客に笑みをふりまくときに見せていたあの前歯だった。紫色がかった顔色をしていた。二つの鼻孔にはまだ綿が詰まっていた。

二人は横の検視官にうなずいた。死体確認が終ったとみて、検視官はガラス壁越しに白衣に顎をしゃくった。柩は手押し車で荷物のように運び去られた。

そのとき、阿佐子の頭が揺れた。さよならね、戸崎センセ、植田センセ、と訣れを言うように。――

両人は椅子に戻った。いっせいに乾いた咽喉に冷たいエビアンを流しこんだ。

「被害者の遺体引取りには、実兄が日本から見えるそうです」

桐原参事官は、コーヒーをうまそうに飲みながら二人に言った。

「実兄は千葉市で不動産業をしているそうです。こっちから電話をかけたんですがね、渡航手続きなどがあるから、明日の晩、成田を出発するそうです。それはパリ行の便だから、こっちに着くのは三日ぐらい先ですかな」

北野阿佐子の身元はすぐにわかった。死者のハンドバッグにはパスポートが入っていた。

「リブロンのママが聞いたら、びっくり仰天するでしょうな」

エビアンを紅茶に変えた戸崎が、カップに口をつけないままで言った。

「リブロン？　ああ被害者の北野阿佐子がホステスをしていた銀座の店ですか」

桐原がたのしそうにコーヒーをかきまぜる。警察庁から出向の彼は、殺害死体を見ても、物品を眺めているようなものだった。

「そうです。ママは長沼嘉子っていうんです。ママは阿佐子を可愛がっていましたからね。阿佐子は売れっ子で、ナンバーワンだか、ナンバーツウでしたからね。稼ぐ女はママが可愛がります」

植田が紅茶の中でレモンをスプーンで潰して言う。

「高平仁一郎と北野阿佐子とが、いい仲だったのを、あなたがたはご存知でしたか」

「それはわかっていました。相当な仲だったというのはね。ママも知っていたようですよ」

「二人でヨーロッパ旅行するということも。イタリアをまわってニースに来て……」

「いや、それはだれも知りません。まさか二人でヨーロッパ旅行するとはね。嘉子ママも、そこまでは気がつかなかったんではないですか。国内旅行は、ときどきしていたようですがね」

戸崎がやっと紅茶に手をつけた。

「高平さんはニースのホテルに泊まっていながら、モンテカルロに来ているあなたがたには会いもせず、連絡もしなかったのですか」

「彼からは、何も連絡がありませんでした」

「どうしてでしょうね」

「なぜだかわかりませんが。しかし、今から思うと高平君はモンテカルロの精神武装世界会議に出席しているぼくらに会いに来ようとしていたんじゃないかと思いますよ」

「ほう。どうしてそう考えられますか」

桐原は作曲家の顔にきいた。

戸崎は答えた。

「それはですな。そもそも、モンテカルロの精神武装世界会議の話がわれわれの間に出たのは、『リブロン』で飲んでいるときでしたよ。だれやらがフランスの新聞広告に出た参加会員募集の切抜きを見せたんです。フィレンツェのパオロ・アンゼリーニ文化事業団のことはよく知らないけれど、会議の趣旨がたいへんいいというので、参加を申しこもうじゃないかということになりました」

「なるほど」

「希望者が続々と名乗りを上げたんです。そのとき、誰かが高平君を誘いました。彼は外国語ができるし、相当な文化人でもある、金持でもあるというところからです。すると、高平君は首を振って、自分はイヤだといったんです。そんな自由な行動を縛られるような会議に出たくないというんです。しかし、彼には超然ぶったところがあるけれど、ほんとうは会議に出たかったんじゃないかと思いますよ。みんなが、わいわい騒ぐから、それに反撥したんですな。そんなツムジ曲りなところがあります。ほんとうは寂しがり屋なんです。彼は鉄砲かついでカモ撃ちとかキジ撃ちによく出かけていましたからな」

「狩猟をやっていたんですか」

「それが趣味でしたな。女道楽もやっていたけれど、家の中でひとりぼっちで猟銃の手入れをするのが何よりの気休めだとじぶんでいってましたよ。猟銃には奥さんに手もふれさせないということでした」

「奥さんとはうまくいっていましたか」

桐原は問うた。モナコの回転道路沿いの白い崖で殺害死体となっていた被害者の家庭の内情を訊く警察官の事情聴取の心理になっていた。

「夫婦仲がうまくいっているとは思えませんでしたね。当然でしょう、高平君の女出入りはきている」

始終ですから。モデル女とも噂がありましたよ。げんに阿佐子をニースくんだりまで連れて

戸崎は遠慮がちな口調でいった。

「離婚の話は起らなかったのですかね？」

「奥さんの和子さんはカトリック信者なんです。亡くなった両親が熱心な信徒で、和子さんは両親の希望で幼児洗礼を受けたということです。カトリックでは離婚を承認しないそうですからね」

「あなたがたは高平さんの奥さんをよくご存知ですか」

桐原は残り少なくなったコーヒーを惜しむようにすすった。

「ぼくは高平君の家には、ちょくちょく行っていました。彼も画を描くし、ぼくも画描きですからね」

植田伍一郎が言った。

「そうそう、高平さんは画家でしたね」

桐原は、高平仁一郎のパスポートに記入された「ペインター」の文字を思い出した。

「そうです。しかし、気楽な画描きですよ。作品を売る必要はないのですからね。ぼくらのように買い手を見つけたり、画商にコネをつける苦労はないのです」

「つまり、その、専門の職業画家ではなかったというわけですか」

「端的にいえば、趣味の画家でしたな。けっこうな身分でしたよ、奥さんに資産があるのですからね。奥さんの親御さんからの遺産です。その遺産は奥さんの実兄の実業家が管理して、運営しているということでした」

桐原参事官は煙草に火をつけた。黙ったまま煙をふかしていた。高平仁一郎は妻の財産で食っている。知識もあり、画も描く。その知的な夫は、妻の財産に凭(よ)りかかって、懶惰(らんだ)な生活を送っていた。そのような家庭の構図を、桐原は煙の中に浮べているようであった。

「夫婦のあいだは険悪でしたか」

桐原は、煙草を口から離してきいた。

「内輪のことはわかりませんが、われわれの前では、そんな様子はすこしも見えませんでした。奥さんの和子さんというのは、よくできた方です。美人でもありますが、頭のいいひとです。それでいて、控え目な方でしてね」

「そんな賢い奥さんだと、高平さんも息苦しかったかもしれませんね」

桐原は眼を笑わせた。

「たしかに圧迫感はあったと思いますよ。彼が勝手なことをしていたのも、その息苦しさから脱(のが)れたい気持もあったと思います。それに、彼がどんなことをしようと、奥さんは黙っていたようです。その無干渉がまた亭主には苛立(いらだ)ちになったんじゃないですか。よくわかりませんがね、すくなくとも、あの夫婦の間には表面立った争いはなかったです」

参事官は深くうなずいた。参考になった、というふうにみえた。また、しばらくして言った。

「ところで、その奥さんは、いま何処でしょうな。パリに行くといって十月五日に成田を発たれたそうだが。……」

高平仁一郎の妻和子は、パリへ勉強に行くといって十月五日に日本を出た。たしかにパリに居たことは、その後、実兄の高平良太郎の東京の家にパリから国際電話がかかり、良太郎夫婦や子供は、和子と話を交わしている。そのとき和子は、あと一カ月くらいして帰国すると言っていた。

その和子の居所がわからない。イギリスへ行くとも言っていたし、パリを出てヨーロッパをまわっているか、アメリカに渡っているかもしれない。彼女からその後の連絡はないと実兄は言っている。

和子の実兄は経営する会社の仕事が忙しくて、モナコには来られないという。また、仁一郎の実家の人々も同様なことをモナコ警察署に言ってきた。

こうしたことから、仁一郎の遺体は、モンテカルロの「精神武装世界会議」に参加している彼の友人たちが家族に代って処理しなければならないかと思われた。その矢先に「救いの神」があらわれたのである。白川敬之という人で、これは和子の亡母の従弟だという。その人が、滞在中のローマから急いでモナコへ来るという。

「白川敬之さんとは、電話でぼくは話しました」

桐原参事官は言った。

「白川さんが副社長をしている東邦証券の秘書課の矢野という人が、休暇をもらってモンテカルロにきていて、高平さんの変死をローマのホテルに滞在している白川さんに知らせたのです。矢野さんがモナコ警察の捜査本部にいるぼくに電話してきて、そういうことを言うものだから、ぼくはローマの白川さんのホテルに電話したのです。白川さんは、自分がいっさいの後始末をするといっていました。明日あたりモナコへ来られるようです」

聞いている戸崎と植田の顔を交互に見て、桐原はあとをつづけた。

「しかし、高平仁一郎さんが銀座のホステス同伴でニースのホテルに泊まっていたことは、白川氏には、とうぶん黙っておきましょう」

その意見には戸崎も植田も同意した。

「さてと。……では、これから仁一郎さんの愛人の北野阿佐子の絞殺死体が発見されたグラースの現場へ行ってみましょうかな」

カフェテラスを出ると、桐原、戸崎、植田の三人はタクシーを拾った。

カンヌの海岸から、グラースまでは北西へ二十キロほどある。フランス・アルプスが起る南縁にあるが、それでも標高三六〇メートルの地である。

カンヌの市街を北へ出たところで東西に走る高速道路(モーターウエイ)と出遇った。「カンヌ」のインターチェンジが眼の前に見えた。そこを上って行く車もあれば、下りてきてこのN85号線ルートと合する車もある。そのほうが多い。下りた車のほとんどが、このナポレオン街道を北へさして走る。そのほとんどが遊楽の人を乗せている。

「ナポレオン街道はピクニックのドライヴウエイでもあるのですか」

作曲家の戸崎秀夫が桐原参事官にきいた。桐原はパリ駐在が三年目で、そろそろ警察庁から帰国命令が出るころである。在任中は休暇でフランスのほうぼうを夫人同伴で見物して回っていると思われるから、フランスの地理には詳しいはずだ。

「ピクニックのドライヴといっても、グラースまでですよ。ほら外国人の観光客が多いでしょう」

桐原はインターチェンジのほうを見ながら言った。

「グラースに何かお祭りか催しものでもあるのですか」

「そうではありません。グラースは香水の原料にする花の栽培地として知られているのです。その栽培地も三百五十ヘクタールにわたっています」

「三百五十ヘクタールですって。そりゃ、途方もなく広い」

「なにしろ香水にできるあらゆる花がつくられていますからね。なんでもバラは約三百五十トンがパリの香水製造会社に輸送されているそうです」

「三百五十トン！」

「摘み取って花びらだけを送るんですがね。ミモザがやはり三百五十トン。ラベンダーにいたっては七千トンです」

ラベンダーが、どういう花だか戸崎にも植田にもわからなかった。

「受け売りですがね」

桐原は断わって言った。

「紫蘇科の植物、常緑多年草です。紫色です。その花を採って蒸溜し、芳香のある揮発性のあるラベンダー油をとって香料にするのです。見かけは紫蘇と同じで、高さ六十センチくらいあります。稲穂のような形の花が畑で満開のときは一面紫色になりますよ。グラースの町にも香水工場が三十いくつもあるので、観光客はそれを見に行くのです」

走る車の前方にフランス・アルプスの連山が横たわって、それがしだいに近づいてくる。前山の背後にちらちらする山嶺がよほど白くなっていた。N85号線は、畑と牧場ととぎれとぎれの村落を左右に見せながら高度を上げて行く。プロヴァンス地方特有の田園風景だ。

桐原が眼鏡をかけて地図を見ていた。早くも老眼鏡が必要らしかった。ポケット用の地図で、活字が小さく、それに車の動揺で、容易に探すものが見つからぬらしい。

「運転手さん」

諦めて、地図から顔をあげた。

「ル・プラン・ド・グラースという所は、どのへんになるかね？」

「ル・プラン・ド・グラース？」

　中年の運転手は後頸（うしろくび）をひねった。

「さあ、知りませんな。小さな村だろうがね。カンヌからそんな所に行ったこともねえで」

　桐原参事官はニースの警察官からその場所を詳しく聞いてこなかったのを後悔する表情になった。北野阿佐子殺害事件の捜査状況の情報は受けたが、そのときは死体発見現場を見に行くつもりはなかった。急に予定を変更したのだ。

「土地の名前からすると、どうせグラースの町の近くだろうがね。お客さん、グラースに行って聞いたほうが早いんじゃねえかな」

　運転手は、背中からつけ加えた。

「それもそうだな。じゃ、やってくれるか」

　桐原はそのあと二人に言った。

「ついでだから香水の町のグラースを見ておかれたほうが、話のタネになるんじゃないですか。香水工場は参観させるところもあり、させないところもあるけど、なに、会社が出している香水店をのぞくのも一興ですよ」

　作曲家と画家は賛成した。

　山道にかかった。九十九折（つづらおり）までにはならないが、ゆるやかなカーヴがつづいた。周囲の山が迫ってきて、道を包みこんでくる。海抜もしだいに高くなった。ふり返ると通ってきた村が、底に落ちて小さくなっている。あとからあとから車が登ってきていた。

「フランス・アルプスの西側です。一八一五年五月、ナポレオンがエルバ島を脱出してカンヌに上陸、パリをめざして進撃した山間の街道ですな。……おや、グラースの町が見えてきましたよ」

グラースの町は山の斜面につくられている。アルプスを背にした町はみんなこうで、モナコ公国のモナコ地区、ラ・コンダミーヌ地区、モンテカルロ地区など海岸に沿って連続した街なみも、すぐ背後には突兀（とつこつ）とした海岸アルプスの断崖斜面を這（は）い上がっている。それを見ているので、山丘に階段状に積み上げられているこのグラースの町もそれほど珍しくはない。珍しいといえば、ここがひなびていることだ。ニースやモナコの近代性からは比較にならない。山間の古ぼけた田舎町。

戸崎も植田も、木曾街道の小さな城下町を連想した。

しかし、四世紀ごろに開かれた町のままと思わせるその曲りくねった狭い道や路地には、世界的に有名なパリの香水店がびっしりと軒をならべている。ショーウインドウにも店の陳列棚にも、多様な意匠を凝らした装飾瓶の大小が隙間なくならべられている。天然芳香には、ミモザ、ケベルーズ、ジョンキー、すみれ、オランジュ、ローズ、ジュネ、ジャスミン、ラベンダーなどがあり、これらはすべてこの地域で栽培されている。

もとより香水をつくるには、単一ではなく天然花香油を数種まぜて調合する。そこには香水調合師（パーヒューマー）の才能がかかっている。十六世紀ごろここに居たトレバレリーというフィレンツェ生れの香水作りの職人は、有名なパーヒューマーだった。彼が来てから、グラースは香水の生産地として知られた。いまではグラースは、全世界で生産される香料の四分の三を生産しているという。

　ここに、デュポン社、モリナー社、コンチネンタル・フレグランス社、カトー・インターナショナル社、カラボ社などをはじめ三十数社の香料会社の工場があるのもこうしたわけである。ただし、一部の香水工場以外は一般に観光客を入れない。

　ある香水店のお土産用香水のコーナーに集まる観光客を横目で見やりながら桐原参事官は、そのように音楽家と画家に話した。

　タクシーの運転手が、近所でル・プラン・ド・グラースの場所を教えられて、三人の居るところへ戻ってきた。

「やっとわかりました。なに、ここから東南に二キロぐらい行ったところにあるちっぽけな村だそうです。カンヌの市内や、ニース、モナコの間ばかり走っているわれわれが知らないのも道理ですわい」

　三人は座席に入った。タクシーが路から路を通り抜ける。車内に花の芳香が流れこんできた。

　商店街をはずれた通りに、剝（は）げそうな古瓦の屋根、色褪（あ）せた外壁の民家がつづく。崩れそうなカテドラルもある。囲む木立は落葉している。

北のかたを見遣ると、白いN85号線ルートが山岳重畳（ちょうじょう）たる間に消えている。奈翁（ナポレオン）が兵士や農民をひきつれて通った間道かと戸崎と植田は想う。これも阿佐子の遺体発見現場を見に来たからで、そうでもないと香水の町を訪れる機会はなかったなどと考えたりした。

降（くだ）るタクシーはナポレオン街道から東へ岐（わか）れた小道に入った。そこで眼にしたのは、見渡すかぎりの茶褐色の高原であった。

グラースの町は標高三六〇メートルだが、そこは北に聳（そび）えるフランス・アルプスの入口、その南のかたはコート・ダジュールへと落ちる平野になっている。中間が山裾（やますそ）にひろがる扇状台地で、台地の高原が三百五十ヘクタールにわたる花香油（フレグランス）原料の、広大きわまりない栽培畑だ。

花園が一面茶褐色に変色しているのは、いまが十一月の五日、あらゆる種類の花の季節は終り、あとに枯れ葉や枯れ草だけが残っているからだ。

「フレグランスの王者は、なんといっても、ローズ・ド・メ、つまり五月のバラでしょうね」

車内で桐原参事官が二人に言った。

「このバラはフォーリアという種で、五月十日ごろから二週間くらいで満開となります。収穫後も七月、八月までは花が畑に残っていますが、十一月ではこんな無残なありさまです」

車は花畑の間の道を往く。畑の端のところどころに集落が散在していた。

「ついでに、この地域で栽培している花の種類と収穫期をいいますと、ミモザは二月です。ケベルーズといってフリージアに似た花が二月から三月、すみれが三月から四月、柑橘(かんきつ)系統のオランジュの花が四、五月です。そのあとローズ・ド・メが咲きます。トゲエニシダでジュネといわれている花が六月から七月、夏の花のジャスミンは七月から九月半ばです。最後がラベンダーという紫蘇に似た草で、稲穂状の花をつけますが、これは八月からはじまって十月下旬までです。ラベンダーだけは摘み残しのものがまだ見られるかもわかりませんね」

桐原は言った。

運転手は、教えられて書いてもらったル・プラン・ド・グラースの略図を見い見いしてハンドルを動かしている。

「旦那(ムッシュ)」

タクシーの運転手は、車の速度を落してきく。

「ル・プラン・ド・グラースは、あそこに見える村です。その村の、なんという人の家をお訪ねかね？」

褐色の枯れ花園のはるか前方に、小さな白壁の家がかたまっている。丘陵を背に、教会の尖塔、朱色の屋根の点描。

座席の三人は顔を見合せた。

「ノン、運転手（ショーフール）さん、人の家を訪問するんじゃないのだ。村の人から或る場所を教えてもらいたいんだがね」

桐原が口を切った。

「その場所を村の衆が知ってるというわけかね？」

「じつを言うとね」

桐原は空咳（からせき）をして言った。

「今朝のことだがね、この村の近くで婦人の殺害遺体が見つかったそうだ。で、その発見場所を教えてもらいたいのだがね。村の人なら知ってるだろうからね」

「殺害遺体ですって？」

運転手は、瞬間、ハンドルからはなした両手をひろげ、おう、と叫んだ。

「そいつはまったく知らなかったね。新聞にも出てねえし」

「今朝のことだからね。夕刊には出るだろう」

「旦那がたは警察の人かね？」

「警察じゃないが、殺されたひとが日本婦人でね。それで、こうして遺体が見つかったときの様子を聞きたいと思って来たのだよ」

「同胞（コンパトリオット）の人情だね。そういうことなら、あっしがきいてあげましょう」

ル・プラン・ド・グラースは広い村だった。運転手は村の中に入ると、とっつきの集落で車を停めた。自分は降りて、十数戸ぐらいの農家の前に声をかけはじめた。

　漆喰（しっくい）壁の家々のまわりを積み上げた石垣で囲い、前の空き地に肥料小屋、ワラ積みの山、古い手押し車、廃品に近い農具などをほうりこんだ小屋。鶏が歩いていたが、人の姿は出ていなかった。

　桐原も戸崎も植田も運転手のいないタクシーからおりて小道の端に立っていた。見わたすかぎり一面の茶褐色。収穫あとの土かと見ればこれが枯れた植物葉や茎の床（ベッド）だった。

　向うを見ると、運転手が農家の一軒一軒を訪問している。

　農家といっても、半分は季節に花畑に働く人々。五月のバラの収穫期になると、主婦や娘たちが大勢でバラ畑に入って花弁を摘み取る。あたかも静岡の茶摘みの風景にも似ると桐原は言った。

　戸崎は腰をかがめて、茶色の蔓（つる）を摘み取った。その先に同じく褐色に凋（しぼ）んだ花が付いていた。

「収穫のときにとり残されたバラの花ですね。バラの収穫は、大勢の男女が花弁を摘むのですが、その目こぼしからこういう花が畑に残っているのです。かわいそうに、芳香ふくいくたるローズ・ド・メも、こうなるとドライ・フラワーですな」

　落ち残った花弁が固形物となっている。紅色も白色もすべて茶色に変色している。

　桐原は向うの紫蘇色の一画を指さした。

「あれがラベンダーです。十月下旬が収穫期のラベンダーの花だけはまだ摘み残されているのですね」

「風があるけれど、花の匂いはちっともきませんね」

画家の植田が鼻をぴくぴくさせながら言った。

「五月ごろだとオランジュの甘酸っぱい匂いが漂っているんです。柑橘科の花の匂いは強いですからね。そのオランジュの栽培地はここからは見えないけど」

「橄欖の丘。……」

戸崎が呟いた。

「アルフレッド・ド・ヴィニーの詩集ですね」

桐原が即座に言ったので、作曲家は、意外そうな驚歎の眼を彼にむけた。

「あれは『橄欖の丘』という訳名がいいです。いかにもロマンティックな響きをもちます。ヴィニーという作家は、厭世的な人ですが」

桐原は戸崎と植田の眼を受け、てれくさそうにもじもじして、

「いや、わたしもこれでも若いときは文学青年でしたよ」

「参事官の香水に関する該博な知識には敬服していましたが、文学的教養には、あらためて敬意を表します」

戸崎が言った。

「いえいえ、面映ゆいかぎりです。いまはすっかり忘れてしまいました。けど、若いときに読んだものは、断片的には記憶に残っているものですね。ヴィニーの名が口から出たのもそのためですかね。ヴィニーは、女性というのは旧約聖書のデリラのように不実だと書いていたと思います。……」

作曲家は言った。

「歌劇に『サムソンとデリラ』がありますね」

「レンブラントの画に『デリラに裏切られるサムソン』があります」

画家の植田が口をはさんだ。

「士師記から取ったのです。ペリシテの遊女デリラが怪力の持主サムソンを欺く話ですね」

桐原がいった。

『橄欖の丘』の詩人・作家アルフレッド・ド・ヴィニーの懐疑思想に、旧約聖書にあるペリシテの遊女デリラの不実を桐原が引用したのは、故意か偶然か。この花園に他殺死体で発見された北野阿佐子がクラブのホステスだったということの連想があったようである。もとより遊女とホステスとは違うが、一般の概念的な相似性がある。

阿佐子は高平仁一郎といっしょにイタリアをまわり、ニースにきた。妻ある男を連れ出したのは女のほうからか。それとも男の遊び心から女を誘い出したのか。

阿佐子がデリラのように仁一郎を欺していたとは、戸崎にも植田にも思われなかった。が、それは「リブロン」で接するかぎりの彼女の印象である。仁一郎と深い関係になった彼女の一面は、店の顔ではわからぬ。たとえば仁一郎夫婦の冷却を知っていて、彼に離婚させるようにしむけ、そのあとの座に財産目当てに入り込むといった計算がなかったとはいえない、と両人は思う。

阿佐子は殺され、仁一郎も殺された。だれが犯人だか、いまのところわからぬが、そこにも二人の間の知られざる秘密がひそんでいそうである。戸崎と植田の感想であった。

「ヴィニーは『橄欖の丘』で、神もまた人間の願いを聞きとどけない、となげいていますね。その極端な孤独感は、実生活で恋人にそむかれたのが一因だともいわれていますがね」

桐原は、そのあとを言った。

香水を採るオランジュの森のほうを見遣りながら、桐原の「橄欖の丘」の話になり、戸崎と植田は阿佐子のことを思い浮べる。

タクシーの運転手が村の中から老夫婦を引具して戻ってきた。

「ヴィルロンさん夫妻です。気の毒な日本婦人の遺体は、ヴィルロンさんのお孫さんが見つけられたそうです」

運転手は紹介した。桐原は夫婦に手をさしのべた。

「わしの孫は七歳になる男の子でね。今朝の九時ごろに遊びに出ていたところ、帰ってきて、その先のすみれ畑の中で、女の人がねんねしていると言うのだね」

痩せて頸の長い老妻が引き取った。

「すみれの花の咲くころは、観光客が春の野に寝ころがって遊ぶことはありますが、花も草もなくなっているいまごろ、そんなところに寝ている女のひとなんかありません。どうもおかしいというので、孫を案内に、わたしどもと、それに息子とで、ここから三百メートル東へ離れたところへ行ったのです」

孫の手引きでヴィルロン一家がすみれの栽培畑を見に行ったのが、午前九時ごろ、日本婦人の遺体を発見する端緒となった。

ヴィルロンの息子は、すぐさま香水会社の栽培畑管理出張所にとびこみ、電話でグラースの警察分署にこの変事を報らせた。グラース警察分署はカンヌの本署に電話報告する。かくてカンヌからは検視の警察官一行が死体収容車と共に車数台を連ねて上ってきたという次第であった。

「わしらは発見者とかで、グラースの警察分署に連れて行かれ、警官にしつこく調べられましただ。まるで、こっちが殺しでもしたようにな」

老農夫は腹立たしそうにいった。

「二時間くらい分署にとめおかれて、ひるすぎにやっと家に帰ったばかりです。あんなワリの悪いことはありません。警察のやりかたはあまりに無茶です。善良な市民の協力者をなんと思っているのですか。許せませんわ。糾弾しなければなりません」

頸の長い老妻は憤慨していた。

「それは、ひどい目にあわれましたね。お怒りは、ごもっともです」

桐原は農民夫婦に同情の眼ざしを注いだ。初老の運転手も横でしきりとうなずく。タクシーは日ごろから警察にいじめられているのか、実感が湧くのであろう。

「そういうご立腹のところを恐縮ですがね、その遺体発見現場を教えていただけませんか。わたしどもとしては、異郷で亡くなった同胞のために、その最期の場所に立ち、魂を慰めたいのです」

老夫は黙って眼を落とした。

老妻が夫の肘をつついた。

「ようがす」

妻に促された夫は、首をたてにふった。

「そういうことならご案内しましょう。あなたがたの同胞の霊が神さまのみもとに召されますように」

「ありがとう、ヴィルロンさん」

村道の幅はせまかったが、東北へ二百メートルも行くと、かなりな往還に出た。県道といったところである。方向からして、カンヌからグラースに至るN85号線ルート（ナポレオン街道）から東に派出した枝道だとわかる。

だが、この「県道」の両側が一面の香水用花卉の栽培地。三百五十ヘクタールにおよぶ花畑からすれば、「県道」もその畑の畔道にすぎぬ。

ヴィルロン夫婦の乗った案内の小型トラックが木立のならぶ道を先に行く。

前方に丘のうねりがつづいていたが、すべて花園のひろがりであった。

やがて先頭の小型トラックは停まった。ヴィルロン夫婦が降りた。

「この道の横です、ムッシュ」

農夫はすこし曲った腰をさらにかがめるようにして、指した。

「ほれ、あのあたりです。日本婦人の遺体は、頭と胴体と脚とを道路に平行して横たわっていましたよ。道路とは二メートルくらいしか離れていなかったね。孫の七歳になる男の子が見つけて、わしらに知らせてくれたのです」

地面は土ばかりであった。ローズ・ド・メのように摘み残しの花はおろか、葉も茎もまばらにしか残っていなかった。

「すみれの花香油はすみれの葉から採取するのだそうです。これを調合して、イメージに合う香水をつくります。採取の時期は三月から四月下旬までです。ですから、十一月のいまは、何もない、畑です」

桐原が戸崎と植田を見返った。

「こんなことを申し上げるのは、どうかと思いますがね」

老妻が長い頸を伸ばした。

「日本婦人の遺体は、派手な模様のパジャマを着ておいででしたよ。それがこの土くれの畑の上に横たわっていたんですからね。そりゃ目立ちましたよ」

両手を叩くように合せて肩をすくめた。パジャマ姿など、あられもない、とその顔が叫んでいた。

桐原ら三人は、カンヌ警察で現場写真を見せてもらっている。阿佐子のパジャマは上も下も揃いの菊模様であった。げんにその遺品も見せてもらった。ベージュ色の地、菊は朱と赤の散らし、葉が緑。

目のさめるようなこの色のパジャマ姿で、土の畑に横たわっていれば、カンバスはブラウン一色の背景に描かれたようであったろうと画家の植田は、発見時を想像した。

桐原参事官は彼なりに、「オテル・マレシャル」のフロント支配人の「ミス・アサコ・キタノは、ホテルの従業員その他だれの眼にもふれないで、パジャマでホテルを出て行った」の証言を、ここでふたたび想起したのであった。

「どうもありがとう、ヴィルロンさん」

桐原は、戸崎、植田をも代表して老夫婦に礼を述べ、心ばかりの謝礼金を老妻の手に握らせた。

われわれはここにしばらく残って、気の毒な同胞の霊を慰めて祈りたいというと、老夫婦は十字を切って、小型トラックに乗った。

　三人はあらためて枯れた花園を見渡した。

　雲は低いところをたゆたっている。まんなかは濃い灰色がかたまり、縁は西の陽を受けて茜色に、細い線で輝いていた。

「阿佐子も、すみれ野で死ぬとはロマンティックだな」

　作曲家の戸崎秀夫が、遺体のあったという位置を眺めて佇みながら言った。

　桐原がふり返って微笑した。

「春の野に、すみれ摘みにと来しわれそ、野をなつかしみ、一夜寝にける。……」

　戸崎は呟く。

「万葉集かね」画家が言う。

「山部赤人だ。……阿佐子もすみれ野に、一夜ではなく、永久に寝てしまった」

　すみれ咲く万葉の野の幻影は、桐原参事官の次の言葉で一変した。

「……亡骸を埋めろ。その穢れのない美しい身体から、すみれの花を咲かせてくれ」

　画家と作曲家は、びっくりして参事官を見た。

「いや、失礼。『ハムレット』のレイアティーズの台辞です。妹のオフィーリアの棺が墓地に埋められるときの……」

「……」

「生前のオフィーリアが狂乱して歌います。……とりどりの花の飾りにつつまれて、恋い慕う涙の雨にそぼぬれて、たどり行く墓場の道の、迷い路の……」

「ああそうだ、思い出しました」

　作曲家が言った。

「オフィーリアが川に入水して死んだのを王妃がレイアティーズに知らせますね。妹はどこで溺れたかとレイアティーズがきく。王妃が答える。たしか、こんなふうに。……小川のふちに立つ柳の木の細枝に、きんぽうげ、いらくさ、ひな菊などを巻きつけ、それに無垢な娘たちの間では死人の指と呼びならわしているあの紫蘭を添えて。そうして、オフィーリアはきれいな花環をつくり、その花の冠を、しだれた柳の枝にかけようとして、枝が折れ、花環もろとも流れのうえに。……」

「裾がひろがり、まるで人魚のように川面をただよいながら、祈りの歌を口ずさんでいたという。死の迫るのも知らぬげに、水に生い、水になずんだ生物さながら。……」

　参事官は台辞調で言った。

「ああ、それもつかの間、ふくらんだ裾はたちまち水を吸い、美しい歌声をもぎとるように、あの憐れな牲えを、川底の泥の中にひきずりこんでしまって、それきり、あとには何も。……」

　作曲家は参事官の台辞のあとを付けた。

万華枯れ、芳香漂わず、蕭条たる高原栽培地の彼方にはフランス・アルプスの雪が輝く。阿佐子の遺体は死体収容所に眠っている。――

（『ハムレット』は福田恆存訳から）

犯行の組立て

枯れたすみれの野に横たわっていたのは、北野阿佐子の絞殺死体だけではなかった。カンヌの警察官一行が付近を捜索すると、遺体から約十メートル東へはなれた地点、茶褐色のすみれの葉屑が散らばった上に、ネクタイピン、万年筆、手帖、それにニースの「オテル・マレシャル」のルーム・ナンバーを記入したカードが出てきた。所持品はすべて高平仁一郎のものであった。阿佐子と同宿した男性だ。

桐原参事官は、カンヌ警察署からその手帖の内容を見せられた。

「日本文だからわたしは訳してあげた。しかし、具体的なことは書いてありませんでした」

桐原は、戸崎と植田にその内容を言った。

「十月二十五日、ローマに着く。阿佐子同伴。ローマ一泊。二十六日、空路フィレンツェへ、同地二泊。各寺院・美術館をまわる。自分は途中からひとりで、ユニヴァシティを訪ねる。旅行中とのこと。彼の下宿を聞く。下宿を訪ね、主婦の話を聞く。手がかりあり。されど消息なしとのこと。二十八日、列車にてピサ経由、ポルトフィーノ着。四泊。十一月一日、ニースへ。『オテル・マレシャル』に入る。……こういったところです」

「それは、こっちへ来てからですね。出発前の日本の記事は？」

戸崎がきいた。

「ありません。別な手帖は東京に置いているのでしょうな。あるいは無いのかも」

三人は、まだすみれ野に立っていた。

「高平さんはフィレンツェに友人か知人があったんですか」

桐原が二人の顔を見くらべてきいた。

「さあ。聞いたことがありません」

「ユニヴァシティとあるから、フィレンツェのウニヴェルシタ、つまり美術大学のことですかね。そこの留学生ですかな、下宿しているというから」

植田が言った。

「高平さんは、この大学へ行くときも下宿を訪ねるときも、阿佐子さんから離れて、ひとりで行動していますね。ローマからまっすぐフィレンツェへ行ったりして、よほどそこに関心があったようです。『手がかりあり』と書いてあるが、この意味はなんでしょうね？」

桐原は話したあと思案していた。

「参事官」

戸崎は、桐原の様子を見て、遠慮そうに声をかけた。

「ここに高平仁一郎君の手帖、タイピン、万年筆が遺留されています。彼の他殺死体が発見されたモナコの断崖上にはなかったものです。すると、犯人が高平君を絞殺した第一現場は、ここだったのでしょうか。阿佐子を絞殺したこの同じ場所で？」

植田も同じ質問の眼を桐原へ射ていた。

「この現場を見にきたモナコ警察では、いまのところ、どうやらあなたと同じような見方をしているようです。これまで高平さん殺害の第一現場がどうしてもわからなかった。だが、ここで新たに遺留品が発見されて、同伴の女性とともに殺害場所はこの現場だと推断しているようです」

桐原は両の指を揉み合せた。そして、つづけた。

「しかし、高平さんの遺留品がここにあるのは、犯人の小細工という気もしないでもありませんね。第一現場がいかにもここだと示すようにね。女といっしょに殺ったというようにね」

「………」

「二人の死後経過時間が違うと思います。高平さんは昨日の午後十時から真夜中の零時ごろという解剖結果です。阿佐子さんは、今朝の午前二時から五時の間という解剖結果です。そこに最小でも二時間の差があります。もちろん解剖所見は正確ではありません。誤差があります。解剖医しだいでは、この死亡時の推定がとんでもなく狂っていることがあります。わたしどもの過去の経験でもそれはよくあることでした。それでも、なおかつ、わたしは阿佐子さんの死亡時が今日の午前二時から五時の間という推断を支持したいと思います」

「それは、阿佐子が、オテル・マレシャルから消失した謎にかかわるからですか」

植田が、ここぞとばかりにきいた。

「そういうことですな。……運転手がだいぶん待ちくたびれているようです。そろそろニースへ帰りましょうか」

「ニースへ？　カンヌではなく？」

「カンヌ警察病院での阿佐子さんの遺体確認は終りましたからね。ニースに戻ったころは、そろそろ夕食時間ですから、どこかでお食事でもしましょうか」

ニースまでは六十キロである。

高原を降ると、森と住宅の平野になる。すでにカンヌに近い。そこから高速道路のインターチェンジを上った。

「カンヌ」からの高速道路をタクシーは東へ走った。北側はなだらかな丘陵地帯がつづくが、そのむこうにフランス・アルプスの山嶺が顔を出している。

「この高速道路がクセモノですな」

桐原は流れてくる道路を眺めながら戸崎と植田に言った。

「モナコの回転道路の崖上に置かれた高平仁一郎さんの絞殺死体は、下の市街地から運ばれたのでないとすると、高速道路を利用した車で運搬したことになります。東からだとすると、モナコ側からいってフランスのマントン、イタリアのサンレモ、インペリア、アラッシオ、サヴォーナ、そしてジェノヴァになるけれど、まさかそんな遠くではないでしょうな、殺害現場となるとね」

「西からは、どうですか」

植田がいった。

「これはモナコ側からはフランスのニース、カンヌ、サン・カシアン、そこを西したら山岳地帯を抜けていて、フレジュ湾に南下する道路と交差するインターチェンジか、次のヴィドーバンぐらいです。それから先はマルセーユ地域あたりになって遠すぎる。いくら高速道路でもね」

「すると、高平君のばあい、第一現場は、東はマントン、西はカンヌの間ですか」

戸崎がきいた。

「わたしはね、ニースのオテル・マレシャルの北野阿佐子さんに四日夜十一時すぎにモンテカルロからかかってきた外国人の電話を重視しています」

「ホテルの交換手が言っていることですね」

「そうです。交換手はこう証言しています。……523号室へモンテカルロから公衆電話がかかってきた。ミス・キタノが出た。先方はミスター・タカヒラではなく、タカヒラの代理だと英語で言った。ミス・キタノは英語がわからない。先方は、ミスター・タカヒラは気分が悪くなって、いま病院に居ると話しかけようとするのを、英語がわからないミス・キタノは一方的に電話を切った。これはホテルの交換手が傍聴したのです。交換手の話では、その英語はイギリス人やアメリカ人のそれではなく、またフランス人でもなく、イタリア人の訛（なまり）があったと言っています」

「電話は先方から何回もかかってきたのですね？」

「そうです。だが、阿佐子さんはほとんど話さなかった。ホテルのフロント主任によると、ミスター・タカヒラが彼女をほうり出してモンテカルロにひとりで遊びに行ったので、彼女はジェラシーで荒れていたと推測しているのですね。それはともかく……」

高速道路はカンヌのエリアとニースのエリアの中間にさしかかっている。時速百二十キロ以上の車やトラックのリズミカルな流れでは「速い」という感覚がこない。

「そのモンテカルロからオテル・マレシャルの北野阿佐子さんにかかった電話こそ、高平氏の代人と称して彼女をおびき寄せる犯人か、またはそれに頼まれた者がかけたのだと思いますね。つまり、阿佐子さんをホテルの外に誘い出して殺（や）ってしまおうという計画だった。しかし、そのときは、彼女が英語がわからないために難をのがれたのです」

「すると、殺害場所の計画は、モンテカルロ？」

戸崎がきいた。

「その疑いが強いです。オテル・マレシャルの交換手は四日の夜十一時すぎにその電話はかかってきたといっています。これは高平氏の死亡時間の範囲内です。だから、犯人は高平氏を絞殺した後、阿佐子さんを呼び出し、やはり絞殺するつもりだったのでしょう。もし彼女に英語がわかれば、モンテカルロのどこそこに来てくれとか、どこそこのホテルの前で車を降りてくれ、そこへ迎えに行くとか打合せを言ったでしょうね」

「その計画が不成功に終ったから、こんどは阿佐子を、犯人はオテル・マレシャルから直接消してしまった。……」

植田が箭のように流れくる対向車の群れを見つめて言った。

「あの、阿佐子がホテルから消えた謎はまだわかりませんか。そして、ニースから六十キロもはなれたル・プラン・ド・グラースのすみれ畑に彼女の絞殺死体が置かれていた仕業の解明は？」

「それは、だんだんにわかってきつつあるようですな。ニース警察の捜査でね。いずれにしても、北野阿佐子殺しは副産物です。本来の目的は高平仁一郎殺しです。犯人側からすればね」

警察庁から出向の桐原参事官は断定した。

「高平氏は、なぜ四日の午後、モンテカルロに行ったのか。モナコ警察で調べたところ、どこのカジノにも現れた形跡はありません。ルーレットも、バカラも、むろんスロットマシンなんか遊んでいません。とすると、高平氏がモンテカルロに行った理由は、開催中の国際会議に出席中のあなたがたお友だちに会うのが目的、と考えるのが普通ですね。……」

桐原の語尾がジェットの爆音で消えた。車の屋根の上をジャンボ機が擦るように飛び立っていった。ニースの空港は右側である。

「いや、われわれのだれもが、高平君がモンテカルロに来ているなんて知っていませんでした。ニースに泊まっていることもです。電話ひとつ寄越さなかったのです」

爆音が、海岸アルプスの北の彼方へ遠ざかってから作曲家の戸崎が言った。画家の植田がそれにうなずいて述べた。

「彼はまったくの秘密行動だったんですよ。むろん阿佐子をニースに伴れてきていることもね。彼女を同伴しているから、われわれの前には、ちょっと体裁が悪くて顔を出せなかったともいえますがね。クラブ『リブロン』にはみんなが常連で、阿佐子を知っていますからね。モンテカルロの精神武装世界会議に参加しようという話が出たのも『リブロン』で飲んでいるときでした」

「高平君は、そんなティミッドな男じゃないよ」

戸崎が笑いながら反駁した。

「あれで、厚かましかったからね。仮に無事だったらさ、やあ今日は、といって、阿佐子とつれだってニヤニヤしながらわれわれの前に平気で現れるよ。阿佐子だって、あら、みなさん、お久しぶり、なんて言いかねない。……」

「面白いお話をうかがった」

桐原は微笑した。

タクシーはスピードを落す。ニースのインターチェンジが近づきつつあった。

「その精神武装世界会議ですがね」

桐原が思案する眼で言った。

「参加者には、ラテン系の人たちが多いそうですね?」

「そうです。もともと主催者のパオロ・アンゼリーニという人がイタリア人ですからね。その関係で、中南米のラテン系の人たち、アルゼンチンやウルグアイからのイタリア人の参加者が目立ちましたな。ご承知のようにアルゼンチンもウルグアイも昔からイタリア人の移住がさかんなところですから」

戸崎が言った。

「あ」

戸崎の言葉から、植田が、はっとして桐原を見た。

「オテル・マレシャルの阿佐子にかかった電話は、英語でもイタリア人の訛があったと交換手の証言があるそうですが、参事官は、そのことと精神武装世界会議の参加イタリア人との間に関連があるように考えておられるのですか」

「いやいや、べつに」

桐原は、植田に言われて、少々あわてたようであった。

「そういうわけでは決してありません」

図星をさされたときは、こういう狼狽をするだろうと植田は思った。

「オテル・マレシャル」の阿佐子にかかったイタリア訛の英語からモンテカルロで開催中の「精神武装世界会議」に参加のイタリア人に結びつけるところなどは、いかにも警察庁から出向の参事官らしい直観力の働きで、さすがだと植田も戸崎も感じたらしかった。

だが、これは、まだカンの段階である。あらぬことを口に出して、国際問題的な物議をかもしたら、えらいことになる。そういうわけでは決してありません、と参事官が強く打ち消したのは、誤解を避ける官僚の習性と見た。だが、その言葉とは裏はらに、桐原の顔色には疑惑が消え去らずにいるようだった。

ニースの市内に入った。

空にはまだ残照があったが、街の灯の世界だった。一日だけだったが、山を下りてきた眼にはやはりなつかしい夜景だった。

「かんたんに食事しましょうか」

桐原から言った。どこにしようか、ということになったとき、

「オテル・マレシャルは、いかがですか。高平君と阿佐子のお通夜の意味です」

戸崎が提案した。

「それはどうも」

桐原は渋って、

「あのホテルにはニース警察の取調べの立会いでわたしの顔が知られていますのでね、すこし、まずいです。その先のホテルはどうですか。たしか『オテル・マルキー』というのが、同じ側にあったように思います」

と持ち出した。両人は同意した。

ヴィクトル・ユーゴー通りに入る。

「どうも運転手さん、ご苦労さん」

車を降りてカンヌから傭(やと)ったタクシーの初老運転手をねぎらった。

「オテル・マレシャルはあそこです」

桐原はいま通り過ぎたプラタナスの並木の彼方の建物をさす。植田はじぶんらがこれから入るホテルの上を仰ぎ見た。《HOTEL MARQUIS》の立体文字が白くならんでいる。

(オテル・マルキー？　はてな。前に、だれかに聞いたことがあるぞ)

桐原を先に、回転ドアに押されて中へ。ロビーの横から昇降機(アサンスール)へ。

(それも、日本で聞いたのではない、モンテカルロにきてこのホテルの名を聞いた。たしか、女だったぞ。だれだったっけ。……)

植田はまだ考えている。

昇降機（アサンスール）で七階、二人のフランス人男女が降りた。桐原がそのあとにつづく。

「参事官。食堂は八階ですよ。もう一階上です」

戸崎が声をかけた。

「わかってます。みなさんもここで降りてください」

桐原が出たので、戸崎と植田がそのあとにつづいた。

七階は客室である。男女は手を組んで長い廊下を右側へ折れる。各室の銀色のノブが一列にならんでいた。

「これが客用のアサンスールですね。大きいのが二つずつ、ホールにさしむかいにならんでいます」

桐原は当り前なことを両人に見せていった。

「この共同廊下をカギの手に曲った向う側に従業員専用のアサンスールがあるはずです。ホテルは、どこでもだいたい似たりよったりの構造ですから。日本の大きなホテルはみなそうですね」

桐原は何を言いたいのか。彼は先に立って廊下を曲った。

「ほら、ここに、幅のせまいアサンスールがありますね。従業員専用昇降機です」
五、六歩あるいてドアの前にとまり、その扉を指した。
「ここに青色のドアがありますね。ほかの客室とは違うようです。表示が出ていますね」

「Privé」の金属文字が貼り付けてあった。

「『私室』とありますが、事務室ですかね」

「日本のホテルにありますね、英語で『Private』と表示がドアに出ているのが」

戸崎が言った。

「客室と違うからホテル側の事務室ぐらいにだれもが思います」

「違うんですか」

「違います。この『プリヴェ』のドアはカギがかかっていますが、これを開けると、各階の各ルームのシーツやタオル類をメイドやボーイが翌朝に集めて、リネン・ワゴンに乗せる、そのリネン・ワゴンを地下駐車場のトラックに降下させる専用のアサンスールの乗せ口なんですよ」

両人は眼をまるくして、閉まっている「Privé」のドアを見つめた。

「わたしも、そんなことは知りませんでしたが、こんど阿佐子さんの事件で、オテル・マレシャルに行って、はじめてそのことを知りました」

「これがリネン・ワゴンを地下室のトラックに降ろす専用昇降機のドアですか」

「そうです」

「それじゃ、参事官……」

と戸崎が気色ばむと、まあまあ、というように桐原は手の先をひろげて押えるようにした。

「各階のメイドやボーイの役目は、リネン・ワゴンを専用の昇降機に積むテラスに置くまでです。そこで任務は完全に終了です。あとのことは知っちゃいない、というわけで、もとの各部屋の職場へ引き返します」

「リネン・ワゴンの始末は、どうなるんですか」

「これはね、クリーニング工場の従業員の仕事になるんですよ」

「クリーニング工場?」

「そうです。客室のシーツ、タオル類のよごれものは、ホテルと特約したクリーニング会社が、洗濯やプレスなどを請け負っています。それを毎朝従業員がホテルにトラックで受け取りにきます。ホテルのチェックアウトは午前十一時が決まりですが、お客さんはもう八時ごろから引きあげたりします。だから大きなホテルのワゴンは八時から午後零時ごろの間がいちばん忙しい。クリーニング屋のトラックも、三、四十台がホテルの裏門を出入りするということです」

「………」

「そんなわけで、各階のリネン・ワゴンは、プリヴェのドアの中のテラスに置かれると、アサンスールで昇ってきたクリーニング工場の従業員によって昇降機の中に運び入れ、地下室に降ろされます。それがクリーニング工場のトラックの荷台にすっぽり入る。そのようなトラックの位置づけのデッキができているんです」

「リネン・ワゴンの大きさは、どれくらいですか」

「一メートル二十センチ立方。箱型の四輪車つきです」

「それじゃ、その底に死体がかくせますね」

両人は昂奮して異口同音に叫んだ。

「充分にかくせます。ご承知のように、リネン・ワゴンの上はシーツ類を詰めた麻袋で山もりになっていますから、下にはなんでも隠せます。下は麻袋がいっぱいなんですが、その麻袋の一つに死体を詰めてあっても、わかりませんな」

「参事官、それだけわかっていれば……」

「いやいや、解決は未だしですよ。あなたがたの推理されるとおりだと、共犯者がとても多くなります。523号室の阿佐子さんを殺した犯人、それをリネン・ワゴンに隠した五階のボーイたち。これは最小限度ですね。ところが、クリーニング工場の従業員まで共犯にしなければいけなくなります。なぜかというと、トラックに積まれたリネン・ワゴンの中身は当然にクリーニング工場で麻袋から開けられるから、工場で死体が転がり出てきます」

「……」

「しかし、じっさいには、ご存知のように、阿佐子さんの絞殺死体はニースから六十キロも西北にはなれたナポレオン街道沿いの香水花畑に置かれていました」

桐原参事官は二人の顔を見て言った。

「そういう結果にするためには、クリーニング工場の中に従業員の共犯者が居なければなりません。また、その前段階ならば、リネン・ワゴンを運搬するクリーニング工場の従業員にホテルのボーイたちと結託した共犯者がいなければならない。ところが、ニース警察の取調べでは、まだ出てこないのです」

桐原のかなり長い話は、ここで終った。

タクシーの中で口をつぐんだ北野阿佐子殺害の捜査の内容を、桐原はようやくここまで洩らした。が、これはニース警察の捜査である。インターポールのとりきめで来ている桐原参事官としては、邦人の被害者の事件として当局から捜査経過の報告を受けるか、せいぜい捜査の立会いを許されるかするだけである。

八階に昇った。

六時半だった。テーブルの三分の二は空いていた。八時にならないといっぱいにならない。メニュが配られた。戸崎は虚ろな眼で眺めている。さっき聞いた桐原の話にショックを受けているのだ。メニュの文字も映らぬようである。

真赤な服のソムリエが微笑で近づいてきた。植田がワインのリストを見渡しているとき、頭の中に、女性の顔がぽっかりと浮んできた。

（そうだ、あの女だった、オテル・マルキーの名を口にしていたのは！）

お河童頭のショートカット。まるい顔に、長い頸。やや大きな口。

植田は腕時計をそっと見た。「精神武装世界会議」はとうに閉会になっている。いまごろは記念パーティのはずだが、彼女はそんな場所に出るのは嫌いなほうだから、ホテルに戻っているだろう。

「電話をかける用事を思い出しましたから、ちょっと失礼します」

植田は桐原に詫びた。

「どうぞ」

怪訝（けげん）そうな眼をする戸崎に、

「ワインは、きみのいいのを択（えら）んでおいてくれ。十分もしたら戻ってくる」

と、椅子を引きながら言った。

ボーイが公衆電話の場所を教えてくれた。

植田が電話を終って食堂に戻ってくると、テーブルにはオードブルがならび、ソムリエがオリーヴ色のボトルを白布に巻いて控えていた。

「どうも失礼」

待っていたようにソムリエが植田と戸崎のグラスに白ワインを注ぐ。桐原のグラスには味見（グーテ）のワインが底にすこし入っていた。ボトルのラベルを一瞥（いちべつ）すると、ボルドーの銘柄酒だった。桐原の馳走（ちそう）である。

三人で乾杯した。

メニュで、あとの料理も決めて、話に入った。話となると、どうしても今回の事件に関連する。となると、桐原が主体となった。

日本語で話せた。近くのテーブルは空いている。たとえ声が聞えても、フランス人の男女ばかりで、尻上りの抑揚で会話している。

日本語を解するとは思えなかった。

「植田さん」

桐原は画家に顔をむけた。

「これは確認ですがね、高平仁一郎さんの遺体が着ていた洋服のポケットに入っていた人物のスケッチ画、顔の部分を切り取られた画ですが、あれは高平さんの描いたものとは違うんですね？」

「ぼくはモナコ警察署からそれらを見せられたのですが、高平君の画では断じてありません。他人の描いた画です」

植田は強く言った。

「画家の描いたものですか、それともアマチュアのものですか」

「そこがなんとも言えません。洗練されたところは画家のようでもある。けど、プロフェッショナルなところが見えない。いずれにしても、顔のない、七枚の走り描きの素描だけではわかりません」

「日本人の描いたものでしょうか。それとも外国人？」

「日本人ですな」

「すると、高平さんのお仲間ですか」

「さあ。ぼくには心あたりがありません」

食事をし、ワインを飲む。

「七枚のスケッチ画の服を見ると、男三人に女一人のようです。顔がないのでわからないけど、男一人が三枚のスケッチ、女一人が二枚のスケッチ、あと男二人が一枚ずつです」

桐原はグラスを傾けて言った。

「三枚に描かれた男と、もう一人の男は服装がいいようです。あと一人はそれほどでもないようですな。女は、若くて、派手好みらしい。……どうもこの日本人の画家は、自分が出入りしている場所の人物を素早くスケッチしているようですが」

「そうです、クロッキーですな」

画家の植田がいった。

「クロッキーというんですか。どうも、ばらばらな人間が居るところらしいですな。この女性のスーツなんか、ロンドンのチェルシーあたりのブティックで売っていそうなファッションが入っているそうですよ、モンテカルロの専門店に言わせると……」

「チェルシーの？」

「ほら、スケッチを描いた食料品店の包装紙ですよ。あれには『チェルシー』という印刷文字までは読めるが、通り（ストリート）の名が切れています。キングズ通りなのか、フーラム通りなのか、わからない。もちろん店の名も切れています」

「高平君は、ロンドンには行ってないじゃありませんか。日本からまっすぐにローマに着いていますよ」

ナイフの手を休めて、戸崎が口をはさんだ。

「そうです。ロンドンには行っていません。最初、ポケットから、あの包装紙の切れはしに描いた画が出されたときは、高平さんはロンドンからやってきたと思ったんです。モナコの警察もそう思ったが、間もなく本人のパスポートを見て、そうでないことがわかりました。すると、新たな疑問が起りました。ポケットの七枚のスケッチ画は、高平さんが自分で入れていたのか、それとも犯人がポケットに突込んだのか」

桐原は新しくきた皿にナイフを入れた。

「警察では後者の見方をとっています。わたしもそう思います。そのほうが自然だからです。本人が、わざわざ七枚とも首を切った人物画をポケットに入れるわけがありません。高平さんを殺害した犯人のしわざです」

咽喉仏を動かして、ステーキの一片を飲みこむ。

「では、なんのために犯人はそうしたのか。これがわからない。モナコ警察にもわからない。

マジナイではないか、というんです」

「マジナイ？」

「呪術です。犯人が、死者の霊が蘇（よみが）えらないこと、自分らが捕まらないこと、そのための呪術です」

戸崎も植田も唖然（あぜん）として桐原参事官の顔を見つめた。

両人の視線を受けた桐原は、エビアンを咽喉に流し、ナプキンで口もとをぬぐった。

「マジナイだとか呪術だとかいうと、迷信だとお笑いになるかもしれませんがね。悪漢仲間にはこれが案外に信仰されているんですよ。日本でも昔から泥棒がよその家に侵入するときは、びろうな話ですが、ウンコをしますが、これなども成功のマジナイからです。あっ、これはいけない、場所がらを忘れて、うっかり失礼なことを申しました。おゆるしください」

参事官は低頭した。

「いえ、お気にかけないでください」

「ヨーロッパの中世にはマジナイが非常に多いです。それも暗黒面のマジナイです。それは宗教と密接な関係があります。そのマジナイが呪詛（じゅそ）であり、妖術使いであり、悪魔のしわざということになります。悪魔の妖術にかけられて堕落し、宗教裁判で火刑に処せられた女の告白書の多くが、いかに夢幻のロマンに満ちているかは、そんじょそこらの三文小説の足もとに及ぶところではありません。中世の男女がカトリックの禁欲強制に対する反逆と本能欲求から、また坊さんたち自身の猟奇から、このようなアブノーマルな告白文学がつくられたと言われています。その本体は呪詛と妖術、つまり悪のマジナイと迷信という説です」

「ははあ」

　両人は謹聴するばかりであった。

「そんなわけで、犯人が人物画の首を切り取ったのも、無事に逃げおおせたいためのマジナイだということにモナコ警察では結論していますがね。しかし、前例がないそうです。わたしも聞いたことがない。だいたいヨーロッパの古代迷信は東方から入っている要素が多いんです。けど、東方の迷信を調べてみても、こういう種類のものはないですね」

「ははあ。では、独特のものですかね？」

「独自のものかどうか。とにかくふしぎです」

　桐原はグラスに手をつけた。

「次はロンドンの食料品店の包装紙です。モナコ警察から英国外務省を通じスコットランド・ヤードに照会したところ、その包装紙は、ある食料品販売会社がロンドン市内西部の各店に配布している共通の包み紙だそうです」

「だから、その共通の包装紙はチェルシー地区の食料品店にも置かれていたわけですね」

　植田が桐原にきいた。

「そのとおりです。けど、さきほども申しましたように、ストリートの名も店名も切れていて、残ってない。そこで、わたしはモナコ警察とはべつに、駐英大使館にいるわたしの友人、この人も警察庁出向の参事官ですが、それにホテルから電話して、個人的に調査を頼みました」

両人は眼もとが赭(あか)らんできた桐原の眼を見た。

「友人は、ロンドン警視庁関係に個人的に接触して調査してもらいました。その食料品会社の品はよほど流行(はや)るとみえて、いたるところの店にある。それにチェルシーといっても、広うござんすからね。手がかりをつかむのは困難だそうです」

「残念でしたね」

「万一の期待をかけていたんですがね」

このとき、食堂の中に日本人の男女が七、八人はいってきた。宿泊客ではなく、観光客がこのホテルを見かけて、食事をとりに入ってきたという感じであった。

その一団はずっと向う側のテーブルに陣どり、配られたメニュを見る前に、こっちの三人を珍しそうにじろじろと眺めていた。

「それよりも、わたしは」

桐原はグラスを傾けて、話をつづけた。

「高平仁一郎氏がローマに着くなりすぐにフィレンツェへ行ったほんとうの目的を知りたいですな。彼が遺した手帖にはこう書いてありました。……十月二十六日。自分はひとりで、ユニヴァシティを訪ねる。旅行中とのこと。彼の下宿を聞く。下宿を訪ね、主婦の話を聞く。手がかりあり。されど消息なしとのこと。とね」

「………」

「仁一郎氏は、フィレンツェの寺院や博物館は阿佐子さんといっしょに見てまわったのに、なぜ大学やそこの日本人留学生らしい人の下宿先には、単独で行ったのでしょうか。なにか阿佐子さんを伴れていては都合の悪い用事だったのでしょうかね」

両人も顔を見合せた。

「ユニヴァシティといえば、サン・マルコ美術館と隣り合っているウニヴェルシタ、すなわち美術大学のことでしょうがね。そこの留学生のだれを仁一郎氏は訪ねようとしたのですかね。本人が旅行中というので、その下宿を訪ねています。ここでも不在で、しかも、消息不明。……」

桐原は、グラスをテーブルに、とんと置いた。

「いいですか。この『消息なし』という手帖の文字に、仁一郎氏の落胆ぶりがあらわれています。しかしですね、その前の『手がかりあり』の六字は重要です。仁一郎氏は下宿の主婦の話で、フィレンツェの美術大学の日本人留学生の様子を聞いたらしいのですが、そういう場合、ふつう『手がかりあり』などという表現はしませんね。この字句には、犯罪的な臭いがあります」

「犯罪的？」

「いやいや、いくらわたしが警察庁の役人だからといって刑事上の意味をいっているのではありません。犯罪的といっても道徳上の意味もありますよ。たとえば、裏切り行為、背信行為といったようなことです」

「………」

「仁一郎氏は、日本からローマに着くと、一泊しただけで、はじめからフィレンツェをめざしていたようです。だが、その対手がフィレンツェに居ないとわかったあとは、阿佐子さんをつれてポルトフィーノやニースで遊んでいます」

「高平君がモナコの崖の上で絞殺死体となったのはそのフィレンツェの件と関係があるんですか、桐原さん？」

植田が睨めつけるような眼で質問した。

「わからない。それは、まったくわかりません」

桐原は首を前に落して、二、三度振った。

「しかし、仁一郎さんが阿佐子さんをオテル・マレシャルに残し、ひとりでモンテカルロに行ったのに、カジノにも寄らず、あなたがた仲間にも会わなかった理由が、なにかそれに関連しているようにも思えるんです」

「なんですか、それは？」

「フィレンツェで尋ねていた日本人留学生がモンテカルロに来ているという消息を、仁一郎氏はつかんだからだと思います」

「消息を？　だれからですか」

「それはわかりません。とにかく、ニースにもこのとおり日本人観光客がぞろぞろ来ていますからね」

その証拠に、というように、桐原が食堂の一方へ顔をむけると、さっきの日本人観光客の七、八人がむこうの離れた席で、折から乾杯をしているところだった。そのうちの二、三人が、桐原が眼をむけたので、カン違いして、にこやかにグラスをこっちへ高く挙げた。

桐原は狼狽して、眼の前のグラスを形だけ取り上げて答礼した。

「高平君が、その人物に会う目的は？」

植田が緊張した声でふたたび訊いた。

「対決……かもわかりませんね」

桐原は考えた末にいった。言葉を択びたかったのだろうが、けっきょく、適当な語彙が浮ばず、強い語になった。

「対決？　ああなるほど。さっき、桐原さんは、高平君がフィレンツェの留学生の下宿の主婦の話で得たものが手帖には『手がかりあり』とあった、その字句には道徳上の犯罪の臭いがする、といわれましたからね」

戸崎が言った。

「仁一郎氏がモンテカルロに行った、そこまでのわたしの推測は、まあまあと思うんです。しかし、それから先の推測がまったくお手上げです。仁一郎氏が殺害されたことです。そうなると、フィレンツェのウニヴェルシタの日本人美術留学生は、モンテカルロのギャングかマフィアと結託していることになります」

「………」

「しかし、そんなことは、まったく考えられませんね」

「ナンセンスです」

「いままで流れに乗ったようにスムーズだったわたしの推量も、ここでとつぜん数百メートルの瀑布に落下したようなものです。なにがなんだかわからなくなりましたよ」

桐原は注がれたワインをぐっと飲んだ。

このとき、テーブルのそばに人の姿が近づいた。

「まことに失礼でございますが」

離れた席から立ってきた観光団の六十年輩の老人で、満面に笑みを湛えていた。

「遠い異郷で日本人のお方にお会いして、とてもなつかしゅうございます。てまえどもは、岩手県の奥から初めてヨーロッパ観光旅行に出て参りましたので。お話しのところをお邪魔申しあげて、相すみませんが、なつかしさのあまりです。どうぞ、いっぱいだけお受けをねがえないものでしょうか」

老人は片手のブランデーの緑色のボトルに、もう一つの手を添えて、一升瓶のように持った。

いや、もうわれわれは食事がすみましたから、といっても老人はきかず、祝儀（しゅうぎ）の席のようにはしゃぐのであった。

桐原参事官はモナコ公国警察部に立ち寄るといって、先に帰った。

「ぼくらもモンテカルロの宿に帰ろうか」

戸崎秀夫が言うと、

「ロビーに婦人のお客が見えてるはずだ」

植田は腕時計をのぞいた。

「もうこんな時間か。岩手県の農協の組合長さんのサービスでてまどったね。お待ちかねだろう。いっしょに会おう」

「ぼくの知っているひとか」

「顔を見ればわかる」

ロビーに降りた。

植田はきょろきょろと見まわしていたが、クッションに坐ったり、立ち話をしたりしている人ばかりで、それらしい姿はなかった。

ロビーには高級商品の見本コーナーが次に接続している。それがロビーの華やかな装飾ともなっている。植田の肘をついたのは戸崎で、その視線が教えたのは香水の展示窓の前に立っている赤いワンピースの女性の後ろ姿だった。まわりの丈の高い外国女からすると、子供のような日本婦人。事実、少女のようなお河童頭であった。

戸崎がもちろん知っている小島春子だ。モンテカルロの「精神武装世界会議」には、同じオブザーヴァの席にならんでいるので、隣りどうしのようなものだった。彼女は「オリエント・ジャーナリスト連絡会議日本部会会員」という理屈っぽい肩書の名刺をくれた。にもかかわらず性格はいたって明るく、よく笑い、よく話す。

「ぼくが食事の前に中座したろう？　あれはモンテカルロのオテル・ミラマの彼女に電話して、ここへ御光来をねがったんだ」

植田は、小島春子の後ろ姿を眺めながら低声で言った。

「なんでまた小島春子を呼んだのか」

「いまに、そのわけがわかる」

植田は、ネクタイの結び目を直し、戸崎をうながして、照明のはなやかな香水展示コーナーへ進んだ。

声をかけるまでもなく、背後に気配を聞いて、ショートカットの女はふりかえった。

「あら」

彼女はまる顔に大きな眼をひろげ、両人の顔を見くらべた。

「ようこそ、おいでくださいました。それに、お待たせ申しあげました」

植田が腰を折った。

「お揃いで、わたしを呼んでくだすったの？　まあ、光栄ですわ」

小島春子は声立てて笑ったが、なんのためにモンテカルロからニースのホテルに呼び出されたのか見当がつきかねているようで、その訝しさが、笑いの蔭にあった。食事の済んだあとなのだ。

「小島さん。あなたがこうして香水の瓶を眺めていらっしゃるところへ、われわれが偶然に来合せたのは、非常に象徴的だと思いますよ」

植田は微笑して言った。

「ずいぶん文学的なおっしゃり方ね」

小島春子は、にこにこしながらきいた。

「あなたは、フレグランス系統では、やはりバラですか。これからうかがうと、だんだん意味がわかってきます」

植田も棚の香水瓶に眼を落していた。

「なんだか気持がわるいわね。そうね、やっぱりバラだわね。ほら、そこに出てるじゃありませんか、ローズ・ド・メ。……」

「その次は？」

「次はときかれても困るけど、オランジュも悪くないわ。ジャスミンもいいわ」

「その次は？」

戸崎が横から口を出した。

「いやね、あなたがたは、次は次はって。なにかひとつ忘れてやしませんか、と言いたそうよ」

「じつは、われわれは、香水の花香を採る花を栽培しているグラースという町に行ってきたのです。そこには香水にするあらゆる種類の花が三百五十ヘクタールという気の遠くなるような広大な地域に栽培されているんですが、その一つのすみれの畑を見てきたのです」

「わたしに、すみれの花を言わせたかったのね。残念でしたわ。でも、すみれの花香から、パーヒューマーが他の花香を調合して、独自のイメージをつくるんでしょう？　だから、すみれが出てなかったんです。言いわけになるようですけど」

「あなたが香水瓶の展示コーナーに立ってらっしゃるところへわれわれが来あわせたのが象徴的と言ったのは、すみれの花香が香水では別のイメージにつくられるように、その象徴的な意味は文学的でもなんでもありません。明日の新聞に出ると思いますが、もっと現実の戦慄的なイメージにつながっているんです」

「なんですって」

「その香水を採るすみれ畑に日本の婦人の絞殺死体が横たわっていた現場をわれわれは見て

きたんです。桐原氏という警察庁から出向のパリ大使館参事官とね」

「その不幸な日本の婦人は、どういう方ですか」

小島春子は顔を曇らせて植田にきいた。三人は香水瓶の華やかな展示ケースから離れていた。

「旅行者です」

植田は答えた。戸崎がそれにうなずいた。

北野阿佐子の名も、高平仁一郎との複雑な関係も小島春子に言う必要はなかった。

「お気の毒に。……犯人はまだわからないのですか」

「発見が今朝ですからね。わかっていません。桐原参事官は、日本人が被害者だというので、カンヌ警察署の捜査状況を見に行ったのです。ぼくらは、桐原さんに、くっついて行ったんです。例の会議は最終日だから、おっぽり出してね」

植田はなるべく軽く言った。

「あんな会議なんか脱けちゃっても平気ですわ。わたしは仕方がないから、最後までいたけれど。案の定、最後の最後までひどいものだったわ」

小島春子のにこにこ顔が憤然としたものに変った。

「おしまいまで、パオロ・アンゼリーニのわけのわからないご託宣で終ったわ。二、三人くらいイタリア人の参加会員の発言があったけれど、それもお座なり、あとは満場の拍手で、抽象的なアッピールを採択して終りです。ほかの参加者が、議長、議長って、立ち上がって発言を求めてもいっさい無視なんです。日本の会社の総会風景とそっくりでしたわ」

小島春子は、その大きめな口を尖(とが)らせた。

「あの『精神武装世界会議』には、かならずカラクリがあるわ。各国の参加者三百名の旅費、滞在費を持つなんて、たいへんな費用です。全部寄付でまかなっているといってるけれど、真相はわかったもんじゃないわ。かならずウラがあるわ。わたしは、それらしい一部をつかんだの」

「え、ウラのカラクリの一部を、あなたが？」

戸崎が眼をみはった。

「しっ」

小島春子は、まわりに眼を動かして、唇に指を当てた。

「極秘、極秘」

「さすが！」

植田は、彼女の少女のような姿をあらためて見つめた。このよく笑いころげる女のどこにそんな鋭敏な感覚と、ファイトがひそんでいるのだろう。

「対手(あいて)側に気づかれたら、たいへん。わたしの生命(いのち)が危ないわ。ほんとに黙っててよ」

小島春子の唇が白くなってきたようであった。

「小島さん。安心してください。われわれ二人は絶対にあなたからいま聞いたことは人には言いませんよ。信用してください」

両人は彼女に守秘を誓った。

「おねがいします」

小島春子はエキサイトのあまりに一言口走ったのにほぞをかんだようであった。だが、このうえは、戸崎と植田の守秘の信義に託するしかないと観念したらしかった。

そのために、すみれ野に横たわっていた日本女性への彼女の関心は立ち消えになってしまったようだった。

「こんなところで立ち話もなんですから」

お茶でも飲みましょう、と植田は小島春子を、地階のコーヒーショップに誘った。彼女の昂奮(こうふん)を鎮めるためでもあり、彼女にモンテカルロからここへ来てもらった用件を話すためでもあった。

紅茶をとった。

皿に添えられた砂糖の小袋に《HOTEL MARQUIS》の花文字が金刷りになっている。

小島春子はその袋をマニキュアの指で裂き、紅茶に入れて、袋を前に置いた。一口すすったところを見はからって、植田は彼女に微笑をむけた。

「小島さん。このオテル・マルキーの名のことですがね」

「ええ」

彼女は眼をあげた。

「このオテル・マルキーの名を、ぼくに話してくださったのは、小島さんでしたね」

「わたしが？　さあ」

彼女は首をかしげた。だいぶん落ちつきを取りもどしていた。

「とくに、このホテルの名を教えてくださったんじゃなくて、話の中に出たんです」

「………」

「その場所まで憶えています。モンテカルロのオテル・エルミタージュのロビーでした。『精神武装世界会議』の第一日の午後の休憩時間にね。あなたも、ぼくもオブザーヴァどうしだったから」

小島春子はまだまるい顔をかしげていた。どうも思い出せない。

「あなたは、その前日だかに、ニースから北へ三十キロぐらいはなれている高い所にある美術館にいらした」

「マーグ財団美術館文化センターですわ」

彼女はすぐに言った。だけど、それがどうしたのか、と問いたそうであった。

「その美術館の帰りに、日本婦人と遇いませんでしたか」

「マーグ財団美術館文化センターのあるところは、サン・ポールという中世の面影を残した山上のすてきな城下町ですが……」

小島春子は、そこまで言って、ぱっと両手を開いた。

「ああ遇った、遇ったわ。あの方に遇いました。すっかり忘れてたわ。二度もお遇いした方なのに」

「なんという婦人でしたかね?」

「木下さんです」

思い出した小島春子は大きな眼を宙にむけて動かした。

傍の戸崎はなんのことかわけがわからず、ぼんやりとした様子で紅茶を飲んでいた。

「そうそう、木下さんでしたね。なんでも、その方が、このオテル・マルキーに泊まっているとかで」

植田は勢いづいたように言った。

「そうなんです。サン・ポールのカッフェ・ショップで木下さんと話しているときに、彼女のハンドバッグからニースのオテル・マルキーのカードが半分のぞいていたんです。その文字が眼にとまったもんだから、同じヴィクトル・ユーゴー通りにあるオテル・マレシャルに、数年前にわたしが知人を訪ねて行ったとき、そのならびにあるオテル・マルキーを見て通った記憶を話したんです」

「そうでしたね。それをぼくがあなたから聞いたんです」

「そんなことが、どうしていまごろになって植田さんに関心を起させるんですか」

「このホテルに入るときにね、看板を見上げて、はてな、このホテルは前にだれかに教えてもらったぞ、だれだったろうな、と一生懸命に考えたら、あなたでした」

「なぜ、そんなことをお考えになるの？」

「あなたのお話し上手のせいもあるようですが、木下さんという女性がなんだか魅力的に想像されるからです」

「たしかにわたしの好きなタイプですわ」

「サン・ポールの美術館が再会ということでしたね。最初はどこですか」

「ルアンです」

小島春子は、木下夫妻と最初に会った場所を言った。

「あそこのノートルダム大聖堂の中ですわ。ステンドグラスの前にいる見物人の群れに木下さんご夫妻がいらしたんです。わたしが夫妻とお話ししたのは、外に出て、大聖堂を見上げる広場の前でしたが」

「木下さんは、ご夫婦そろっていらしてたんですか」

植田はきいた。

「ええ、そうですよ。ご主人ともお話ししましたが、美術に詳しい方でした。やさしい人のようでしたわ」

「あなたは、木下さんと名刺を交換されましたか」

横の戸崎は依然として紅茶を黙って飲んでいた。

「いいえ、いただきませんでした。わたしはさしあげましたけれど」

「木下さんのご主人のお名前を聞かれましたか」

「うかがいませんでした」

「奥さんのお名前は？」

「おっしゃいませんでした」

「でも、ご主人が、奥さんの名を呼ばなかったですか」

「かくべつ。日本のご夫婦って、そうじゃないかしら」

隣りのテーブルにフランス女がいて、さっきから男に顔を寄せるようにして、「マ・シェリ」（きみ）「モン・シェリ」（あなた）と、言い合っていた。

「マーグ美術館でも、木下夫妻はいっしょでしたか」

「いえ、ご主人はいらっしゃいませんでしたわ。十一月に入ると、コート・ダジュール沿いの美術館はいっせいに閉館になります。その中で、どことかの公立美術館だけが開館しているとかで、ご主人はそっちへおまわりになっているということでした」

「木下さん夫妻は、そんなに美術好きですか」

「そのようですわ。とくにご主人のほうがね。ルアンの大聖堂前でお茶をいただきながらお話をしましたけれど、あの方は学者じゃないかと思いますわ。お話がこなれています。わたしはいろんな人に会って話をとるのが商売ですが、ツケ焼刃はすぐにわかるんです。木下さんのご主人はまだ若いけどホンモノです」

婦人ジャーナリスト小島春子は慧眼（けいがん）の持主のようだし、それに遠慮のない言い方であった。

「ご主人が学者のようだったとはね。……」

「わたしには、そのように見うけられました」

「学者のご主人は、フィレンツェから来られたのじゃないですか」

「フィレンツェ？　イタリアの？」

小島春子はびっくりした眼をした。

「そうです」

植田は息をつめた。戸崎も同様だった。

「いいえ。そんなことはおっしゃいませんでした」

彼女は髪を左右に振った。明快な否定だった。

「そのほか、奥さんは何か言いませんでしたか」

額に指を当てて植田は訊いた。

「モンテカルロの会議に日本からどういう人たちが参加されているかときかれました。それは、わたしがその会議にオブザーヴァとして来ているといったからです」

小島春子はそう答えてハンドバッグから細巻きの煙草をとり出した。日本の文化人が参加しているというので、どのようなメンバーだろうかと木下の妻は小島春子に聞いたのであろう。普通の興味からと思える。

「それで、わたしは日本人参加者の名簿リストを持っていると言ったら、木下さんは、ぜひ、それを見せてくれとおっしゃるんです。で、それを出しますと、木下さんは、その列記された名前をじっと見てらして、この中に存じあげている方がおられるんです、と言われるんです。そして、なつかしいから、その方にお会いしたいと思うんですが、宿舎のホテルを主催者側に聞けば、教えてくれるかしら、とわたしに訊かれるんです」

「ほう」

植田が眼をみはったとき、小島春子は細い煙を吐いた。

「いえ、それは主催者に聞くまでもありません、資料がもう一枚ありますよ、といって日本人参加者に割り当てられた宿舎のリストをお渡ししたんです。戸崎さんと植田さんは『ホテル・スプレンディッド』、川島さんと山崎さんと庄司さんは『オテル・ド・パリ』、大学講師でオブザーヴァの原章子さんと、わたしは『オテル・ミラマ』というようにね」

「はあ、あのリストね」

「そうです。すると、木下さんは、それをご自分の手帖に書き写されたんです」

「全員の名とホテルとをですか」

「そう、全員」

「それはヘンですな。知った人なら一人か二人でしょう？　全員のリストを書き取るというのは、どういうわけだろうな。まさか全員を知っているわけではないだろうにね。げんに、ぼくらは木下夫人を存じあげませんよ」

「わたしも、妙だとは思ったけれど、ついでに皆さんのぶんまで書き写したんだろうくらいに考えてたわ」

「いったい、この中のだれを木下夫人は知っているような口ぶりでしたか」

「それが、まったくわかりません。なにもおっしゃいませんでしたから」

「そのほかには？」

植田と眼を交わした戸崎は、小島春子にきいた。

「そのほかは、べつにたいしたことはありません。わたしが、原章子さんの大学講師を鼻にかけた高慢ちきぶりについてご披露におよんだら、笑って聞いておられました。それからすぐにお別れしました。わたしには外国婦人の伴れがありましたから、あんまり時間をとって話もできなかったんです。それでも、いいかげん長話でしたわ」

小島春子は笑い声といっしょにまた細い煙を吐いた。

――木下の妻は、モンテカルロの会議の日本人参加者たちに好奇心を持ったらしい、というのが婦人ジャーナリストの話から得た作曲家と画家の印象であった。

しかも、それは木下の妻がリストの中からだれかを求めている、彼女が持っている或るイメージに適合するような人物の手蔓を求めている、そういった探しかたのように思えた。

「小島さん。その木下さんの奥さんは、どのような顔だちですか。その特徴をひと口で言いあらわすと？」

植田は上体を前に出すようにした。

「そうですねえ」

小島春子は眼を遠くに投げた。

「……特徴は、わたしとはなにもかも反対だと思ってください。中肉中背というと旧式ないいかたになりますが、中背よりはすこし上背があるんです。一メートル六十くらいかしら。プロポーションがいいんです。お顔はやや面長のほう、眼がはっきりしてるんです。わたしとちがって、鼻筋が徹ってて、唇の両端が締まってる感じ。頬がすこし高く、頤がやや短いです。どうもうまく言えなくて、困るわ。彫りの深い顔というジャーナリストずれの常套語を使うしかないかしら。推定年齢三十歳前後ね」

小島春子が話しているあいだ、画家と作曲家はひそかに何度か顔を見合せた。彼女が最後の言葉を結んだとき、両人には「木下の妻」にたいする映像も結ばれていた。

植田は煙草の新しい一本をのろのろと引き出した。戸崎は紅茶の残りを底からすすった。

フランス人の家族づれが入ってきて、近くのテーブルをかこみ、急ににぎやかな会話がとびこんだ。

画家と作曲家の眼にあるのは東京の或る家庭だった。

「わたしはフロントに訊いたんです。ここで植田さんをお待ちしている間に。……」

植田が煙草をとる手をやめた。戸崎はカップを置いた。二人とも揃って小島春子の顔を見た。

「フロントに、なにを訊かれたんですか」

植田は、不安げな眼になった。

「ロビーでお待ちしてたけれど、植田さん、すぐにはお見えにならなかったでしょう？」

「すみません」

食堂で岩手県の観光客につかまったぶんだけ遅くなったのだった。

「いいんです。で、そのあいだに、ちょっとここに泊まってらっしゃる木下さんとお話ししようと思って、フロントにお部屋の番号をたずねたんです」

植田は、あっ、と声を上げるところだった。戸崎も息を詰めた顔になっていた。

「すると、フロントではムッシュ・キノシタは、もうお発ちだというんです。今日の午前中だったそうです。ムッシュ・キノシタがこのホテルをお引き揚げになったんですから、むろんマダム・キノシタもごいっしょですわ」

「………」

「で、がっかりしてロビーにもどったところに、あなたがたがお見えになりました。もし、マダム木下がまだここに泊まっていらしたら、あなたがたにご紹介したものを。そしたら、わたしのヘタな描写よりも、一見に如かずですわ」

小島春子は、ころころと笑った。

「それは残念なことをしましたな」

植田は生唾をごくりと呑みこんだ。「マダム木下」と対面した場面を想像すると、心臓が凍る思いだった。

小島春子は腕時計を見て、あわてて煙草をハンドバッグにしまった。

「あらもうこんな時間ですわ。わたしはこれで失礼させていただきます」

植田と戸崎は椅子を引いた。

「どうも遠いところから来ていただいてありがとうございました。それにこんな時間までお引きとめして」

立ち上がって、植田は頭をさげた。

「どういたしまして。どうぞご懸念なく。わたしも、あの会議でノイローゼ気味になっていましたから、ここにうかがうのが気分癒しにちょうどよかったと思っています」

「あなたのような方でもノイローゼになられるんですか」

戸崎が微笑の眼をむけた。

「わたしは、ほんとうは気が小さいんです。あの精神武装世界会議のウラを垣間見たら、もうダメですわ」

小島春子は、また謎のようなことをいった。

近くのフランス人家族が、どっと笑った。

小島春子はハンドバッグをとりあげた。

パオロ・アンゼリーニ文化事業団の主催するモンテカルロの「精神武装世界会議」には、なにかふしぎな詭計のようなものがある。小島春子はそれに気づいているらしい。しかし、そのことは絶対に他人には言えない、口外すれば生命に危険がある、とは、さっきも彼女は言った。いまも、その会議のウラをちらりと見てノイローゼになっていると彼女は話した。

小島春子のよく笑う明るい性格からすると、それは会議を揶揄する皮肉か、冗談ともとれる。が、それを口にしたときの彼女は眉をひそめ肩を縮め、臆病な視線を左右に動かしたのだった。

「会議も今日で終りましたわ。わたしは明日にでもなるべく早くモンテカルロを出発します」

いかにも背徳の町、ソドムやゴモラ（旧約聖書・創世記）のようなところを早く脱出したいような口吻であった。

「もうご帰国ですか」

戸崎が彼女へ眼をむけた。

「どこかをまわって、この精神を安定させてから帰りたいんです。スイスの山と湖の地方へ行こうと思っています」

「いいですな。山岳地方のホテルでは、そろそろスキー客を迎える準備でしょう。雪で、車の通れなくなった道があるかもしれませんね」

「気分がすっかり洗われますわ」

小島春子は、その風景を想像するように、もとの晴れやかな顔をとり戻した。

植田と戸崎は彼女といっしょに玄関の回転ドアの外に出た。

彼女の乗ったタクシーの赤い尾灯を見送った植田と戸崎は、中に戻らずに、そこに佇(たたず)んだ。ニースの晩はいつまでも宵(よい)の口で、ヴィクトル・ユーゴー大通りには、若い男女の踊るような足どりの群れがつづいた。


——たいへんな事実がわかった。

というのが、植田と戸崎の衝撃であった。ショックは小島春子が去ってからのほうが強くなった。

小島春子が語った「木下夫人」の特徴は、紛(まご)うことなく高平仁一郎の妻和子のそれだった。

和子はニースにきて、この「オテル・マルキー」に異性と滞在していた。その男の名は

「木下」という。

容易に信じられなかった。理性では。——

しかし、小島春子の描写はあまりに的確であった。「木下」という同伴者の名も具体的なのだ。画家も作曲家もうすうす知っている高平夫婦の不和が、不吉な肯定に傾けさせていた。

植田伍一郎と戸崎秀夫は、ホテルの中に引返し、フロントの受付の前に進んだ。「木下」の確認である。これよりほかに方法がない。二人はそのことで相談はしなかった。結論は互いの胸の中にできていた。

夜勤の受付では、はじめ眼鏡をかけた三十すぎの女が二人の話を聞いて、ノン、と首を三度振った。宿泊者の名は、部外者には言えないというのである。日本人の友人で、キノシタというのだが、われわれはその友人をさがしているのだ、たしかにこのオテル・マルキーに今日まで滞在したと聞いた、と言ったが、ホテル側としては申しあげかねるの一点張りだった。

横にいる男の同僚が彼女の傍にきたが、これも彼女に同調して、第三者には宿泊者の名は客の出立後であろうとも教えることはできないと両人に言った。

こういうときに、桐原が居てくれたら、と植田は思った。桐原だと、駐フランス大使館参事官の肩書ある名刺を出して、邦人保護の立場から宿泊者の名を質問できる。かつてはインターポールの約定にしたがって、ある事件の捜査に立会っているのだと主張すれば、フロントでも宿泊者の名を明かさないわけにはいかないであろう。

だが、一方では、桐原にその「邦人宿泊者」二名の名を知られることによって、重大な結果をひきおこすことになるのだ。

じつは、小島春子がやってきたときに桐原がモナコへ帰っていて、その場に居合せなかったのを植田伍一郎は、幸運に思ったことだった。

もし桐原があとまで残っていて、小島春子との席に同座し、彼女の話を傍聴していたら、たいへんなことになるところだった。桐原の警察官僚的な感覚は、彼女の話から、殺害された高平仁一郎の周囲に推測を働かしそうだからであった。

小島春子の話が桐原の耳に入らなかったのは幸いだ。けれども、いま、フロントの拒絶に遇って、桐原の助力を得られないのは無念だった。

この二つは矛盾しているが、当面する現実がこれなのだ。今日の午前中にこのホテルを引きあげた日本人夫婦は、われわれの探し求めている友人に間違いないと思う。それを確認したいのである。なんとか名前を教えてくれないか。

植田らはこれを繰りかえして粘（ねば）るほかはなかった。

「ダメです」

「便宜をはかってほしいんだが」

「残念ながら」

男の係員が黙ってフロントの奥へ入った。

男の係員がフロントにつづく奥の部屋へ入ると、残った女性係員は伝票などをわざとらしくいじったりしている。両人を相手にしないといった素気ない態度だった。女事務員の冷たさ、頑固さが、その眼鏡をかけた細長い顔に出ていた。

フロントに客が近づく。メッセージを取りにくる客、郵便切手を求めにくる客、問い合せにくる客、いまごろになって到着した客などがあって、相当に忙しい。彼女はもっぱらそっちの処理をやっている。

彼女のてきぱきとした仕事ぶりを両人がそこに立ってなんとなく眺めていると、さっき消えた男性係員が、四十年配の短い口髭をつけた男といっしょに同じ奥から現れた。

滞在客の名を教えてくれといっているのはこの日本人たちだ、と若い係が口髭に言っている。口髭は上司で、どうやら今夜当直のマネージャーといったところらしい。

「お話をうかがいましょう」

マネージャーは口髭の下に微笑を見せて、両人の前に立った。さすがに貫禄があった。

植田は、このマネージャーなら見込みがあると思ったから、前言を、熱心にくり返した。係の二人は離れて聞いていた。

マネージャーはちょっと低頭するように二人にうなずいた。そういうことだったら教えるというのである。

「規定ではできないことになっています。お客さまのプライヴァシーにかかわることですからね。しかし、滞在されたお客さまと同じ日本人であり、かつは友人だといわれるあなたがたを信頼して、とくべつに計らいます。あなたがたの名刺をください」

両人はよろこんで名刺をさし出した。

二枚の名刺を一瞥（いちべつ）した口髭は、何々さんと女性係員に声をかけた。

「ラディシオン（チェックアウト）された日本人のお客さま二人は、何号室だったかね？」

「413号室です」

眼鏡の女は即座に答えた。

「宿泊人名簿からその人たちのところをこちらにお見せしなさい」

彼女はすぐにデスクのうしろにまわり、カードの綴（つづ）りを持ち出し、該当のカードを開いてマネージャーに黙って見せ、口髭が眼でうなずき、それを両人の前のカウンターの上に置いた。

女性係員は、いっさい無言。

フロントのカウンターの上、植田と戸崎の眼の前にならべられた二枚の宿泊人カード。

一枚には、

「Nobuo Kinoshita」

とサインしてある。馴れた筆蹟だった。

職業は「Assistant Professor」（大学助教授）と英文で書く。「東京・世田谷区奥沢」とローマ字綴りだった。「三十五歳」。

一枚には、両人にとってもっとも怖れるサインがしてあった。

「Kazuko Takahira」

ブロック体に近い几帳面な筆蹟だった。

職業は「non」と記した。「東京・目黒区青葉台」。「二十九歳」。

記入はホテルに提示したパスポートの記載にしたがっている。パスポートの発行番号も書かれてあった。

到着十月三十一日午後七時。両人ともに413号室。

ラディシオン（出立）は、「キノシタ・ノブオ」が十一月五日（本日）午前十一時二十分。「タカヒラ・カズコ」が午後二時十分。

植田と戸崎がこれを手帖に写し取った。指先が慄えそうだった。口髭のマネージャーはそこに立ちはだかって見下ろしている。

書き写したものとカードの記載とを照合したとき、男性の引揚げ時間と女性のそれが違っていることに気づいた。

「これはどういう理由からでしょうか。だれかが、どちらかを迎えにきたのですか」

係の二人にきくと、眼鏡の女が不機嫌そうに答えた。

「知りません。それは日勤の係のときですから」

夜勤で交替した自分たちの関知しないところだといいたいらしい。上司が名前を教えたことが腹立たしいようだ。

「お客さまによっては、カップルでも、いろいろな事情で、ホテルの出立が別々というのは多いです」

マネージャーが口髭を指で押えて、とりなすように言った。両人は礼を述べて、オテル・マルキーの玄関を出た。十時だった。

ヴィクトル・ユーゴー通りには人も車も絶えまがない。海岸通りのプロムナード・デ・ザングレに近いあたりはもっと賑やかだ。その方面からの色を帯びた光が、前の家々の屋根ごしに、夜空に拡散していた。

タクシーを待って立つ植田と戸崎とは、言葉も交わさずに不機嫌にしていた。やりきれない憂鬱(ゆううつ)と重苦しい圧迫感とに、互いが言葉を失っていた。

植田と戸崎は、東の方に視線を投げた。「オテル・マレシャル」のネオンサインが見える。「オテル・マルキー」とは五百メートルと離れていない。あそこには高平仁一郎と阿佐子が泊まっていた。二人とも不慮の死を遂げた。当然のことながら、ホテルの様子には事故の片鱗(へんりん)も見えなかった。

タクシーはプラタナスの並木がつづくブールヴァール・ヴィクトル・ユーゴーを西へ往く。

一方通行の大通りである。

ガンベッタ大通りに出て北上、ファリコン伯爵通りから高速道路に入って東へ走った。

二人はここではじめて話を交わした。眼下のニースの灯が山に隠れてからであった。

「やっぱり木下信夫、という名前だったか」

流れくる道路照明灯の列を茫乎として見ながら、植田が呟くように言った。

「大学助教授。……それで解けた。高平君の手帖にあったという彼自身の行動の謎が」

戸崎が傍でひとり言のようにいう。

「その字句はこうだった。……十月二十五日、ローマに着く。阿佐子同伴。一泊。二十六日、空路フィレンツェへ。フィレンツェでは各寺院、美術館をまわる。……それからが問題だ」

「………」

「……自分はひとりでユニヴァシティを訪ねる。旅行中とのこと。『彼』の下宿を聞く。下宿の主婦に話を聞く。手がかりあり。されど消息なし、とのこと……だったかな」

「フィレンツェのユニヴァシティとは、きみの言うとおり、サン・マルコ美術館の隣りにあるウニヴェルシタ、つまり美術大学のことだね。高平君はその美術大学を訪ねたけれど留守だったと記しているが、だれを訪ねたのか対手の人名を書いていない。わざと省略しているのだ。たぶん、万一その手帖を落すか紛失するかして、第三者に内容を見られた場合に備えてのことだろうがね」

戸崎が言ったとき、植田がようやくライターを鳴らした。赤い炎に憂鬱な眼が映った。

「ぼくらは名前のない対手を美術大学に留学している日本人学生だと思っていた。旅行中だと大学で聞いて、下宿へ高平君がまわっているから、よけいにそう思ったのだ」

「学生ではなかった。日本の大学の助教授で、フィレンツェのウニヴェルシタに一年間ぐらいの予定で留学してたんだね」

「ルネサンス美術を専攻する人だろう」

「モナコ」の検問所が近づく。ほかの車も速力を落しはじめていた。赤い尾灯が輝く。

「ルネサンス美術史専攻の大学教師だったら、美術に造詣（ぞうけい）が深いと小島春子を感心させたわけだ」

戸崎が言った。

「高平君には、奥さんの相手が木下信夫とわかっていて、はじめから木下信夫と会う目的でフィレンツェをめざして日本を出たのだ。それまで高平君は木下信夫には接触もしてなかったろうね。彼と妻との間は知ってはいたが、気づかぬふりをしていた。高平君はそういう性質だ」

「プライドを持して、超然としている。われわれに見せているあのポーズだ」

「ポーズだ。まったく。で、和子さんが木下信夫のあとから外国旅行に出たのだろうが、高平君は妻の行先を察知していた。彼はさすがに動揺しはじめた。だが、すぐ女房のあとを追うようなみっともないことは高平君にはできない。彼の超然が許さない。そこで、『リブロン』の阿佐子を伴れて、イタリアへ遊びに行く。偽悪的なカモフラージュだな」

「仁一郎らしいよ」

「フィレンツェでは寺院の壁画や美術館の展示品を見るのに阿佐子といっしょだったが、ウニヴェルシタや木下信夫のアパートを訪ねるときは、自分ひとりだったと書いてある。仁一郎は阿佐子といっしょには行けない理由があった」

「仁一郎はそこで木下信夫と会って、どうするつもりだったんだろう？」

戸崎がいった。いつのまにか、仲間うちでふだん蔭で呼び癖の仁一郎になった。

植田は煙草の残りを車の灰皿に入れて言った。

「木下信夫に会って、おれの女房を返せと談判したのでは市井の徒と変りないことになる。それでは仁一郎の自尊心がゆるさない。彼はそんな野卑な対決はしなかったと思う。木下と会ってもね」

「では、ほかにどんな対決がある？」

「それはわからない。しかし、仁一郎の性格からして、もっと狡猾（こうかつ）な対決だっただろうね」

「というと？」

「感じとしての言いかただよ。仁一郎の屈折した性格から想像してね。具体的にはわからん」

「きみの言う意味はわかるよ」

「木下信夫の旅行で、その対決は避けられた。しかし、仁一郎は、アパート管理人の主婦から話を聞き、『手がかりあり』と手帖に書いている」

「どんな手がかりだったろう？」

戸崎が訊く。「モナコ」検問所の前にきていた。前に車が何台か溜まっている。先行車が検問所の質問にひっかかっていた。

あたりは黒々とした森林。空の半分に星がある。

「仁一郎がいわゆる下宿の主婦の話から、木下信夫の行方についてどんな手がかりを得たかはわからない。やはり漠然としか書いてないからね。自分の心覚えだから。が、当然に、これは和子さんの手がかりでもあった」

「その手がかりがニースにあったというのか」

「モンテカルロだろうね」

先頭の車が検問所を走り去った。渋滞の一台ぶんが前に進んだ。

「ああそうか。仁一郎は阿佐子をニースのホテルに置いて、ひとりでモンテカルロにきているからね」

「そう」

「しかし、おかしいよ。木下信夫と和子さんとはモンテカルロなんかに行った形跡はない。

オテル・マルキーのフロントの話には、それが出てこなかったからね。両人は、仁一郎と阿佐子とが泊まっていたオテル・マレシャルとは目と鼻の先のオテル・マルキーに滞在していた」

車がまた一台ぶん進んだ。

「近くのホテルに、探す対手が泊まっていたとは皮肉なものだね」

戸崎が歎息まじりに言った。

「それなのに、仁一郎はどうしてモンテカルロにひとりで出かけたのだろう?」

植田が言った。

「モンテカルロとは決まっていないよ。桐原参事官の話だと、仁一郎はカジノにも姿を見せていない。もちろん、われわれにも接触してきてない」

「それでも仁一郎が四日の夜、モンテカルロに行った可能性は強い。阿佐子には何も明かさずにホテルの部屋に残して出かけたところは、フィレンツェでのやり方と同じだ」

前の車が去って、こっちのタクシーは検問所の横に出た。そこを通り抜け、「Laghet 村はこちらへ」の矢印のついた大きな道標の立つ広場を走り抜けた。

「手がかりは、モンテカルロにあったのだ。仁一郎はその手がかりを求めにモンテカルロに行ったのだ」

植田が言ったとき、タクシーはモナコの星屑のような灯が谷底に光る回転道路の上にさしかかっていた。これから高平仁一郎の他殺死体が置かれていた白い崖の下を通過しなければならぬ。

タクシーは「アルプスのトロフィー」の東側谿谷に沿った九十九折の道路を下りはじめた。谿谷には亀裂があり、その幅広い罅割れの深い底に、村の灯が砂粒のように散っていた。

「小島春子さんの話だと、サン・ポールで遇った和子さんは春子さんが持っていた精神武装世界会議の日本人参加者、つまり、われわれのリストをメモしていたという……」

前のめりに傾斜する車内で、植田伍一郎は言った。

「あれは、どういう意味だろうな。和子さんが会議の参加者のことを知りたかったら、リストの全員の名を書き写さなくとも、きみなりぼくのところに電話してくれればいいものを。リストには各自の宿舎が記載してあったからね。ところが和子さんは日本人参加者全員のホテル名まで書き取っていたという。どういうつもりだったんだろう?」

「個人的によく知っているぼくらには隠れて、リストの中から誰かを探しているといった様子だね」

「それと、仁一郎が四日の夜、ひとりでモンテカルロに出かけたことと関係があるのだろうか」

「和子さんと仁一郎は別々の行動だ。相互に連絡なしにだれかを探していたとなると、仁一郎の求めていたのと、和子さんの求めていたのとは同一人物ということになりそうだね」

「だれだろう、その人物は？　そして仁一郎と和子さんとがその人物を求めている目的は何だったのだろう？」

急カーヴが険阻な石灰岩の断崖の間につづいた。

「仁一郎はどこかで殺害された」

植田は、闇にほの白く浮き出る崖の上に眼を投げた。死体が発見されたあたりだった。

「そして、和子さんは居なくなった。真相はもう聞けないかもしれない」

「あ」

車が大きく傾いたとき、戸崎が叫ぶように言った。

「うっかりしてたよ、ホテルのフロントで見た宿泊人カードを」

「どういうのだ？」

「木下信夫と和子さんとのホテルの出立に、時間の差があったじゃないか。ムッシュ木下のラディシオンは五日の午前十一時二十分だが、和子さんのそれは午後二時十分だった。三時間もの開きがある。これは、何を意味しているのだろうか。彼が先に逃げた、あるいは和子さんが彼を逃がした、という感じがしないか」

「………」

モンテカルロの灯が、下界から地底の幽光のように浮び上がってきた。

散りぢりに

十一月六日の午前九時から九人の日本人による朝食会が「オテル・プラザ」で開かれることになった。「プラザ」は、桐原敏雄が宿泊しているモンテカルロ屈指の一流ホテルで、ランクづけは四つ星にL印が付く〈特級〉だった。

出席者はパオロ・アンゼリーニ文化事業団主催の「精神武装世界会議」に日本から参加した人々、演劇家山崎泰彦、建築家川島竜太、詩人庄司忠平、作曲家戸崎秀夫、画家植田伍一郎、ジャーナリスト小島春子、大学講師原章子、この会議の取材にローマからきた中央政経日報ローマ支局員の八木正八、それに特別参加の駐フランス大使館参事官桐原敏雄の九人。

この朝食会は、いわばサヨナラ・パーティである。モンテカルロに集まった日本人は今日かぎりこの地を退去する。「精神武装世界会議」に参加した七人は東京在住者だが、小島春子と原章子とは、山崎、川島、庄司、戸崎、植田の「五人の仲間」とは違う。彼らは常に往来しているが、二人の女性はこの会議で初めて顔を合せたのであって、東京に帰れば別々の存在である。

八木正八はローマの駐在、桐原はパリ在勤。いわば、たまたまモンテカルロで顔を合せたのだが、いずれも今日かぎりの別離となる。

それを昼食会にも晩餐会にもせず、「朝めし会」としたのは、「精神武装世界会議」が昨日で終了したので、翌日の今日各自がモンテカルロを匆々に出発し、思い思いの方面へ散って行くからであった。

宴の場所は、オテル・プラザの十八階にあるダイニングルーム。その小集会用の特別室を使用した。このホテルは、モナコ港の北側、海岸通りが西から東北へ折れ曲った角に位置する。南には王宮のある小さな半島が見え、東のかたには庭園の岬が眺められる。ホテルの前は白い急峻な丘陵と対い合い、後ろの東西には二つの入江を持つ。

朝食会の窓は南側に面しているので、コート・ダジュールの海が広々とひらけていた。十八階の高さは、ヨットの群れを鳥瞰する。

料理は、ホテルにとくに頼んで特別誂えのメニュにしたので朝食らしからぬものになった。

出席者全員はシャンパンを抜いて乾杯を挙げた。

「これから、あなたがたはどちらをまわってご帰国ですか」

桐原は、戸崎、植田以外とはほとんど初対面だったが、食事中、ひとりひとりにほほ笑みを投げかけながらきいた。みなそれぞれに答えた。

詩人の庄司忠平は言った。

「ロンドンへ行き、そこからエディンバラに向かい、スコットランド地方の湖と森とを見てまわろうと思います」

「なるほど、サー・ウォルター・スコットの世界ですな。『湖上の美人』や『アイヴァンホー』ですか」

「そうですね。『湖上の美人』のカトリン湖はグラスゴーから北へ入るらしいです。地図で見ると、山湖がいっぱいありますね。そのへんを通って北のインバネス市に出る旅を予定しています」

詩人らしいと桐原はほめた。建築家の川島竜太は聞かれて答えた。

「スペインに行きます。遊びです。会議で、パオロ・アンゼリーニ氏の神がかりな演説には頭が痛くなりましたからね」

同感だ、と参会者は口々に言った。

「ぼくは、ほんらいなら明日の告別式までここに残らなければならないのですが」

演劇家で、「精神武装世界会議」参加の提唱者山崎泰彦は、少々都合の悪そうな表情で言った。

「どうしても今日のうちにパリへ入らなければいけないのです。前からの約束で、コレージュ・ド・フランスの教授の自宅を訪問することになっています。その教授は明日の午後にニューヨークへ発つ予定ですのでね。そんなわけで、勝手ですが、告別式のほうは植田君と戸崎君におねがいしています」

明日の午前中に、高平仁一郎の遺体を引取りに、身内の白川敬之という人がローマからモナコに到着するという連絡が桐原あてに電話であった。高平仁一郎の遺体は解剖したモナコ地区の病院の屍室（ししつ）に安置されてある。それを引取るにしても、日本には持ち帰れないので茶毘（だび）に付して、遺骨にするという電話の内容だった。

茶毘とは仏教用語だが、電話で白川敬之はそういう言葉を使った。高平仁一郎はカトリック信者なので、火葬にする前に教会の神父に来てもらって、葬儀のミサをしてもらいたいというのが白川の依頼であった。

そのミサに、モンテカルロの会議に来ていた友人から代表で植田伍一郎と戸崎秀夫とが参列することになった。告別式である。植田と戸崎が皆から代表に推されたのは、個人と親交が深かったからである。

桐原の次の質問は、高平仁一郎とはまったく無関係な、会議ではオブザーヴァだった女性二人にむけられた。

「原さん、あなたはどちらかへ回ってご帰国ですか」

「ええ。わたしはギリシャに寄ります。それからミュケナイ美術の遺跡を見てまわります」

二つの大学の講師で、西洋中世史が専攻という原章子は顔を反らせて答えた。

「ははあ。それは有意義ですね。……小島さんは、いかがですか」

「わたしはミラノから列車で、スイスのチューリッヒに参ります。チューリッヒでは、ロシア革命前にレーニンとその妻のクループスカヤとが住んでいた隠れ家を見るのがたのしみです。なんでもそのアパートは、いまは下がレストランになっているけれど、二階のレーニン夫婦が居た狭い部屋は保存されているそうですから」

オリエント・ジャーナリスト連絡会議日本部会会員の小島春子はにこにこして答えた。

「列車でミラノからスイス入りだと、コモを通ります。コモ湖はうつくしい湖です」

桐原は曽遊（そうゆう）の印象を言った。

「はい。コモには途中下車するつもりです」

「結構ですね」

「コモだけでなく、近くのキアッソの町やルガーノの町も見たいと思います」

「ほう」

「キアッソやルガーノはイタリア国境の町で、スイス人の金融機関の先端地だと聞きました。勉強のために見ておきたいと思います。できるならルガーノに二泊ぐらいして」

桐原は、女性から意外な言葉を聞いたように眼を見はった。が、その視線の先には、小島春子のいつもの無邪気な笑顔があるだけだった。彼はなんとはなしにグラスのワインを咽喉に流した。

桐原はグラスを置くと同時に、八木正八に質問をむけた。

「ぼくはこんどの会議の取材に来たのですが」

八木はナイフとフォークを皿の両端に置いて言った。

「会議も昨日で終ったので、なるべく早くローマの支局に帰りたいと思っています。ぼくの留守のあいだは支局長がひとりで忙しがっていましたから」

「今日、ローマへお帰りではないのですか」

「明日の高平さんの告別式には参列したいと思っています」

それを聞いて小島春子がちらりと視線を八木の顔に走らせた。眼の表情は怪訝を表わしていた。

窓外の空は朝の光に満ちている。紺碧の海には白いホテルのある岬が紫色にかすんでいた。八木が告別式に出るといった言葉は、桐原にも予想外にうけとられたようであった。参事官は皿にうつむく前に、八木をちらりと見た。小島春子の眼の表情に近いものだった。

しかし、桐原参事官は八木にそのことでは何も訊かなかった。故高平仁一郎の告別式に参列するというのは八木の好意だからである。げんに植田も戸崎も、故人の友人として八木に感謝の目礼をしたのだった。

沈黙があった。それを破って、建築家の川島竜太が顔を上げ、参事官、と言って、話しかけた。

「高平君の遺体を引取られたり、告別式の万端を執り行なわれる白川敬之さんという方は、か」

「ははあ、和子さんの伯父さんですか。その伯父さんになる方がローマに居られたのです
「白川さんは、高平仁一郎さんの奥さんの伯父さんにあたられる方だそうです」

桐原は、ナプキンで口の端を押えてから川島に顔をむけた。

高平君とはどういう続柄の人ですか」

「白川さんは東邦証券の副社長で、社務でちょうどローマに滞在中だったそうです」

「すると、奥さんの和子さんは、日本からこちらにはおいでにならないのですか」

植田伍一郎と戸崎秀夫が息を詰めた。和子の現在を知っているのは、自分たち二人だけだと思っている。

「東京の高平良太郎さんという方が、和子さんの実兄になります。その良太郎氏から国際電話で、和子さんは病臥(びょうが)中なので、ローマの白川さんにいっさいを任せることになっていると連絡がありました」

「和子さんが気の毒です」

川島が溜息をついて言った。

仁一郎はこっちに女をつれてきて、不慮の死に遇った。女は仲間も知っている「リブロン」の阿佐子だ。その阿佐子がニースのホテルを出て、グラースの近くで他殺死体となったのは、今朝の新聞に出ていて、もう隠しようがなかった。そのような土地に、どうして仁一

郎の妻を呼べようか。何も知らない和子が夫の遺体を引取るといっても、口実をつくって拒絶するしかない。

和子にモナコにくるなといったのは、この事情を知った白川の配慮であろうと川島ら三人は推測している。仁一郎と阿佐子とが、さながら情死のような非業の死に遇ったことで、川島らは仁一郎の妻和子に同情している。

植田と戸崎は、ここでも重苦しい圧力を受けた。

食卓のコースは終りに近づいた。皿と触れ合うナイフとフォークの金属性の低い音がひとしきりつづいた。バラの匂いが、花瓶からかすかに漂い出ていた。

「参事官、ちょっとうかがいますが」

山崎泰彦がグラスの残りを飲み干して、あらたまった声で言った。

「高平君を殺害した犯人は、目星がつきましたか」

一同の視線も桐原敏雄の顔に集中した。

桐原はコップのエビアンを飲み、時間をかけて口のまわりをぬぐった。

「残念ながら」

ナプキンを除（と）ったあと、桐原は言った。

「まだ容疑者すら浮んでいません。モナコ警察では捜査を進めているのですが」

「鋭意捜査中ということですか」

「そういうことですね」

「日本の警察から見て、こちらの捜査能力はいかがですか」

「けっして劣っているとは思えません。ご承知のように、モナコ公国の警察は公国の軍隊でもあるわけです。警察官は、軍人らしく、きびきびと捜査をやっていますよ」

「被害者は日本人です。参事官は捜査について当局にアドヴァイスをなさっていますか」

　山崎はなおもきいた。

「インターポールの規約で、わたしどもの任務は捜査の情報蒐集（しゅうしゅう）です。助言はしませんが、求められると参考意見は言います」

「それでは捜査内容は全部わかっているわけですね」

「すべてわたしに連絡してくれています。隠しだてはありません」

「それではうかがいますが、阿佐子さんのことです。ニースのオテル・マレシャルに泊まっていた阿佐子さんが、どうしてグラース近くの花の栽培地で他殺死体となっていたかです。殺害はよそで行なわれ、死体がそこに遺棄されたと今朝の新聞に出ていましたが」

　山崎の質問は、皆の気持を代表していた。

　折から給仕らによって皿が持ち去られ、デザートのフルーツが配られた。

　皆の眼を受けた桐原参事官は、テーブルに両肘（りょうひじ）を突き、両手の指を合掌の形で組み合せた。そこに額のあたりを当てるようにしてうつむき、しばらく思案の体（てい）だったが、やがて眼を開き、両手も解いて、顔を正面に上げた。

「お話しいたしましょう」

　と言った桐原参事官は、オテル・マレシャルの523号室から消えた阿佐子のことを述べるのに、順序をまとめるように、またちょっと眼をつむった。

「これからお話しするのは、モナコ警察と地元のニース警察、それに阿佐子さんの死体が発見されたル・プラン・ド・グラースの管轄のカンヌ警察の合同捜査状況です。そのつもりでお聞きください」

　彼はコップのエビアンを飲んだ。

その話を記録ふうにすると、——

　十一月五日午前九時ごろ、ル・プラン・ド・グラース村の農民ヴィルロン夫妻と孫とが、香水用にするすみれの栽培畑に横たわっている日本婦人の死体を見つけた。

　ヴィルロン老人の息子の電話通報で、カンヌ警察から捜査課の一行が現場に来た。遺体の検視で、死因は絞殺手段による窒息死、死亡時刻は五日午前二時から五時の間と推定された。これはあとの解剖所見とも一致している。

　女性のハンドバッグにはニースのオテル・マレシャルの部屋のキイが入っていた。

　そのほかにも付近からは、ネクタイピン、万年筆、手帖など紳士用の物が発見された。これらは523号室に同室宿泊していて、モナコ地区の白い丘で殺害遺体となった高平仁一郎の所持品だと、あとで判明する。

カンヌ警察の捜査課員は、日本婦人の被害者が持っていたキイによりニースのオテル・マレシャルへむかった。このときニース警察に連絡したのは警察間の「仁義」からである。ニース警察では、オテル・マレシャルの宿帳から被害者北野阿佐子といっしょに宿泊したのが、モナコ地区で殺害遺体となった高平仁一郎とわかり、これまたモナコ警察に連絡した。

こうして北野阿佐子の殺害事件をめぐって、三つの警察署が動き出したのだった。

もっともカンヌ警察は日本婦人が現場で殺されたのではないことがわかって、その遺棄死体が現場に運搬されてくるまでの捜査を行なうことにした。モナコ警察は、仁一郎の遺体から失くなっていたタイピン、万年筆、手帖などが阿佐子の死体付近から発見されたのでその捜査を担当した。

高平仁一郎の殺害死体がモナコ地区で、回転道路を上るドライヴ遊びのアメリカ人の若者によって見つけられたのは五日午前七時ごろである。阿佐子の遺体をル・プラン・ド・グラース村の農民一家が発見したのは、同日の午前九時ごろである。発見時についてだけいえば、そこに約二時間の差があるだけだった。

両者の犯人は同一人（複数）の公算が大である。どちらも絞殺だ。仁一郎は、自己のネクタイで絞められた。そのネクタイは遺体の首に巻きついていた。タイピンはなかった。

阿佐子の場合は、彼女の絞殺に用いた凶器の紐が発見されていない。が、頸部(けいぶ)の表皮に残る軽微な剝落から、ビニール紐のようなものと見られた。

犯人が複数であるのは、殺害場所（第一現場）から遺体発見の場所（第二現場）までの遺体運搬手段に車を使用している可能性が強いことでもわかる。殺害行為と、その遺体を車の中にかくすこと、ならびに運転は単独でもできないことはないが、崖上に遺棄した仁一郎の遺体の状況からみても、犯人は複数と考えたほうが当っていそうだ。阿佐子の場合もまた同じといえる。

仁一郎は四日の午後に「オテル・マレシャル」をひとりで出て、モンテカルロに行ったようである。彼の外出にはホテル側の目撃者がない。

だが、その夜十一時すぎ、モンテカルロから「マレシャル」523号室にいる阿佐子に電話があった。交換手の傍聴によると、イタリア訛の英語で、仁一郎の代理と称し、仁一郎が急病になったから阿佐子にモンテカルロへすぐに来るようにと言った。しかし、阿佐子は英語がわからないため彼女は電話を切った。同一人から前後三度電話がかかってきたが、阿佐子は最後は受話器を取らなかった。

「マレシャル」での阿佐子は四日七時半にルームサービスで夕食をとっている。が、伝票を調べてみると、五日の朝食をとっていない。じっさいにも朝食にルームサービスをその部屋へ運んだ者もなければ、食堂で彼女の姿を見た者もいない。

このことは阿佐子の死亡時刻が五日午前二時から五時の間という解剖医の推定と一致する。

胃袋の内容物とも合致する。彼女は五日の朝食をとるまで生きていなかったのである。

犯人はどのような原因なり動機から仁一郎と阿佐子を殺したのか。これがまったくつかめない。したがって、

「捜査当局が犯人像をいまだに捉えることができないのは、遺憾（いかん）であります」

という桐原参事官の言葉になる。

高平仁一郎が絞殺された場所はいまだにわからない。モンテカルロから彼の代理と称する男の声で「マレシャル」の阿佐子に電話があったが、それをもってただちにモンテカルロが第一現場だともいえない。しかし、その周辺にあるとはいえそうである。

彼の遺体があったところはモナコ地区の北側にあたる回転道路わきの崖上であるから、車による遺体運搬である。さすれば高速道路を利用したと考えられるが、その手がかりはなかった。

北野阿佐子のばあいは、第一現場が「オテル・マレシャル」の523号室と、はっきりしている。

なぜそう言えるか。

ホテルの従業員は阿佐子が外出したのを一人として目撃していない。彼女は四日夜十一時すぎにモンテカルロからの電話に出ているのであるから、外出したとすれば、その以後である。昼間ならともかく、夜十一時すぎての宿泊者の外出だと、閑散なフロントの係員の眼に

とまらぬはずはない。また、他の出入口に立っている警備員も彼女の姿を見ていない。
阿佐子はル・プラン・ド・グラースのすみれ野にパジャマ姿の遺体で横たわっていた。このことは彼女がその部屋で絞殺されたことを示す。またパジャマで外出する女性もいないからである。

　５２３号室に付いている浴室を捜査すると、白い陶製の浴槽の底に、わずかだが水溜りがあり、洗い場のタイル張りの床も濡れていた。これは入浴のあとである。阿佐子は入浴したあと、パジャマに着替えたのだ。洋服ダンス（アルモワール）には彼女のスーツが四着かかっており、パジャマを掛けていたと思われるハンガー一つは空いていた。

　ツイン・ベッドは、二つともきちんとメークされ、カヴァがかかっていた。

　捜査官の前に係のメイド二人が呼び出された。

（わたしたちが５２３号室に入ったのは五日午前十一時半ごろでした）メイドは言った。

（そのときは前夜からのシーツも枕カヴァも、クリーニングのために取りはずされていました。浴室のバス・タオル、ハンド・タオル、ウォッシュ・タオル、それにバス・マットも同じように持ち去られていました。それから部屋の掃除もできていました。わたしたちはそのあとに入って、ツイン・ベッドの新しいシーツ、枕カヴァを入れたのです。そして浴室に新しいタオルをかけ、浴用石鹸（せっけん）、簡易安全カミソリ、ビニール袋入りの歯ブラシセットなどの新しいのを補充しました。お客さまの姿は入ったときから見えませんでした）

だが、523号室での犯行のあとは、部屋についた押入れ（プラカール）の中に見出された。押入れは客がバッゲージなどを入れて置くもので、扉がある。中の狭い床と壁に、目立たないが、わずかに、物を擦（こす）った跡があった。

阿佐子の着ていたパジャマを精査すると、背中と臀（しり）にあたる部分に、ものを引っかけたような小さな掻（か）きキズがあった。

これによって捜査員は、阿佐子がこの部屋で犯人によって絞殺されたあと、この押入れの中に入れられたものと推定した。押入れには彼女の大型トランク一個とスーツケースがならべて置かれている。その二個を片隅に移しても、人間ひとりが入るにはなお狭い。そこで彼女の死体は、背中を内部の壁にもたせ、立て膝にさせた屈身の状態にしたと思われる。

内部のわずかな擦りキズと、パジャマの背中と臀の部分のキズは、押入れの狭隘（きょうあい）な空間に死体を無理に押しこんだときに生じたものと推定された。死体を、室内に入った者の眼にふれないようにするための隠匿である。

してみると、五日午前二時から五時の間（死亡推定時刻）に、犯人は外部から部屋に侵入したことになる。五階の外側窓は閉められて内側から金属製の鉤（フック）が掛けられていた。

犯人が出入口のドアから侵入したのは確実である。ホテルの多くはエレクトロニック・ドア・ロック式になっていて、磁気カードを用いる。だが、ニースのホテルのほとんどは、伝統的な金属製のキイをいまだに使用している。この「オテル・マレシャル」もそうだった。

523号室のドアのロックには異状がなかった。外部から破壊はなかった。ベッドをメークしに入ったルームメイドは、各室共通のマスター・キイを使用していた。するとメイドの前に、ベッドのシーツ、枕カヴァ、浴室の各種タオルやバス・マットなど使用済みのリネン（布類）を、新しいそれらと取替えのために回収したメイドなりボーイもマスター・キイで523号室に入ったことになる。

それら従業員はリネン・ワゴンを廊下にひきずって、各室を回る。このワゴンの容器の大きさは、一メートル二十センチ立方である。この中に、各室から集めた取替品のリネンをいくつもの麻袋に詰めて、昇降機（アサンスール）へ運ぶ。

捜査官は、五日の朝に523号室のシーツ、タオル類のリネンを回収してワゴンで運んだ従業員に事情を聞いた。

当日は、ルームメイド二人がワゴンを押して、五階の各室をまわっている。五階は501号室から530号室まであった。クリーニングに出すリネンが多いので一台のワゴンでは入れきれない。二台で十五室ずつ半分を担当している。が、十五室といっても客のない空き室があるから、その分だけ数が少ない。それでもリネンを詰めた麻袋はワゴンに山もりとなる。

ワゴンを押したルームメイドの一組が長い共同廊下を515号室から520号室の前までくると、意外なことに521号室から530号室までの各室の使用済みのリネンは、すでに無くなっていた。これが十一時ごろである。

メイド二人は、自分たちの前に別のワゴンが来て以上の六室ぶん（十室だが、空き室が四室あるので、じっさいは六室ぶん）の使用済みリネンをすでに回収して行ったことを知った。ルームメイド二人は、仕事の労力が省けたのでよろこびこそすれ、それを怪訝（けげん）に思わなかった。従業員が多いので、だれかが、なにかの手違いか勘違いかで、自分たちの仕事のぶんまでやってくれたと思ったそうである。

捜査官は五階の部屋係の責任者を呼んだ。メイドのワゴンの前に523号室のリネンを集めたワゴンの従業員に事情聴取をしたいので、その者を連れてくるように言ったのである。奇妙な報告が捜査官になされた。アルベール・ロオシャンというのが客室の整備をする係主任だったが、

（いくら調べてみても、523号室からリネンを集めて、ワゴンに積んだ係の者が見つかりません）

と頭を振った。三十歳ぐらいの利口そうな男だったが、捜査員の前にキツネにつままれたような顔で首をひねっている。

このホテルは四階から七階までが客室となっている。各階の客室が三十だから、百二十室ある。ルームメイドとルームボーイが二十五、六人いる。ルームボーイの数が少ないのはどこのホテルでも同じである。

従業員の各階の分担はだいたい決まっているが、忙しいときは他の分担の階にも行く。

しかし、いくら忙しいといっても523号室からリネンを回収した従業員の名がわからないのは、おかしいではないか。

（おかしいと思いますが、わたしも各階の現場を始終まわっているわけではないのです。こんどのことがあって、点呼を行ない、心当りの者は名乗って出るようにといったのですが、だれ一人としていないのです）

捜査官は、ロオシャン主任だけではなく、むろん他の従業員たちにも訊いた。

その結果、五日午前七時ごろに521号室から530号室までの廊下をリネン・ワゴンを押して回ったのはボーイ二人だったことが、同階のルームメイドの話でわかった。

フランス語では、ファム・ド・シャンブルといっているルームメイドによると、目撃したルームボーイ二人は、このホテル専用の白いキャップをかぶり、白の上着に青いズボンというホテルのお仕着せの服装だった。しかも上着にはホテルのバッジが付いていた。

その二人のボーイは眼の下までかくれるような白い布のマスクをつけていた。マスクは、従業員によってつけている者もあれば、つけない者もあって、ばらばらである。これだけは私物なので、大きさも一定していない。そのボーイ二人のマスクはサイズが大きくて、帽子との間に眼ばかり出ている感じであった。

あとから担当のメイド二人がワゴンを押して五階にきたのは午前十一時ごろであった。だからボーイ二人組のワゴンは彼女たちよりも四時間も早く来たことになる。

ボーイ二人組を目撃したルームメイドは、そのリネン・ワゴンがずいぶん早い時間にきたと思ったが、客によっては早立ちする者も多いのでボーイのワゴンが七時ごろに来る例はいままでもあった。事実、521号室とほか三室の客は早く出発していた。

その話を係官にあらためて聞かされたロオシャン主任は、そのルームボーイ二人がだれだかわからない、となおもふしぎそうに首をひねりつづけるのである。

ここで、大きなマスクのボーイのことが捜査官の疑念にひっかかった。目撃したメイドの話では、そのボーイのうち一人は背が高く、一人はずんぐりとした小肥りの身体だったという。

彼女は、しかし、そのルームボーイに言葉をかけていない。じぶんの知っているボーイとは違うと思ったからだそうである。このホテルもこの種の従業員はよく変る。マスクをかけたそのボーイ二人も、新しく傭われた者とメイドは思ったという。新米ほど早番としてワゴンを押して回らされる。

これらのことから、二人の男がルームボーイに変装して五階に侵入した、と捜査官は推測するにいたった。

リネン・ワゴンの箱形容器は一メートル二十センチ立方である。人間一人や二人はその底にかくれるのに十分だ。その上にクリーニングに出すリネンを詰めこんだ麻袋を積み上げれば、その外見からして底にひそむ人間を見破る者はない。——

モナコ警察とニース警察の捜査陣は推定を立てた。

北野阿佐子の死亡時刻は五日午前二時から五時の間である。その死体は523号室の押入れ（プラカール）にかくされていた。押入れの中にその形跡が残っているからだ。

このとき犯人はどうして室内に侵入したか。ドアには異状がない。たぶん鍵穴に針金のようなものをさしこんで、内部からのロックを外したと思われる。その道の玄人（くろうと）である。

部屋を出るときも、犯人はドアをロックしないでいどに軽く閉めたろう。あとでルームボーイに化けてリネン・ワゴンを引張ってきたときに針金の細工をする手間と時間とを省くためである。

ボーイに変装したのは、阿佐子を絞殺した同一犯人である。二人は七時ごろに再び523号室にきて押入れから阿佐子の死体を担（かつ）ぎ出し、用意の大型麻袋の中に詰めこんだのだろう。実験すると、大型麻袋には身体を折り曲げた状態で十分に入ることがわかった。

各室を回るリネン・ワゴンは廊下にとめておくのが普通である。これは部屋の中に入る先輩従業員が、枕元においた客のチップをポケットにおさめるためであり、室内のカーペットを傷つけないためでもある。しかし、このときは523号室にワゴンを入れて二人がかりで死体の積みこみ作業をやったと思われる。七時という朝の早い時間だから、廊下を通る人もなかったろう。ワゴンには他の部屋の麻袋が積載されていたが、死体詰めの523号室の麻袋は、底のほうに置かれたにちがいない。

こうしてボーイに化けた犯人は、山盛りにうず高く洗濯物を積載したワゴンを押して、共同廊下を歩み、「プリヴェ」(私室) のドアの前にくる。

このドアを開けると、ワゴン専用の昇降機(アサンスール)の停まる狭い台があり、ワゴンはその台に置かれる。車を押してきたメイドやボーイは、そこで彼らの役目が終り、「プリヴェ」のドアを閉めて去る。これがホテルのしくみである。

「Privé」と標示のあるドアの向うが、リネン・ワゴン運搬の昇降機になっているとは、普通の部外者は知らない。だからルームボーイに変装した犯人は、ホテルの事情に詳しい者と思われた。

リネン・ワゴンを昇降機に積みこむのは、クリーニング工場の従業員の役である。

(五日午前七時すぎに五階から専用昇降機に乗せたワゴンは一台きりでした。これにほかの階のワゴンをいっしょに積みました)

クリーニング工場の従業員は捜査官に述べた。彼らもホテルに来る時間が早いのだ。

このクリーニング工場は、「サミエル」といって、オテル・マレシャルの系列会社であった。

各室で使用済みのリネンを積んだクリーニング工場のトラックは、ホテルの裏門から出て行く。

「サミエル」は、この「オテル・マレシャル」の系列会社だから、その運搬トラックには裏門の警備員詰所もノー・チェックである。運転手も顔見知りだ。

クリーニング工場はニースの郊外にあった。ホテルからは約十キロ離れている。工場内に運びこまれたリネン・ワゴンは、麻袋の積載物を下ろされる。その空いた箱に、昨日クリーニングの仕上げが出来た各室のシーツ、バス・マット、バス・タオル、ハンド・タオル、ウオッシュ・タオルなどのリネンが替って積みこまれる。そのリネン・ワゴンごと積載したトラックはオテル・マレシャルへ戻る。トラックはこのくりかえしである。一日に二十台くらいのトラックがホテルとクリーニング工場の間を往復する。

さて、523号室の使用済みのリネンを詰めたワゴンは、他のワゴンのものと共に工場内で麻袋を開けられて内容物をぶちまけられる。そのときに北野阿佐子の死体が麻袋から出てきたはずだ。

しかし、彼女の死体は出てこなかったのだ。

そんなはずはない、と捜査官一同は首をかしげた。かならず死体はクリーニング工場内で出てこなければならない。それがなかった。

では、捜査陣の推定が狂っていたのか。間違っていたとすれば、どの点であろう。

ここで捜査官は、リネン・ワゴンを「サミエル」クリーニング工場へ運んだトラックの運転手についてもう一度事情聴取を行なった。

その結果、奇怪な事実がわかった。そのトラックが七時半ごろクリーニング工場の正門まで二百メートルの距離の地点にかかったとき、後方から小型トラックが追ってきて、クラクションを激しく鳴らした。「サミエル」のトラックが停まると、追いついた小型トラックから出てきたのは、ボーイ姿の二人である。白いキャップ、白の上着、青いズボン。間違いなく「オテル・マレシャル」のルームボーイの制服である。この制服を同ホテルに毎日出入りしている「サミエル」クリーニング工場のトラック運転手はよく知っている。マスクをしたボーイは言った。

(滞在客の大事な物をうっかり不用な品だと思って、リネン・ワゴンの一つに積んでしまったのに気がついた。客がそれを知ると、早くとり返せと怒鳴るにちがいない。しかし、われわれではその品物がどの麻袋に入っているかわからないし、ほかの部屋のものもいっしょなので、ワゴンごとホテルに持って帰る)

「サミエル」のトラック運転手は、「オテル・マレシャル」のルームボーイの言うままに、彼らが、これだと指すリネン・ワゴンを彼らに渡した。マスクで、眼だけを出しているボーイだったが、上着には「オテル・マレシャル」のバッジをつけていた。

ボーイの一人は小肥りの体格で、もう一人は長身であった。その二人は、ワゴンごと小型トラックに積み替え、長身のボーイが運転して走り去った。そのリネン・ワゴンのハンドルのところには赤い紐が目印のように巻いてあったのをトラックの運転手はあとで思い当った。

それきり、そのリネン・ワゴン一台は行方不明になっている。しかし、リネン・ワゴンが一日見えなくなったところでまだ大騒ぎにはならなかった。いままでも手違いで、そうした例はあったのである。

騒ぎになったのは、「サミエル」のクリーニング工場のトラック運転手から右の事実を聞いた捜査陣のほうである。

ホテルのルームボーイに化けて絞殺した北野阿佐子の死体を523号室からリネン・ワゴンの底に積みこんで、クリーニング工場行きの手続きをした犯人は、次には「サミエル」のトラックから死体入りのワゴンをクリーニング工場の近くでとりかえしたのである。

理由は、もちろんクリーニング工場で死体が麻袋から出るのを防ぐためである。工場では持ちこまれた洗濯物のリネンはすぐに開けられる。ワゴンには代りに昨日クリーニングが上がったリネンを積んで、またトラックでホテルに返さなければならないからだ。

つまり犯人は、死体がすぐに発見されるのを嫌ったのだ。逃走の時間を得るために、死体発見はできるだけ遅いほうがよい。

ニース西郊のクリーニング工場からル・プラン・ド・グラースまではほぼ五十キロである。高速道路を利用し、「カンヌ」のランプで下りてナポレオン街道を北上すれば、四十分かからないで香油を採るすみれの栽培畑に到着できる。小型トラックから阿佐子の死体がそこにおろされたのは八時二十分ごろであったろう。九時には農夫ヴィルロンの孫が死体を見つけている。

ここにおいて警察は「オテル・マレシャル」の客室係主任アルベール・ロオシャンをきびしく追及した。

犯人はルームボーイに変装している。白いキャップも、白の上着も、青いズボンも真物（ほんもの）である。バッジさえ付けていた。ロオシャンと犯人との共謀としか考えられない。

犯人は五日の午前二時から五時の間に５２３号室に侵入して阿佐子を殺害した。死体を押入れ（プラカール）に隠しておく。

五日午前七時ごろ、ルームボーイになりすました犯人二人は、リネン・ワゴンを押して５２３号室に入り、押入れ（プラカール）から阿佐子の死体をとり出して大型麻袋に詰めてワゴンに積む。そのワゴンは「プリヴェ」のドアを開けた専用昇降機の傍（かたわ）らのテラスに置く。あとは「サミエル」の従業員がワゴンを昇降機に乗せる。

昇降機で地下のトラック駐車場におろされたリネン・ワゴンは、トラックに積まれて「サミエル」クリーニング工場へ運ばれる。

――犯人のこうした行動は、「オテル・マレシャル」の内部によほど詳しく通じた人間の仕業である。

だがルームボーイの制服を着ていたことといい、バッジを胸につけていたことといい、それにホテルのリネン・ワゴンを押していたことといい、たんに内部事情に通じている人間ではすまされず、客室係主任の協力がなければ出来ることではない。

アルベール・ロオシャンは、取調官の厳重な追及に降参して、犯人に便宜を図ったことは認めた。だが、犯行には絶対に関与していないと主張した。

捜査の状況からしてその陳述は認められた。しかし、犯人二人の名前は絶対に知らないとロオシャンは強く言い張った。

では、犯人にどうして協力したのか。その事情を述べよ。

(脅(おど)されたのです)

彼は両手で顔を蔽(おお)った。

だれに脅されたのか。

(それだけは口が裂けても言えません。一言でもそれを洩らすと、わたしは殺されます)

ロオシャンは、地獄の悪魔に監視されているように、蒼白となった顔に脂汗(あぶらあせ)を流し、身体を伏せた。

「アルベール・ロオシャンは黙秘をつづけています」

桐原参事官は、ここまで話してきて、コップのエビアンを飲んだ。

「彼の様子からすると、容易には自白しないでしょう。歯を喰いしばり、身を震わせているのです。いったい彼をそのように恐怖させている脅しの対手(あいて)とは、どういう人物でしょうか」

参事官はテーブルを囲んでいる八人の顔を順々に見た。

テーブルをかこんでいる列席の日本人は、桐原参事官が語る阿佐子殺しの捜査内容をはじめて知って、衝撃のあまりに、声なくしてどよめいた。それまで、参事官が話をする間は微動だもせずに聞き入っていたのだ。

カンヌの病院の死体収容所に阿佐子の遺体確認に赴き、ル・プラン・ド・グラースの花畑の死体発見現場に立ち、桐原からある程度捜査の暗示を受けた画家の植田伍一郎も作曲家の戸崎秀夫も、桐原の「捜査報告」の間、デザートのコーヒーにも手をつけずに聞き入っていたのである。

ただ、この中で、八木正八だけは「オテル・マレシャル」の客室係主任を脅迫したのがだれかを知っていた。P2の手先のマフィアだ。主任のアルベール・ロオシャンが（口を割ったら生命がない）と震えていたはずだ。

当日の朝七時ごろ、ホテルのルームボーイの制帽と制服、それにバッジをつけてリネン・ワゴンを押して523号室に入ったのは、マフィアの二人である。手引きはアルベール・ロオシャン。やはり脅迫による。これはニースのマフィア組織によるだろう。

ロンドンのブラックフライアーズ橋下でのイタリア・ロンバルジア銀行のネルビ頭取首吊り事件から取材にタッチしてきた者（八木）でなければ、ニースの「オテル・マレシャル」の北野阿佐子の怪死も、客室係主任のアルベール・ロオシャンの恐怖もわかりはしない。

原因は、プラタナスの並木道ブールヴァール・ヴィクトル・ユーゴーに、「オテル・マルキー」（侯爵）と、「オテル・マレシャル」（元帥）とがならんだところにある。

ヴィクトル・ユーゴー通りにならんだ似たような格好のホテル。

ホテルの高さも同じだ。位置する側（サイド）も同じ。古さも同じである。よくもまあ何もかも同じに揃ったものだ。

これがプロムナード・デ・ザングレに近い通りだと、街は近代的になっていて変化に富むが、山の手のユーゴー通りはプラタナスの並木がならぶだだっ広いだけのブールヴァールである。商店街も特徴がないのである。

オテル「マルキー」と、オテル「マレシャル」。——

似通った発音。

どちらもフランス人好みの栄誉ある称号であって、まぎらわしい。イタリア人はことのほか混同するにちがいない。

二つのホテルに宿泊しているのは、外国人（イタリア人）からみて、顔の区別がつかぬ東洋人（日本人）の男女。

ロンドンのマフィアからリレーされたニースのマフィアは、写真をもらっていなかった。

データは、名前が「タカヒラ」であることと「画家」であることだけであった。

しかし、これは「朝めし会」の人々には、もとより言えなかった。桐原参事官にも絶対に明かせなかった。

フルーツの時間もようやく終りになった。窓ぎわで曲げた腕にナプキンを垂れて立つボーイたちはあくびをかみ殺している。

「参事官」

人々は最後に訊いた。

「アルベール・ロオシャンという客室係主任は口を割るでしょうか」

「彼はひどく脅えています。がんらい小心者ですからね。脅かされて縮み上がっているのです。しかし、モナコ公国警察部とニース警察の合同捜査当局のきびしい追及に遇っていますから、自白する可能性もないとは言えません。わたしはこれから警察署へ回ります」

「どうかそうあってほしいものです。でないと阿佐子さんが浮ばれません」

そのカトリック寺院はモンテカルロ地区の高台にあった。

海岸アルプスの白亜断崖がコート・ダジュールに流れこむ斜面の中ほどを拓(き)り開いた台地に墓地はあった。広々とした墓地には植林がなされ、公園化された区画にはたくさんな墓石がならんでいた。寺院はその広大な共同墓地に附随したようにこぢんまりとしていた。が、規模は小さくはあったが、内部は荘厳であり、天井高い穹窿(きゅうりゅう)形のステンドグラスは美しく、ことに西日がそれに射したときキリスト伝の色絵が燦然(さんぜん)と輝くのであった。

十一月七日の午後三時半ごろ、高平仁一郎の遺体は、司法解剖を行なった病院の死体収容室からこの寺院へ移された。ローマから仁一郎の妻和子の伯父に当るという白川敬之がモナコに到着し、公国警察部で仁一郎の遺体を駐フランス日本大使館参事官桐原敏雄立会の下に正式に確認して、これを引き取った。

白川は、遺体を日本へ空輸することは困難だと言った。

茶毘(だび)に付して遺骨にしたい考えだったが、モナコには火葬場がないことがわかった。近年、外国にも火葬場の設備のある国がよほど多くなっているが、モナコ公国にはそれがなかった。

「遺髪を白木の箱に入れて、東京の遺族へ届けます」

白川は桐原参事官に言った。

「わたしが持ち帰ればいいのですが、わたしは社用でまだローマに当分滞在しなければなりませんので、出張している社員に持たせます」

「お届け先は、奥さまですか」

桐原は当然のことに弔意をこめて聞いた。

「はあ。家内も居りますし、それに、本人の両親がおります」

参事官の問いに白川は曖昧(あいまい)な答えかたをした。仁一郎本人の両親が居ります、という言葉のほうが強調されて聞えた。

桐原は白川敬之の答えを意にとめなかった。

小島春子も、同じである。昨日の午後にでもモンテカルロを出発して、スイス方面へ旅するはずの彼女は、どういうわけか、今日もまだそれを延ばして、仁一郎の告別のミサに参会していた。桐原参事官に答えた白川敬之の言葉の真意を知っているのは、八木正八だけであった。

白川敬之によって、仁一郎の髪毛は剃(そ)り落された。教会の狭い一室に横たわる遺体の頭部の辺に白川はしゃがみこんだ。右手に剃刀(かみそり)を持ち、左手に銀の小函(こばこ)を捧げた。

「南無阿弥陀仏、南無阿弥陀仏」

白川はキリスト教徒ではない。
小函を下に置き、念仏を低く呟いて、死者の長い髪を摘み、剃刀を当てた。再び小函をとり上げると、その銀の容器の中へ黒い一束が輪を巻いて落ちた。
白川の白髪は窓からの斜光に艶やかに光った。その黒服の肩と黒いネクタイとは、ぴんと襟のきわだった雪のようなワイシャツとの対照で、崇高なくらいだった。
遺体は柩の中に納められ、柩は黒の天鵞絨の布に巻かれて、祭壇に安置された。
神父が司式を行なった。副司祭を従えていた。祭壇には銀の大きな十字架が立ち、燭台の火が燃えた。ステンドグラス窓の宗教画原色が外光から映えた。
司祭は祈りを誦した。荘重なラテン語だった。
「この世からあなたのもとにお召しになった、
ニイチロウ・タカヒラを心に留めてください。
洗礼によってキリストの死に結ばれた者が、
その復活にも結ばれることができますように。
また、復活の希望をもって眠りについた、
わたしたちの兄弟とすべての死者を心に留め、
あなたの光の中に受け入れてください。
なお、わたしたちをあわれみ、

神の母おとめマリアと使徒をはじめ、
すべての時代の聖人とともに、
永遠のいのちにあずからせてください。
キリストによってキリストとともにキリストのうちに、
聖霊の交わりの中で、
全能の神、父であるあなたに、
すべての誉れと栄光は、
世々に至るまで。アーメン。

「アーメン」と司祭が言ったとき、副司祭は和した。

司祭はここで日本人の会衆にむかってフランス語で説教した。

キリストのうちにわたしたちの復活の希望は輝き、死を悲しむ者も、とこしえのいのちの約束によって慰められます。いのちは滅びることなく新たにされ、地上の生活を終ったのちも天に永遠のすみかが備えられています。……

墓地は、西日を燦めかせたコート・ダジュールの海を見おろしていた。そこはホテルなどの高層建築群がまだ斜陽を受けてくっきりした立体の明暗を浮かせ、海岸の彎曲線をふちどっていた。

おびただしい墓がならんでいた。すぐそこの山から切り出された石灰岩質なので、墓石はすべて紙のように白かった。それが傾く太陽をうけて朱色を帯び、ガラスの粉末のように輝いた。塔のように直立した十字架、マリアの石像、被葬者の彫像、円形十字架のアイルランド風墓石、さまざまであった。

司祭は高平仁一郎の墓地を北側の一隅に準備していた。土壙（どこう）はすでに掘られていた。

黒い天鵞絨に包まれた柩の両端に掛けられたロープは、葬儀人夫（クロツク・モール）の手によって長方形の土壙の底に徐（おもむ）ろに沈められて行った。司祭と副司祭と二人で「主よ、あわれみたまえ、楽園に連れ行きたまえ」と賛歌を合唱した。日本人たちは手を合せている。すすり歔（な）きの声は洩れなかった。

シャベルが渡され、喪主の白川敬之から柩の上へ土をかけた。一塊の土は鳴った。

埋め終って、そこが均（な）らした、新しい地面になったとき、司祭は最後の祈りをかんたんに行なった。

キリストは死者を復活させるとき、わたしたちのみじめなからだを、主の栄光のからだと同じ姿にしてくださいます。

――日はかげりはじめた。西の方には「アルプスのトロフィー」Mt. Tête de Chien（五五六メートル）が屹立（きつりつ）して太陽を匿（かく）している。その突端の長短二つの岬をまわるとニースである。

ニースの西はカンヌである。

そこの病院内の遺体安置室の冷凍室には北野阿佐子が就眠して、日本から遺族と、クラブ「リブロン」の経営者長沼嘉子の到着を待っている。マルセイユの総領事館がこうした日本人の面倒を見ることになっている。

もとよりモンテカルロの墓地で行なわれている高平仁一郎の埋葬ミサと、やがて行なわれるであろうカンヌの北野阿佐子の告別式とは、表面上は関係のないことで終るのである。

フランスでも、土地によっては火葬場がある。阿佐子が仏教式で荼毘に付されるかどうかはわからない。

七時から白川敬之がモンテカルロのローズ・ホテルに桐原敏雄、戸崎秀夫、植田伍一郎、小島春子、それに八木正八を晩餐に招くことになった。

故高平仁一郎の「告別式」に参列してくれた人々へお礼の意味である。仏教の「斎」(仏事で参会者に出す食事)の心持であるらしかった。

ローズ・ホテルは海岸側から北の山側に上がったサン・ミシェル通りで、このへんは一方通行の狭い通りが上下の坂道を錯綜して、小さな商店街もたてこんでいて、高地に位置しながら、「下町」の環境である。

ローズ・ホテルは二十七階建てで、新しくて近代的な装いを持つが、等級は星印三つ。東邦証券副社長白川敬之ほどの者がどうしてこのような二流ホテルで招宴を開くのであろうか。

七時からというのだが、十五分前に小島春子は自分の泊まっているオテル・ミラマから歩いてローズ・ホテルに着いた。一方通行で、左折、右折、とぐるぐる回らされるのをタクシーの運転手はいやがる。歩いたほうが早いのである。

二十七階のダイニング・ルームの特別室には、ホスト役の白川敬之の姿はまだ見えず、その控室をのぞくと八木正八がぽつんと腰かけて煙草を吸っていたので、彼女は眼を笑わせて入口から手招きした。

二人は通路の窓ぎわにならんで立った。

眼下に、モンテカルロが海ぎわへむかって光のパノラマとなっている。赤、黄、青のイルミネーションが立体的な構成で、カジノ、ホテル、クラブ、レストランなどを標本地図のように示している。

「白川さんは、いま、別室で桐原参事官から、高平仁一郎さんの殺害事件の捜査経過を聞いています」

八木は夜景を眺めながら言った。

「どのくらい前から？」

「三十分にはなります。そろそろ終るころでしょう」

「オテル・マレシャルの客室係主任は警察に自白したかしら？」

「アルベール・ロオシャンの脅えようはひととおりではないということです。参事官の説明ではね。自白は当分見込みがないのじゃないですか。あんまり警察が無理すると、ロオシャンのほうが自殺するかもしれませんよ」

「えっ、ロオシャンが？」

小島春子はびっくりして大きな眼を八木にむけた。

「そんな怕い脅迫者とは、何者ですか」

「それがまだはっきりしないのです」

八木はイルミネーションへ視線を投げた。彼としてはそういうほかはなかった。

「マフィアのような組織ですか」

「………」

「桐原さんからうかがった、阿佐子さんをホテルの部屋で殺してボーイに変装し、リネン・ワゴンで外へ運び出した手口からすると、マフィアの組織犯罪としか考えられませんわ」

それが常識の線である。

「ぼくもそう思います」

「ニースやモナコにはマフィアが多いんでしょうか」

「多いでしょうな。あのとおりカジノ天国ですから。クラブの奥には売春と暴力の悪の華が咲いているでしょうね」

「わからないのは、阿佐子さんが殺された原因です。高平仁一郎さんが殺害されたのはモンテカルロのマフィア組織に巻きこまれたということで説明がつくのですが、阿佐子さんがニースのホテルで殺された理由がわかりません。しかも両人の死の間には、はっきりと関連がありますす。この関連がわからないのです。桐原さんにはわかっているのでしょうか」

「わかっていないでしょうな。桐原さんにわかっていないというのは、モナコ公国警察部にもニース警察署にもわかっていないということです」

「白川さんには、どうでしょうか？」

小島春子はとつぜん言った。

「え？」

「白川さんには高平さんの事件に心当りがないかしら」

「いくら高平さんの姻戚でも、原因まではわからないでしょう」

「そうでしょうか？」

「どうしてそう言われるんです？」

「八木さん。白川さんがわたしたちを夕食会に招んでくださるのに、どうしてこのローズ・ホテルに決められたのか、その理由をご存知ですか」

「知りません」

「そういってはなんですが、ここは二流ホテルです。聞けば白川さんは東邦証券の副社長さんだそうですね。桐原参事官が滞在されているオテル・プラザのような超一流こそ似つかわしいですわ」

それは八木も感じている疑点であった。

「お教えしましょうか。それは、ここに白川さんの秘書の矢野達之輔さんが滞在しておられたからです」

八木は、あっと口の中で叫んだ。

なんという迂闊(うかつ)か。白川敬之の秘書矢野達之輔とは、彼が泊まっているローズ・ホテルの部屋に、電話で二度も通話したではないか。自分のホテルから一度、和子の部屋から一度。

最初はロンドンの東邦証券支店に電話して白川敬之に連絡をとった。和子のことを話すと、矢野という秘書がいま休暇でモンテカルロのローズ・ホテルに滞在しているので、その者に電話してほしい、その秘書には自分のほうで指示を出すようにするから、ということだった。で、そのとおりになったのが五日の午前中の行動で、和子をジェノヴァのコンチネンタルへ送り届けたのもその結果である。

あまりの激しい動きに、ここが矢野秘書と電話連絡した先のローズ・ホテルというのを八木はど忘れしていたのだ。

しかし、これは小島春子に言うわけにはいかなかった。

「ここが白川さんの秘書が泊まっていたホテルというのを、あなたはどうしてご存知ですか」

八木は、さり気なく反問した。

「それは知ってます。わたしの泊まっているオテル・ミラマとは六百メートルくらいしか離れてないんです。わたしは毎朝散歩するんです。するとン午前八時半ごろ、ロールスロイスが一方通行の狭い道をうろうろしながらやってきて、ローズ・ホテルの玄関に横づけになりました。飛んで出たドアマンが開けたドアからそそくさと姿を現わしたのは、だれだとお思いになりますか。パオロ・アンゼリーニ氏です」

「えっ、なんですって？」

「精神武装世界会議主催者であり、議長であるパオロ・アンゼリーニさんです。わたしもはじめは自分の眼を擦りましたが、間違いありません。だって、それを確かめようと思って、ロールスロイスが狭い道に待っている十分間、わたしも十メートルはなれたキャンデー屋の軒先に立っていると、一人の日本人に見送られて、紛うことなくパオロ・アンゼリーニさんが大急ぎで出て来たのです。スコッチ・ウイスキーのブランドが印刷してある半ダース入りダンボール箱を両手でかかえていましたよ」

「………」

「そのウイスキーの半ダース箱をロールスロイスのシートの中に入れると、アンゼリーニさんは見送りの三十四、五歳の日本人と握手しましたが、それはもう丁重なもので、ほとんど平身低頭でした。会議場で見せた高慢な、キリストの再来のような救世主みたいな独善めいた傲慢さはすこしもなく、卑屈そのものでしたわ」

小島春子は、その場面を説明した。

「へええ、おどろいたな」

八木は意外なことをはじめて聞かされた。

「わたしもあまりの違いにびっくりしました。で、ロールスロイスが走り去り、その日本人が引っこんだあと、ホテルのポーターにいまの日本のムッシュはだれかと訊いたら、あれはトーホー・ビルブローカー・カンパニーのムッシュ・タツノスケ・ヤノで、ヴァイス・プレジデントのセクレタリイだと教えてくれました。わたしが同じ日本人で、しかも美女だから、すらすらと教えたのでしょう」

小島春子はけたけたと笑った。

「美人はトクですな」

パオロ・アンゼリーニが白川敬之の秘書にスコッチ・ウイスキーを貰いに行ったという。たぶん会議用に白川が寄贈したのだろうが、それなら使いに取りにやらせるか、矢野秘書がだれかに届けさせればいいものを、アンゼリーニ自身がロールスロイスを駆ってローズ・ホテルまで受けとりに行くことはあるまいに。

ともかく、これで白川敬之とパオロ・アンゼリーニとはなんらかの関係があることがわかった。

小島春子は、さきほど高平仁一郎の殺害事件の原因に白川敬之は思いあたるところはないだろうかと言った。八木は唐突なことを言うと思って聞き流したが、その言葉が礫(つぶて)になって足もとから面上に飛んでくるのを覚えた。

　矢野秘書は「休暇」をとってモンテカルロに滞在していると云っていたが、はたしてそれはヴァカンスだろうか。「休暇」と称して白川に命じられたモンテカルロの出張ではないだろうか。もっといえば、パオロ・アンゼリーニの「精神武装世界会議」に合せての出張ではないだろうか。当の白川敬之はローマに滞在している。

　しかも、矢野秘書を滞在させているのは目立たない二流ホテル。アップダウンの多い坂道で、車は一方通行、運転手もいやがる右折、左折のぐるぐるドライヴ。

　その理由の詳細はわからない。しかし、だいたいの方向は外れてはいないと八木は思う。頭の中が、もやもやとしていて、煙がたちこめ、はっきりとしていないだけだ。

　パオロ・アンゼリーニの「精神武装世界会議」には複雑面妖な雰囲気がある。これにマフィア組織がからんでいてもふしぎはない。

　矢野秘書とパオロ・アンゼリーニの往来からアンゼリーニと白川敬之の線を察知した小島春子が、高平仁一郎さんの殺害事件に白川さんは心当りがあるんじゃありませんか、と言ったのはさすがに慧眼(けいがん)だと八木は思った。

　ただ、直観はあるが、プロセスの論理がない。帰納に導く経過や経緯がないのである。けれどもその直観はジャーナリストの閃(ひらめ)きによるもの、女性特有の感覚と才能というべきものだろう。それに小島春子は取材に執拗なほうらしい。

八木はモンテカルロのイルミネーションを見下ろしている。赤い灯が強く光った。その時、ふいに記憶が浮び出た。

ロンドンの由緒ある料理店で白川敬之に馳走になったときのことだ。同席の東邦証券国際本部次長の福間という人が白川のことを八木に紹介した。

(副社長はヨーロッパ文化に通じられた非常に教養の高い方です。わが国の証券界に新風を送りこんでおられますよ。こんどロンドンにこられたご用件の一つは、かねがねご懇意なイギリスの貴族夫妻にお会いになるためです。その奥方はイタリアの旧貴族の出身だそうです。その先祖は、十四世紀の教会大分裂の原因となったローマ教皇庁のボニファティウス教皇時代以前からの貴族コロンナ家だそうですからね。ボニファティウス教皇が、対立するコロンナ家の広い所領と莫大な財産とを没収して一族に分与したのは有名な話ですが、なにしろ名家だけにえんえんとしていまだに残っているのです。とくに教皇庁がアヴィニョンからローマに帰還してからは、コロンナ家に対するヴァチカンの信頼は篤いということです。副社長はそのコロンナ家の子孫の夫妻と親しくされているわけです)

また、八木がじっさいに眼で見た一つの光景がある。

ロンドンのヒースロウ空港から白川敬之と同じ機に乗り合せて、言葉は交わさなかったが、ローマ空港に着いた。そのとき、白川を出迎えた人数は十人ほどで、高級車三台を連ねるという贅沢さだったが、中に、高貴な服装をしたイタリア婦人二人とカトリックの尼僧一人がいた。

白川敬之は大蔵官僚から証券会社の副社長へ「天下った」人だ。大蔵省の在外勤務時代に「外の顔」が広くなったのだろう。教養人だとは自他ともに許している。証券会社に入ってからは、たんなる副社長の飾りものにあきたらず、官僚時代の実績と「教養」を活用して成績を上げたいと精進の様子である。

一三〇三年、フランス王フィリップ四世と教皇ボニファティウス八世とは、王権と教皇権とを互いに主張して衝突した。美王側近の官房長ノガレはローマにおける教皇敵党派コロンナ家一派と通謀して、教皇をアナーニの離宮（ローマの南東）に襲撃した。ノガレは教皇を逮捕し、鉄の手錠で教皇の頰を打つ。「朕は帝王にして皇帝なり」と称した傲岸な教皇は憤死する。市民は激昂、不穏な動きを見せる。ためにノガレはアナーニから辛うじて脱出する。「アナーニ事件」といわれるものだ。

次代教皇ベネディクトゥス十一世は王にたいする非難をとり消し、抗争は美王の勝利に帰した。

次に立てられたフランス人の教皇クレメンス五世はフィリップ四世の強い監視下におかれてローマに帰されない。美王は南仏ローヌ川畔のアヴィニョンに教皇庁を造営させてここに居らしめ、「バビロンの捕囚」のはじまりとなる。

十四世紀のはじめから約七十年間、七代の教皇がローマに帰還するまでアヴィニョンの豪華な教皇庁宮殿に住んで、フランス的教皇庁行政を行なう。

——ここにフィリップ美王だの、官房長ノガレだの、教皇クレメンス五世だのの名が出てくると、かれらに亡ぼされたテンプル騎士団の「呪い」の話を思い浮べずにはおられない。それは八木正八が、げんに白川敬之からロンドンはテンプル・アヴェニューの近く、ネルビ頭取の首吊り事件のあったブラックフライアーズ橋にも近い路地のコーヒーハウスで「講義」を聞いたものだ。

テンプル騎士団の「残党」が、いまだに地下組織を堅持し、その継承する隠匿財産を共同で守護し、そのためには秘密規約をつくって厳守する。かれらのヒエラルキー構造は絶対的であり、ためにそれが軍隊組織に応用され、大学校制度にも応用され、九世紀のイギリスに発生して、十五世紀ごろにヨーロッパに組織としてひろまった石工(マウラー)組合の制度にも応用されて、それがフリーメーソンに変質した。社交機関としてのロータリー・クラブやライオンズ・クラブの規約にもそれが導入されている、と白川敬之は、あの船艙(せんそう)のようにうす暗いロンドンのコーヒーハウスで語ったものであった。

ああフリーメーソン。——そのフリーメーソンのプロパガンダ第2部(P2)と称して、一九四五年、シチリア島に上陸したアメリカ軍の手引きをし、南イタリアからローマのドイツ軍攻撃の先導となったシチリアの暴力団(マフィア)は、「戦勝軍隊」面(づら)をして、今日の勢力にのし上がる土台をつくった。それゆえに政財界に喰い入って、イタリアを無法地帯にしたのはかれらマフィアである。ヴァチカンですらかれらに弱味を握られているといわれている。

八木は、ローマ空港前で白川敬之がイタリアの貴婦人とヴァチカン関係者らしい尼僧の出迎えを受けている光景に東邦証券国際本部次長の話を、もう一度重ね合せてみた。

（副社長がご懇意な貴族の奥方はイタリアの旧貴族のコロンナ家の出身だそうです。教皇庁がアヴィニョンからローマに帰還してからは、コロンナ家に対するヴァチカンの信頼はことのほか篤いとのことです）

コロンナ家は教皇庁分裂前、教皇ボニファティウス八世と対立した。それは同家の広大な所領荘園問題からといわれている。ノガレはこれに着眼、コロンナ家を抱きこみ、フィリップ四世をしてボニファティウス教皇のアナーニ離宮を襲わしめ、教皇庁分裂の因をひらく。

コロンナ家は、この教皇庁分裂のいわば「元凶」の一人である。それが「帰ってきた教皇」（グレゴリウス十一世。在位一三七〇—七八）によってどうして厚遇されたか。七十年ぶりにフランスの「仮り住い」から本拠であり故郷でもあるローマに還り得たため、教皇は郷党の旧家と融和をはかり、イタリア国民との友睦を回復したかった。一方、アヴィニョンではまだ対抗教皇を立てているのだ。また、コロンナ家としても、土地・財産没収の憂目に遇ったりしているので、アヴィニョンから帰還した新教皇庁へ迎合を志したにちがいない。

これが中世から現在までイタリア「貴族の家柄」とヴァチカンとの関係に続いているのであろう。

そのイタリアの貴族の後裔(こうえい)に喰いこむことで、白川敬之は「社のために」どのような働きをしているのだろうか。──

七時が十分すぎた。

ダイニングルームの控室には客が揃った。戸崎秀夫、植田伍一郎、小島春子、八木正八。

特別室のテーブルには中央の二つの花飾りを中心に六人ぶんの皿と銀の食器とがはなやかに揃えられて一同の入来を待っている。

客たちは控室の銀器の中から接待煙草をつまむなどして吸いながら低い声で話しているが、言わず語らずの不審はたびたび時計に眼を落すことであらわれていた。定刻が十分も過ぎているのに、招待した側の白川敬之が姿をここに見せないのである。

仏事でいえば「斎(とき)」を出す「喪主」にあたる人、ほんらいなら早く来ていて客たちを迎えなければならない人、それが遅参とは失礼千万である。

また、桐原敏雄も現れない。桐原参事官はいわば主賓格の存在、なにかの都合で遅れているので、白川はそれをホテルの玄関ででも待っているのであろうか。

いや、そんなはずはない。二人はむしろ早くここに入っていて、どこか別室で話し合っている、桐原参事官が仁一郎事件の捜査経過を白川敬之に報告している、とはそれを瞥見した八木正八が小島春子に言ったことであった。

　どうしたのだろうか。モナコ署の合同捜査本部からニュースが入って、「オテル・マレシャル」の客室係主任アルベール・ロオシャンが遂に脅迫者の名を自白したのだろうか。その犯行の詳細を語りつつあるのだろうか。

　そうしてその終了を待って、皆に報告するつもりだろうか。

　一同が心ここになく、ただ時間つなぎの会話をしているときだった。

　控室のドアがまるで蹴られるように乱暴に開けられた。一同がおどろいてふりむくと、白川敬之が背中をかがめて転がりこむように入ってきた。

　彼は、入口から三歩ばかりのところでぴたりと停止し、靴先を揃えて深々と頭を低げた。

「皆さまにはたいへんお待たせ申しあげて申し訳ございません。なんともはや汗顔の至りでございます」

　きれいに分けた銀髪と紅色を帯びた豊頬は、そのずんぐりとした身体つきとともに貫禄があった。

　その背後に桐原敏雄がおじぎして立っていた。

「皆さまをお待たせした責任は、わたしにございます。申しわけありません。その理由は、わたしから皆さまに申しあげます」

まずは晩餐を、ということになった。

ダイニング・ルームの特別室に移り、テーブルについて、末席の白川敬之が短く丁重な挨拶をした。

会食中、故人の想い出話などは出なかった。その死が死だけに、皆が話題にするのを避けている。座は沈黙がちになった。

だが、もう一つ原因がある。

白川敬之がここに遅れた理由だ。桐原敏雄は、その理由をわたしから皆さんに申し上げると言ったから、遅参の原因はどうやら桐原に関わりがあるらしい。

それなのに、桐原は食事が進行してもいっこうにそれを言い出さない。それが一同の気持に引っかかっている。ことがことだけに桐原に請求するわけにはいかなかった。

言訳の内容が仁一郎事件の捜査に関連していることは想像できた。モナコ署の合同捜査本部から何か新しい情報が入ったらしいのである。それだけに早く聞きたい。

白川敬之のほうを見ると、この新渡戸稲造を彷彿とさせる老紳士は末席に控えて、皿にうつむいていた。ホストなのに、客たちをとりもつこともなく、寡黙なのである。役人時代は外国暮しの経験が少なくなく、社交性の豊かな人だろう。

してみると、あとは、その理由なるものが食事の間はふさわしくない話題だということだろうか。それよりほかに考えようがない。——

そう気づいた客は、四人のうち、ほとんどだった。沈黙がちな、気詰りな食事のせいもあって、フルコースなのに、給仕がおどろくほど時間が早く終った。

桐原参事官は、もとよりそれを察していた。

「お食事中はいかがかとご遠慮しておりましたが、お済みになりましたのでこのへんで、白川さんとわたしが本席に遅参いたしました理由を申し述べさせていただきます」

桐原は低頭して言った。

「ここへ参る矢先に合同捜査本部から、わたしのところに電話がありました。居場所を連絡してありましたので。その電話は、モナコ地区の北方、高速道路へ通じる山の道路の中ほど、ヘアピンカーヴがくりかえしになっているその崖下に小型トラックが転落して目下炎上し、中のリネン・ワゴンが燃え、男二人が火ダルマになって逃げ出しているとの通報をうけているとのことでした」

一同は椅子を後ろに倒すほど驚いた。おどろくべきニュースだった。

――小型トラックが燃えている。

――リネン・ワゴンが焼けている。火ダルマになった男二人が飛び出して逃げている。

この現在進行形が一同を昂奮に突き上げ、総立ちにさせた！

桐原参事官も職務上、捜査本部から連絡を受けたとき即刻に現場へ駆けつけたいところだったが、今夕の白川の「斎（とき）」は義理上欠かせないので、やむなく出席したのだった。

ホテル前から二台のタクシーに六人が分乗した。

──ごちゃごちゃといりくんだ路をグリマルディ通りに出て西へ疾走、北へ折れて王女公園の下をレニエ三世通りを走った。ここから交差する複数の道路を辿って登ると、やがて一本のジグザグ道路になるが、曲るたびに白亜の壁と断崖が右と左に入れ替る、木や草のない石灰岩質。

「現場」は案内人がなくとも一目でわかった。

左側（西）のはるか谷底に炎の光が匍い上がっている。けたたましいサイレンがひびき渡り、無数の赤い警報灯が回転していた。それが道路上から三十メートル下方に見える。人の声が湧き上がっている。

暗い中に村の灯がぽつりぽつりと沈んでいて、その向うは黒い山の巨大な障壁だった。

「アルプスのトロフィー」の東壁だ。

「あそこへ降りる道をさがせ」

先頭車に乗った桐原がフランス語で運転手に言った。

運転手はうしろをふり返り、クラクションを鳴らして後続車に合図し、Uターンをした。

一キロばかり後戻りすると村道の岐れ道があった。その坂道を下った。火が空へ上っているのは、それだけ下に下りたのだ。消防車が水をかけていたのは土堤の立木と草だった。小型トラックは焼け爛れた黒い残骸を横たえている。ガソリンに引火して燃えた火が木や草に延焼しているのだった。

小型トラックから十メートル離れて乳母車のような台と車輪が真黒になって潰れ、黒焦げの布片が散っていた。懐中電灯の光がホタルのように飛び交っている。

ロープをくぐって桐原が入ると、捜査本部の係長が彼の顔を見て近づいてきた。

「あそこから墜ちたんです」

捜査係長が指を上にさし、顔をあおむけた。

「カーヴですよ。モナコ王妃がハンドルを切りきれなかった場所の近くです」

捜査係長は小型トラックの墜落個所を示し上げた指と仰いだ顔をもとに戻したが、とたんに桐原の背後に立っている日本人を見つけた。

「おう、おまえはだれだ？」

「いや、係長。これはプレスマンです。ヤギといってね、取材にきているんです」

八木は手をさし出したが、係長は肩をすくめただけだった。桐原が居なかったら、この見知らぬ日本人のブン屋を追い返しそうな勢いであった。八木は手を引込めて手帖を出した。

「二人の男が火ダルマになって駆けていたということですが」

桐原は係長にむかって訊いた。

「一時間半前の村民の電話通報では、そうでした。われわれがここへ駆けつけたときは、すでに焼死体でした。墜落した小型トラックの運転手と同乗者と見られます。半焦げです。駆けているというのは通報者のオーバーで、墜落時の全身打撲傷で車からようやく這い出していたのでしょう。そこへガソリンの火が爆発したのです。死体は解剖に回っています」

「ここで検視したときの特徴は？」

「顔は黒焦げで、まったくわかりません。二人のうち、一人は百六十五センチ、体重八十キロくらい。一人は百八十七センチ、七十キロくらい。つまり、一人は背が低く、小肥りの男、一人は瘠せ形で、のっぽです」

「オテル・マレシャルの523号室担当のルームメイドが五日の朝七時ごろにその部屋の付近で目撃したマスクのルームボーイ二人の身体にそっくりですね？」

「そう」

「リネン・ワゴンを、マスクをした二人のボーイが押してまわっていたのをルームメイドが見ている。ここにはリネン・ワゴンとタオルやシーツなどが燃えている」

「その通りです。小型トラックもです。『サミエル』クリーニング工場の門前で、従業員がホテルのリネン・ワゴンを集めて積載した大型トラックをうしろから追ってきた小型トラックに呼びとめられた。それもオテル・マレシャルのルームボーイ服の二人でした。一人はずんぐりとしている体格、一人はのっぽ、どちらも眼ばかり出しているマスク。客の貴重品を間違えたといってリネン・ワゴン一台ごと小型トラックに積んで走り去りました。そのあと、523号室の宿泊人の日本婦人がグラースの町近くで他殺死体で発見されました」

「客室係主任アルベール・ロオシャンを脅迫していたのは、ここで墜死を遂げた殺人者だったのですか」

「自業自得です」

桐原の言葉に捜査係長は言った。

八木は手帖に鉛筆を走らせている。草の火はおさまったが、夜のことだし、まだ明りはある。それと消防車と警察車の赤い警報灯とが手もとの照明だった。

上の回転道路をヘッドライトの光箭が登る。白川をはじめ四人はうしろで待っていた。

「逃走途中だったんでしょう。一刻も早くとあわてているので、ハンドルを切り損なったんですよ」

数秒間の沈黙が桐原にあった。

「それにしては、妙ですな」

彼は言った。

「被害者キタノ・アサコが523号室で殺されたのは五日の未明、死体がワゴン車で外に運び出されたのは午前七時ごろ、それが小型トラックに奪取されてグラース近くの香水用栽培すみれ畑に捨てられたのは八時すぎと思われます。すべてボーイに変装した二人組です。ところが、その二人組が逃走中ここで死んだのは、今日、七日の午後六時五十分ごろですね。二日半も経っているのに、あわてて逃走中というのは、当らないと思いますが」

係長はなにか言いかけたが、言葉を探し得ないのか、黙った。

「それから逃走するのに、二人組はどうして犯行に使ったリネン・ワゴン積載の小型トラックに乗ったのでしょうか。そんな重い車に乗ってたら、まるで鉄丸を引きずって行くようなものじゃありませんか。なぜ、軽快な車を使わないのですか」

「それはですな、それは、捜査陣の眼をくらます戦術だったかもしれませんな」

「いや、それはいけません。その小型トラックにはオテル・マレシャルのリネン・ワゴンを積んでいます。検問にひっかかってこれを見られたら、一発で否応(いやおう)なしです」

「………」

「それに、二人組はこのオテル・マレシャルのワゴン車と、クリーニング工場前に姿を見せた小型トラックとを、五日の午前八時すぎから七日、すなわち今日この墜落事故の午後六時五十分ごろまでの六十時間も、いったい何処(どこ)に隠していたのでしょうか。……これでは、あわてて逃走ということにはならないと思いますが」

桐原は相当「いいところ」を衝くと八木は思った。

「そういう小道具を隠匿させていたのは、ギャングの組織だからですよ。組織だからその場所があるのです」

係長は両手をひろげた。

「組織だから、リネン・ワゴンと小型トラックを隠す場所があったと言われるわけですね、係長？」

　桐原は念を押した。

「その通りです、ムッシュ・キリハラ。残念ながら、組織はわれわれの捜査の及ばないところにさまざまな隠匿場所を持っております。意表を衝いた、まことに奇想天外な」

　係長は肩を縮めた。

「そういう組織がですね、なぜ、犯罪証拠になるような、危険なオテル・マレシャルのリネン・ワゴンと、クリーニング工場前からワゴン奪取を演じた小型トラックを焼却しなかったのでしょうか」

「ううむ。それはですな、その……」

　係長は短い口髭を動かしただけだった。

「焼却してしまって、証拠を湮滅すればいちばん安全なのに。……なぜ、かれらは、それをしなかったのでしょうか。なぜ、そんな危険物をいつまでも隠して持っていたのでしょうか」

「………」

「これが、わたしにはどうしてもわかりません」

　桐原は、あえて解答を係長に求めなかった。

「二人組が非常に急いで逃走を企てた様子があることはわたしも係長の見方に同意します。

しかし、いまごろになって、なぜ、そういう事態になったのでしょうか」

「おそらく組織の仲間割れからでしょうな」

「なるほどね。よくあることです、ギャング組織の仲間割れは。だが、そうなると、キタノ・アサコを殺した原因を解明しなければなりません。これがわからねば、ギャングの仲間割れもわかりません。また、なぜ危険な証拠品を焼却もせずに保存しておいたかも解けません」

「…………」

「けれども、ギャングども、たしかにその証拠の焼却は自らの手でやっています。この崖からの墜落によるオテル・マレシャルのリネン・ワゴンならびに小型トラックの炎上です。そして殺人犯である自分たちまで焼死しています」

桐原は、天網恢々という語にあたるフランス語を急いでさがしたようだが、適当な言葉が浮ばないらしく、

「神の訓えに背いた者は、罪の償いをしなければならない」

と言った。係長は天を仰いで大きくうなずいた。

「それは旧約聖書の『レビ記』に出ている」

「レビ記」がどうであれ、桐原のいまの言葉は核心を衝いていると八木は思った。ただ、当の桐原がそれを知らぬだけである。

「この二人組のギャングの名はわかりませんか」

桐原は、モナコ署の合同捜査本部の係長に訊いている。

「目下のところ、わかりません。顔はまっ黒焦げでしてね。指紋も検出できるかどうか。両手が焼け爛れているんです」

係長は絶望的に答えた。

――八木だけにはわかっている。

これはP2の組織が「間違えた男」二人に加えた懲罰なのだ。

それを理解するには、ロンドンのブラックフライアーズ橋にロンバルジア銀行のネルビ頭取の首を吊す現場の目撃者がだれであったか、ということから知っていなければならない。

仁一郎の死体のポケットに突込んであった顔のない人物画のスケッチ、その三枚はチェルシー地区の食料品店の包み紙の裏に描かれてあった。店名はないが、あれはホテル「スローン・クロイスター」の売店のものだ。目撃者の高平和子と木下信夫が居た。

イタリアからのP2指揮によるロンドンのマフィアのネルビ殺し、それを見られたと知って目撃者のスローン・クロイスターの部屋襲撃。が、日本人男女はすでに逃げ去っていた。フランスに渡ったと知った。ニースへ行ったとわかった。マフィアの情報網からだ。

目撃者を消すための各地の組織のリレーがなされた。単独走法でなく、継走法がとられたところに間違いが生じた。ニースのマフィアは二つのホテルに泊まった日本人カップルをとり違えてしまった。

はじめからの経緯を知らない者にはわからないことである。ロンドンで、八木はその経緯に「立ち会って」いる。

P2組織が間違えた者に下した懲罰は、組織の掟によって、火あぶりの刑である。

崖上からの墜落は、「偶然の事故」ではない。組織の者が、小型トラックを突き落したのだ。おそらく「間違えた二人」は紐でくくられて、一人は助手席に、一人は座席に身動きできなかったにちがいない。運転は別の者で、崖下に突込む前に、開いたドアから外に飛び出したであろう。

「オテル・マレシャル」のリネン・ワゴンを小型トラックに積んだのは、見せしめと同時に証拠湮滅だ。

火刑。——この中世の宗教的処刑!

異端者。魔女。ひとたびこの判決を受けるや、町の広場に引き出され、小山のように積み上げられた焚木の上に立ち、衆人歓呼のうちに焼き殺される。——

秘密集団フリーメーソンはテンプル騎士団に則って、厳格な教条で律している。P2組織も、防衛のためにそれに倣っている。

テンプル騎士団の由来やフリーメーソンについては、ここに戸崎秀夫、植田伍一郎、小島春子といっしょに立っている白川敬之から、八木はロンドンのコーヒーハウスで聞かされた。

いる。
のみならず、そのとき、白川は和子と同伴した木下信夫にこっそりと横顔をスケッチされて

その白川も、P2配下のマフィア組織がテンプル騎士団の中世密儀的懲罰を、従姉の娘と別人を間違えた下手人の上に加えたことは知っていない。

ネルビ頭取にしてからがそうだ。

ロンバルジア銀行が、ヴァチカンの「神の銀行」と特殊な関係にあることは、ローマでは知らぬ者はない。ローマだけでなく、ミラノでも、フィレンツェでも、ナポリでも、ジェノヴァでも、ヴェネツィアでもトリエステでも、イタリアじゅうの都市で知らぬ者はいない。

ニューヨークでイタリア政府の身柄引渡し要求に抵抗しているP2の最高幹部ガブリエッレ・ロンドーナとネルビの間に確執が生じ、ネルビはロンドーナの放った暗殺者を恐れてまずロンドンに逃亡した。一方、P2の頭目ルチオ・アルディはジュネーヴの拘置所を脱獄して、アルゼンチンかウルグアイかに脱(のが)れているらしいが、これもネルビは裏切る、捕まるとすぐに組織の秘密をしゃべってしまう、と見て暗殺者を送っている。ネルビは二つの敵に脅やかされていたらしい。

そのネルビも満干潮にしたがってテムズ川の水位の高低で身体が膝頭(ひざがしら)から首の下まで浸ってゆく。そのズボンの両ポケットには煉瓦(れんが)の破片や小石が詰まっていた。

水に漬(つ)けるのは、異端者への懲らしめ「悪魔の洗礼」である。ダンテの『神曲』の「地獄

篇」にも、罪業を犯した亡者が「濠(ほり)」の中に漬けられてもがき苦しむ場面がある。石を男の身体に詰めるは、去勢の象徴という。――

この白い崖下の火刑といい、P2の掟による処刑に少しの乱れもなかった。

ダンテの『神曲』地獄篇第十八歌以下――「悪(あく)の濠」にかかった橋を渡ると、さまざまな地獄の圏谷(たに)をまわる。ダンテが鬼どもといっしょに濠に沿って行くと、亡者どもはたちまちみな煮えたぎる瀝青(れきせい)の下へ身を隠した。だが、とり残された一人は髪に鉤(かぎ)をひっかけられると、まるで獺(かわうそ)そっくりに水から上へ吊しあげられる。(第二十二歌)

会議（コンフェランス）の正体

ローマ市のモンテペロ通り。テルミニ駅（中央駅）に近くても、ホテルの多い西南方角からは北へ離れていて、人通りが少ない。中央政経日報ローマ支局が入っている古びたビルもそこにある。

街路を、駅とは反対の大蔵省（フィナンツェ）へ突きあたる狭い道へ入った角から二軒目に、小さなカッフェがある。十一月二十日の午後二時ごろのことであった。日本人の男女がテーブルにさきほどから落ちついていた。

八木は片手をテーブルの端へ身体との距離を支えるように伸ばし、片手をポケットに入れて、聞き入っている。困惑した表情である。返事をするが、困ったような返事である。ときどき相手へ眼を上げ、おどろいた顔をする。そうして何か言うが、驚愕（きょうがく）したような言い方であった。日本語のやりとりだから店の者にはわからない。双方の表情を偸（ぬす）み見て興味を起すだけである。

昼下りの二時といえば、店の客はまばらである。正午から一時すぎまでは大蔵省の役人などでいっぱいになるが、夕方までは閑散としている。八木が女客とコーヒー一ぱいでいくらねばっても苦にはならない。

小島春子は、ふくれたショルダーバッグを膝の上に置いて、止め金を外し中から部厚い紙の束をとり出した。それは隅が和紙で撚（よ）った紐で綴（と）じられてあった。

彼女はそれをテーブルの上に置くと、はじめの二、三枚をめくってちらちらと眼を落した。が、すぐに閉じて、八木の顔に眼をむけた。

「わたしが、いままで、八木さんにおたずねしたり、またわたしが断片的にお話ししたことは、いちおうこの草稿にまとめてあります」

「草稿ですって？」

八木はテーブルから手を放した。

「まだメモ程度といったほうがいいかもわかりません。忘れないうちにね。でも、きれぎれのメモでは、心覚えにならないので、ひとまず草稿の体裁でまとめてみたのです。こうすると、自分なりに頭の整理ができますから」

「………」

「わたしが、これを携えてモナコからローマに来たのはほかでもありません、八木さんがローマに居られるからです」

「あなたは、モナコからミラノに入り、スイスの観光地を回って、とっくに日本へ帰国なさっていると思っていました」

八木はなんとなく溜息まじりに言った。

「そのつもりでした。その予定を変えさせたのが、モンテカルロのローズ・ホテルです。わたしがパオロ・アンゼリーニ文化事業団からあてがわれた宿舎のオテル・ミラマの散歩道にあたるローズ・ホテル。わたしたちが白川敬之さんにご馳走になった二流ホテルのローズ・ホテル。……そのローズ・ホテル前での朝の目撃が、わたしの観光コースを変えさせたのです」

小島春子は、ふたたび紙の束の一枚目に眼を落した。

「この草稿の書き出しもそうなっています。ちょっと読んでみます。

それはなんでもない場面からはじまった。モンテカルロのせまい裏通りの坂道を一台のロールスロイスが上ってきてとまった。ローズ・ホテルの前だ。このホテルは三ツ星、つまり二流クラスである。その前にデラックスなロールスロイスのご到着だから、ちょっと似つかわしくない気がして、近くの軒下に身体を避けて見ていると、車の中から出てきたのは『精神武装世界会議』の主催団体の理事長であり、この会議の議長をつとめているパオロ・アンゼリーニ氏であった。氏はそそくさとホテルの中に消えた。わたしはあまりのことに呆然としたが、たしかにあれはアンゼリーニ氏である。

わたしは、キャンデー屋の軒下におよそ十分間ほど立った。するとローズ・ホテルの玄関からアンゼリーニ氏がスコッチ・ウイスキーの銘柄印刷の入った半ダース入りダンボール箱を両手に抱えて出てきた。そのあとに中年の日本人紳士が随っていた。この日本人はあきらかにローズ・ホテルの宿泊者であった。アンゼリーニ氏は、ウイスキーのダンボール箱をクッションに積むと、その見送りの日本人紳士にいとも丁重に礼を述べて、ロールスロイスを走り去らせた。超一流のオテル・エルミタージュの会議場の議長席では尊大で、横暴で、宗教的なくらい自己陶酔のパオロ・アンゼリーニ氏と、これが同一人であろうかと、それこそまさに眼を疑うものであった。

わたしはその日本人紳士が何びとであろうかと知りたくなった。パオロ・アンゼリーニ氏をかくも平身低頭させたのだから当然である。ホテルのポーターから聞き得たところでは、その日本人紳士はトーホー・ビルブローカー・カンパニーのムッシュ・タツノスケ・ヤノで、ヴァイス・プレジデントのセクレタリイであると教えてくれた。

さても奇異なことよ。……」

小島春子は紙をめくって、八木の顔をちらりと見た。

「もうすこし読みます」

八木は瞳を下にむけ、唇に指を当てている。

「……パオロ・アンゼリーニ氏と東邦証券の矢野氏との結びつきがふしぎだ、矢野氏はこんどの精神武装世界会議の参加者でもなんでもない。それなのに、どうしてスコッチ・ウイスキー半ダースをアンゼリーニ氏に贈ったのであろうか。いや、矢野氏は東邦証券の副社長白川敬之氏の秘書ということだから、矢野氏がスコッチをアンゼリーニ氏に寄贈したのは白川副社長の命令によるのであろう。それにしても白川氏が精神武装世界会議にとくべつな理解を示して、そのパーティ用にウイスキーを寄贈したとは考えにくい。第一に、日本の証券会社とウイスキーとはいかにも取り合せが不似合いではないか。わたしはあとになって、そう考えた」

小島春子は紙をめくった。

「ひとたびそのように考えると、腑に落ちぬことが次々に気づかれてきた。

まず、ウイスキーの寄贈だが、たかがそれくらいのものをどうして矢野氏は精神武装世界会議の会議場であるオテル・エルミタージュに届けさせなかったのだろうか。ところが、じっさいはアンゼリーニ氏自身がロールスロイスを駆ってローズ・ホテルまでウイスキーを矢野氏から受け取りにきたのである。あの誇り高きパオロ・アンゼリーニ氏がいとも丁重に、まるで貴金属の入っている函(はこ)でももらうようにおし頂いて、両手に抱えて、ロールスロイスのやわらかいクッションの上に据えたのだった。

普通だったら、ウイスキーの瓶詰箱などは車の後部トランクに入れておけばいいものだ。それを氏自身が乗る座席の横に、まるで身体から離さないように積みこんだのはどういうことだろうか。

あのダンボール箱の中は半ダースのスコッチ・ウイスキー瓶ではなく、ドル紙幣ではないかと疑った。ダンボール箱に印刷銘柄のウイスキーはなく、人目をごまかすために容器を利用したにすぎないのではないか。

この疑いで見直すと、すべての疑問点が解けてきた。ウイスキー瓶半ダース入りのダンボール箱なら相当な重量なのに、アンゼリーニ氏は、ひとりでそれをビルから車へかんたんに運び入れた。とても半ダースのスコッチ瓶入りの重量ほどではない。

あれは精神武装世界会議の第二日の朝であった。最終日の前日である。最終日には、パオロ・アンゼリーニ文化事業団は、いっさいの費用を支払わねばならない」

小島春子は次の紙をめくるとき、八木の顔にまた視線を走らせた。

八木は肘を突き、拳を握った両手を額に当てていた。

「……参加者のうち、会員は三百名。フィレンツェのパオロ・アンゼリーニ文化事業団が審査して認めた会員である。これには往復旅費、滞在費が支払われる。往復旅費は契約の航空会社にすでに払込み済みとしても、中南米からの会員参加者が多いため、その往復航空券の支払いも多大であったろう。会場のオテル・エルミタージュ。モンテカルロ随一の超一流の国際会議場をもつホテルだ。会議場を三日間借り切り。最終日は豪華な打ちあげパーティだ。そして三百名の会員はモナコの各地区のデラックスホテルに泊めて、その宿泊費、食費などいっさい事業団もち。アンゼリーニ氏は、いっさいの費用は篤志家たちの寄付によると説明しているが、いくら寄付でも、このように贅沢にカネを使っていては、カネはいくらあっても足りないと思われる。どうしても支払いに不足する。その補給が東邦証券の供給ではないだろうか。わたしにはそのように思われてきた。……」

四人連れのアメリカ人観光客が入ってきて向うに席をとった。小島春子は草稿を読むのを中断した。

「あなたから聞いたとおりのことが書かれてある。それについての今のわれわれの話し合いと、あなたのメモとは一致していますね」

八木は、ふっと息を吐いて言った。

「問題はこれからですわ。読むのはやめて、八木さんと話し合いましょう」

小島春子は、その箇所に栞（しおり）がわりに紙片をはさんでメモの束を閉じた。

「疑問は、モンテカルロのパオロ・アンゼリーニ氏に日本の証券会社を通じてだれが送金したかです、それだけの大金を」

「それはわからないですな。だが、アンゼリーニ氏には有力な支援者がずいぶん付いていると氏自らが公言している。その人たちが早急に送金したのでしょう」

「なぜ、日本の証券会社の手を通じて送金したのでしょうか」

「日本の銀行にしても証券会社にしても、世界の金融市場にはなばなしく進出していますからね。送金者が東邦証券を使っても、べつにふしぎではないと思います」

「わたしには、ふしぎに思われます。いわゆるパオロ・アンゼリーニ文化事業団はいろいろな取引銀行や取引証券会社を持っているでしょうが、日系の金融機関の取引先はないと思います。イタリア系かフランス系かイギリス系かアメリカ系でしょう。その中で、モンテカルロの送金が東邦証券経由になっているのがふしぎです。それに、アンゼリーニ氏への緊急送金に備えるように、東邦証券の矢野氏はモンテカルロのローズ・ホテルに待機中でした」

「ぼくが聞いたところでは、矢野秘書は白川副社長の許可をとって休暇をもらい、モンテカルロに遊びに行っていたということでしたが」

八木は言ったあとで、はっとした。うっかり口をすべらせたのだ。高平和子のことで、矢野達之輔と電話で連絡をとり合ったことは小島春子には言っていない。言う必要のないことだし、言ってはならないことだった。

八木には一つの情景が眼に残っている。――ロンドンからローマに戻ったときだ。レオナルド・ダ・ヴィンチ空港前に白川敬之を出迎えたのは数人のイタリア人紳士と裕福らしい貴婦人二人と、それにまじった身分の高いと思われる修道女だった。八木に見られているとは知らずに、白川は先頭の高級車に招じ入れられて走り去った。

(副社長は大蔵省の高級官僚時代からイタリアの伝統的な名家コロンナ家と親交があるんです。コロンナ家はいまでもヴァチカンからたいへん尊敬されているそうです)

東邦証券の幹部の言葉がそれに重なる。――

しかし、これら白川敬之についての目撃や挿話を小島春子には語っていない。まだ秘している。

だが、日本の証券会社が世界の金融市場に進出した今日、アンゼリーニ文化事業団がその証券会社を利用してもふしぎはないと言ったすぐあとで、矢野秘書がモンテカルロのローズ・ホテルに滞在していたのは白川副社長の許可を得て、休暇をとっていたのだと言ったのは、うかつだった。しまったと思った。

小島春子は八木を見た。彼女は笑うときは瞳（ひとみ）がかくれるほど糸のように細くなるが、見つめるときはその眼がひろがって瞳が鋭くなる。そんなことをだれから聞いたかと問う瞳だ。

腋（わき）の下に汗がにじんだ。

「八木さん。あなたは白川さんとは以前からお親しいようですわね？」

「………」

「ローズ・ホテルの『お斎（とき）』を兼ねたお訣（わか）れパーティの席でわかりましたわ。ほかの皆さんとは、お二人の態度が違いますもの」

「じつはロンドンで知り合ったんです」

「そうでしょうね。そうだと思いましたわ」

小島春子は、にっこり笑った。

「コーヒーのお代りをとりましょうか。あなたには教えていただきたいことがいろいろとあるわ。八木さん。あなたもジャーナリストです。わたしはレポーターのはしくれです」

小島春子は自分のことをおかしそうにいった。

「いわば同業ですわ。ですから、仕事として対象への探究心は旺盛だと思うんです。いかがですか、白川さんにお訊きになりました？　パオロ・アンゼリーニ氏に渡したあのウイスキーの箱のことを。東邦証券扱いで来た送金主のことですよ」

「いくらぼくが白川さんを知っているからといっても、そんなことはとても訊けませんよ。第一、金らしいと気付いたのは今がはじめてですから」

八木は顔を振った。

「それに、だれに依頼されて送金を扱ったなんて、いくら親しいとしても、証券会社の人が言いっこありませんよ。それは銀行業務や証券業務の非公開性ですな。預託者保護からのね。送金手続きにも途中でいろいろと複雑な関門があるらしいですから。小島さんのような腕きのレポーターなら別ですが、ぼくのようなシロウトの記者だと、銀行や証券会社は、こう答えるに決まっています。……さあ、お札には色もニオイもついていませんからね、どこからどう流れてきたかわれわれにもわかりませんな。……そう言って、嘲笑されるのがオチです」

「ふ、ふふふ。そうでしょうね」

小島春子は運ばれてきたお代りのコーヒーをうまそうに一口すすり、顔を上げたときは明るい笑顔だった。

「銀行や証券会社ほど外部に対して城砦のように堅固な商売はありませんわね。それでも、わたしはパオロ・アンゼリーニ氏が精神武装世界会議の資金を、欧米系の金融機関扱いではなく、日系の東邦証券扱いにしたところに、特別な意味があるように思うんです」

「特別な意味とは？」

「秘密性と言いかえてもいいです。さっきも言いましたように、パオロ・アンゼリーニ文化事業団はイタリアやイギリス系の銀行や証券会社と常からの取引があると思うのですが、その中で日系の証券会社と取引関係になったのは、今回の精神武装世界会議開催の機会がはじめてではないかと思うんです。ということは、精神武装世界会議そのものに、かくされた秘密があるということですわ」

八木は小島春子の口もとを見つめた。

このお河童頭の、なにかといえば転げるようによく笑う女のどこに、これだけの神経が働くのであろうか。他人にはうっかりと見のがされるような小さな事象に。

じつは八木の手には一枚のカードがある。その切札はロンドン総局のミセス・ローリイ・ウォーレスにひそかに電話で応援を求め、そのローリイから送られたデータを書き込んだものだった。――

「小島さん。非常に興味をそそる話です。精神武装世界会議のかくされた秘密とは、なんですか」

八木は手の中のカードはまだ開かないことにした。これを小島春子の前にひろげるときは最後の最後である。

小島春子は短い頤（おとがい）に、安物の宝石のはまった指を当て、しばらく思案するようにその辺を撫でていた。

「八木さん」

彼女はその手をテーブルに横たえ、身を乗り出すようにして言った。

「あの会議場にラテンアメリカからの参加者が多かったのが眼についたでしょう？　あれをどう思われましたか」

「中米のバハマ、ニカラグア、さらに南米のアルゼンチンとかウルグアイとかは昔からイタリア人の移住民の多い国だから、そこから祖国人の呼びかける一種の平和運動の会議に参加してくるのにふしぎはないでしょうね。ことにアンゼリーニ文化事業団に会員と認定されると、出発地からモンテカルロまでの往復旅費と、三日間の滞在費とは文化事業団の負担だから、こんな好条件はないわけです。なかには、これ幸いと祖国見物組も相当あったと思いますよ。モンテカルロはイタリアのすぐお隣りですからね。フィレンツェのパオロ・アンゼリーニ文化事業団もそのへんは心得ていて、中南米の同国人をできるだけ会員に認定したんじゃないですかね」

「アンゼリーニ文化事業団は、慈善事業団体でしょうか」

「えっ？」

「八木さんの言うとおりだったら慈善事業になりますわ。それに中南米からきていたイタリア人でも、オブザーヴァの人たちが相当いましたわ。オブザーヴァは、わたしたちと同じように自費参加です」

「……………」

「あの会議の参加者で、中南米からきたイタリア人の数はざっと五十名ばかり。あれでは、まるで在中南米イタリア人会議でしたわ」

「その表現は、ちょっとオーバーでしょうな。会員三百名、オブザーヴァ百名、総員四百名。その中で中南米からきたイタリア人五十名の割合では、在外イタリア人会議とはいえないでしょう」

「質的に言っているのです。他の参加者、フランス人、イギリス人、ドイツ人、スイス人、ベルギー人、オランダ人、アメリカ人、そしてわたしたち日本人を含めた三百五十人は見せかけの木の葉の山です。人目をごまかすための」

「なんですって？」

「わたしたちは、あのフランスの新聞に出た広告に釣られてモンテカルロへ集まったんです」

小島春子は声を出さない前に眼で笑った。

「ハイテクノロジーの暴走は行きつくところ人類滅亡へと駆り立てる。核兵器も限りなく進歩する。これに対抗するには、吾人の精神を武装するしか残された途はない。すべての民族よ、精神武装せよ！　この呼びかけに応じて人々は集まった。フランス語は知的です。うつくしい。人類文化のかぐわしい匂いがする。集会の場所たるやコバルト濃きコート・ダジュールはモンテカルロ。フランスの新聞広告や英語のポスターを見て、みんな集まりました、各国の進歩的文化人どもが。日本からもね、これはたいへんな会議だ、ぜひ現地取材せねばとわたしもオブザーヴァで駆けつけました」

彼女はここで、けたけたと笑った。

「ところが、アンゼリーニ氏のお呼びは中南米のイタリア人だけだったんです。それも、せいぜい二、三十人ぐらいでしょうか。あとの三百何十人は、そのお目当ての二、三十人を外部の眼から包みこむためのカモフラージュ役だったんです」

「…………」

八木は固唾を呑んで、小島春子の述べることを聞いていた。

「わたしのメモには、そこをこう書いています」

彼女は紙束の途中をぱらりとめくり、なおも三、四枚繰って探していたが、あ、ありました、と言ってふたたび読みだした。

「……パオロ・アンゼリーニ氏の会議運営はあまりにひどすぎる。あれは司会ではなく、氏自身の独演会である。会員には、ほとんど発言を許さない。会員は往復旅費と滞在費をもらっている好遇のために、烈しい抗議もできないでいる。自費参加のオブザーヴァには発言権がない。超一流の国際会議場に集めた三百数十名を石ころのように沈黙させて、三日間、踊るが如き身振り交りの演説に終った精神武装世界会議はなんの成果もないままに終った。壮大にして、華麗な空疎。

アンゼリーニ氏の会議運営ぶりをみると、はじめから目的がないにひとしい。いちおうスローガンは掲げたが、それを具体化してゆく気はない。会員の討議を抑圧するから、いつまでも標語のままだ。討議を封じる手段がアンゼリーニ氏の連日の独り演説だ。まさに無目的の集会。

しかし、無目的の集会と見えるのは表面上のことで、かならず『目的』はあるはずだと思う。でなければ、壮大な出費の見返りがない。

では、その『目的』はなんだろう。考え抜いてから、はじめて判った。目的は、『会議の中の会議』にあったのだと」

「会議の中の会議」と小島春子がメモを読んだところで彼女はひと息ついた。次の文章に移った。

「……イタリアにおけるＰ２の組織は、ヴァチカンの警戒と検察当局の攻勢とで、ガタガタになっていた。イタリアからは有力なＰ２会員が多くアルゼンチンやウルグアイに逃げている。また幽霊会社のあったバハマやラテンアメリカ諸国にも散っている。

そこで、これらの各地に散在しているメンバーを集めて、イタリアのＰ２組織の再建会議を開きたい。これが最高幹部の念願だった、と思われる。……しかし、Ｐ２の内紛は続き、ネルビの口を封じようとして殺した（ロンドンで「自殺」に見せかけた）ことがウラ目に出て、Ｐ２組織にとってはいまや、曽（かつ）てない危機となった。けれども……」

小島春子は部厚いメモを途中で閉じた。あとは八木の顔を見て言う。

「この崩壊に瀕したイタリアのＰ２組織を再建する連絡会議は、頭目のルチオ・アルディの指令によるものです。もちろんイタリアでこの会議を開くわけにはゆかない。といってイタリアから離れた国では連絡の意味にならない。しかし、イタリアに近い国にラテンアメリカからイタリア人がやってきて、たとえば山の中で集まって、何ごとか密議しているなら、官憲の注意をひき、かれらがラテンアメリカ諸国に逃亡したＰ２だと探知します。イタリアが近いですからね」

八木はうなずいた。

「そこで、イタリアのすぐ隣りのモナコでＰ２組織再建連絡会議の召集となった。山の中ではなく、モンテカルロ第一の国際会議場のホテルで堂々と。そうして、Ｐ２組織再建連絡会議にラテンアメリカからきたＰ２会員とイタリアのＰ２会員との協議を隠すために、世界各国から参加させる三百数十名の『精神武装世界会議』が三日間にわたって必要だったというのですね、あなたの推定では？」

「そのとおりです。さすがに、わたしの結論をよく要約してくださったわ」

小島春子は深い吐息をつき、ほがらかな笑みを浮べた。

「小島さんの鋭い観察と、犀利な情勢分析にはおどろきました。敬服しました」

じっさいに男のジャーナリストがかなわないと思った。

「そう正面からほめていただくと、身が縮まりそうです。情勢分析とおっしゃるけど、わたしのはイタリアの週刊誌『レスプレッソ』の特集号などをすこしたんねんに読んだだけですわ。資料が少なすぎるので、間違っているかもしれないけど、でも、大筋には誤りがないと思います」

「報道の大筋は間違いないでしょうね。だが、それを材料にして、モンテカルロの『精神武装世界会議』の正体をつきとめられたのはみごとです。敬服します。ぼくらが足もとにも及びません」

「困りますわ、そんなことをおっしゃっては」

小島春子は赧い顔をした。

「ところで、小島さん。モンテカルロの連絡会議は成功だったでしょうか」

「成功だったと思いますわ。だって、当局の手入れもなく、一人の逮捕者も出なかったんですもの。散会後無事に全員帰国したにちがいありません。今後、P2はイタリアで巻き返しに出ることでしょう」

　小島春子は、残り少ないコーヒーをかきまわして、問うともなく呟いた。

「モンテカルロの会議に、パオロ・アンゼリーニ文化事業団は、どれくらいのおカネを使ったでしょうか」

「さあ。まず三百名の会員の往復航空券ですね。遠い国はラテンアメリカ、日本がある。一流ホテルの三泊滞在費。それとオテル・エルミタージュの国際会議場の三日間借り切り。……見当もつきませんね。十万ドルかな、二十万ドルかな」

「人数がまとまっているので、航空会社も団体扱いで運賃を安くしてくれたでしょうし、モンテカルロのホテルも会員によって一級ホテルと普通ホテルとにふり分けていました。これも人数が多いので、格安にしてくれたと思いますが、なんといっても三百名ですわ。それに、会場の超一流のオテル・エルミタージュは絶対に値引きしませんわ。あそこの国際会議場は人気の中心で、世界じゅうから予約申込みが多くて、さばききれないくらいです。法外な値段で、三日間借り切りとはたいへんです。それにあそこでパーティまでやってるんですから」

「じゃあ、いったい、どのくらい？」

「わたしのような貧乏人には、やはり見当がつきません。でも、ざっと、六十万ドルぐらいにはなってるんじゃないかしら？」

「六十万ドル！」

一ドル二百五十円レートにして、約一億五千万円。

「そのくらいのカネで、イタリアのＰ２組織が再建されると思えば、ルチオ・アルディ頭目にとっては安いものですわ。アルゼンチンかウルグアイあたりにいてラテンアメリカの諸政権に何千億ドルもの武器をいまだに売りこんでいる男ですから。『レスプレッソ』などが書いています」

「そうすると、パオロ・アンゼリーニは、Ｐ２の秘密会員ですか」

「いいえ」

「なに、違う？　どうしてですか。ルチオ・アルディがアンゼリーニに指示してモンテカルロで『精神武装世界会議』なる偽装会議を召集させ、Ｐ２再建連絡会議の隠れミノを作らせた。その費用の推定六十万ドルはアルディからパオロ・アンゼリーニ文化事業団へ送金されたのと違うのですか」

「順序としてはそのようにみえますけど、違うと思います。わたしはアンゼリーニ氏は、Ｐ２組織とは無関係の人だと思います。あの人は、利用されただけです」

なぜにそういえるのか。

「あの自己陶酔的な講演調。眼を閉じて夢見ているような口ぶり。両手を舞わせて、踊るようなゼスチュア。絶対信念の披瀝ぶり。あの恍惚状態はまるで教祖ですわ」

小島春子は評論した。その表現は当っていた。

「教祖的ですから、熱狂的なファンも多いわけでしょう。信者がね。アンゼリーニ文化事業団というのは、その信者の集りといってもいいと思います。そのかわり、あのアンゼリーニさんは、担がれやすい人だと思います。自分を担ぐのをみんな信者だと思うから。人が好いんです。そこをP2に狙われたんです」

——そうか。なるほど、なるほど。

八木は首をうなずかせた。パオロ・アンゼリーニを三日間にわたって自分も見てきている。彼女の言葉に承服しないわけにはいかなかった。理屈にも説得力がある。

「アンゼリーニさんは、いまだに自分がP2のカイライに使われたとは気がついていないでしょう。いえ、会議に参加した純真な文化人のだれ一人としてわかっていないでしょう」

「ぼくもその一人だったですな」

「ただ、わからないのは、東邦証券扱いのカネです」

「………」

「ルチオ・アルディがいま仮にアルゼンチンに居るとしても、彼がアルゼンチンから送金したとは思えません。彼はバハマの銀行にもルクセンブルクの銀行にも、またリヒテンシュタインの銀行にも隠し預金を分散しているということです。彼はジュネーヴの銀行にある数億ドルの預金を他の銀行へ移そうとしてワナにかかってスイス官憲に逮捕され、裁判中に拘置所から脱走したのはご存知のとおりですが、あれは彼の千慮の一失でした。アルディはまだまだスイスの各銀行の秘密隠し預金を持っている、とイタリアの週刊誌は報じています。ネルビ頭取が殺されたのも、スイスの銀行口座に分散されたロンバルジア銀行からの振込金をめぐる争いが原因ではないかと『レスプレッソ』は書いているくらいです」

「すると、アルディはスイスの銀行の隠し預金からパオロ・アンゼリーニ文化事業団に送金するよう指示したわけですか、モンテカルロの会議の予算分を」

「そうだと思います。けれども、送金の手続きはもっと複雑です。スイスから直接ではないでしょう。中間に何段階もあったにちがいありません。その最終段階が東邦証券扱いです。目立たないようにね。わたしは、わたしなりに国際的な送金方法をいろいろと調べてみました。単純なものは別ですが、高度な取引、したがって秘密性を帯びた送金取引にはまったく歯が立ちません。自分の非力がまざまざとわかって悲しいだけです」

小島春子はあわれな顔をした。そうして例を言った。

「わかりやすいようにたとえ話を銀行屋さんが言ってくれたのですが、かりにロンドンのホームズ会社がニューヨークのエラリー・クイーン商会へカネを支払うとき、クイーン商会ではホームズ会社との取引を第三者に知られたくないとします。その場合、ホームズ会社の取引銀行のA銀行は依頼人の送金額をノミニーの他人名義の預金口座へ振り込む。ノミニーはその預金者名義でクイーン商会へ振り込む、というわけです」

「なるほど……」

「ノミニーというのは〝名義貸し機関〟というのが公称ですが、要するに銀行や証券会社の隠れミノみたいなトンネル機関らしいわね。こんなのがいくつもあると、A銀行という本体も外部には容易にはわからなくなり、したがってその取引先からエラリー・クイーン商会への真の振込み主がホームズ会社とはわからないしくみだそうです。これは単一化した一例で、これを何重にも組み合せた複雑なものになると、その道の者でも取引の実態はなかなか見抜けないものなのだそうです」

「あなたの努力には頭が下がります。そういうことは、われわれがやらなければならないことです」

八木はじっさいに頭をさげた。

「しかし、こんどのモンテカルロの会議の費用のばあいは、ウルグアイだかアルゼンチンに居るP2の頭目ルチオ・アルディがカネを出したとあなたは推測している。だから、送金主ははっきりしているわけですね。いまのホームズ会社がエラリー・クイーン商会へ送金するたとえ話のように、ややこしくはないはずですが」

「いいえ、ルチオ・アルディの名は最初の取引銀行の段階で消えてしまいます。あとはノミニーだかなんだか隠れミノのトンネルの中でわからなくしてしまいます。でも最終段階は東邦証券を使ったことは確かです。モンテカルロの会議の予算が足りなくなって、アンゼリーニ氏がローズ・ホテルの矢野さんのところへその補給のカネをもらいに行っていますからね」

「会議の予算が足りなくなった？」

「おそらくアルディ頭目もアンゼリーニ氏も、会議の予算を六十万ドルと見ていたんじゃないでしょうか。ところが二日目になって支払いがそれでは足りなくなった。それが五万ドルぶんぐらい不足とわかったと思うんです」

「五万ドル？」

「パオロ・アンゼリーニ氏も、ああいう人がらだから、親方日ノ丸で、前後の見さかいもなく、陽気に費いすぎたと思うのです。そこで、あわててローズ・ホテルに居る矢野さんのところへ駆けつけた。それがロールスロイスの座席に積んだウイスキーのダンボール箱です」

小島春子は大きな眼を細めた。

「あのダンボールの中には、ウイスキーは少しは入れておいたでしょうが、あとは袋に入れたドル紙幣が詰めてあったと思います。アンゼリーニさんがローズ・ホテルからロールスロイスまで箱を抱えて行った軽さからいって、内容がそう推察できます。紙幣は五万ドル。急場ですから、百ドル紙幣と五十ドル紙幣の寄せ集めではなかったでしょうか」

「そうでしょうね」

「アンゼリーニさんがローズ・ホテルに取りに行ったのが朝の八時半です。散歩のとき、わたしが見ているから知っています。すると、その推定五万ドルのキャッシュは前日の三日夕方の調達です。地元には東邦証券とコネの銀行はありません」

「……」

「アンゼリーニさんが、矢野氏に救援を頼んだのが第一日の三日の夕方だと思います。矢野氏はローマにいる白川氏に電話します。ローマの東邦証券からの送金では、四日の午前八時半のアンゼリーニさんのおカネの受取りには間に合いません。といって、ローマ以外には東邦証券の支店はありません。では、白川氏のコネで、矢野氏が第一日の夕方にモナコから駆けつけられて推定五万ドルの現金を用立ててくれる先がどこかに存在していなければならない。わたしはローズ・ホテルについて三日の矢野氏の行動を調べたんです」

八木の胸が早鳴りした。

「それがわかったんです」

一語を八木の顔へ打ち込んだ。

「三日の午後五時、矢野さんはホテルに車を呼ばせて、八時二十分に帰っています。ホテルの記録では、行先はジェノヴァのコンチネンタル・ホテル」

この語が八木の心臓を打ちこんだ。

「モンテカルロからジェノヴァは高速道路で一時間とすこしです。矢野さんはコンチネンタル・ホテルに入ってから四十分ほどして出てきました。手に四角な包みを持っていました。待たせた車でモンテカルロに戻ったと運転手は言っています。タクシーを使わなかったのは大金を持っていたからでしょう。白川さんはコンチネンタル・ホテルにコネがあるらしいですわ」

副社長の功名心

八木は矢野秘書との電話で高平和子をニースの「オテル・マルキー」からジェノヴァのそのホテルへ送った。支配人はレーモン・エルランという四十すぎの人であった。支配人室で、彼はきびきびした口調で八木に言った。

(マダムのことは、ムッシュ・シラカワから電話でご連絡を受けております。それに、ギラン銀行の社長ピエール・ギランとも懇意な仲のムッシュ・シラカワのご依頼のことですからね)

支配人の話で、コンチネンタル・ホテルの社長はスイスのギラン銀行社長ピエール・ギランの弟であり、そのピエール・ギランは白川と懇意な間柄であることがわかった。和子がニースから「退避」するのに、ジェノヴァのこのホテルを白川が択(えら)んだ。

その縁があるからこそ急場の五万ドルの現金をパオロ・アンゼリーニ文化事業団のために調達するのに、矢野秘書をモンテカルロからジェノヴァに走らせるのだろう。ホテルだと、取引銀行が閉店時間後でも預金の引出しに多少の無理はきくだろうし、五万ドルに達しない不足分はホテルの金庫の中からでもかき集められるであろう。

　だが、和子をそのホテルに送りこんでいる八木は、絶対にこれを口外できない。

　いま、小島春子は、三日夕方の矢野秘書がジェノヴァに行ったことをローズ・ホテルから聞き出して、白川とコンチネンタル・ホテルとの結びつきを推定した。八木は息を呑む思いで、彼女のまるい顔を見つめた。これから何を言い出すかわからなかった。

「わたしには、わからないことがあるんです」

　彼女は眼を落した。

「東邦証券扱いの送金額がモンテカルロの会議費に十分なものだったら、パオロ・アンゼリーニさんはあわてることはなかったでしょう。足りなくなったから、その不足分を矢野秘書を通じて白川さんに調達を頼んだのです。もちろん、東邦証券は送金主がアルゼンチンのアルディからとはわかってはいません。だから、東邦証券はアルディにも義理はありません。なぜ、東邦証券は、てまえのほうの扱いの送金額はこれだけでございますといってアンゼリーニさんの頼みを事務的に断わらなかったのでしょうか。それが銀行や証券会社の当然の態度じゃないですか。なぜ、白川さんは、そんな親切をアンゼリーニさんに見せたのでしょうか」

　それは小島春子の言うとおりである。

　証券会社としては送金額だけを請求者に支払えばよいのであって、それが支払いに不足するというのは受取人の個人的な事情であり、扱いの証券会社の関知するところではない。

かねてから取引関係があるなら、送金とは別途に、金融機関と当人との間に融資の相談がなされるだろうが、東邦証券ローマ支店とフィレンツェのパオロ・アンゼリーニ氏との間に取引関係があろうはずはない。

それなのに、白川氏が知り合いのジェノヴァのコンチネンタル・ホテルの支配人へ矢野秘書を車で走らせて、推定五万ドルの現金を調達させたのは、パオロ・アンゼリーニへの親切過剰が、少々異常ではないかと小島春子は疑問をもつのである。

それは、もっともな疑問だ、と八木が思ったとたんに、彼女は言った。

「わたしは、ジェノヴァのコンチネンタル・ホテルに行ってマネージャーに会ったんです」

端倪(たんげい)すべからざる行動というのはもう当らなかった。彼女は何をするかわからなかった。

「えっ、いつですか」

「一週間くらい前です。支配人のレーモン・エルランさんに会いました。エルランさんは、日本人のジャーナリストが訪ねてきたというのに、なんだかあわてておられたふうでしたわ」

八木にはエルラン支配人の狼狽(ろうばい)がわかる。高平和子のことを訊きに来たと思ったにちがいない。ことに女性ジャーナリストだ。八木までが蒼ざめる心地であった。あわてた支配人が、和子のことを警戒するあまりに、変なことを言って、敏感な小島春子に察知されなかったらいいが、と動悸(どうき)が搏(う)った。

「わたしは支配人に質問しました。東邦証券のミスター・ヤノをご存知ですかって。……知っています、と支配人は言いました。ミスター・ヤノは東邦証券の白川副社長のセクレタリイです。……ミスター・ヤノはこのホテルにはときどき来られますか。……いいえ、あまりおいでになりません。白川さんのお使いでこられたのが二度くらいです……」

和子の名が小島春子の唇から出るのではないかと八木は首筋に汗が滲んだ。

それだけではなかった。八木自身がニースから付き添ってそのホテルへ和子を送っているのだ。これもエルラン支配人は知っている。

八木には眼の前の小島春子が、妖術の槌を振るってまわる中世の魔女のように見えてきた。


「わたしだって、まさか『ミスター・ヤノが十一月三日の夕方にこのホテルに何万ドルかのキャッシュを受け取りに来たでしょう？　モンテカルロのローズ・ホテルからミスター・ヤノを乗せた運転手の証言がありますよ』などとは支配人には聞けませんわ」

小島春子は言った。

「………」

八木はひとまずほっとした。

「そこで、質問を変えて、白川さんのことを訊いたんです。白川さんはこのホテルの常連のお客さまですかって。その返事は、こうでした。いえ、常連のお客さまではありません。当社のオーナーのピエール・ギラン氏と白川氏とが友人なのです。ギラン氏はスイスのチューリッヒにあるギラン銀行の社長でもあります、って」

エルラン支配人はまたペラペラとしゃべったものだと八木は思った。相手が日本婦人だと見て、気を許して白川との関係を打ちあけたのかもしれない。このぶんだと、いまに和子の名や彼女をホテルに送った自分の名がマネージャーの口から出たと小島春子が言うのではないか、と八木はまたもや不安が先に立った。

「それを聞いて、わたしは合点がゆきました」

小島春子は話して、短い断髪頭を自らうなずかせた。

「ギラン銀行というのは、スイスの個人銀行。東邦証券ローマ支店とは取引関係があるとみえます。パオロ・アンゼリーニ氏への推定六十万ドルの送金はチューリッヒのギラン銀行から出たもので、それはストレートにアンゼリーニ氏の預金口座に振りこまれたものではなく、東邦証券ローマ支店扱いで、ドル紙幣の現金としてアンゼリーニ氏へ支払われたということが、わたしに推定できました」

「ははあ」

「もともとその六十万ドルは、モンテカルロの『精神武装世界会議』という偽装会議の費用にウルグアイかアルゼンチンからルチオ・アルディ頭目が送金したものです。その最初の送金先がはたしてギラン銀行だったかどうかはわかりません。証跡が知れないように、銀行を変えたり、ノミニーを使ったりして転々とさせるそうですからね。おカネに、色も臭いもつかないように」

小島春子は銀行の皮肉な言い分を揶揄した。

「ところが、わからないことがあります。それほどカネの流れに慎重なスイスの銀行と日本の証券会社とが、その末端で、どうして、わたしたち素人にもわかるようなボロを出したのでしょうか」

答えを用意した問いだった。

「ローマには東邦証券副社長の白川さんが滞在しておられました。そこには支店があります。偶然の一致かどうか、白川さんのローマ滞在中にはモンテカルロの『精神武装世界会議』の会期が含まれておりました」

小島春子はつづけた。

「それから、その会期中、モンテカルロのローズ・ホテルには白川副社長の矢野秘書が滞在していました。休暇ということでしたが、矢野さんがこうタイムリーに休暇をとってモンテカルロに遊びに来ていたとは思えません。前にも推測したように矢野秘書は、白川副社長の指示でモンテカルロに出張していたのです。なんのために？　それは、アンゼリーニ氏との連絡係です。経費の方面の」

「………」

「東邦証券は、どうして、そこまでアンゼリーニ氏の面倒をみなければならないのでしょうか。これはいままで、八木さんにくどくどと申し上げた疑問です」

このカッフェに坐ってずいぶん長い。アメリカ人観光客が去ってからでも相当時間が経つ。あれから客は来ない。従業員はどこかに逃げてしまい、一人も居なかった。冬の小さな黒い虫がテーブルに置かれたバラに這っている。

八木が沈黙しているので、小島春子は、花びらの虫の行方を見ながら言った。

「わたしが思うに、アンゼリーニ氏に対する過剰なくらいのケアは、もちろん東邦証券とは無関係なものでしょう。おそらくそれは、白川副社長の友人であるスイスのギラン銀行社長の意思ではないかと想像しますわ」

「というと?」

彼女の視線は次の花弁に移動した黒い虫を追っていた。

「ギラン銀行の社長が、自分の銀行員にさせ得ないことを、懇意な白川さんの東邦証券の社員に代行を頼んだ、のだと思います。送金の末端の扱いを東邦証券ローマ支店扱いにしたのもそのためだと思います」

「というと、ギラン銀行は?」

小島春子は、黒い虫を擲つようにして八木へぱっと大きな眼をむけた。

「そうです。ギラン銀行には、P2のルチオ・アルディ頭目の秘密預金口座があるのだと思います。おそらく何億ドル、何十億ドルの預金でしょう。アルディの分散された預金の一つです。スイスの銀行はあくまでも商売としてそれを預かっているだけで、P2組織とはなんの関係も持ちません。けれども、預金者の依頼事項は忠実に実行すると思います。この場合は、南米のルチオ・アルディからチューリッヒのギラン銀行社長への依頼です。パオロ・アンゼリーニの主催するモンテカルロの『精神武装世界会議』に送金はするが、なお予算不足のばあいはしかるべく面倒をみてほしい、という依頼であったと推定します」

小島春子はつづけた。張りのある声になっていた。

「わかりました。そこで、その依頼の肩代りがギラン銀行から東邦証券というあなたのさきほどの推定にもどるわけですね」

八木は言った。

「そうです。いま申し上げたように、系列の複数のノミニーを操って、外部にはわからないようにね。でも、そのカネの流れとは別に、ギラン銀行の社長からローマに来ている東邦証券の白川副社長への依頼の伝達は直通だったと思います。お二人は友人だそうですから。

……」

小島春子は、言葉を切ってから言った。

「わたし、スイスの銀行のことを本で読んだりして、すこし勉強したんです……。スイスの銀行の預金は、その守秘の厳重と安全性から各国の政治家、財閥の人々が信頼して秘密預金口座を開設しています。とくに政情不安定な国々の指導者階級は、スイスの銀行に秘密預金口座を持ち、万一の場合に備えています。スイスの銀行では、預金者にその大金をどうして得たかといったような質問はいっさいせずに引き受けます。預金者の政権が倒れたとします。あとの政権が、その預金は前政権者が国家の公金を横領したものであるから返してくれといっても、当行の関知するところでないとか、あるいは、本人が来なければ返せないといって応じません。当人は処刑または永久逃亡しています。かくてその預金は銀行のものになります。革命のたびにスイスの銀行は秘密預金でふくれてきたと本に書いてあります。ロシアのロマノフ王朝、オーストリア・ハンガリーのハプスブルク王朝、ドイツのヒットラー、それから革命が次々とおこる中南米諸国の政権などの預金がアルプスの氷河の中に閉じこめられていると述べてあります」

「………」

「王朝や一国の政権が革命でひっくりかえり、そのたびにスイスの銀行がその秘密預金を没収して金庫に入れてしまうことは、銀行にとっては、P2のような秘密犯罪組織についても同じことがいえると思います」

小島春子はつづけて言った。語調はますます強まっていた。

「ルチオ・アルディ頭目にしても、ニューヨークのガブリエッレ・ロンドーナにしても、秘密預金をスイスの銀行に持っています。ネルビがロンバルジア銀行の公金を自分のつくった各国の幽霊会社を通じてその何割かをスイスの銀行の秘密預金口座に入れていたことは、ほとんど間違いないとされています。この預金のことはネルビ夫人もその秘密番号口座を知らされていません。ですから夫人が、たとえ夫がその銀行にナンバー・アカウントを開設していたと知っていても、その番号を知っていないかぎりは預金を引き出すことはできません。銀行側では、彼女がネルビ夫人だとは熟知していてもです。こういう悲劇は、スイスの銀行の秘密番号口座の場合、珍しいことではないそうです。……そうなると、スイスの銀行にあるかれらの預金はまたもやアルプスの氷河に閉じこめられるわけです」

「だから、そういう大事なお客P2さまのご希望は、できるだけ聞き届けてあげたい、というのがスイスの銀行であるギラン銀行の社長の親切を分析した意味というわけですか」

「そういうことです。ギラン銀行は個人銀行ですからね。スイスの銀行でも、個人銀行はとくに、伝統的に秘密性が強いそうです。ギラン社長のその真の意図がわからずに、友情からその依頼を受けて動いていたのが、東邦証券の白川さんです。あの方は、なにもご存知なかったのですわ」

バラの翳（かげ）が変っている。窓から射す陽が位置を移していた。

小島春子に明かしたものかどうか。――八木の思案が、花弁の上にとどまっていた。

9月20日通りを二人は歩いた。大蔵省の北西側にあたる。

このあたりは官庁街とオフィス街。観光客には縁のない通りであった。人通りは少なかった。

八木は時計をのぞいた。いまが三時十分だった。白川敬之は、このローマのホテルにまだ滞在しているはずだ。

「小島さん。あなたのお話はたいへんに貴重でした。行き届いた観察と、鋭い推理には敬服しました。なまじっかな男の新聞記者が遠く及びません。ただ、そのお話についてぼくなりの感想があるんです」

「八木さんのご意見、ぜひお聞きしたいわ」

場所を変えようということになって、長居した大蔵省前の路のカッフェから9月20日通りへの歩行となった。

どう切り出したものか。いや、話したものかどうか。八木は迷っている。

農林省の建物の横を折れた。小さな広場である。人々がならんで腰かけ、通行人をぼんやりと眺めている。通りをまっすぐに歩く。航空会社の営業所が多い。各国のマークがほうぼうのビルの軒に集まっている。抜ける。

右側が三叉路。といっても、そのまん中は建物の構内が鏃のように三角形に突き出た場所で、全国保険協会と掲示板があった。入りこんで、芝生に坐った。

眼をやると、四角な官庁やビル街だけでなく、寺院の尖塔や丸屋根が空に出ていた。

横にすわった小島春子は、八木の「感想」を早く聞きたそうな顔をしていた。

八木は、遠い寺院のシルエットを見ながら口を開いた。

「小島さんの推測には、ことごとく感服です。ただ、ぼくには一点の疑問があります」

「どうぞ、おっしゃってください」

小島春子は、弾んだ声で言った。反応を期待していたのだ。

「申します。……東邦証券の白川副社長は、スイスのギラン銀行のギラン社長との個人的な友情から、モンテカルロのパオロ・アンゼリーニさんに例の会議の面倒をみるように頼まれ、そのとおりに実行したというのがあなたの説ですが、そこが、ぼくには少々納得できないのです」

「どの点が、ご納得できないのですか」

小島春子は、耳を澄ますようにした。

「東邦証券の白川副社長はビジネスマンです。ビジネスと友情とは区別していると思います」

八木は言った。彼女はいちおう軽くうなずいた。

「アンゼリーニさんに対する白川副社長のやりかたをみると、『精神武装世界会議』の前日あたりから矢野秘書を休暇の名目でモンテカルロに出張させ、その会議の費用の不足をアンゼリーニさんにうったえられると、白川副社長は矢野秘書をしてただちにジェノヴァのコンチネンタル・ホテルに何万ドルかの現金を受けとりに走らせています。これはいくらギラン銀行社長との友情にしても、いささかサービス過剰ではないでしょうか」

「そういう友情だって、あるんじゃないかしら」

小島春子はお河童頭をかしげた。

「人によりけりですね。白川副社長は、友情に溺れて、ビジネスを忘れる人ではないと思います。それは、あの人柄を見てもわかります。あの人は、文化人です」

彼女の眼が八木の横顔を瞬間に射た。が、すぐに視線を正面の寺院のドームへ向けた。

「モンテカルロの『精神武装世界会議』が、ルチオ・アルディ頭目の指令によるP2の組織再建連絡会議のための仮装であり、パオロ・アンゼリーニはそれに踊らされただけの人形にすぎない、というあなたの推定は、すばらしい卓見です。だれもまだこの真相を見抜いた者はいません」

八木は傍の小島春子に叩頭した。

「それだけに、ルチオ・アルディがチューリッヒのギラン銀行社長に直接に指示して、モンテカルロでのパオロ・アンゼリーニの世話を頼むものだろうか、という疑問が強くなってくるんです」

「………」

「なにもルチオ・アルディ頭目が表面に出なくともいいじゃないか。いや、出てはいけないのじゃないか。ほかの代理人からアンゼリーニの面倒をみるようにギラン社長に言ったほうが彼らのやり口に合うように思う。さっき言った白川副社長の過剰サービスの点とともに、そういう疑問があるんです」

「ギラン銀行と東邦証券とはつながりがあるとわたしが推察したのは、ジェノヴァのコンチネンタル・ホテルの支配人が、ホテルのオーナーのギラン銀行社長と白川さんとが友人だとわたしにはっきり言ったからです。それが手がかりです」

じつのところ、八木は小島春子がいまにも、八木が高平和子に付き添ってコンチネンタル・ホテルへ送ったことを言葉にするのではないかと不安に駆られていた。

（八木さん。あなたも、白川さんも、矢野さんも共同謀議だったわね）

彼女の取材のための探索的な行動力は、中世の魔女が各家の戸を槌で叩いてのぞきこむにも似る。

だがしかし、いままでのところ、小島春子は八木が和子をコンチネンタル・ホテルへ送ったことにはふれなかった。それを内心に秘めているようにもその表情からは読みとれなかった。どうやら知っていないようである。コンチネンタル・ホテルの支配人レーモン・エルランが小島春子に沈黙していたらしいのだ。

八木には一つの場面が浮ぶ。

コンチネンタル・ホテルの五階の部屋。エルラン支配人が和子をそこに案内した。窓から二つの教会が見えた。支配人は教会へむかってまず十字を切った。それから和子へおもむろに説明した。

(左側のがサン・マッテオ教会。十三世紀の建物。右側の大きいのが白と黒の大理石に飾られたカテドラル。これも十二世紀のゴシック式建築です)

和子が、とつぜん、教会にむかってひざまずいて頭を垂れ、額に指を当て、胸を横切らせて、手を合せた。

支配人が和子の様子に気づいて、これも教会へむかって低くお祈りの言葉を唱えた。

見ていた八木は、和子がカトリックの信者であるのをはじめて知った。彼女の「祈り」は夫仁一郎への「罪の懺悔(ざんげ)」であり、その死に対しての「神の裁き」を請うものであったろうか。それはまた同時に木下信夫への「謝罪」も含まれていたろうか。

エルラン支配人もカトリック信者であった。部屋へ入ったとき、窓から教会へ十字を切り、事情はわからぬままに和子のために祈りをささげた。——

「八木さん」

小島春子の声が八木の回想を破った。

「あなたは、わたしなんかよりずっと詳しいことをご存知のようですね?」

「………」

「さあ、教えてください。どういう視点でこんどの現象を見ていいかを」

「五分間。五分間待ってください」

逃げられなかった。言いかたを考えるほかはなかった。膝を組み直し、両手で囲ったとき、鐘が鳴った。

「あの鐘は、たぶんサンタ・マリア・デッラ・コンチェツィオーネから聞えて来ているのでしょうね。ここから近いですから」

耳をかたむけている小島春子に八木は言った。彼女は黙っている。そんな言葉を望んではいない。

「四百年前に建てられた教会だそうです。地下の墓室の五つの部屋には、この派の僧の四千人の骸骨(がいこつ)が飾られているので、通称骸骨寺と呼んでいます」

小島春子の眼の表情が変ってきた。

「もう、おいでになりましたか」

「まだです。案内書では見ましたが」

五分間の猶予で、八木が説明の内容を整理していることが彼女にもわかっているようだった。ムダ話をしている間に八木は話の順序をまとめようとしている。

「ぼくは読んだことはありませんが、森鷗外訳のアンデルセンの『即興詩人』にも、骸骨寺が出ているそうです」

これには彼女は軽くうなずいただけだった。

――もし、その鷗外訳を読むならば、こういうことが書いてある。

《僧はそちは心猛き童なり、いで死人を見せむといひて、小き戸を開きつ。こゝは廊より二三級低きところなりき。われは延かれて級を降りて見しに、こゝも小き廊にて、四囲悉く髑髏なりき。髑髏は髑髏と接して壁を成し、壁はその並びざまにて許多の小龕に分れたり。おほいなる龕には頭のみならで、胴をも手足をも具へたる骨あり。こは高位の僧のみまかりたるなり。かゝる骨には褐色の尖帽を被せて、腹に縄を結び、手には一巻の経文若くは枯れたる花束を持たせたり。贄卓、花形の燭台、そのほかの飾をば肩胛、脊椎などにて細工したり。人骨の浮彫あり。これのみならず忌まはしくも、又趣なきはこゝの拵へざまの全体なるべし。僧は祈の詞を唱へつゝ行くに、われはひたと寄り添ひて従へり》

――八木は、ロンドンのミセス・ローリイ・ウォーレスの「報告」を読んでいる。かなり長文だが、要旨は単純である。

《ヴァチカン銀行はネルビ頭取の死で暴露したロンバルジア銀行とP2とのかかわりあい、ならびに不正融資事件で疑惑のまっただ中にあります。けれどもヴァチカン銀行とロンバルジア銀行だけがヴァチカンの融資の唯一のルートではありません。もっと堅実なルートがたくさんあるはずです。世界中から集まる『寡婦のレプタ』は溜まりに溜まるばかりです。

ヴァチカンに年々世界じゅうから集まる献金は、その貯蓄があまり人目に立ってはなりません。そのカネは、不幸な人々の救済を目的とした宗教活動として、世界に還元されなければなりません。ヴァチカンの金庫はそのためにいつも空っぽに近い状態に見せかけておく必要があります。そうでないと、ヴァチカンの宮殿は、イエズスの曰う『両替人の巣窟』に見られるからです。

しかし、世界じゅうの何億何千万人という『寡婦』からの寄付金は、マルコ福音書では『レプタ』貨になっていますが、現代ではこの献金を英語で『ピーターズ・ペンス』と呼んでいるそうです。これには献金のほか、もちろん金持の特別寄付、遺贈、贈与などが含まれます。ヴァチカンの財務関係は、財務局と財務管理局とに統合されています。だが、ヴァチカンには一九二九年にイタリア政府とのラテラノ条約により教皇庁領地喪失の賠償として入った十五億リラ（当時の換算率で八三〇〇万ドル）の資産があり、この運用を当時の法王が特別会計を設けて当らせています。この特別会計が、右の財務管理局か、または財務局の所属になるのか、それともまったく別な独立機関なのかは外部からは判断できないそうです。

例の『神の銀行』と呼ばれるヴァチカン銀行は、正式には修道会信用金庫で、一九四二年の設立です。はじめはヴァチカン市の国民（大半は聖職者）、学校、病院関係の修道士、修道女、とくに認められたイタリア人だけのための銀行業務を行なっていたが、イタリア政府の管理を受けず、また外国送金も自由なところからいつのまにか『ヴァチカン銀行』と呼ばれるようになりました。このアメリカ人総裁のエイモス・ウォートン司教がＰ２と密着し、ロンバルジア銀行破産の大スキャンダルを起したのはご存知のとおりです。

けれども『ヴァチカン銀行』は一九四二年の設立、ラテラノ条約の教皇庁の所得による特別会計の設置は一九二九年で、後者が十三年も旧いのです。『特別会計』がヴァチカン銀行とは機関も、機能も違うことがこれでもわかります。

その『特別会計』が、ヴァチカンの財務管理局か財務局かの機能に吸収されているのか、それとも依然としてピオ十一世いらい教皇直属のものかは不明ですが、ヴァチカン銀行とは別に、ずっと以前から海外投資に活躍してきたことは、ロンドンの『シティ』がひとしく指摘するところです。ヴァチカンは、ロンドン市場でもニューヨーク市場でも、『見えざる大手顧客』だということです。ヴァチカンは利息をかせぎます。――

『シティ』の取材には、わたしの個人的な友人（女性）の協力を得てあたりました。わたしはご承知のように午後は新聞社の仕事があり、総局長のフカザワさんやその他のスタッフのアシスタントの時間の合間をみて『シティ』へ走るのです。これまで書いたことは、友人の材料がおもです。

『シティ』では、ヴァチカンのおカネをどこも欲しがっています。ヴァチカンが献金を有利な利息で運用しようというのはこれまでの方針です。『利息と高利とによってその富をます者は、貧しい者を恵む者のために、それをたくわえる』と聖書（箴言）にありますが、ヴァチカンが貧しい者に恵むために利息の運用を図っているのは一部分に過ぎず、大部分は教皇庁自身の財産肥りのためです。

こうなると、例のヴァチカン銀行総裁の司教がロンバルジア銀行頭取のネルビと組んで、勝手なことをしたというのも、右の背景があるからです。一九七〇年代のはじめには教皇庁はパナマやバハマにＰ２幹部の息のかかった幽霊会社をつくっていますが、もちろんこれはエイモス・ウォートン司教が結託してのことです。そのほか、ルクセンブルク、リヒテンシュタインなどに数十社のペーパー・カンパニーをネルビは持っていましたが、ウォートン司教もこれらの持株会社に関係していたことがいまではあきらかになっています。

これはただたんにヴァチカン銀行だけではありません。財務管理局（かりに特別会計部がここに吸収されたとして）でも、神秘的な事情はそれほど変らないでしょう。教皇庁は世界中から集まる『寡婦のレプタ』献金を散らしたがっています。その運用には、高利になる投資で、金融筋に任せています。ここで、教皇庁と銀行と双方の利益が一致します。また教皇庁と投資のエージェントである証券会社との利益も一致します。

教皇庁の取引銀行は、国際的には伝統的にロスチャイルド系の銀行と言われています。だが、いうまでもなく公式にはそこまでです。教皇庁の名はそこで消えてしまう。

そこで、八木さんの質問の教皇庁の投資が日本に上陸しているかどうかという点です。

わたしと友人は『シティ』で、これを懸命に取材しました。大体の結論をさきに書きますと、可能性としては三五パーセントだというのです。相当に高率です。

では、もっと具体的に絞って、東邦証券の名を出してみました。『シティ』には日本の著名証券会社が軒をならべています。これらの証券会社の人たちに東邦証券が教皇庁筋の投資株を扱っているかどうかを聞いてみても、その質問じたいがナンセンスだというのです。

第一に、銀行は投資エージェントとしての同系の証券会社を持っている。教皇庁の取引銀行が仮にロスチャイルド銀行としても、ロスチャイルド銀行から先は教皇庁の名は消えてしまい、あとは同行と系列銀行や他銀行との取引になり、これに投資機関が加わる。範囲は、ニューヨーク、チューリッヒにひろがる。各国市場のノミニーとかカストーディアン・サービスとかが複雑にからみ合うとわからなくなるというのです。

イギリスのジャーナリストの著書によると、ネルビのロンバルジア銀行に教皇庁の後楯があるのを世界の一流銀行が信用して、吹けば飛ぶようなルクセンブルクのロンバルジア持株会社に四億五千万ドルの信用を与えた。ルチオ・アルディ頭目はそのうち数百万ドルの融資を受け、その金でエグゾセ・ミサイルを買い、アルゼンチン政府に売りつけた。このミサイルで英国の軍艦がやられたのだが、もとはといえばそれはイギリスの預金者の金だったとあります。

このように銀行預金や投資の行く先は変幻自在、まさにつかみどころがありません。

第二に、教皇庁の『投資』は『シティ』の証券会社のどこもが狙うところです。とくに抜け目のない日本の証券会社はそれに眼を光らせています。それが商売仲間に知れないはずはありません。ところが、いまのところ東邦証券が『教皇庁の投資』に喰いこんだとの隠れた情報はつかんでいないとのことです。

けれども、やがて、これが表面上のことであるのがわかりました。どうも東邦証券の東京市場での買い方が三カ月前から急に増えてきたというのです。優良株か成長株ばかりです。外人買いです。しかも、相当なブロック買いです。発注主は正体不明です。

『シティ』の日本証券マンの間では、さすがに東邦証券がクサいというささやきがあがっているそうです。同店に対する猛烈な偵察がはじまりました。しかし、『シティ』の東邦証券社員がキツネにつままれた顔でいるそうです。とぼけている様子でもありません。ニューヨークでも同じです。チューリッヒでも変りません。このことから東邦証券は教皇庁の投資とは関係がないとの説が行なわれています。理由は、そうやすやすと、教皇庁に喰い込めるものではないからです》

ミセス・ローリイ・ウォーレスの「報告」はまだつづくが、要旨はここで終っている。要するに「教皇庁の投資を東邦証券が扱っているかどうか」という八木の疑問について、彼女の「シティ」での取材は、不明という回答であった。

だが、最後に彼女が聞いた「シティ」の日本の証券会社間の情報では、東京市場での東邦証券の外人のブロック買いは、同証券のローマ支店扱いのものだというのである。

これにはエピソードが付いていて、東邦証券の社長が、「最近、P2問題でヴァチカンのスキャンダルが世界のマスコミに騒がれるのは困ったものだ」と役員会で洩らしたという話がある。

この「情報」は同じ「シティ」の日本の証券会社仲間には信じがたい内容として受けとられているとウォーレスは報告している。

東邦証券ローマ支店といえば、ヴァチカンの投資と接着している。しかし、教皇庁の財務管理局が伝統的な取引銀行を経由せずに、直接に外国の証券会社支店に投資を依頼するはずはない。定説だ。ましてや日本の証券会社だと、なおさらのことだ。

とかく「シティ」には幽霊的怪情報が横行する。これもその一つ。そのデマをまことしやかに見せかけるのが、東邦証券社長が「ヴァチカンのスキャンダルに困惑している」と発言したという話となる。この種の作り話も多い。

よって、「シティ」ではこれを一笑に付しているとミセス・ローリイ・ウォーレスは結んでいた。

八木はこれを読み終り、「シティ」の日本証券マンはさすがに商売人、嗅覚は鋭い、と思った。蛇の道はヘビだ。

が、その専門知識による常識がかえって意想外な方法を用いられたときには、眼の先が見えなくなってしまうものだと思った。

（たんにノミニー・サービス《名義代理人》だけの企業は少ない。株式の売買、配当受領、増資の払込みの事務代行、これをまとめて、てまえどもはカストーディアン・サービス《公的には株式投資に関する一切の代行》と申しておる。が、ノミニー・サービスとカストーディアン・サービスとを合せて業とするケースが多い。さればイギリスの大きな商業銀行はほとんどノミニーおよびカストーディアン・サービス網をもつ。シティの投資機関の利用度が高くなればなるほど、真の投資家の姿がわれわれ日本の証券会社にわからなくなるのはそのためである）

　これはロンドンで東邦証券の福間国際本部次長から八木が聞かされた説明だった。副社長兼本部長白川敬之が同席していた。

　だが、これは普通の商売上の解説だ。――

　コマーシャル・バンクがノミニー・サービスとカストーディアン・サービス網を持ち、そのために真の投資家の姿をロンドンの濃霧の彼方のように隠しているという解説だったが、その次に聞いた福間次長の白川副社長についての説明が、あとになって八木に光明を射した。

（副社長がロンドンにこられた用件の一つは、かねがねご懇意なイギリスの貴族夫妻にお会いになるためです。その奥方はイタリア旧貴族の出身だそうです。その先祖は、十四世紀の教会大分裂の原因となったボニファティウス教皇以前からの有名な貴族コロンナ家だそうですからね。なにしろ名家だけに子孫はえんえんとしていまも残っているのです。とくに教皇庁がフランス領のアヴィニョンからローマに帰還してからは、コロンナ家に対するヴァチカンの信頼は篤いということです。副社長は、そのコロンナ家の子孫の夫妻と親しくされているわけです）

このとき、白川が、途中で、次長、次長、と狼狽して口止めしたのを八木は憶えている。

白川敬之は大蔵省の高級官僚で、東邦証券にはいわゆる「天下り」の人間である。たんなる副社長の肩書だけでなく、「国際本部長」という現場のポストを持っている。大蔵省の役人時代は、大使館付の海外駐在（たとえば大使館参事官とか一等書記官などの資格で）もあったらしく、国際的にも知人が多いようだ。ロンドンの貴族夫妻との交遊もその一つであろう。そのような「顔の広さ」を、証券会社が「利用」して彼を副社長・国際本部長のポストに迎えたにちがいない。そこには証券会社と大蔵省との蔭のパイプがある。個人ではなく。

見かけは、インテリ型で、おだやかだが、覇気のある人物と考えていい。「天下り」の冷評を返上したいのだ。大きな仕事をしたい。その闘志を内に燃やしているのではなかったか。

八木にはレオナルド・ダ・ヴィンチ空港前の情景が浮んでくる。白川を高級車で出迎えにきた身分ありげな婦人二人と修道女。ヴァチカンからの迎え。――コロンナ家から教皇庁への紹介。――教皇直属の「特別会計」という伝統が教皇庁の奥深いところにつづいていれば。

……

この想像は、ロンドンの「シティ」に軒をならべる日本証券会社には及びもつかないところである。「コロンナ家の末裔」と、空港前の目撃という「糸」がなければ、八木にもここまではわからなかった。

「糸」

八木が口に呟いたときと、骸骨寺の鐘が鳴り熄んだときとが同時だった。

「なにか、おっしゃったの？」

「すみません。考えごとをしていたものですから」

鐘は最後の余韻をまだ空曳いていた。

「糸、とおっしゃったようだわ」

小島春子は前方の尖塔を眺めて問うた。

《我は覚えず埃の間に指さし入れしに、例の糸（注。暗黒の隧道に入るとき、外に出られるように要所要所にくくりつけておいた糸の端）を撮み得たり。こゝにこそ、と我呼びしに、画工は我手を摻りて、物狂ほしきまでよろこびぬ》（森鷗外訳『即興詩人』）

教皇庁と親愛関係にあるコロンナ家の末裔と白川敬之は友人だと述べた東邦証券の福間次長の言葉と、レオナルド・ダ・ヴィンチ空港での目撃とが八木の手にした「糸」であった。

——白川敬之は抜け駈けの功名をした！

東邦証券には単に「天下った」大蔵官僚でないところを見せたのだ。彼の実力の発揮であり、意地であり、功名心である。……

「八木さん」

小島春子がとつぜん言った。

「あなたは、和子さんをジェノヴァから、どこへ移されたの？」

彼女の声は、サンタ・マリア・デッラ・コンチェツィオーネの何千体という骸骨が一斉に戛然（かつぜん）と鳴って八木の耳を聾（ろう）したようであった。

ラインの礫丘

魔女の槌は疾うに我が胸を叩いて破れの隙間から心の中のことごとくを覗きこんでいた。

――和子さんをジェノヴァからどこへお移しになったの？

小島春子に訊かれたときの八木の衝撃が、これと同じだった。

ジェノヴァのコンチネンタル・ホテルにまでパオロ・アンゼリーニとギラン社長、ギランと白川敬之の関係を調べに行く彼女の取材行動は中世の魔女の跳躍をも彷彿とさせたのだが、その驚歎の中で絶えず不安だったのは、そのホテルに自分が和子を送りとどけたのが話に出ることだった。

が、それは話の終るころまで彼女の言葉にならなかった。エルラン支配人が隠していてくれたものとようやく安堵していた。それが突如として、彼女はいままで知って黙っていたことを暴露した。近くの寺の何千体という骸骨が一時に鳴って鼓膜を貫いた感覚に八木がなったのはその瞬間であった。

彼はズボンの膝がよじれるくらいに上からつかんだ。

「聞いていたんですか」

八木は苦しげにいった。

「ホテルのマネージャーから――」

小島春子はうなだれて言った。

「なぜ、それをもっと早く」

「八木さんの口からお聞きしたかったんです。長いこと思案してらしたから、和子さんの問題かと思ってたんです」

「………」

思案していたのは、東邦証券副社長白川敬之の功名心のことだった。ロンドン総局の助手、ミセス・ローリイ・ウォーレスの「情報」や東邦証券国際本部福間次長の話、それから彼自身が見たレオナルド・ダ・ヴィンチ空港での情景などの思いが駈けめぐり、傍の彼女を忘れていたくらいだった。

「失礼しました。謝ります」

八木は頭を下げた。

「しかし、誤解のないようにはじめから説明します。和子さんと木下氏にはロンドンでぼくは知り合ったんです。また、それとは別に、白川さんとも偶然に知り合いになりました。和子さんと木下氏とにぼくが遇ったのは、ネルビ頭取首吊りのあったブラックフライアーズ橋を取材中のときですが、その後に、あの二人がＰ２配下のマフィアに追われていることを知りました。……たぶんネルビ殺しの現場の目撃者として」

八木は経過を語った。

八木は、和子と木下と自分の関係を、ニースまでの経過の中でひととおり小島春子に話し終えた。追跡のマフィアが目撃者を誤って、ニースのオテル・マレシャルの高平仁一郎と北野阿佐子とを殺害したことも小島春子には初めて聞く話であった。彼女は息を呑んで耳を傾けていた。

その前に、「精神武装世界会議」の取材にモンテカルロにきている自分のホテルに和子から電話がかかり、ニースのアクロポリス公園へ出かけて和子に会ったところ、高平仁一郎のホテルがわからないから、探してくれないかと頼まれた。

仁一郎のホテルが八木にわかった。和子たちの宿泊しているオテル・マルキーのすぐ近くのオテル・マレシャル。だが、仁一郎はモナコ地区の断崖道路で死体となり、北野阿佐子は南仏カンヌの北、グラース近くの香水原料の花畑の中で冷たく横たわっていた。追跡のマフィアが目撃者を間違えての殺人であった。

「間違い」はすぐに相手側にもわかる。和子に身の危険がかかる。モンテカルロにいる白川の秘書矢野達之輔と電話連絡し、白川の指示で和子をジェノヴァのコンチネンタル・ホテルへ移すことにした。八木がオテル・マルキーに行くと、和子は一人でいた。木下さんは帰しました、仁一郎が殺されたので、「目撃者」がいなくなり、木下さんは安全になったので、ニース空港から発ちました、と彼女はいった。

木下は東京のある大学の教師で、フィレンツェの美術大学に留学している。ひとまず、フィレンツェに戻るが、P2組織のマフィアはイタリアが本場だから、間違いがわかったときはフィレンツェはもっとも危険である。

和子にも身の危険は近づいている。――

「ぼくは和子さんをタクシーに乗せてオテル・マルキーからジェノヴァのコンチネンタル・ホテルへ送りました。それは白川さんの指示によるものだと矢野秘書が伝えたからです。ぼくの役目はそれだけです。和子さんがその後、どうなったかはわかりません」

八木は唇を閉じた。

「八木さん」

小島春子がしばらくして言った。

「モンテカルロのローズ・ホテルで白川さんが、桐原参事官やわたしを夕食に呼んでくださってから、今日でどれくらい経ちますかしら?」

「そろそろ二週間近くなると思います」

八木は十三日目だとわかっていた。

「あの会合のとき、白川さんから八木さんに、和子さんのその後の様子をこっそりと知らせて下さらなかったんですか」

「いや、なかったです」

「妙ですわね。白川さんは八木さんにくらいはお知らせになってもいいと思うけど。和子さんのためにはからってあげたんですから」

「………」

「八木さんからも白川さんに和子さんの様子をお聞きになりませんでしたの？」

「はあ、なんとなく。……ことがらことがらだけに、出席されたみなさんの耳をはばかるものですから。食事が終ってから、その機会を見つけようとしているうちに、あのオテル・マレシャルのリネン・ワゴンを積んだ小型トラックがモナコの崖から転落して人間二人ごと焼死した事件の騒ぎでしょう。白川さんも桐原さんやわれわれといっしょに現場へ駈けつける始末で、和子さんのことを白川さんに聞く余裕もなくなってしまったんです」

「………」

「小島さん。崖道から転落して燃えるリネン・ワゴンといっしょに焼死した二人のイタリア人は、高平仁一郎さんと北野阿佐子さんを殺したマフィアです。木下信夫さんと和子さんとを、泊まっているホテルごと間違えたのです。それが組織の上の方にわかって、二人の追跡殺人者は掟（おきて）によって火刑に処せられたと思うんです」

「残酷な掟だわ」

「そのことがわかっているのは、ぼくだけです。桐原参事官にもわかりません。モナコの合同捜査本部も、じっさいのことは知っていません」

日ざしが斜めになり、歩行者の影が長くなっていた。

「八木さん」

小島春子は何かに突き上げられたように膝を起した。

「白川さんは、まだ日本へ帰国してらっしゃらないでしょうねえ?」

「さあ」

「すぐにここの東邦証券の支店に居場所を聞いてください。白川さんに会いに行きましょう」

東邦証券ローマ支店を八木は小島春子と訪ねた。

応接間に通されて、田村という支店長が出てきた。

「白川副社長は十日前に東京へお帰りになりました」

支店長が言ったので、八木は小島春子と顔を見合せた。

教皇庁の投資導入工作は成功裡に終った。それはすでに軌道に乗っている。白川としては本社へ「凱旋」の気持であったろうと八木はひそかに思った。小島春子にはうちあけられないことだった。

だが、白川は和子をどうしたのだろうか。いっしょに東京へ伴って帰ったのか。

支店長の角張った顔を見つめる小島春子の眼にも同じ質問があった。が、それには疑問がこめられていた。

「白川さんはおひとりで帰国されたのですか」

八木はきいた。

「秘書の矢野君が同行しました」

矢野は和子を知っている。

すると、空港から和子は見送り人のある白川と矢野とは別に東京行の機に搭乗して機内でいっしょになったのだろうか。

「副社長は、八木さんもご存知のように、ご親戚の方がモナコで不慮のご不幸に遇われました。ご遺族がモナコにおいでになれなかったので、そのご遺髪を持って、お届けに帰られたのです。それを待って東京のご遺族宅ではカトリック教会で告別式を挙げられると副社長からうかがっております」

「………」

告別式を出すのは高平家である。

和子が喪主となるのか。

まさか、と思う。

和子には兄夫婦にあたる人が居ると聞いたことがある。和子に代ってその兄夫婦が喪主となるだろう。それに仁一郎の実家からも参加するだろう。

和子は夫の告別式には出られない。帰国しても、東京には戻っていない。

支店長が言った。

「副社長は本社の用件をすまされてから、こちらへおいでになります」

「え、また、このローマへ？」

おどろいてきいた。

「はい。こちらにも重要な用件が残っておりますので」

「それは、いつになりますか」

白川敬之がふたたび東京からローマにくると聞いて、八木のそれまでの想像は一変した。

(和子は日本には帰っていない。こっちに居る。……)

「副社長は、いつ、ローマにこられますか」

「予定では、明後日になっておりました」

支店長は、勢いのない口調で答えた。

「明後日というと、十一月二十二日ですね？」

「そうです。ところが、それが延びました。副社長が帰国直後に入院されたんです」

「えっ、入院ですって？」

「急性虫様突起炎を起されたんです。盲腸の手術ですから、たいしたことはありません。経過は良好で、四、五日うちに退院できる見込みという連絡が本社から入っています。ですから、あと十日もしたら、こちらへおいでになれるでしょう」

白川は、もちろん和子のことは支店長に秘している。

和子の所在は白川だけが知っている。だれにも託してはいないだろう。だから白川も彼女が気になっているはずだ。盲腸の手術を受けて退院した匆々にローマにまた来るというのも、仕事のほかに、和子への懸念があるのであろう。

「白川さんが帰国されているあいだ、チューリッヒのギラン銀行の社長から、白川さんあての連絡は入りませんでしたか」

八木はきいてみた。

「それはまったくありませんでした」

「ギラン氏には白川さんの一時帰国がわかっているわけですね？」

「いえ。ギラン銀行と、てまえどもの東邦証券とは取引関係はございませんので。ギラン氏と副社長とは、副社長が大蔵省の役人時代の知人関係だと聞いております。したがってギラン氏の銀行との取引関係の話はいっさいありません」

横で聞いている小島春子が、奇異な表情で眼をひろげた。

「ほかに、白川さんが、東京からローマにいつお戻りになるかを訊ねてこられた方はなかったですか」

「そうですね。そういえば、年配の御婦人から一度電話がありました」

「ほう。それは、いつです？」

「四日ぐらい前でした。十六日でしたね。そのあとすぐに、ジェノヴァのコンチネンタル・ホテルの支配人という人からも英語で問い合せがありました。わたしが副社長の入院を伝えて、ローマに来られる日は未定であると答えると、なにか困惑した口ぶりでぶつぶつ呟いていましたが、それきり礼をいって電話を切りました」

八木は小島春子と眼を合せた。

「金融機関というのは、ずいぶん秘密主義だわ」

東邦証券支店を出てから小島春子が言った。

「どういう点ですか」

向うから十歳くらいの少年が新聞紙を顔の前にかざしながらこっちにむかってきている。四、五人の仲間といっしょだ。八木は彼女を引張って、身を避けた。集団スリの手合いである。日本人が狙われる。

「だって」

小島春子は、やり過した少年スリ団が駈けて行くのを見返ってから言った。

「東邦証券の支店長さんは、ギラン銀行とはまったく取引関係はないと言ってらしたから。ギラン社長と白川さんとはただの友人だなんて、とぼけておられたから、おかしかったわ」

「………」

「パオロ・アンゼリーニさんへのモンテカルロの会議資金は、ルチオ・アルディ頭目からの送金がいろいろな偽装、経由でギラン銀行へ届き、それが東邦証券ローマ支店扱いになっているのは、こっちにはもうはっきりしているのに」

小島さん。それはあなたの誤りです。東邦証券の扱っているのは、教皇庁筋の投資だ。これを頭に入れておかないと錯覚が起る、と言いたかったが、それはいくら相手が小島春子でもまだ口外できなかった。

「精神武装世界会議」は、小島春子が鋭くも見破ったように、モンテカルロでのP2組織の秘密再建国際連絡会議であった。これはルチオ・アルディ頭目の計画だ。そのモンテカルロの会議資金を白川敬之が東邦証券ローマ支店から出させていることは、かくれもない事実である。

となると、白川が食いこんでいる教皇庁の特別会計部（財務管理局）まで、P2に汚染されていることになるが、教皇直属機関までがそうなっているとは信じられない。

この矛盾をどう解釈したらよいか。

推測できるのは、ヴァチカン銀行総裁エイモス・ウォートン司教が、財務管理局に、パオロ・アンゼリーニの「精神武装世界会議」は人類を戦争の破滅から救う神の道であるからと財政援助を懇請したことである。ヴァチカン銀行は、寄付行為ができないからである。

そこで、財務管理局は特別会計から、白川の東邦証券ローマ支店扱いで「会議」に資金を出させたのであろう。教皇庁でも、パオロ・アンゼリーニ文化事業団を全面的には信用していなかったので、直接寄付の形はとられなかったのだろう。——

ジェノヴァのコンチネンタル・ホテルの支配人が東邦証券ローマ支店の支店長に電話してきたので、支店長は、白川が日本に帰国していること、目下病気で入院していること、ローマに再来する日時が未定であることなどを伝えると、ホテルの支配人は困惑した呟きを残して電話を切ったという。

東邦証券支店長の話から、八木はジェノヴァのコンチネンタル・ホテルに直接電話してみようと小島春子に言った。

「それがいいと思います。エルラン支配人は、和子さんのことで、白川さんが東邦証券ローマ支店にいると思って電話したんだと思いますわ。それなのに白川さんが日本に帰って病気で入院したと聞いて、連絡のとりようもなく困ったんでしょう。その用事の内容が白川さん以外には言えないので、支店長をはじめ他の人へメッセージができなかったんでしょう」

小島春子は意見を言って同意した。

二人は中央電話局へ行った。申し込むと、直通だからすぐにつながれた。

八木が受話器を握った。ホテルの交換台に、こちらの名を言い、支配人をたのんだ。レーモン・エルランの声が出た。

「エルランさん。八木です。以前にミセス・カズコ・タカヒラをあなたのホテルにお送りしたとき、たいへんご配慮をいただき、ありがとうございました」

　和子の名をいきなり出したほうが、エルランの話を引き出しやすいと思った。エルランが東邦証券に電話してきて、白川の帰国を聞き、困惑したというのは、和子のことにちがいないと考えたからだ。

「ミスター・ヤギ」

　先方は彼の名を憶えていた。というよりも、和子をホテルに送ってきた日本人として記憶していたのかもしれなかった。

「ぼくはいま、ローマの東邦証券の支店長に会ってきたばかりです。支店長の話だと、エルランさんからシラカワ氏に電話があったということですが、シラカワ氏は、目下東京に帰っていて、そのうえ不運なことに病気になって病院に入っているそうです。ローマにもどってくる日どりはまだきまっていないということです」

「おお、そのことです。それを聞いて、わたしは困っているのです」

「ミスター・シラカワに急用がおありですか」

「たいへん急いで連絡したいのです」

「どういうご用件でしょうか。さしつかえなければ、お聞かせください」

「ミスター・シラカワへの用件は」

　エルラン支配人の受話器の声は、瞬間中断したように途絶えた。

「……わたしにはわかりません。これはチューリッヒのギラン銀行から、わたしにミスター・シラカワのことで連絡をしてきたのです」

「ギラン銀行からですって？」

「そうです」

「それだったら、白川氏と友人のギラン社長が銀行に居られるではありませんか」

「ギラン社長はニューヨークに出張し、それからカナダのオタワ、モントリオール、そしてロンドンをまわるとのことです。あと一週間ぐらい後でないとチューリッヒに帰られないそうです」

「あと一週間といえば、そう長くはないはずですが」

「そうではありません。ギラン銀行へは、五日前にギラン社長へ早く連絡したいという電話があったそうです」

「それは、どこからですか」

「個人名を名乗っているスイス人の婦人です。銀行ではギラン氏の個人的交際の女性だと想像するだけで、それ以上にはわかっていません。また、プライヴァシーに関しそうなので、立ち入ることもできません」

「それなのに、どうしてギラン銀行があなたに電話してきたのですか」

「ギラン氏がこのホテルのオーナーでもあるので、その関係者ではないかと思って、問い合せてきたのです」

「そのスイス人の婦人の名は？」

「ゾフィ・カウニッツと言っていました。年配の婦人の声だったそうです」

「ゾフィ・カウニッツ……。どこの人ですか」

「シュタイン・アム・ラインの町に住んでいる者だそうです。そう言ってもらえると、ギラン氏にはわかるというのです。ところが、婦人は、たいへん困ったことだと言いました。……」

「それは、どういうことですか」

「ギラン氏の帰国がそんなに先では『間に合わない』と言ったそうです」

「間に合わない。……どういう意味ですか」

「その電話を受けたギラン銀行にも、なんのことだかわかりません。その年配の婦人の声は、絶望的な口調を残して切れたそうです。住所も電話番号も告げずに」

「………」

「銀行では、気になって、ギラン氏とその婦人との個人的な交際を想像し、ジェノヴァのコンチネンタル・ホテルのわたしのところに電話をかけてこられたのです。もしかすると、わたしのほうに心当りがあるのではないかというので、それは、まったくありませんといって返事しておきました」

「しかし、あなたは東邦証券ローマ支店へ電話しましたね？」

「シュタイン・アム・ラインの町に住むという婦人からギラン社長に電話があったというのは、ミセス・カズコ・タカヒラのことではないかと想像したからです。というのは、ミスター・シラカワは、敬虔なカトリック信徒のギラン氏に、ミセス・カズコ・タカヒラの身の安全を頼んでおられましたから」

「すると、カズコさんは、あなたのホテルから、その後、ギラン銀行のあるチューリッヒに移ったのですか」

「そうです。けれど、ミセス・カズコ・タカヒラがチューリッヒの何処の住居に入られたかは、てまえどもにはわかりません。それは、ギラン氏と、ミスター・シラカワとだけがご存知のことだと思います。ああ、それなのに、ご両人ともおられぬとは。……」

「支配人。そのシュタイン・アム・ラインの婦人は、電話で『もう間に合わない』と言ったんですね？」

「そうです。銀行の人はそう言いました」

「その後、この婦人からギラン銀行に電話はかかってきませんか」

「さあ、わかりません。銀行からその連絡がありませんから」

「どうもありがとう。また、電話するかもしれませんが、そのとき、何か報らせが入っていたら、よろしく」

八木は電話ボックスを出た。小島春子が待っていた。

二人でエルラン支配人の電話の内容の検討に入った。

シュタイン・アム・ライン。──

観光案内書にはこう出ている。

《スイスの北東部。ライン川がドイツ国境のボーデン湖から西へ流れてバーゼルに至るあいだを『高地ライン』と呼んでいる。シュタイン・アム・ラインのあるライン川の上流付近でスイス領が北にすこしふくらんで、ラインはスイス内をゆるやかに流れる。橋を渡れば、すぐシュタイン・アム・ラインのオールド・タウンである。町の広場のまわりの建物は、壁面をすべて色彩豊かな絵で装飾されている。これらの建物は十六世紀から十八世紀ごろの古いもので、その何軒かは出窓で飾られている。近くのザンクト・ガレンとともに、中世のスイスのたたずまいを持った町である。ライン川の丘上には、十一世紀のホーエンクリンゲンの古城がある》

電話局の公衆待合室のベンチで八木と小島春子とは、この「シュタイン・アム・ライン」の観光ガイドから特別な意味の何かを見つけようとした。

「中世の雰囲気をもった魅力的な観光地らしいですわね。読んで、わたしも行って見たくなった」

小島春子が言った。

「その観光地の婦人というと、ホテルの経営者かな？」

八木がつぶやいた。

「ああ、和子さんが滞在しているホテルという意味？　うまいわ。ホテルが和子さんのことで困る問題が起って、紹介者のチューリッヒのギランさんの銀行に電話したけど、ギランさんが海外出張中なので、銀行ではジェノヴァのコンチネンタル・ホテルのエルラン支配人に問い合せをしたというわけね」

「そういうことです」

「では、なぜシュタイン・アム・ラインのホテルでは、ホテルの名を告げなかったのでしょう。ゾフィ・カウニッツなんて婦人の名で電話したのでしょうか」

「それはですね、和子さんをそのホテルに滞在させるのは、P2のマフィア組織を警戒する必要から、どこまでも外部には秘密だからです。つまりギランさんとホテルの経営者ゾフィ・カウニッツさんとはかねてから昵懇な間柄で、とくに和子さんの滞在と身柄の保護を内密に依頼しておいたのでしょう。したがって、ギラン銀行の人たちにも、ホテル名は言えなかったと思うのです」

「推測の筋は通っています。いちおうはね」

小島春子は、考えたあとで言った。

「………」

「けれども、ギラン氏の帰国がそんなに先では間に合わない、というのはどういう意味でしょうか。たいへん切羽詰まったような言い方だわ」

(ギラン氏の帰国がそんなに先では間に合わない。……)

八木は口の中で、くりかえした。

「それきり、電話がかかってこないというのも気になります。『間に合わない』から、じぶんのほうでとりあえず適宜にいい方法を講じた、あとはギラン氏の帰国後に相談する、というようにもとれる」

「和子さんの身に、なにか緊急な事態が起ったということでしょうか」

「ぼくもそんな気がする」

マフィアの襲撃が八木の眼に映った。

「ギラン氏はカトリック信者だということでしたわね？」

「そうです。敬虔なカトリック教徒だとエルラン支配人は言っていた」

そのエルランがジェノヴァのホテルの五階の窓からカテドラルにむかって和子とともに祈りを捧げていた姿を、八木は見ている。

「ギランさんが個人的に親しいゾフィ・カウニッツという婦人も、カトリック教徒かもしれませんわ」

「………」

「シュタイン・アム・ラインは、近くのザンクト・ガレンとともに中世の面影を残した町とあります。いま案内書をみましょう。……ありました。ありました。ザンクト・ガレンは中世初期のベネディクト派の修道院の建立から発展してきたもので、現在ではこの修道院のあった場所に大きな教会が建っている。この教会は十八世紀半ばに建てたもので、スイスの代表的なバロック・スタイルの教会と書いています。ザンクト・ガレンがこんなふうだから、共通性のある中世の町のシュタイン・アム・ラインにもかならず教会があると思います」

「すると、白川さんが和子さんの保護をギラン氏に頼み、ギランさんがさらに彼女を知り合いのシュタイン・アム・ラインの教会に託したということかな」

「教会というよりは、修道院でしょうね」

「………」

「カウニッツさんは修道院の院長ですわ。きっと」

八木は、見えない中で「糸」の端を握った気がした。

白川敬之は和子をマフィアから避けさせたのではない。

――日本には帰れない和子を、しばらくのあいだ、ギラン氏の知っている修道院に身も心も休めさせているのだ。

これが想像の「糸」であった。

けれども「ギラン氏のスイス帰国がそんなに先では間に合わぬ」と告げたゾフィ・カウニ

ッツという婦人の言葉の意味が、和子に起った緊急事態とすれば、こちらとしても平静ではいられなくなる。

カウニッツ女史――彼女は修道院長の可能性がある――がその電話をチューリッヒのギラン銀行にかけてきてから五日経っている。

カウニッツ女史は、ギラン氏との約を守って、高平和子の名を銀行の者には洩らしていないのだろう。

ギラン銀行の人から連絡を受けたジェノヴァのコンチネンタル・ホテルの支配人レーモン・エルランは、それがカズコのことだと気づいている。ギラン社長とシラカワとの友情から、社長に頼まれ、その日本女性をじぶんのコンチネンタル・ホテルに隠すように泊めている。和子が白川に伴われてジェノヴァからチューリッヒに発ったのは、コンチネンタル・ホテルに三日間滞在してからであろう。

そうだ。それは、あのローズ・ホテルで、桐原参事官はじめモンテカルロに来合せていた邦人一同を白川敬之が夕食に招待した翌日であったろう。その夕食は、和子の夫、仁一郎の埋葬式に参列した人へのお礼の意味もあった。

また、その夕食会の時には、モナコの崖から転落した小型トラックがその積みこんだニースの「オテル・マレシャル」のリネン・ワゴンとともに炎上し、乗っていたドライヴァーともう一人とが焼死体となって発見された椿事が起った。一同はその席から桐原参事官のあとにつづいて現場にかけつけたものだ。それが無関係な日本人男女を間違えて殺害したマフィア二人に対する組織の仕置たる「火刑」と知っているのは、八木だけであった。

　とにかく、時間的な経過は一致する。

　白川はその翌朝、モンテカルロからジェノヴァのコンチネンタル・ホテルに行き、和子に仁一郎がモナコの丘の墓地で埋葬されたこと、そうして、その遺髪は近日、東京へ届けて、「留守宅」で告別式が行なわれる予定を語ったであろう。

　和子がこれにどのように対応したか、八木は想像するに忍びなかった。

　小島春子が急に立ち上がった。

「不安だわ」

　電話局内の長いカウンターの前に集まっている人々へ凝然と眼をむけて、言った。

「とても不安だわ。……もしかすると、和子さんは、自殺したんじゃないかしら。……」

「自殺」の呟きを小島春子の唇から聞いたとき、八木は、全身に戦きをおぼえた。睡っていた神経が揺り動かされた。日本に帰れなくなった和子を考えたばかりだったのに、どうしてそれに気がつかなかったのか。

　修道院に彼女が当分のあいだかくれて、そこで身と心とを休めていると考えていたのは、あまりに楽天的な想像であった。

　和子の自殺——あり得ないことではなかった。

　ゾフィ・カウニッツ女史のギラン氏に連絡を求めるひたむきな努力、というよりも悲痛な声が思い合わされてきた。

「しかし」

　八木は、やっと踏みとどまって言った。

「カトリック信者は、けっして自殺しない、と聞いている」

「そう。キリスト教徒にはけっして自殺は許されません。神の道に反するからです。教会では、カトリックでも、プロテスタントでも、自殺を罪悪視しています」

「それなら和子さんの身は安心じゃないですか」

「でも、それは和子さんが修道院に入っていることを、わたしたちが仮定しているからです。修道院でなかったら、どうしますか」

「………」

「ゾフィ・カウニッツという婦人が修道院の院長でなく、普通の主婦だったら」

「しかし、ギラン氏は敬虔なカトリック信者です。同じ教徒に和子さんの身を託する可能性は強いと思う」

「それも厳密にいうと想像の域を出ませんわ」

「………」

「とにかく、わたしには胸騒ぎがするんです。八木さん。すぐにシュタイン・アム・ラインへ行きましょう」

「えっ」

八木はおどろいて彼女を見た。

「明日チューリッヒへ飛びましょう。どこの航空会社でも早い便で」

「しかし……」

「シュタイン・アム・ラインの町までは、チューリッヒから列車で一時間とガイドブックに出ています。その町に着いてから、和子さんの居場所は、われわれで探し出すんです。手がかりは、ゾフィ・カウニッツという婦人の名です」

「けど、それは……」

「この名前は偽名でも架空名でもないと思います。実在の人物名だと思います。シュタイン・アム・ラインは大きな町ではありません」

小島春子は、しばらくぶりに片頰に微笑を浮ばせた。

「わたしは、人を探し出すのがうまいほうなんです。シュタイン・アム・ラインの小さな町で、ゾフィ・カウニッツさんをさがしあてられる自信はあります。それに、きっと、その婦人は町で名の知れた方にちがいないわ」

電話局を出て、タクシーで、さっき見てきたビソラッティ通りのスイス航空営業所へむかった。

「明日の午前九時五十分発チューリッヒ行のスイス航空の直行便がありますが、すでに満席です。ジュネーヴ経由ですが、七時五分発パリ行のアリタリア航空があります。ジュネーヴ着は八時十分です。チューリッヒ行にはスイス航空の八時四十分発に接続します。チューリッヒ着が九時二十五分です」

係の女性は、各時刻表を見て教えた。

「チューリッヒへは、鉄道でイタリアの北部からスイスのルガーノに入り、コモ湖をまわって行きたかったのに」

小島春子はすこし残念そうに言った。

「モンテカルロのオテル・プラザでのサヨナラ・パーティでは、あなたは桐原参事官にそんな旅行計画を話していましたね。飛行機でジュネーヴまわりでは風情がないな」

「でも、いいわ。コモ湖よりもシュタイン・アム・ラインへ行くほうが充実感があるんです」

充実感という言葉を八木が聞き咎める表情に、彼女は言い直した。

「その中世の町を見たいわ。丘の上にある十一世紀のホーエンクリンゲン城というのも見たいんです」

街に灯の輝きが強くなりはじめた。

「じゃ、八木さん。明朝空港でお会いします。六時までにチェックインだと、早起きでたいへんだわ。じゃアね」

小島春子はそこで立ちどまり、顔いっぱい笑いの口をひろげ、八木に手を振った。

街角に来て八木が信号待ちしていると、横断する歩行者の群れの中に知っているイタリア人が二人いた。向いのビルの灯の逆光に眼が邪魔されているが、ひょろ高い背丈の男と、ずんぐりとした男との特徴的なシルエットとその組合せは、ローマ市警のイゾッピ刑事とベッティ刑事であった。

二人は大股で群衆の流れの中を抜いて行く。急ぎの用事があるらしく、こちらを見向きもしなかった。

この二人の刑事とはロンドンから帰ってからも八木は接触している。イタリア治安当局によるマフィア狩りが進んでいて、そのネタをくれる。

いまのところ大物の逮捕はない。だが、「そのうちに、えらい騒ぎになるぜ」とイゾッピは八木に教えた。

イタリア治安当局のマフィア狩りは、こんどこそ本腰を入れているようにみえた。すでにローマをはじめ、ナポリ、タラント、ブリンディジ、シチリア島のパレルモ、シラクーサの南部各地、ボローニャ、ミラノなど北部の各地のマフィアに手入れが行なわれている。

マフィアはシチリア島が発生の地、もともとは島の農園の自警団のようなものがならず者化した。禁酒時代のアメリカに移民した者は都会の貧民街に住み、その若い連中がしだいに無法者化し、その中からシカゴのギャング王アル・カポネが出てきた。

第二次大戦の終りごろ、シチリアに上陸した連合軍の手引きをしたのがシチリアのマフィアで、以後マフィアは「フリーメーソン・プロパガンダ・第2部」（略称「P2」）を自称した。P2の勢力は当初の連合軍の威光をバックに伸び、講和後もひきつづいてますます伸長、その暗殺的な暴力行為と権謀術策とで、イタリア政財界を畏怖（いふ）させてきた。

P2の暴力面の請負組織マフィア。

マフィアは、はじめイタリア南部にはびこっていたが、しだいに北上し、ローマから北部の都市にまで浸透するようになった。

イタリア治安当局が、こんどこれら各地のマフィア狩りを行なうにあたって頭を痛めたのは、かれらを裁判にかけるあいだの措置である。各地の拘置所にかれらを抑留したのでは、ギャング組織の仲間に拘置所が襲撃されて被告らがいつ奪回されるかわからぬ。

そこで、逮捕したマフィア全員をシチリア島のパレルモの拘置所に送る。拘置所では新たに四、五百名が収容できるスチール製パイプの「檻（おり）」の監房を設け、また裁判所への出入り通行用には、他と隔離したスチール製パイプの柵を三重にも四重にも設けるなどして逃亡と敵の奪回作戦を防いだ。この新式拘置所の建設に要する予算には、およそ三百三十二億リラの巨額が見込まれた。

そもそも当局がマフィアの全被告をパレルモに集めて裁判にかけるのは、理由のないことではない。

Ｐ2の頭目ルチオ・アルディはパレルモに別荘を持っていたが、一九八一年五月、治安当局はこの別荘をふいに手入れした。アルディはすでに姿をくらましていたが、金庫の中から閣僚二名、国会議員三十六名、軍諜報機関の将軍連、財界、マスコミ界の首脳らのリストが発見された。アルディに使われたＰ2の秘密会員である。時の内閣はために瓦解した。

この秘密リストは、Ｐ2スキャンダルのセンセーションを全イタリアに捲き起した。ひいてはそれがヴァチカン銀行と結託し、下部にマフィアという暗殺集団を持っていることをも白日のもとにさらした。

マフィアの手にかかると、Ｐ2の指令によって、邪魔者は「事故死体」となるか、または直接（じか）に弾丸を受けて路上に転がるかされるのである。

その犯行の「証言者」もまた「よけいな奴」としてＰ2の指図で消される。内部の裏切者も同様な運命に遇う。

治安当局がＰ2マフィア狩りに本腰を入れかけたのは、イタリア政府とヴァチカンとの間が従来よりは円滑でなくなったためである。ロンバルジア銀行とヴァチカン銀行との「不正事件」で、イタリア政府からの質問を受けたヴァチカンは、その独立権を主張して拒否したので、イタリア政府は硬化し、千年の伝統を破ってローマ・カトリックをもって国教としない旨をヴァチカンに通告した。一種の最後通牒（つうちょう）である。これはすでに知られている。

ヴァチカンの聖職者で、要職を占めている者にＰ２の会員がいる。前教皇ヨハネ・パウロ一世はこれを粛清するつもりだったようだが、その前に倒れた。毒殺説が起った所以（ゆえん）だ。現教皇ヨハネ・パウロ二世は、そこまでは決心はつかぬようだが、方針はだいぶん変ってきたらしく、それが新しい人事面にも現れている。

Ｐ２がヴァチカンの「保護」を受けていたことは、Ｐ２の勢力がイタリアの政・財・官界にのさばるその梃子（てこ）にもなっていた。いまやその梃子の力が弱くなった。

イタリアの治安当局の作戦は、Ｐ２の暴力面組織のマフィア狩りを行ない、これを裁判にかけて絶滅し、ついで上層機関のＰ２に手を伸ばそうというようにみえた。下部の基礎が崩れれば、上層建築たる「Ｐ２」は弱体化するというのが治安当局の力学的見方のようだった。

八木が信号待ちで見かけた刑事イゾッピとベッティの忙しそうな姿もマフィア狩り活動の一つに映った。

支局に八木が戻ると、岩野支局長は帰り支度をしているところだった。日本からお客が来たので、これから家に戻って着更えをし、国立劇場のオペラに案内するという。日本への夕刊用の送稿時間は翌朝午前一時ごろだが、その前に支局に帰って地元紙の朝刊早版記事を読んだりする。

「岩野さん、お願いがあります。明日は日曜ですが、明後日休暇をいただきたいのです」

八木は支局長に言った。

「休暇？」

岩野は、帰り支度の動作をやめて八木の顔を見た。

「どこかに旅行かね？」

「いいえ、ちょっと、二日間ばかりの行楽に」

二日間なら足りるだろう。それで足りなければ延ばしの電報を打つ。

「行先をはっきりしておいてくれないと困るね。どんな突発事件が起って、きみを呼びかえす必要がおこるかもしれないから」

「シュタイン・アム・ライン付近です。ぼくはまだあの地方に行ったことがないんです」

「高地ラインか。ぼくは行ったことがある。いいところだ。シュタイン・アム・ラインの町の真向いが見上げるような高地でね。いい所だ」

「岩野さん。その町の近くに修道院がありますか。つまり、その、尼寺です」

「尼寺へおじゃれ、か」

岩野は『ハムレット』の坪内逍遥訳を呟いた。

「……さあ、知らないなあ。高地の方に古い城があるのは見ているがね。なんだ、尼寺を訪ねて行くのか」

「いや、女子修道院ぐらいありそうな気がするだけです。違うかもしれません」

「まあなんでもいい。いまのうちに行きなさい」

「いまのうちに？」

「間もなく忙しくなる」

「なにがあるんです？」

「ガブリエッレ・ロンドーナがいよいよニューヨークからローマ法廷へ送還されそうなんだ。こんどこそほんとうに実現するらしい。イタリア政府のいつにない犯罪人引渡し要求にニューヨークの法廷判事も屈したということだ。P2のナンバー2だったロンドーナにローマ検察局はすでに殺人、殺人教唆、詐欺、横領など十件近い犯罪容疑で起訴済みだ。裁判を受けたら死刑判決は確実だ」

「それはたいへんですな。もし送還が実現するとなると、これは奇跡ですね。いつごろですか」

「あと一カ月のうちだという。しかし、ロンドーナがローマに還ってくることをもっとも恐れているのは彼自身よりもイタリアの政財界や官界やマスコミの首脳だろうな。彼が法廷で洗いざらい過去のつながりをしゃべってみろ、みんな政治生命や社会的地位を失うよ。これは、ぼくだけでなく、ほかの事情通も予想していることだがね。ロンドーナは拘置所内で永久に口封じさせられるかもしれないよ。……所内で毒死という方法もあるからね」

　支局長は片目をつむった。

岩野はその夜十一時ごろに支局にふたたび現れた。日本からの客を国立劇場のオペラに案内し、帰りにレストランで食事したとかで、赤い顔をしていた。

各紙の朝刊早版を見ると、外報面では、ソ連の中央委総会があす開かれ、アンドロポフ新書記長が施政方針演説を行ない、党関係人事を発表すると出ている。

だが、トップにはイラン最大の原油基地カーグ島海域の爆撃を大々的に報じている。イラクは五隻のタンカーを撃沈と発表したが、イラン側は被害を否定。

ソ連のことはもとより、イランもイラクもローマ支局の受持ちではない。ローマ支局の出場(でば)はいまのところまったくない。早版を一瞥(いちべつ)しても、さしたることはない。夕刊用に東京へ送る記事はなかった。出番がくるのは、次のP2幹部のニューヨークからの送還ニュースだ。つづいてイタリア政財界の衝撃波と、ヴァチカンへの波紋だ。

じゃ、お先に、と岩野は帰って行った。

支局員といっても八木だけで、それも現地採用の臨時雇員の身分である。もうそろそろ退(や)めたいと考えている。

支局を出たのが一時半。タクシーを待って空を仰いだ。星が冴えている。

タクシーの座席に腰を下ろしたとき、あっ、と膝を叩いた。気が変った。

「そうだ！」

日本語に運転手が振りむいた。

「電報局（アッルッフィーチョ・テレグラフィコ）へ」

急いで言い直した。

気が変ったというよりも、気がついたといったほうが正確である。

電報局の窓口に歩み寄り、打電先のアドレスを聞き合せた。先方の勤務先である。係員は眠気を起されたが、退屈しのぎにていねいに調べてくれた。

八木は電文を書いた。ローマ字綴（つづ）りの日本文である。短い文章。それだけに表現がむつかしかった。読みかえして、三度書き直した。

打電を頼んで、外に出た。待っているタクシーの背後を車の光芒（こうぼう）が走っている。いまの電報が星空を光芒のように走って、二時間ぐらいのうちには先方のドアを叩くだろう。

向うから麻薬中毒男がふらふらと近づいてきたので、八木はタクシーに入った。

ローマからジュネーヴまでのアリタリア航空機の一時間二十分は濃い灰色の雲の中だった。空港を飛び立ってから夜が白んできたようであった。

接続のチューリッヒ行のスイス航空機の出発時刻までには時間の余裕がなかった。トランジットのイスにかける間もなく、空港の長いホームを乗換え客は手荷物をさげて歩いた。鉛色の重い雲の下に赤地に白十字の尾翼が鮮やかにならんでいた。ローマの空とはだいぶん違う。フィールドの作業員は防寒服だった。小島春子は白のベレー帽にスエードのブルゾンを着こみ、グリーンのスラックスをはき、朱と紺を交互にしたカシミヤの襟巻をつけていた。若い人々はスキーの服装だった。雲の中でわからないが、空港の端にあたるフランス側のアルプス連山は真白なはずだった。

「チューリッヒで通訳さんをお願いしておきました。あれから旅行社に頼んだのです」

隣りの席で小島春子は言った。

「スイスではドイツ語でないとダメだそうです。通訳にいい方がおられるそうです。本庄サチ子さんといって、スイス人と結婚されている婦人だそうです」

「じゃ、ヴェテランのガイドさんですな。さすがにあなたは手まわしが早いですね」

「八木さんと別れて、それに気がついたんです。早く気がついてよかったわ。もう少しのところで、ガイドさんが一人も居なくなるところでした。スイスを旅行する日本人観光客は年間を通じて多いそうです」

ジュネーヴからチューリッヒまでもまた雲の中の飛行であった。八木は睡気がしてきた。トース支局からアパートに帰ったのが未明の二時で、五時半には起きて空港へ駆けつけた。トーストを焼く間もなかった。アリタリア航空の機内サービスのコーヒーとサンドイッチにひと息ついたものだった。

早起きしてきている乗客ばかりなので、ほとんどが眼を閉じているなかで、小島春子は英文の部厚いブルー・ガイド・ブックに眼を落していた。

機は横揺れしながら雲の下から湖を見せてきた。チューリッヒ湖の水面は鈍かった。まわりがうす暗かった。

空港で二人が手荷物をさげてロビーに出ると、ハーフコートをきた中年の日本婦人が近づいてきた。

小島さんですか、と地味な身なりの彼女はにこやかに言い、今日のお供をする通訳の本庄です、と名刺をさし出した。眼の細い、まる顔の三十半ばのひとだった。

空港内のコーヒーショップに三人で入った。ガイド兼通訳の本庄サチ子を加えて、今日の行動予定を地図によって検討した。

本庄サチ子の名刺には、カッコして（ヴェッター・サチコ）とも入れてあった。ヴェッターはスイス人の夫の姓。

「シュタイン・アム・ラインの町では、とくにごらんになりたい希望の場所がございますか」

サチ子は細い眼を二人にむけた。ラインの滝とか、近くのシャフハウゼンの町などをひととおり説明したあとである。

「その町に、修道院はありませんか」

八木はきいた。

「修道院……ですか」

ガイドは首をかしげた。

「尼寺ですが」

「さあ。ちょっと気がつきませんけれど。なんという名の修道院でしょうか」

「それがわからないのです」

「本庄さんは、シュタイン・アム・ラインの町にはよくおいでになってらっしゃるんでしょう?」

小島春子がそばから顔を伸ばした。

「はい。それは仕事で、たびたび参っておりますけれど」

「ずいぶんお詳しいはずなのに、修道院のことをお聞きになってないのですか」

「はい。申しわけありません」

「いや、そういう意味ではありませんが。あの町の高い場所には古い城があるそうですね?」

「ございます。岩の上のようなところで、ホーエンクリンゲン城といって有名でございます。

そこから直下にライン滝（フォール）が見下ろせます」

「その古城の近くに、修道院はありませんか」

「さあ。気がつきませんけれど」

八木が眼を伏せたとき、小島春子がたずねた。

「本庄さん。あなたは、ゾフィ・カウニッツさんという方をご存じありませんか」

「ゾフィ・カウニッツさん？」

本庄サチ子は口の中でくりかえしていたが、

「あ、それは証券会社の名でございますよ。ゾフィ・カウニッツ証券といって、リヒテンシュタイン公国にある証券会社です」

「なんですって？」

八木がおどろいて、身を乗り出した。

「もう一度言ってみてください」

リヒテンシュタイン公国に在るゾフィ・カウニッツ証券会社。——

ゾフィ・カウニッツという女名前がまさかそれだとは知らなかった。

シュタイン・アム・ラインの町ではさだめし名のある婦人であろうと小島春子は想像して言い、八木もそう考えていたのだが、これにはまったく背負投げを喰ってしまった。

しかし、意外ではあったが、八木には新たな興味がにわかに湧いた。それが「証券会社」

というところからである。

「本庄さん」

彼は言った。

「そのゾフィ・カウニッツ証券会社の社長さんは同じ名の婦人ですか」

「そうだろうと思いますが、よくは存じません」

通訳は軽く首を振った。

「その証券会社は、リヒテンシュタインのどこにあるのですか」

「ファドゥッが首都ですが、そのファドゥツ郵便局の私書函のナンバーがアドレスです」

「なんですって、郵便局の私書函がアドレス？　会社の住所はどこですか」

「会社はどこにあるのか知りません。私書函のナンバーが唯一のアドレスです」

「………」

「ファドゥツの郵便局には、ゾフィ・カウニッツ証券の私書函だけではなく、私書函が何百個となくあるのでございます」

「私書函が何百個ですって？」

「はい。およそ一千近くもございます」

八木は言葉が出なかった。が、頭の中は考えが忙しくかけめぐった。

「あなたは、どうしてそれをご存知ですか」

エンゲン
シュトッカハ
西ドイツ
ジンゲン
ラードルフツェル
ブーフ
ディーセンホーフェン
シャフハウゼン
オーベルヴァルト
ラムゼン
ニーダーツェル
ライヘナウ島
ライン川
ヘミショーフェン
ヘメンホーフェン
ホーエンクリンゲン城
シュタイン・アム・ライン
ヴァンゲン
ブルク
エシェンツ
シュテックボルン
ベルリンゲン
マネンバッハ
エアマティンゲン
ボルンハウゼン
ヴィレン
ヘルデルン
ヴァイニンゲン
スイス
フラウエンフェルト
ウィンタートゥール
0
10km
ラードルフツェル
西ドイツ
シャフハウゼン
コンスタンツ
シュタイン・アム・ライン
クロイツリンゲン
フラウエンフェルト
ウィンタートゥール
ロールシャッハ
オーストリア
ザンクト・ガレン
チューリッヒ
スイス
ラッパースヴィル
フェルトキルヒ
ファドゥツ
リヒテンシュタイン
0
30km
バート・ラーガツ

「はい。それは、わたしが、ときどき依頼をうけてファドゥツ郵便局私書函にキイをあずかってゾフィ・カウニッツ証券の郵便物を取りに行くからでございます。ときどきというのは、チューリッヒからリヒテンシュタインへ観光団のお客さまをご案内するときの機会です」

「それは、どなたがあなたに依頼するのですか」

「わたくしだけではありません。チューリッヒからファドゥツへ行くガイドさんは、ついでということでほとんどの人が私書函の郵便物の受取りを頼まれます。ゾフィ・カウニッツ証券もその一つなんです。依頼されるのは、このチューリッヒ市のバーンホーフ・ストラーセ(駅前通り)の裏通りにある古美術研究所ですが、そこが郵便物のエージェントになっているようです。わたくしたちがそこに届けると手数料をくださいます」

空港前でチャーターした中型ベンツのハイヤーは、チューリッヒ湖の北岸沿いの道路を東へむけて走った。湖面が右手の下のほうに寒そうな色で光っている。助手席の本庄サチ子は、これは17号線であり、湖が終ったところからアウトバーンになってバート・ラーガツの手前で北上する、リヒテンシュタイン公国のファドゥツまでは二時間とかからぬと言った。左手の斜面には、黄色と茶色に分けた車体の電車が走っていた。

——チューリッヒからシュタイン・アム・ラインに行くには、E17号線のアウトバーンで北上し、途中でE70号線に換えて棒のように北上すれば一時間で達する。

それをチューリッヒ、ファドゥツ、シュタイン・アム・ラインと矩形(くけい)の三辺をたどる(フアドゥツとシュタイン・アム・ラインのあいだは二時間）ようになったのはほかでもない。リヒテンシュタイン公国に設立されている「ゾフィ・カウニッツ証券会社」のアドレスたるファドゥツ郵便局の私書函を、八木はじぶんの眼におさめておきたかったからである。

リヒテンシュタイン公国は、東西十キロ、南北二十四キロ、面積百五十七平方キロ、人口三万人の可愛い小国でございます、と本庄サチ子は助手席で説明した。しかし、この国が「観光立国」で、人口稀少ゆえに課税が安く、ために外国企業が税金脱れのために数々のペーパー・カンパニー（幽霊会社）をここにつくっていることにはガイドは言及しなかった。

ネルビのロンバルジア銀行でもエイモス・ウォートン司教の「神の銀行」でも、バハマやルクセンブルクやリヒテンシュタインの名をペーパー・カンパニーの設立地としてたびたびイタリアの週刊誌などが暴露している。いずれも無税国か安い課税の公国である。

八木はチューリッヒ空港のコーヒーショップで「ゾフィ・カウニッツ証券」がリヒテンシュタインのファドゥツ郵便局の私書函をアドレスとしていて、そこにくる郵便物を、リヒテンシュタインへ行く観光ガイドたちが集めてチューリッヒ市内のエージェントに持参すると本庄サチ子から聞いて、「カウニッツ証券」とギラン銀行との関係を推測した。

リヒテンシュタイン公国に籍を置いたこの証券会社は、ギラン銀行のノミニー・サービス機関かカストーディアン・サービス機関かであろう。つまり簡単にいえば、銀行のトンネル機関であり、複雑な操作によってカネの流れを韜晦するための金融ペーパー・カンパニーであるらしい。――日本では銀行法にノミニーもカストーディアンも認められていない。

リヒテンシュタイン公国に向かう前に、八木は本庄サチ子にギラン銀行の外観を見ておきたいと希望した。

三大商業銀行（クレディ・スイス、スイス・バンク・コーポレーション、スイス・ユニオン・バンク）とちがって、ギラン銀行は個人銀行ですから、数社の雑居ビルの中にあって、そのビルの入口にかかっている真鍮の看板も小さくて目立たないものです、とガイドの本庄サチ子は言った。

チューリッヒの目抜きの通りは駅から南のチューリッヒ湖に突きあたるバーンホーフ・ストラーセだが、これの西側一帯が落ちついた地区、広場あり、植物園があり、ビジネス・センターがひろがる。シティ、クロッケンホーフの二つの高層ホテル。サヴォイ・バゥア・アン・ビル。JAL、アリタリア、ルフトハンザ、スカンジナビアなど各航空会社営業所、それに証券取引所。

ギラン銀行は、植物園と対い合った六階建ての古めかしいビルの正面出入口の横に真鍮製の小さな名前を掲げていた。うっかりすると見のがして行きそうなくらいに目立たない。ビルは一ブロックの三分の二を占めていた。

その六階建てのうち三フロアまでがギラン銀行ですと本庄サチ子は言った。外観はあのように地味だが、内部は宮殿のサロンのように華麗ということで、それがスイスの個人銀行の特質だそうです、と彼女は説明した。個人銀行の経営者と顧客とは父祖代々からのつながりである。それはどこか血縁関係にも似ている。

だが、その運営はいつまでも十九世紀の「家内工業」的なものではない。商業銀行が「ノミニー」機関や「カストーディアン」機関を駆使していると同じに個人銀行もその方法を使用している。いや、個人銀行だけにかえって商業銀行以上により秘密的であり、自由自在ではなかろうか。

ここで八木は考える。ギラン銀行の「ノミニー」機関がリヒテンシュタインの「ゾフィ・カウニッツ証券会社」か。

ファドゥッに「本社」が置かれたこの証券会社は、机一つ、電話一本、女事務員一人というペーパー・カンパニーの概念を破って、ファドゥッ郵便局私書函が「本社の所在地」であったのか。

「ゾフィ・カウニッツ証券会社」の表むきのアドレスである郵便物はそこへ行く。それを受け取りに行くのは、チューリッヒから「古美術研究所」の所員が出むくのであろう。が、ファドゥツを往復する人があれば、私書函のカギを渡して郵便物の受取りを依頼する。ガイドはその格好な役だ。その真相になんにも気づかぬから。

チャーターした中型ベンツは、チューリッヒ湖の東端に近いラッパースヴィルの賑やかな観光の町を通過した。湖にかかった長い橋の向うが南岸である。寒くても湖水には白い遊覧船がすべっている。

湖が切れるとともにアウトバーンN3号線に入り、山間を一路リヒテンシュタインへ向かう。

——チューリッヒの「古美術研究所」は、ギラン銀行のある植物園前を東へバーンホーフ通りを横切ってさらに東へザンクト・ペーター教会付近の小路にあった。

このあたりは、リマト川に沿った傾斜地で、路地が迷路のように分れている。そこにはギリシアの古美術品、初期キリスト教の美術品、ペルシアの骨董、古銅版画、古い画、古家具などを売る店が軒をならべていた。「古美術研究所」はその通りの、だらだら坂の角にあり、鉛色のコンクリート壁を持った二階建ての箱のような小さなビルだった。閉められた窓のカーテンが重いベージュ色であることと窓枠が緑色であること以外に風情はなく、出入口のドアも閉ざされていた。

車の中でこれを一瞥しただけで八木たちは通り過ぎた。ここにファドゥッツからの郵便物を届けるというガイドの本庄サチ子も助手席から降りたがらなかった。

——もし、リヒテンシュタイン公国の郵便局私書函第何号に「本社」のアドレスがある「ゾフィ・カウニッツ証券」の郵便物が、私書函からこの「古美術研究所」へ人の手によって「回収」されたとき、「古美術研究所」はこの郵便物をコネクションのあるギラン銀行へ持参するのではなかろうか。

なぜなら「研究所」には、「ゾフィ・カウニッツ証券」がギラン銀行のトンネル会社（ノミニー＝名義貸し機関、またはカストーディアン＝投資業務の代行機関）とわかっているからである。

これは「古美術研究所」がただにギラン銀行＝ゾフィ・カウニッツ証券の郵便物だけを取り扱っているのではあるまい。チューリッヒにある他の銀行とそれに付属するトンネル機関のほとんどをも代行しているのではなかろうか。

看板はたしかに「古美術研究所」である。それはリマト川を背にした骨董街にある。舞台設定はできているからだれも疑うものはいない。

しかしここは、銀行に幽霊機関の通信物を転送するエージェントではないか。

（和子についてゾフィ・カウニッツの名でギラン社長あてに、緊急電話があった。カウニッツはファドゥツに実在する証券会社。……）

通りの勾配（こうばい）を上るとき、街角を本庄サチ子が指さした。

「あのコーヒーハウスは、亡命中のレーニンがよくコーヒーを飲みに来ていた店です。レーニンは毎日図書館通いをしていたので、コーヒーがなによりも疲れやすめだったそうです。レーニン夫妻が間借りしていた靴屋さんの二階は、あの路地を入ったところにあります」

チューリッヒの市街を抜けた。

ファドゥツへ急がねばならなかった。

バート・ラーガツの西手前から折れて北上するN13号線のアウトバーンを走る。東側と西側に二三〇〇メートル級の山頂をいくつも持つ山脈に挟まれた渓谷の底を這い進むのである。両の山嶺(さんれい)から吹き下ろす風は、十一月も下旬のすでに冬季に入ったそれであり、粉雪さえまじって車のフロントガラスを叩いた。山間のほうぼうの自動車街道は雪で通行止めになっている。

山峡の中の黄色と茶褐色の田園風景。特有の大きな建物の農家。右側に、砦(とりで)のような大きな巌(いわ)があり、そこが岐(わか)れ道となっていた。

「まっすぐに行くとボーデン湖です。右に折れると、ここを境界にリヒテンシュタイン公国に入ります」

本庄サチ子がガイドした。

ファドゥツには十五分とかからなかった。小さいが、絵はがきのように美しい町。首都の外壁のような岩山には中世そっくりの白い城が乗っていた。リヒテンシュタイン大公一家が住む。大公はウィーンに立派な邸を持つが、この巌上に中世さながらの城廓をかまえている。城中にはリヒテンシュタイン王家蒐集になる多数の名画を秘蔵して、公開を許さぬ。雲と霧が城を隠す。城の下にはホテルやレストランがにぎやかにならぶ。観光客がコートの衿を立てて歩いている。

郵便局はホテル通りをはなれた官庁街のような静かな場所にあった。受付に人々が入っていくので、あとにつづくと、そこは切手売場で、各種の美しい切手の見本が前に出されている。リヒテンシュタインの切手は世界でも有名で、この国の外貨収入源の一つとなっている。

私書函のあるのは、この建物のつづきですと本庄サチ子が言った。

八木と小島春子はガイドのあとに随いて行った。そこはちょっとしたビルのワンフロアくらい広さがあった。三方がスチール製の抽出しつきロッカーだが、その抽出しがこまかな碁盤の目に切られ層々と積み上げられた私書函。

もとより番号のみである。社名や個人名の表記はない。

試みに数えてみる。抽出しの番号順。

1〜40。41〜86。101〜140。141〜186。201〜240。241〜286。301〜340。341〜386。

401〜440。441〜486。501〜540。541〜586。601〜640。641〜686。701〜740。741〜786。

801〜840。841〜886。901〜940。941〜986。1001〜1040。1041〜1086。1101〜1140。1141〜1186。

「郵便局は十一個所ございます。私書函の総計は二千七百三個になります」

本庄サチ子は言った。

「二千七百三の私書函。リヒテンシュタインにおかれた二千七百三のペーパー・カンパニー！」

「ゾフィ・カウニッツ証券の私書函の番号は？」

八木は訊いた。

「それだけはお答えできません」

本庄サチ子は「信義」を守った。

ファドゥツを出てE77号線で北へ向かった。

西側の一六〇〇メートル級の連山、東側の一七〇〇メートルから二〇〇〇メートル級の連山は灰色の空に紙を貼ったようである。

フェルトキルヒの町。三叉路。東はインスブルックへの道。「雪で閉鎖」の掲示が出ている。

八木には、推測の道の一つが閉ざされた象徴のような気がした。

――和子の「緊急な報らせ」をギラン氏に達するのになぜゾフィ・カウニッツ証券の社長名にしたのだろうか。場所も違うのだ。証券会社はファドゥツの郵便局私書函にアドレスが存在する。

しかし、カウニッツ証券がギラン銀行のペーパー・カンパニー（ノミニー・サービス、カストーディアン・サービス）と推定されたいまは、この個人銀行社長のギラン氏がペーパーカンパニーの名義人ゾフィ・カウニッツ女史個人に和子の身柄を託したと考えることはできないだろうか。

そのことは白川敬之と話し合いの上で決まっている。白川が和子をジェノヴァのコンチネンタル・ホテルからチューリッヒへともなって行き、ギラン氏、カウニッツ女史と話し合いのもとに決定し、和子の落着き先まで白川は見とどけてローマへ引返したと考えられるのだ。

　これはあくまでもギラン氏個人の秘密行動。銀行の者は知らぬ。

　カウニッツ証券の経営者が、連絡電話をギラン氏にかけたとき、銀行では社長は海外出張中だと言った。このとき、彼女の電話が急を要する気配なので、銀行は、ジェノヴァのコンチネンタル・ホテルのレーモン・エルラン支配人に電話をしなおしている。

　おそらく彼女はリヒテンシュタインのファドゥツの者とは言えなくて、シュタイン・アム・ラインの住人と言ったのではあるまいか。

　だが、当事者のギラン社長や白川敬之には、「ゾフィ・カウニッツ」から電話があったと聞けば、たとえそれがシュタイン・アム・ラインの住人と名乗ったと言おうと、ははあ、とひそかにうなずくだけで、問題ではない。

　しかし、人間は虚言をいうにしても、なにかしら因縁のあるものを無意識にでも求めるものである。シュタイン・アム・ラインの地には、やはり何かありそうであった。

　ボーデン湖に出た。オーストリア領と訣れてふたたびスイス領となる。湖畔に沿った国道13号線を西する。昏い湖面には三角波が白く立っていた。

　ロールシャッハの町に入った。夏季の保養地のベースで、国内線航空の空港があると本庄サチ子は言った。

　それからさらに西のクロイツリンゲンの町までの二十五キロは単調な湖岸線で、出入りがない。西独領の対岸も霧の膜である。

ここで半島によってボーデン湖はせきとめられ、西の湖がウンター湖(ゼー)という。せまく扼(やく)した半島の市街がコンスタンツ。湖で隔てられた町は、橋でつないでいる。

八木は南の市街に入って、小島春子に相談した。

「いつのまにか二時になりました。このへんで昼食にしましょう」

「時が経つのを忘れていましたわ」

彼女も昂奮(こうふん)していたのだ。

「本庄さん。ごめんなさい。おなか、おすきになったでしょ?」

いいえ、と助手席のガイドはつつましく首を振った。

ギラン銀行や「古美術研究所」の外観を見てまわったあと、チューリッヒを離れたのが午前十時半であった。リヒテンシュタイン公国の首都まで約一〇〇キロ、二時間足らずでファドゥツに入った。

郵便局の壮大な私書函を「視察」したりして、ここで四十分を送った。ファドゥツを出たのが午後一時。

ファドゥツから北上、ボーデン湖に突き当って左折、コンスタンツへカギの手に曲ってきたのは、チューリッヒからシュタイン・アム・ラインへの直線コースからすると大迂回である。

しかもシュタイン・アム・ラインは、ここからはまだ西の先である。

この大まわりをしたのも、所詮はリヒテンシュタインという「タックス・ヘーヴン」を利用した「金融の抜け穴」を見たいからであった。

いまにして、想像が思いあたる。

教皇庁の「特別会計部」が白川の請いを入れて東邦証券にその「投資」をまわす際のルートは、カトリック信者のギラン氏の経営する個人銀行であった。ギラン氏はこれを中間の粉飾機関のカウニッツ証券に通し、同証券はまた他の粉飾回路を経て東邦証券扱いとなったのであろう。

こうした経路を考えると、白川が個人的に親しくなったギラン氏に和子の身を一時依頼し、ギラン氏がゾフィ・カウニッツ女史にまた彼女を依頼する筋道もうなずけるのである。

昼食をとったコンスタンツのレストランの町なみも中世のおもかげが残り、家々には出窓があり、道は古めかしい石だたみである。壁には蔦が這っている。いまはその蔦が枯れて垂れさがり、石だたみは凍てついてみえる。

わからないことがある。

パオロ・アンゼリーニのモンテカルロの「精神武装世界会議」になぜ東邦証券の白川が会場費の不足を支援しなければならなかったかである。

あの会議の真の目的は、P2組織の再建連絡会議にあったというのが小島春子の推定だ。

そのために南米や中米からの会員参加者が多かった。企画者は首領ルチオ・アルディだという。パオロ・アンゼリーニは、なにも知らずに、会議の準備費を出してもらって、かつがれただけだという。この小島春子の推測には、八木も賛成なのだ。

では、なぜスジの違うカネを白川はパオロ・アンゼリーニのために出さねばならなかったのだろうか。

ネルビがロンドンで殺されてしまってからは、ロンバルジア銀行からカネを出させることが不可能になった「神の銀行」の総裁ウォートン司教は、アルディの至急依頼を受け、教皇庁特別会計部に便宜を懇願したのであろう。

ウォートン司教も、特別会計部が独自な投資を行なっていることを知っているので、その線に泣きついたものと思われる。ネルビが生きているときは、彼を駆使し、会場費の不足などの端ガネなど問題なく出させたのに、ネルビの死を境にロンバルジア銀行の倒産が明るみに出てくると、さすがのウォートン司教も手も足も出なくなってしまったのだ。

たぶん、こういうところが真相だろうと思う。

しかし、これは教皇庁特別会計部から支払い方を受けたギラン社長も、ギラン氏からジェノヴァのコンチネンタル・ホテルにその現金調達がなされて、秘書からそれをアンゼリーニに渡させた白川も、ほんとうの理由を知っていないのである。——

こんなことまでは小島春子には言えなかった。

八木はもつれた「糸」をひとりで黙々とほどいている。

「そろそろ出発しましょうか」

壁の地図を見て小島春子が言った。

シュタイン・アム・ラインまではあと三十キロ。

そこに和子の影があるかどうか。——

あたりがかげってきた。十一月下旬の北スイスの日没は早い。

三人はベンツにもどった。

コンスタンツの町を出るとライン川の渓谷がはじまる。ボーデン湖の西北は、大陸から突き出た長細い半島で二分され、その南側がまた、斧形の半島のせり出しによって二つに分けられている。スイス領と西独領と対い合っているせまい湖水がウンター湖で、その入口を扼している町がコンスタンツである。

地図の上ではわからないが、車で走ってみると、町も村も畑もライン川の山峡の底や中腹にあり、道路も川沿いの麓の下にあったり丘陵の上にあったりする。

「ここがエアマティンゲンです」

「マネンバッハです」

「ここがベルリンゲンです」

「シュテックボルンです」

本庄サチ子は町を通過するたびに説明した。

シュテックボルンは大きな町である。古い大聖堂があった。ベネディクト派だという。対いの島にあるのがニーダーツェル。双塔の教会がある。八木と小島春子は眼を凝らした。

島が去り、半島が近づいた。丘陵の連続である。

「ウンター湖を出るとライン川の川幅はせまくなります。これは氷河期の末期に氷河が退行してできたモレーンのためだそうであります。モレーンは堆石によってできた堤、堆石堤と訳されております。シュタイン・アム・ラインはこのモレーンの上にあります。それより下流にディーセンホーフェンの町、シャフハウゼンの町などがあります。その郊外にはラインの滝があります。この滝を過ぎると、ライン川の川幅が大きくなり、バーゼルまでゆうゆうとまっすぐに流れます」

本庄サチ子はガイド調で言った。

対岸の西独領になる丘陵の上は残照を受けて雲も明るかった。水面もそれを反映している。が、森は昏く、村も町も人家には灯がともりはじめていた。

「あちらが西独のヘメンホーフェンの村です」

「あちらがヴァンゲンの村です」

本庄サチ子は指さす。高い尖塔がそびえていた。

「こちら側はブルクの町に入りました」

彼女はうしろをふりむいて言った。

車は街の三叉路を右折した。橋の正面が見える。運転手は心得て徐行した。

「ブルクは城の意味ですが、文字どおり、昔ローマ軍が使った城砦（じょうさい）のあとがあります。この橋の通行をローマの兵士が守っていたそうです」

橋にかかる。下は幅のせまいライン川であった。

橋を渡りきると、黒味を帯びた茶色の屋根と間口のせまい淡褐色の家ならびになる。屋根は急勾配（こうばい）、ほとんどが四階で、二階からは小屋根のついた出窓があり、出窓の張り出し台には中世風な画や意匠が錆（さ）びた朱色を基調に描かれている。この色で壁の画が隙間なく描かれているのだが、壁画の多くが宗教物語にちなんでいる。

残された壁面は、柱と梁（はり）の木組みが斜交するチュダー様式に似るが、その梁と柱にも落ちついた朱色が塗られている。

「シュタイン・アム・ラインは、この特色のある中世の町を見るためにほうぼうから観光客が訪れます。町そのものは、歩いてひとまわりしても一時間とはかかりませんが、文字どおり絵画でつくられた魅力あるたたずまいでございます。シーズンはお客でたいへんに賑わいます」

ライン川岸に沿ってホテルやレストランがならび、駐車場があった。シーズン・オフのせいで、どのパーキング場も空いていた。

前方に小高い丘陵が長く横たわっていた。ライン川の南岸を走っているときから対岸に望んでいた山塊のつづきだった。

「あの尾根のあのあたりに」

本庄サチ子は指を上げて、稜線の左側の一点を示した。

「小さな黒っぽいものがつき出ているのが見えますでしょうか」

八木と小島春子とはその方向に眼をひろげた。たしかに長大な丘の上に黒いいぼのような突起物が認められた。

「あれがホーエンクリンゲン城です」

「あれが古城ですか」

八木は見つめたまま言った。

「そうでございます。この町に来られる観光客は、かならずあのホーエンクリンゲン城に上られて、内部を見学され、それから元気のいい方は左手の丘の切れたあたりを降って」

彼女は指を丘陵の末端部の急斜面へまわして言った。

「ヘミショーフェンへの近道を歩かれます」

いまは寒くなったのでそのハイキングをする人もありません、とつけ加えた。

「本庄さん。あの古城の向うにも町か村があるのですか」

八木はきいた。

「北側のほうにございます。あちらは山地地帯ですが、スイス領と西ドイツ領とがいりくんでいて、詳しい地図でないと間違えるのです。わたしはまだそのへんに行ったことがないものですから。待ってください。このへんの地図を本屋さんで買ってきましょう」

橋の近くの本屋で本庄サチ子が買ったのは、コンスタンツとバーゼルを含んだ二十万分の一の地図で、フランスの出版。こういうものしかなかった。

地図によると北側山地のほとんどが西ドイツ領である。げんにホーエンクリンゲン城のすぐ東側も西独国境になっている。

古城の背後（北側）には、ヘミショーフェン、ラムゼン、オーベルヴァルト、ブーフの四つの町名が出ているが、いずれも山地を外れて低地の街道沿いを西独領にすぐに突き当る。

「本庄さん。このあたりに修道院がありそうですね？」

八木が地図を受け取って言った。

「なんども申し上げるようですが、わたしは観光案内でホーエンクリンゲン城から先に行ったことがないのでわからないんです」

「コンスタンツからこちらへくるときも、両岸の町には教会の尖塔をずいぶん見かけたけれど」

小島春子が言った。

「教会はあると思います。でも、修道院はどうでしょうか」

「こちらはカトリックが多いのですか」

「スイスはカトリックとプロテスタントが半々くらいですが、この北部になるとカトリックが多くなります。オーストリアが近いせいだと思います」

「北側に尼僧院があるかどうか、そのへんの店の人にでも訊いてもらえませんか」

「タクシーの運転手さんが詳しいと思います」

本庄サチ子はタクシーの発着所へ歩いた。客待ちの運転手に聞いていたが、運転手たちは肩をすくめた。

小島春子は八木の肘をつついた。

「あそこにタクシーの配車事務所が見えます」

そこで訊けばわかるかもしれないという。二人は本庄サチ子を呼び戻し、駐車場の奥にある赤屋根小屋の詰所へ行った。

詰所には初老の男と二人の中年の男とが机の前にいた。本庄サチ子が話しかけた。

三人の運転手上がりの男は顔を見合せた。

「北側の町には教会はあるが、尼僧院は知りません。ドイツ領のことはわかりませんが」

彼らは尼僧院を Nonnenkloster と正確に発音した。

「山間に、人知れず尼僧院がひっそりと建っているということはありませんか」

小島春子がなおもきいた。

修道院は俗塵を避けた寂しい場所にあるのが普通だ。とくに戒律きびしいベネディクト派にあってはそうである。

その意味で、小島春子は本庄サチ子にタクシー配車係に、北の山地の村に尼僧院はないのかとの質問を通訳してもらったのだが、かれらは両手をひろげるだけであった。

出ようとすると、呼びとめられた。見返ると、初老の主任が机の前に立っていた。

「ちょっと、あんた。それは北側の山地でないといけませんかね？」

本庄サチ子が二人に通訳した。

八木は、はっとした。ホーエンクリンゲン城の近くと推測していたのが、すでに固定観念的だった。

「いや、そんなことはありません。シュタインの南側だってけっこうです。南側に修道院がありますか」

本庄サチ子が通訳。

配車係主任が何か言った。

「教団経営の病院があるそうです。ザンクト・マリア病院です」

「待ってくださいよ」

八木は額に手を当てた。

「教団経営の聖母病院ね。場所は？」

「ここから南へ約二十キロ行くとフラウエンフェルトという高原の町に達します」

「そんな山の中なら、看護婦さんは教団経営の寮に入っているんでしょうね?」

「そうだそうです」

小島春子が代ってきいた。

「教団経営の女子寮といえば、尼僧院ではありませんか」

八木もいっしょになって初老の運転手上がりの男の口の動きを見つめた。

「自分にはよくわからないが、言われてみるとそんなふうにも見える、と言っています。病院のある町から五キロばかり北にヴィレンという村落があって、聖堂が建っている。その聖堂裏の森に二階建ての細長い大きな建物がのぞいていて、白衣の看護婦さんたちが出入りするのがちらちら見えていた、と言っています」

「それこそ尼僧院だわ」

小島春子が八木にむいて言った。

「修道女がナースとしてザンクト・マリア病院に奉仕しているんですわ、きっと。……そう、ヴィレンという村落なのね?」

地吹雪とともに

八木は自分たちの車のドライヴァーにホーエンクリンゲン城へ行くように言った。

シュタイン・アム・ラインの町は十分もすると中心が終り、あとは高地の畑がひろがった。

丘陵の黒い色が近づく。

「八木さん。こんな時間になって古城をご覧になるんですか」

小島春子は非難するようにいった。

「だいいち、もう入口の門も閉まっていると思いますわ。ねえ、本庄さん？」

「はい。四時まででございます」

「いや、外だけだから、すぐ済みます」

それでも小島春子は不服そうだった。

そんな見物の時間があるくらいなら、なぜ一分でも早く南へ向かわないのか。ここから二十キロはあるというから、道路がいいとしても、山間部のことで時間をとる。それなのに逆方向へ寄り道をするのが彼女には気に入らないのだった。名所旧跡を見たがるお上りさんと軽蔑を見せていた。

そこで彼女は八木に挑むように言った。

「タクシーの配車係のヴェテランがフラウエンフェルトの町にザンクト・マリア病院があるのを教えてくれて、それからその近くの村の尼僧院が引き出されたのは、それこそ天啓のようなものだったわ。だってわたしたちは和子さんが尼僧院に保護されていると思っていたから、はじめからそのつもりで訊いていたんですもの。ところがその尼僧院があまり名が知られてなかったものだから、わからなかったんですわ」

「まさに、そのとおりですね」

「ザンクト・マリア病院のあるフラウエンフェルトは、町だけれど、ヴィレンの村落は六〇〇メートル近い高原といいます。……そうでしたね、本庄さん？」

彼女は通訳から聞いたのをメモしていた。

「はい。そうです」

「八木さん。和子さんは熱心なカトリック信者ですか」

「そうだと思います」

「だったら、この上ない身の憩め場所ですわ。白川さんが安心して委託されただけのことはあると思います。でも、白川さんは、どうしてそんな尼僧院をご存知だったんでしょうか」

「さあ」

「まだわからないことがあります」

小島春子はこう言った。

「それはジェノヴァのコンチネンタル・ホテルの支配人が言っていた、例の謎の電話です。かけた人の声は『シュタイン・アム・ラインのゾフィ・カウニッツ』を名乗ったといいます。もし、それが和子さんの身を寄せているヴィレンの尼僧院だとすると、シュタイン・アム・ラインとは方角が違いすぎますわ。それともそれは他人の手前であって、ギランさんと白川さんだけにわかる暗号でしょうか」

「いや、かならずしもそうではないと思う。シュタイン・アム・ラインは有名です。ヴィレンの村はそこから十五キロくらい南ですからシュタインで代表させたのでしょう。フラウエンフェルトだって、かなりな町だろうけど、よそ者には馴染がうすい。だからこれもシュタイン・アム・ラインを標準にしてあらわしたのでしょうね。ロンドン郊外といったようなものじゃないですか」

「いちおう納得します。では次のゾフィ・カウニッツと名乗った点はどうですか」

「………」

「ゾフィ・カウニッツといえば、リヒテンシュタイン公国にある証券会社と同名です。たぶんその証券会社の社長さんだか代表者も同名でしょう。その私書函はファドゥッツ郵便局にあります。わたしたちは、見てきましたわ」

助手席の本庄サチ子が顔をうつむけた。信義を守ってカウニッツ証券会社の私書函番号を小島春子にも八木にも教えなかった。

「和子さんの緊急事態のことを白川さんに電話で知らせたい婦人が、どうしてリヒテンシュタインの証券会社と同じ名を使うのでしょうか。とても同姓同名という偶然の暗合とは信じられませんわ」

「わかりませんね」

だが、八木には漠然とした想像がある。が、それはまだ形にはなっていない。ぼやけている。

車は丘陵についた道を上った。遠くから見ると森林に蔽われた草地のようだが、砂礫岩の丘だった。

中世の古城は昏れなずむ雲に、二つの円塔と矢狭間の城壁と中央の尖塔のある主館とを聳えさせていたが、下の出入りの門は閉じていた。

車を降りた八木は、ひとりで門の前を往き来し、城壁の下に沿って一巡した。それから灯の輝きはじめたシュタイン・アム・ラインの町を見下ろしていたが、それはタクシーが登ってくるかどうかを見定めるためであった。

本庄サチ子は八木に言われて、通用門のブザーを押した。管理所から人が出てくる気配し、小門が開いて、中年の女が顔を見せた。

今日は閉館になりましたが、と女管理人は八木と本庄サチ子に告げるように口を動かした。

八木がすすみ出て言った。

「日本人の三十五歳くらいの男性が、この城の前に人を待ち合せるように、長いあいだ佇(たたず)んでいませんでしたか」

本庄サチ子が通訳すると、

「見かけませんでした」

管理人は顔を振った。

八木は腕時計に眼を落した。

「ここで待ち合せるように言ってあるので、その日本人はおそくなってもかならずこの城の前に来るはずです。わたしはヤギという者です。すみませんが、ここに来る日本人に伝言していただけませんか」

本庄サチ子が通訳しているあいだに、八木はポケットから二十フランの紙幣を一枚とり出し、通訳が終ると同時に女管理人の手に握らせた。

渋い顔で本庄サチ子のドイツ語を聞いていた管理人は紙幣の手ざわりですぐに表情が崩れた。

「メッセージは紙に書いてください。言い間違えるといけないから。かならず、ここにこられる日本人の紳士にお渡しします、と言っています」

通訳が言った。伝言を書くなら中に入ってくれと管理人は小門を開けた。

中に入ると、まっすぐの道が古城の正面へ向かうが、横が管理所の一棟であり、窓口は入場券の発売所であった。傍では絵ハガキなども売る。

八木は窓口の前のせまい台で、絵ハガキの裏に短文を走り書きし、管理人にも名前が読めるように、木下信夫をローマ字書きにした。

管理人が受けとって、

「キノシタ　ノブオ」

と、声を出して読んだ。

「あっ」

叫び声がうしろでした。いつのまにかきた小島春子が、管理人の読んだ声を聞いたのだった。

古城の下の横には観光客のために小公園めいた植込みがある。そこに鳥が黒い影で地上を歩いていたが、停止すると、かすかな音を立てて扇形に羽根を大きくひろげた。孔雀はそのまま重たげな脚どりで歩きだした。

「八木さん。あなたは木下さんをここへ呼んだのですか」

古城をあとに車の中で小島春子は言った。

「今朝未明にローマからフィレンツェの美術大学あてに電報を打っておいたのです」

街の灯が低くなるのを見ながら八木は答えた。

「なぜ、この城を指定なさったのですか」

「われわれが電話の主のゾフィ・カウニッツをシュタイン・アム・ラインの町で探し得ても、どこに木下さんを呼んでいいか、まだ場所がわからなかったからです。ホーエンクリンゲン城だと待合せの指定場所としては、有名な名勝地ですから絶好です。そこから和子さんのいるところへ彼をつれて行けばいいと思ったんです」

「八木さん。あなたが木下さんにその電報をなさったのは、カウニッツ女史の名でギラン銀行にかかった緊急事態の電話を、和子さんの身辺の急変と考えられたからですか」

「その予感からです」

二人の会話はしばらく切れた。

「木下さんはお城の下にこられるでしょうか」

小島春子が呟いた。

「遅くなってもくると思います。旅行をしていないかぎりはね」

すでにブルクの南、エシェンツは過ぎた。

道路は急激な上りにかかる。ヘッドライトの光芒(こうぼう)は、切り通しのような山峡の一筋街道、それもわずか十メートル先を照らしながら進む。左右の山はそれほど高くはないが、昼間に見たら麓(ふもと)は原生林であろう。一〇〇〇メートル以下は広葉樹林帯だ。が、いまは落葉も終り、すでに蕭条(しょうじょう)とした初冬の風景。

道は屈折をくりかえし坂はますます登りになる。右手に高い山塊があって、その中腹を這っているのである。左手にも黒い山がそそり立っていて、谷が口を開けている。

《BORNHAUSEN》

道標が走り過ぎると、その名の村の灯が近づいてきた。小さな盆地になる。村が暗黒の中に去ると、ふたたび上りであった。前面に高い山影が空へ黒々と群がり出ている。まだら雲がうす蒼かった。道は山のわきの下をまがりくねって行く。

八木も、小島春子も言葉を発しなかった。尼僧院が近づいてくるのを考えている。尼僧院で和子がどうなっているかを想像している。

小島春子は、八木が木下信夫を電報で呼びよせた意味を考えている。そうしてルアンの大聖堂で初めて遇った和子と木下信夫のことを回想している。

チューリッヒから北の高地ラインまでの間は、北部アルプスの余波といった山容である。ほぼ東西に走るアルプス山脈は、ルツェルンの南で前アルプスとよばれる二〇〇〇メートル内外の群峰である。この水成岩の山塊を境に、全体が北へ傾斜して山なみの曠野（こうや）にたゆたうハイランドの趣きを呈し、どこかスコットランド地方にも似る。

チューリッヒからシュタイン・アム・ラインに行く観光客は、列車だと高原の町のウィンタートゥールで乗り換える。車で行くのもこの町を通る。シュタインよりはすこしチューリッヒに近い。人口九万。鉄道工材、繊維工業で発展した都市だが、近世・近代画家の作品六千点を蒐集したラインハルト・コレクションが有名で、わざわざ参観にくる人が多い。

そのウィンタートゥールから東北へ十四キロ離れたところにフラウエンフェルトの町がある。町の広さはウィンタートゥールの三分の一くらい。シュタイン・アム・ラインとチューリッヒのほぼ中間に位置する。ウィンタートゥールを訪れる観光客も、わずか十四キロ東のフラウエンフェルトまでは足を伸ばそうとせぬ。それは交通の要衝にあたってないばかりでなく、工業生産地でもなく、また美術館のような魅力ある施設がないからである。人口二万八千。

強いていえば、「フラウエンフェルト城」といって、木造の城砦があるくらいなものである。何世紀ごろのものかわからぬが、中世の木造りの城というのであれば十分に珍重するに価値あるものと思われるが、どういうわけかさほど著名にならぬ。高原の田舎町という概念から隠者のような不当な世評を受けているのかもしれなかった。

この町に、ベネディクト派経営の「ザンクト・マリア病院」があるのは、まことに環境と宗教とふさわしいもののように思われた。そうしてその病院の看護の奉仕にはノンネンクロスター（尼僧院）があたっているというのであった。

尼僧院は、しかし、ザンクト・マリア病院のあるフラウエンフェルトの町からすこし北に離れた村にあるという。山の麓の淋しい場所だ。いかにも修道院の環境であるらしかった。

シュタイン・アム・ラインから高原の町フラウエンフェルトに南下するには、ブルク、エシェンツから普通道路446号線に沿い、ボルンハウゼン、ヘルデルン、ヴァイニンゲンなどの村を通過するようになっている。

ところが、このボルンハウゼンとヘルデルンの間が、ジグザグのコースで、上り坂から峠に出ての下り、そこでまた曲折のくりかえしである。あきらかに東に巨大な山塊が蟠居(ばんきょ)していて、この西の山麓越えとなっているのである。

この山塊を土地ではヘルンリマルト (Härnlimald) と総称している。西から東へかけて、六七〇メートル、六六五メートル、六四〇メートル、六五〇メートルの四つの山峰がパン状にかたまり、陥没した谷を隔てて西に六〇〇メートル以下のシャメート群山が流れる。446号線の往還はこの二つの山峡(はざま)を通っている。

——八木も小島春子も昼間だとこの地形からだいたいの見当がついたかもしれない。また、ガイドの本庄サチ子もこのへんに曽(かつ)て一度は来たことがあるとか、または詳しい地図を持っているなら、夜の帷(とばり)の下りた中でもドライヴァーに迷わせることなく方向の指示を与え得たであろう。

その運転手じたいがまたチューリッヒから雇ったのに、チューリッヒ—ウィンタートゥール—シュタイン・アム・ラインの観光「銀座ルート」(アウトバーンE70) は熟知していても、それより外れた田舎道はからきし不案内であった。

　ヘッドライトの光芒は、ヘルンリマルト山塊のうち西にあたる六七〇メートルの峰の西麓をまわって峠を下ると、ようやくにして四街道の合流する宿場のような村に出た。《HERDERN》の村の標識を過ぎると、またいくつもの四つ辻（つじ）の村と出合う。

　灯の集りが前方に浮び上がった。

「フラウエンフェルトに違えねえ、だんな！」

　ドライヴァーがハンドルから放した片手を振った。

　フラウエンフェルトは盆地の町である。下ってきた道路はそのまま「目抜きの通り」に突入した。赤い屋根が白かった。雪がうすく乗っている。

　六時をまわったばかりなので、商店街は店を開けているところが多かった。道に灯があたたかい色でこぼれている。

　運転手は窓から首を出して通行人にたずねた。

「ヴィレン村の女子修道院はどこですか」

　若い女は首を振って通りすぎる。中年の女は伴（つ）れの老婆と顔を見合せて肩をすくめた。男は手を横に振る。

　車を徐行させて運転手は別の通行人らをとらえたが、答えはなかった。

　八木は本庄サチ子に言った。

「さきにザンクト・マリア病院へ行き、そこで聞いたほうが早いでしょう」

町で病院をだれ知らぬ者はなかった。

病院は町はずれの高台にあった。巨きな建物である。十階建てで、病棟が後部に延々と連続している。中央の主館の窓には大部分灯が点いている。眩しい明りは闇の中に煌めき、一流ホテルと見紛うばかりであった。

この高原の田舎町にこのみごとな総合病院があるとは、まったく度胆を奪われる思いであった。おそらく患者はこの町の住民だけではなく、十四キロはなれたウィンタートゥールの九万の市民を吸収しているにちがいない。カトリック教団の精力的な事業である。

車は高台の車道を上り、病院の前に着いた。正門はすでに閉じられている。夜間用の通用門を入った。

「待って下さいよ。女子修道院の場所をたずねるのに、日本人が受付にぞろぞろ顔を出したのでは先方に警戒されるかもしれない。これは同じスイス人の運転手さんだけに聞いてもらったほうがいいかもしれませんよ」

「そうですね。そうしましょう」

小島春子は同意した。

八木は本庄サチ子にそのことを運転手に伝えさせた。

「ねえ、八木さん、ついでにその女子修道院に日本女性が同居しているかどうか聞いてもらったら、どうかしら？」

「いや、それはまずいな。そんなことを聞くと、よけいに先方に警戒されますよ」

「それもそうね」

「それよりも、このザンクト・マリア病院が修道会の経営とはいっても、信者の財政的援助によるところが大きいかどうかを確かめてもらいたいですな」

八木には或る予感があった。それが適中しているかどうかである。

運転手が戻ってくるあいだ、三人は病院の前広場に佇んだ。四囲は山の稜線がうす青を混じえた暗い灰色の空の下に起伏をつけて下の裾野を黒々と塗りつぶしていた。雪が頬を打った。

運転手の姿が出てきた。本庄サチ子が聞いて八木と小島春子に伝えた。

「この病院に奉仕する人たちはベネディクト修道会ヴィレン修道院の修道女たちです。ヴィレンの村はここから北七キロのヘルデルン村をさらに東北へ一・五キロ行ったところにあります。高い山の裾をまわったところです。勤務員は三交代で、女子修道院から専用バスで通勤しているそうです」

「ヘルデルン村というと？」

「わたしたちが一本道の峠を越えてきて、はじめて出合った四つ辻の村ですわ。Herdernの道標が出ていました」

「あの村でしたか」

「ヴィレンは Wilen と書くそうです。……あ、それから、ザンクト・マリア病院はベネディクト修道会事業団の経営ですが、やはり信者さんの浄財援助を受けているとのことです」

「なるほど。わかりました」

高台を降りて、商店街にもどった。文房具屋が店をしまいかけているのを見ると八木は急いで車をとめさせてその前で降りた。

画用紙とマジックインキとテープとを買った。その場で、紙いっぱいに大きな文字を書いた。

《この四つ辻を東北へ一・五キロで、Wilen の修道院。木下さん。　八木》

車はフラウエンフェルトの町を離れ、高原の前にうずくまる漆黒の山塊へむかう道をたどる。

「小島さん。あの電話の主『シュタイン・アム・ラインのゾフィ・カウニッツ』の本体がどうやらわかってきたようですよ」

八木は指を揉みながら言った。

「えっ、ほんとうに?」

「このフラウエンフェルトの小さな田舎町がシュタイン・アム・ラインの有名な圏内に含まれて、その郊外といった意味に使われているらしいのは前に話しましたね」

「ええ」

「ゾフィ・カウニッツは、やはりリヒテンシュタイン公国のファドゥツに籍のあるゾフィ・カウニッツ証券の社長ですよ。そして彼女はザンクト・マリア病院の有力な寄進者にちがいありません」

小島春子は口の中で叫んだ。

「証券会社の社長さんならお金持だから、このザンクト・マリア病院に寄付できるわ。そしてその婦人社長がカトリック信者ならね。……白川さんは、そのゾフィ・カウニッツさんとお知り合いだったのね。その伝手から病院にたのんで、和子さんを女子修道院にあずかってもらったのね？」

「たぶんね」

八木はいくらかあいまいに答えた。

車は巨きな山塊ヘルンリマルトの山麓にとり付いた。ふり返ると、黒い曠野に小さな灯は散らばっているが、ザンクト・マリア病院のかたまった光は見えなかった。つき出た丘のかげにかくれているのだった。道理で往路に眼にしなかったはずである。

四つ辻にきた。ヘルデルン村である。八木は車を降りて《HERDERN》の道標の下にマジックインキで書いた紙を、上下にテープで風にとられぬようしっかりと貼った。日本文字の中に「Wilen」と入れたのは、木下信夫が乗るタクシーの運転手にも読めるようにしたのである。朝になったら村人がこの落書を破り捨てるであろう。

この村が六〇〇メートルである。ヘルンリマルト山塊のもっとも南に張り出したところにある。ブナ林の斜面には雪が積んでいる。もう少し上のほうは針葉樹がまじる。道路は車が通れるように雪かきがしてあった。わずか七キロくらいなのに、下のフラウエンフェルトの町とはずいぶん違う。

村の道はすこし進んでまた二つに岐れる。躊わずに左をとった。やや降りになる。家はつづく。帯のように細長い村だ。ヘッドライトが、ZIEGELHÜTTE の字名の道標を白く浮かした。それを境にして人家は切れた。

左側は山のかなりな急斜面が逼り、右側の道路の下は暗い崖だった。曲るたびに光芒が、葉を落したカシやブナの幹と雪を輝かした。カモシカや野兎が飛び出しそうであった。

岬のような山裾を大きく回った。尖った屋根の家がかたまって現れた。

《WILEN》の道標。

「ヴィレン村だわ」

小島春子が言った。

突然フロントガラスが絣模様になった。斜面に積んだ雪が吹きつけてきたのだった。風がある。

村の中に入った。木立に囲まれた家々が点在して、道路から小径が岐れていた。急な傾斜の屋根は大きい。切妻造りの三層の農家は大家族主義の外貌をもっているのがある。

道路の右側に低い石積みの垣や柵などが延びている。暗いスロープは牧場のひろがりである。左側はどこまでも山塊の逼った斜面がつづく。

小島春子が八木の肘をつついた。

フロントガラスの前方に尖塔が高く見えたのだ。近づく。道路はその前で曲っている。裸梢のもつれる杜が前面にたちはだかって聖堂の正面を隠していた。尖塔が突き出ているだけである。

車の音を低くし、徐行させて前庭の杜の道を回った。聖堂は北スイスに見られる古い城砦ふうのものともちがっていた。粗い漆喰壁、南北に長い二層建てだが、屋根は低く、穹窿形の窓がならぶのみ。この兵舎のような礼拝堂の横に、信者のために突出しの出入口が造られている。屋根の上に塔はあるが、低かった。

装飾的なものはなに一つない、素朴な女子修道院。中世にあった山中の修道院の姿をとどめているように見えた。さすがはベネディクト派に属する修道院。——車から降りた八木と小島春子はしばらくその前に佇んで雪明りの中の青白い建物を眺めていた。

「ここは付属聖堂だけど、ほんとの女子修道院の建物はどこにあるんでしょう？」

小島春子が言った。暗い中で吐く息が白かった。温度が低くなっている。

「この礼拝堂の裏側だろうね。ほら、横手に小門が見えている」

彼女が透かし見た。

「門は閉まっているわ」

門の上に内側から栗の枝が掩いかぶさっていた。

「あ、あの窓に灯が点いたわ」

礼拝室の入口でない、兵舎のような建物の小さな出入口の横の窓に橙色の明りがカーテンごしにともったのである。車が停まる音につづいて人声を聞きつけて、だれかが様子を見に外に出てくるようである。

八木は、本庄サチ子を呼んだ。

「ぼくは、白川敬之の代理で、高平和子に会いに来た者です、それはゾフィ・カウニッツさんから電話をもらったが、白川は日本に帰国中なので、社員のわたしが白川に代理を命じられたからです。……これから修道院の人にぼくがそう話しますから、通訳するあなたはあらかじめそう含んでおいてください」

白壁の出入口から光の輪が現れた。

懐中電灯は三人の顔を照らす。立っている側は順々に会釈をした。

先方の姿は見えないが、黒衣であるのはたしかだった。

嗄れた声で何か言った。年とった女の声である。どなたですかと言っている。

本庄サチ子が進み出て、八木が言ったとおりを通訳した。

女は一語も発しなかった。問い返しもしなかった。黙って背を回して入口へ向かった。このとき中から射すほのかな黄色い光で女の黒い輪廓がわかった。箱のような身体に首を埋めこんだような輪廓の女だった。

女がふいの客の来意を修道院の院長かその次のような地位の人に取次ぎに行ったことはたしかである。聖堂を通って、裏側の修道院へ行ったのだろう。修道院への直接の門は閉じられているのである。

それにしても、いまの修道女の態度は不愛想なことだった。用件だけを聞いて、短い返事はおろか、うなずきもしないで引込んだ。しばらくお待ちください、ということもないのである。

八木は胸騒ぎをおぼえた。これを果してあの修道女の不躾な性格だけにとるべきだろうか。夜七時ごろに約束もなしにやってきた客に憤る女の不機嫌のみだろうか。不安な予感がしだいに目の前に現れてくるように思われた。

こちらはゾフィ・カウニッツの名をはっきりと出しているのだ。推定に誤りがなければ、ゾフィ・カウニッツはザンクト・マリア病院を経営するベネディクト修道会事業団の有力な財政的援助者の一人であろう。そしてザンクト・マリア病院に奉仕するナースがこのヴィレンの修道院にいるならば、当然ゾフィ・カウニッツ女史の名をこの修道院でも尊重するはずである。

それなのに、

(ゾフィ・カウニッツさんから高平和子のことで電話をもらった白川敬之の代理で、わたしたちはここへ来た)

と言っても、金属性の物質に言葉をかけたように反応がない。

――不安な予感とは、ゾフィ・カウニッツ女史自身が電話で言ったというあの言葉。

(それでは、もう間に合わない)

白川敬之が帰国中に入院し、ギラン社長も出張中と知ったときの女史の叫びがこれであったという。

間に合わない、とはどういうことか。何が間に合わないというのか。

この絶望的な叫びの意味するものは何か。

年配の修道女は戻ってこない。

修道院長の伝える返辞に手間がかかっているのであろう。

雪がすこしずつ降ってきた。聖堂が重く暗いだけに、粉雪の白い舞いがわかる。

「どうしたんでしょうね」

小島春子が八木の傍に寄ってきた。

八木は腕時計を透かし見た。二十分をすぎていた。

「わたしたちが不意にきたことで、院長さんが会議でも開いているのかしら」

八木もちょうどそれを考えていたときであった。

　修道院側は、この時間に、高平和子のことで予期しない白川敬之の代理人という日本人たちの訪問を受けて、狼狽（ろうばい）しているようである。その対策を急いで協議しているのではないだろうか。

　とすれば、和子にとって幸福な状況ではない。不安な予感は不吉な予感に次第に色濃くなってきた。

　不安な予感は、シュタイン・アム・ラインのゾフィ・カウニッツの電話を知ったときからあった。早くシュタインへと言い出したのは小島春子のほうからである。

（和子は死んだのではないか）

　八木の胸にきざしていたこの想像は、修道院側の様子から、ほとんど間違いなく事実に思われてきた。

（それでは間に合いません）

　電話の絶望的な口調がそれを暗示している。

　支局の帰りの未明に電報局へ寄って、フィレンツェの木下信夫へシュタイン・アム・ラインに来るように手配したのも、そのためであった。

　八木さんは、どうして木下さんをシュタイン・アム・ラインに呼んだのですか、と小島春子は先刻も訊いたが、それには答えなかった。和子の死という予感を言わなければならないからであった。

靴音がした。運転手が冷たさを払いのけるように地面を歩きまわっている。

「ゾフィ・カウニッツの名で、ギラン社長あてに電話をしたのは、ここの修道院の院長さんでしょうね」

小島春子が言った。

「そうだと思うけど」

「なのに、いまさら、代理人のわたしたちの入来に院長さんはあわてていらっしゃるわ。ヘンだわ。どうしてもヘンだわ」

と呟いた小島春子は聖堂と、それに隣りする修道院の閉じた門を見つめた。

「ここはベネディクト派なのね」

「そういうことですね」

「働け、そして祈れ、がベネディクト派のモットーですってね。自給自足、教団は自らの生産で賄（まかな）う。修道院の中に畑をもち、修道士や修道女が野菜をつくり、ブドウを育てワインを醸造してこれを売り出す。そうして財源に当てる。たいていの修道院には名ワインがあるそうです。修道会というのは教会が堕落して、聖職者の地位が金銭で売買されたり、妻帯が平気だったりしたのに反逆した清貧なキリスト教徒が世俗を避けて会をつくった。そのなかで聖ベネディクトゥスの教条を奉じたのがこの派だと教科書的な本で読んだことがあります。修道院はカトリックの信仰生活の中心と聞いています。その戒律はきびしいと思いますわ」

小島春子が何を言おうとしているのか八木にはわかった。頭の鋭い彼女は察している。和子が自殺したことを。――

それを察知しているから、おしゃべりをしたのだ。

が、小島春子のベネディクト派についての饒舌（じょうぜつ）は、信者の自殺に対する戒律の峻厳な懲罰も自覚しないで暗示していた。……

このとき、往還からエンジンの音が聞えた。ドライヴァーがとび出して行くと、走ってきたタクシーの前灯は彼の姿を真白に照らした。ドライヴァーは両手を上げてタクシーを聖堂の前の径へ誘導した。車から降りたのは木下信夫で、大股で寄って迎えたのは八木だった。

「木下さん。ようこそ」

八木は手をさしのべた。

「あ、八木さん！」

木下信夫の昂奮（こうふん）が、病人のようなせわしない白い息で吐かれている。八木と手を握りながらも眼はそのうしろの暗い中にある色彩の服装に移っていた。

和子と間違えているのだ。

それと察して、小島春子が微笑して進み出た。

「小島です。おぼえていらっしゃるかしら？」

木下は黙って見つめている。

「北フランスのルアンの大聖堂の前でお眼にかかりましたわ。カフェテラスで、和子さんとごいっしょにおしゃべりしました小島春子です」

「あっ」

木下が電気にふれたような表情になった。

「和子さんにお目にかかったのはルアンだけではありません。南仏のサン・ポール・ド・ヴァンスのマーグ美術館の近くでもそうでした。そのときは、木下さんはよその美術館へおいでになっているということでしたが」

小島春子は言った。

「あとで和子さんからそれを聞きました」

木下は頭をさげた。

「和子さんとわたしの事情は、もはやご存知のとおりです。弁解の余地はありません。責任はすべてぼくにあります。和子さんは、ぼくの学者としての将来を想って、かばってくれたのです。ぼくはそれに甘えて、卑怯でした……」

「木下さん。いま、そんなことはここでは言わないことにしましょう」

八木がとめた。

「わかりました」

木下は飾りけのない、まるで倉庫のような礼拝堂を見た。それは彼がここにタクシーで到着したときから眼にとめている建物だった。

「八木さん。あなたの電報で、今朝の便でフィレンツェを発ったのですが、フィレンツェからは不便で便もすぐにはとれなかったので、こんなに遅くなりました。でも、ホーエンクリンゲンの古城の管理人やヘルデルン村の道標の貼紙のご指示で助かりました。ご親切を感謝します」

「和子さんの居場所がこの修道院とわかって、一時はどういう方法で木下さんに連絡すればいいかとずいぶん迷いましたが」

「で、和子さんは？」

木下は性急にきいた。

「三十分前にここの修道院の院長さんへの取次ぎを修道女にたのんだのですが、その修道女がまだ戻ってこないので、ここで待たされているところです」

「そうですか。すると、和子さんは、確実にここの修道院に居るんですね？」

「……そうです」

「ああよかった」

木下信夫は両手を擦って、はじめて大きな息を吐いた。

「安心しました」

八木と小島春子がそっと眼を合せた。

八木は離れたところにいる本庄サチ子を呼び、通訳さんです、と木下に紹介した。よろしく、と木下は頭をさげた。

八木と小島春子に加わって木下は聖堂の前に佇んだ。

彼は二人の沈黙に気がついたようだった。

「なんだかイタリア北部の山中にある中世の砦の廃墟のようですね。たとえばカノッサ城のような」

木下信夫は無装飾な聖堂を眺めて言った。教皇グレゴリウス七世から破門の許しを乞うため雪降る城外に立ち尽したドイツ皇帝ハインリヒ四世の「カノッサの屈辱」の名を木下が口にしたのは、この索莫とした建物を見ての連想だろうが、それというのも、八木と小島春子の沈黙に圧迫を感じた彼が、なにか言葉を出さねばならなかったのだ。

相槌を打つ者はない。八木と小島春子と、そして離れたところに立つ本庄サチ子の耳は、聖堂の中から戻る修道女の足音をひたすら待っている。

雪が、またすこしずつ降りはじめた。

——和子にはその方法しかなかったろうと八木は思う。日本には帰れない身である。白川は彼女を帰すつもりで、その時期がくるまでこの修道院に託した。

その「時期」には二つあった。当初はP2マフィアから「目撃者」として狙われることからの避難だった。そのおそれがうすくなったあとは、心の癒えである。

白川は和子をギラン銀行の社長とゾフィ・カウニッツを通じてこの修道院に預かってもらうとき、彼女は洗礼を受けているといったはずである。でなければ女子修道会がいかに寄進者の口ききでも彼女の身柄を引きうけてくれるわけはない。和子がカトリック信者だったことは、ジェノヴァのコンチネンタル・ホテルのカテドラルの見える部屋で彼女が八木に明かしたことである。……

暗い中で赤い光が燃えた。

はっと眼をむけると、木下信夫がライターの炎を煙草の先に寄せていた。が、それもまもなく雪の地上に落ちて消えた。木下がまわりの人々の異常な空気に気がついて、靴で踏みにじったのだ。

和子が夫の仁一郎と合わなかったのは八木にも十分に推測できる。ロンドンで白川の態度からそれとなく察して以来、彼女の行動からもそれはわかる。離婚を望んでいたにちがいない。

といって和子は木下をどこまで愛していたであろうか。八木は、彼女から木下との関係をついぞなにひとつ聞いたことがない。だが、彼女をジェノヴァに送る前に八木がニースのオテル・マルキーに訪ねた際だったが、木下をすでにニース空港からローマへ発たせましたといった和子の言葉をいまでも憶えている。

（木下さんには学者としての将来があります。ですから早く留学中のフィレンツェへ帰って

もらわなければいけないのです）

　ニースのホテルで和子の口からそう聞いたとき、彼女が彼を帰したい先はフィレンツェよりもむしろ東京にちがいない、と八木はその言葉から感じた。

　両人がフィレンツェからロンドンにくるまでの経緯は知っていないが、ロンドンからニースに脱（のが）れるまでの経過は推測できた。

　ロンドンのブラックフライアーズ橋下のネルビ頭取殺し事件での「目撃者」にされてＰ2配下のマフィアに追われての避難行であったが、それはそのまま両人の「不倫な恋愛」逃避行であった。

　が、その間にも別れる機会を絶えず見つけようと試みたのは和子であったろう。道徳的な問題からではない。対手（あいて）の人間性の理由からだ。木下は和子の気持を察して離れなかった。ともに生命を狙われている立場も利用しただろう。別れないでくださいと和子に哀願もしたであろう。

　それが夫の仁一郎の「間違えられた死」によって和子は解放された。「間違った恋」から解放された。

　その恋はフィレンツェで実を結んだ。和子が東京で知り合った木下とヨーロッパへ行く旅の途上のフィレンツェで邂逅（かいこう）した。そうして男が燃えた。そういう経過であったようである。

——木下さんには学者としての将来があるから留学中のフィレンツェへ戻ってもらわなけ

ればなりません。

　これほど木下へむかって冷たく手套（しゅとう）を振った言葉はなさそうである。

　その木下信夫をここになぜ呼び寄せたのか。

　小島春子の質問の意味とは別に、八木には自分でもわからない。小島春子のばあいは木下になんとなく不信感を持っているだけのことである。あるいは彼女が毛嫌いしたモンテカルロ会議参加の大学講師原章子と同質の学者という考えからかもしれない。

　木下をここへ呼んだのは、感傷的な衝動からだと八木は思う。今朝の未明、ローマ支局を出たとき、とつぜんにこの衝動が突き上がって、電報局へ走らせたのだ。

　そのときは和子の「自殺」までは頭に浮んでいなかった。だが、ゾフィ・カウニッツの電話が、彼女の身の異変を報らせている。これは木下を彼女に会わせなければならない。これだけが脳裡（のうり）を占めた。

　靴音がした。ドライヴァーが地を歩きまわっている。

　靴音がしている。こんどは運転手のものではない。また礼拝堂の中からではなかった。横の女子修道院の門内からである。

　石だたみを踏む複数のひそやかな靴音は、栗の梢（こずえ）がかぶさる修道院の門内から、あたかも聖人の円光のような大きな光を先頭にして現れた。

　その懐中電灯は、駆け寄った四人――八木正八、木下信夫、小島春子、それに本庄サチ子の顔にむかって順々に照射した。四人の側からは太陽に向かう逆光と同じで、ただ門の上に点いたガス灯の形をした外灯のうす暗い光が黒いヴェールの上を照らしていた、その群れは七人以上の人数に思われた。

これが十人以上とわかったのは、懐中電灯の強い光が消えて全体がうすぼんやりと見えてからである。黒衣ばかりの修道女が手に手に小さな棒のような懐中電灯を持っていた。真黒なヴェールの中に顔だけがくり抜いたように白い。それが中央の隠れた顔を絵画の構図的に前後をとりかこんでいる。

前面なる二人のうちの一人が声を出した。それに聞きおぼえがあるのは、最初に聖堂で遇って取次ぎに奥へ引込んだままの年配の修道女であった。

本庄サチ子が八木に伝えた。

「修道院長さまが、白川さまの代理の方にここでお会いするとのことです」

八木正八が頭をさげると、前面の修道女二人は左右にわかれた。新たに二人の黒衣がならんで進んできた。石だたみの上に徐(おもむ)ろな足どり。これが無言で号令をかけられたように左右にわかれた。先駆のあとは主役の登場であった。

女子修道院長は従者二人を従えてすすんできた。他の八人の修道女は道を開いて四人ずつ両側にひざまずく。石だたみに接吻せんばかりのひれ伏しようであった。

院長はうす暗い門灯の光で見ても、その黒衣はふくれていた。肥満した婦人のようである。

ヴェールからくり抜かれた白い顔の輪廓もまるかった。

声はふとかった。

本庄サチ子が一揖した上で、それを聴いた。

「タカユキ・シラカワ氏の代理人の日本人はどなたですか」

「わたし、八木正八です」

八木は頭をさげた。

「では、シラカワ氏の代理人のあなたにマリア・クララ・タカヒラ・カズコについてお話しします」

ごくりと唾を呑む音が傍で聞えた。小島春子の咽喉だった。

院長が話しはじめた。かなり長い。

本庄サチ子に驚愕の表情があらわれた。院長の話はひと区切りついた。通訳は困惑して、言葉を出し得ないでいた。

初老の院長は、窮して言葉を発し得ないでいる通訳をじろりと見た。うつむいた鴉のような黒衣の修道女たちも、かすかに面を上げた。

「本庄さん」

八木は低音だが、叱るように言った。

「院長さまの言葉どおりに通訳してください」

　わかりました。彼女は決心したように通訳した。

「……去る十一月十四日夜、マリア・クララ・タカヒラ・カズコは女子修道院の自室で自殺しました。睡眠薬を致死量飲用したのです。遺体はあくる朝、修道女の一人が見つけました。……けれども、当女子修道院の伝統的な内規として、警察署には病死として届け出ました。医師の死亡診断書は神さまがご配慮くださいました。神の園には、俗権の介入を許しません。マリア・クララ・カズコの遺書はありませんでした」

　これが院長の話の第一節。

(死亡診断書は神さまのご配慮)の言葉が八木と小島春子の耳をとらえた。この女子修道院の修道女たちがナースとして奉仕しているザンクト・マリア病院には医師団がいる。――泣き声が破裂した。木下信夫が突伏して背中を波打たせている。獣の声に似た慟哭。小島春子がその背を敲いて鎮まらせようとした。

院長は日本男子の泣き崩れるほうへ珍しそうに眼をやっていたが、話のつづきに入った。

　本庄サチ子の通訳。

「シラカワさんは日本へ帰国中に病気とのことでした。またゾフィ・カウニッツさんを通じて紹介のギラン銀行のギラン社長も海外旅行中で連絡がとれません。どちらもマリア・クララ・タカヒラ・カズコの遺体を引取ってもらうことは不可能です。当方に遺体を預かっておく期間は、肉体的に限界があります。待ってはいられません。もう間に合いません」

電話の主はこれで判った。ゾフィ・カウニッツの名を使ったのは、この女子修道院長。院長は話した。本庄サチ子は、その通訳にふたたびたじろいだ。

「本庄さん。どうぞ、ありのままを」

八木が督励した。

「はい、院長さまはこうおっしゃっています。キリスト教徒の自殺は神の意志に背いた心傲れる者の罪と認めます。また自殺をのぞむほどに絶望することが神に背く罪であります。よって、信者の共同墓地に埋葬いたしません。われわれ修道院の共同墓地でも、故マリア・クララ・カズコの遺体の埋葬をおことわりいたします」

女子修道院長はつづけた。

「以前はそうした神への違背者、つまり自殺したカトリック教徒の共同墓地が人知れぬ深い山奥の谷間にあったと聞きます。さて、わたしどもとしては、埋葬のかわりに、マリア・クララ・タカヒラ・カズコの遺体を火葬にいたしました」

院長は通訳によって一同が理解したとみるや、直ちに指を額に当て胸をよぎらせて十字を切った。

十人の鴉たちはそれに倣った。

院長はうしろをふりかえった。右手の木蔭から修道女の姿がもう一人あらわれた。彼女は片手に壺を抱きこみ、一方の手を小さな黒い布で当てていた。もしその壺がもっと大きかったら古代の宗教画の風俗にあるような水汲み女にも見えたくらいだった。

　肥満した院長は、その壺を修道女から小さな黒い布とともに両手でうけとった。それはタテ二十センチばかりで、肩が張っている。安ものの鼠色の陶器で、蓋をした上から十文字に針金でくくりつけてあった。

　八木は壺の内容がなにかを知って折れるように膝をついた。小島春子も坐りこんだ。が、眼はうすい門灯の下に光る二重に撚った針金に注いでいた。

　木下信夫は顔をあげて見た。

　壺を両手に捧げた院長は、日本人たちへおごそかに宣言した。

「マリア・クララ・タカヒラ・カズコは自ら生命を絶ったことによって、神の律法に傲慢にも背きました。カトリック教会法により教会の共同墓地に埋葬することを拒否することを遺族にお伝えします」

　宣告のあと言う。

「この壺には彼女のアッシェ（遺灰）が入っています。白川さんの代理人にお渡しします。お受けとりください」

　本庄サチ子は、つかえながら通訳を了えた。

　両手で受け取った刹那、壺の重さが八木の全身に伝わった。灰となった和子の重量であった。——

陶器の冷たさ。それにもまして壺の蓋ごと十字にゆわえた針金のいたいたしさが胸を衝いた。

「あんまりだわ」

小島春子が憤りの声で叫ぶと、ポケットに入れていた絹のネッカチーフをとり出してひろげた。鮮やかな色のモザイク模様だった。パリ製のもので、風呂敷くらいに広い。

小島春子は和子の遺灰(アッシェ)の壺を、原色の多い、派手な色の中にていねいに包んだ。前の黒い布はその場に残した。

女子修道院長は、和子の遺灰の壺が小島春子の手で夜目にも色も柄も派手なネッカチーフに包まれるのに眼を落して、忌わしそうに顔をそむけた。

教会や修道会の共同墓地の埋葬から拒否された遺灰の壺は、当然にその前の聖堂での儀式を受けることはなかったが、それでも壺は白い布か黒い布に包まれるのが「礼儀」だと修道院側は思っている。

キリスト教でも火葬が多くなった。その遺灰は白色の壺におさめる。白は古代の埋葬（土葬）が岩窟の中だったことに由来している。黒になったのは中世からだという。いずれにしても派手な色彩の布で包むとはもってのほか、院長にはたちまちそれが魔女の壺に変じたかのように天を仰いで十字を切った。

このとき院長の側から背高き修道女が一人、八木正八の前に進み出て言った。

「マリア・クララ・タカヒラ・カズコの遺品はすべてまとめて四日前に東京のシラカワ・タカユキ氏のアドレスあてに船便でお送りしました。これがその目録と送り状のコピーです。白川さんには郵送しましたが、代理人のあなたも眼をとおしておいてください」

そのコピーなるものを八木は渡された。修道女が懐中電灯で照らしてくれた。

遺品は旅行用の手まわりのものばかりだった。手帖は一冊もなかった。遺書はなかった。手帖は和子が死の前に焼いてしまったのであろう。

八木は院長にきいた。

「和子さんの自殺を、白川さんにはこちらからありのまま手紙でお報らせしてありますか」

「白川さんには、とりあえずマリア・クララ・タカヒラ・カズコが病気で急に亡くなりましたと手紙で報らせました」

「………」

「その手紙は、三日前に航空便で出しました」

「三日前?」

「白川さんは東京で入院中とのことです。ショックをあたえないほうがいいと思ったからです。それでなるべく遅くお報らせすることにしたのです。遺品を船便で出したのもそのためです。船便だと東京に着くまで一カ月はかかりますからね」

「………」

「彼女の自殺のことは、代理人のあなたが白川さんに報告してください。当修道院はこれで、もう関係はありません」

偽善だわ。小島春子が憤って言った。

院長のヴェールが肥満した背に垂れさがる黒い影を中心に、十一人の夜鴉にも似た一群が門を閉ざすと石だたみに靴音を残して退いた。門の灯もたちまち消えた。それに合せたように聖堂のただ一つの窓の明りは消された。

ヴィレン聖堂は夜の中から蒼白い建物をくっきりと浮き出している。

白亜が闇の中に滲み出ているのは、その漆喰塗りのためだけではない。また雪のせいだけでもない。雪は降り熄んでいた。風は強いが、いつのまにか空の全体を蔽っていた雲がちぎれて断片となり、流氷のように流れていた。そのあいだあいだを月が見えかくれし、月光が射すと聖堂の白壁が輝くのである。その瞬間は、北部スイスの山中の質素な見かけのベネディクト派聖堂が、中世の神聖さをとりもどした。

八木は和子の遺灰の壺を抱いた。彼はチューリッヒの運転手の開いたドアから座席に片足をかけて躊った。うしろには、木下信夫がシュタイン・アム・ラインから乗ってきたタクシーのそばに立っている。

八木の躊躇は、壺を木下に手渡すべきではないかという考えが湧いてのことである。迷った。その背中を無言で強く押したのが小島春子だった。壺を両手に抱いた八木は、前のめりに座席の奥へ足を進ませた。小島春子がつづいて入ってきて横にすわった。八木は彼女のモザイク模様のネッカチーフで包んだ壺を膝の上に抱えた。

窓から見ると、木下信夫がじぶんでタクシーに乗るところだった。

小島春子が八木の肘をいちど抓るように握った。和子さんの遺灰の壺は、あんたが持っているのよ、と念をおしたいようだった。助手席には本庄サチ子の背中がある。

そんなことはない、と八木は心で小島春子に反対する。自分は白川敬之の代理人として女子修道院長から高平和子の遺灰の壺を受領するまでの役だ。「和子」を抱くのは、彼女の恋人の木下信夫ではないか。たとえそれが悲劇の恋であったにしても。……

この壺は木下信夫が持ってこそ壺の中の「和子」は本望である。焼かれた手帖には、おそらく信夫あての万感をこめた文字があったにちがいないのだ。——

かりに自分に関する文字があったとしても、それは旅の途上で遇った行きずりびとにすぎぬ。

車は吹雪の道をすすんだ。

空にちぎれ雲が走って、月が出没する。降雪はやんでいる。

吹雪は地面から間をおいて湧きあがってくる。高原との高差わずか一〇〇メートル。だが、ヘルンリマルト山塊（最高峰六七〇メートル）の東麓は原生林と原野の間についた道である。山麓の深い積雪がその道に逼る。幅せまく、雪積む。烈しい風が積雪を吹き上げる。いうところの地吹雪である。

ワイパーは懸命に回転して、フロントガラスが扇形に拭われても忽ち白色のスクリーンで蔽われる。幸いなことに、地吹雪は、強風のときだけにおこるから間歇的である。その隙間に運転手の見通しがいくらかきく。

それでも道を間違えた。運転手にとっては初めての土地。巨大な山麓の地形が似ているうえにヘッドライトにあたる地吹雪の目つぶしに気を取られた。

あきらかに逆方向に進んでいた。このあたり村もなければ部落もない。道標もない。道は一本。それに雪が三十センチは積もっている。車はタイヤにチェーンを巻いているが、これで乗りきれるかどうか。地からの吹雪は、ライトの光芒と月明を浴びて耀く怒濤の打ち上げにも見えた。

ふりかえれば後続のタクシーの間も地吹雪が波立っている。もはや引返しはできない。

ドライヴァーは地図を持たぬ。だが、八木にはこの道がほぼ円形の中央山塊を半周しているという概念があった。エシェンツからフラウエンフェルトの町へ来たとき通った街道が山塊の西麓だから、東麓は、道はたとえ村道にあたろうとも、環状となって北のエシェンツ街道へ合流できるのではないか。

この想定を八木が助手席の本庄サチ子を通じてドライヴァーに言うと、小肥りの彼も猪首をうなずかせた。彼の頭にもその地形は描かれているらしい。後退が不可能だから、前進するしかない。道を間違えたのはドライヴァーの責任。ただ運転席になんども臀を坐り直し、ライトの先を凝視してハンドルをしっかと握った彼のうしろ姿は緊張の仁王姿であった。風は森林の密なる梢を摺り合せて轟と鳴り渡る。吹雪が地から噴き上がる。フロントガラスが一瞬に白いスプレーでふきつけられたようになる。車は思うようには進まぬ。

「ここで降りよう」

壺を膝に抱いた八木が突然言った。

小島春子がおどろいて彼を見た。

気がかりげに窓の外をのぞいていた助手席の本庄サチ子が、これもびっくりしてふりかえった。

「こんな場所で降りて、どうするんですか」

小島春子が、大きな眼をひろげてきいた。

八木は山麓の斜面をのぞいている。スギやケヤキに似たまっすぐな幹の森林が雪明りの中につづいていた。ブナはアルプスの七〇〇メートル以下の地帯に多い。林の間だから風は強くは入らず、吹雪にはなっていない。

「あのブナの木の下で、和子さんの遺灰を、木下さんに撒いてもらおうと思うんです」

八木は膝の上の壺を抱えて言った。壺は、日本と同じ遺骨壺の形で、うす鼠色をした安ものの陶器。

小島春子が、あっ、といった顔になった。

「ヨーロッパやアメリカには日本とちがって仏教がないから、火葬でも遺骨を採取する風習はありません。こっちの火葬場では日本とは違った装置で焼くのではじめから白い灰になってしまう。英米ではホワイト・パウダリィ・アッシュといっているくらいです。だが、この遺灰をかりに『遺骨』と考えれば、やはり木下さんが最後まで抱いて持つべきだと考えるんです。ぼくはね、和子さんには遺書も手帖もなかったそうだが、手帖は和子さんが焼いたと思う。その手帖には、仁一郎氏のことよりも、木下さんのことがたくさん書かれてあったような気がするね」

「たぶんね」

「木下さんにこの遺灰の壺を渡すのがほんとうだ。しかし、木下さんも、この壺を持って帰るわけにはゆかない」

「………」

「だから、ここで、木下さんに和子さんの遺灰を撒いてもらいましょう。異郷の山野ですが、和子さんは日本には帰れないと諦めていたんです。そのために自殺したひとです。恋人の手で、自分の遺灰が雪のスイスに撒かれたほうが、どんなに仕合せかわからないと思う」

小島春子が、こっくりうなずいた。

「賛成します。八木さん。……ヴィレンだのヘルデルンだのフラウエンフェルトだのヘルンリマルトだのなんて、日本人のだれも知らない土地で自分の遺灰(アッシェ)が撒かれるのは、和子さんも本望だわ」

そのあと、彼女は溜息をついて言った。

「わたしも死んだら、だれかにたのんで、そうしてもらいたいわ。……」

ゆるやかなカーヴの地点にきた。向い風が防げたので、地吹雪はなかった。斜面側に車を寄せた。降りてみてわかったことだが、道の一方の原野は、断崖になっていた。

うしろのタクシーから降りた木下信夫が近づいてきた。

「どうしたんです？」

八木は彼に歩み寄って、スカーフに包んだ壺をさし出した。

「これは和子さんの遺灰です。木下さん。あなたも聞かれたように、教会側は、和子さんがカトリック信者だというので教会の共同墓地に埋葬してくれません。だから、これは和子さんの骨壺(こつつぼ)だと思って、あなたがお持ちください」

八木は木下信夫にスカーフに包んだ壺を渡した。

「ぼくが、ですか」

壺を抱えた木下に当惑の表情があらわれた。

「あなたのほかに居ないと思うんです」

「しかし、八木さんは白川敬之さんの代理として修道院からこの遺灰壺をうけとられたのでしょう？　白川さんがローマに来られるまでいちおうこれを預かっておく義務があるんじゃないですか」

「筋道としてはいちおうそのとおりですが、わたしの知っている和子さんは日本へ帰る意思はなかったと思うのです。白川さんがこれをローマから日本へ持ち帰って遺族に届けても、仁一郎氏はあのような結末になり、そのはてに自殺した和子さんの遺灰を遺族は歓迎しないでしょう」

木下信夫はうつむいた。

「木下さん。あなたはこの遺灰をフィレンツェにお持ち帰りはできないでしょうか」

「はあ。それはちょっと……」

木下は口ごもった。

「わかりました。それなら、これを東京へ持って帰るのは、なおさらご無理のようですね。そこで、これはわたしの考えですが、和子さんの遺灰を、この雪の山に撒いてはどうでしょうか」

「山にですか」

木下は顔を上げた。表情は一変し、喜色に溢(あふ)れていた。

「そりゃア、いい着想です。素晴らしいアイデアです。芸術的ですよ。和子さんもどんなによろこぶかわかりません」

胸をなでおろした安堵と昂奮とがのぞいていた。

小島春子が、木下の様子をじろりと見た。

膝の上まで没する斜面を登った。ブナの林は近い。落葉した梢は上で網目になってかすみ、三十メートルの天辺（てっぺん）まで見えた。灰色の大きな幹の下で、小島春子が木下の抱えた壺の包みを置かせ、スカーフを解いた。

夜の雪の上に、スカーフのモザイク模様がひろがった。地色はピンク、配する幾何学文様には、エメラルドグリーン、ヴァーミリオン、レモンイエロー、ヴィリディアン。目のさめるような色彩である。——

遺灰の壺が安置された。いっしょについてきたドライヴァーが十字に縛った針金を解いた。ズボンの膝をそろえて坐った木下の手で蓋が除（と）られた。

斜面からは起伏をくりかえす高原一帯が見おろせた。雲の速い流れはやまず、月光射すときは雪かがやき丘の影や杜（もり）を黝（くろ）くふちどり、雲さえぎるときは平板な幽暗の天地に変ずる。

木下信夫の手で蓋が除られると、壺の口からは白い煙が風に乗って下の高原へむかって流れはじめた。

和子の遺灰であった。

「おう、和子さん。ああ、ああ、和子さん。消えないでくれ。もっと、ぼくと、ここに居て。ここに居て。ああ、和子さん」

木下信夫が泣き、叫び、雪に伏した。

突然、その壺が横から伸びた手で取り上げられた。

小島春子が腕の中に抱えこんでいた。

「な、なにをする！」

木下は彼女を見上げ、膝を立てて叫んだ。

「木下さん。あなたそれはゼスチュアだわ。和子さんの遺灰(アッシェ)を撒く資格は、あなたにはないと思います。……ほんとうは八木さんにありますよ」

小島春子が嗤(わら)って言った。

「そんな、バカな」

木下が彼女につかみかかった。

肩のいかつい運転手が前に出た。木下を両腕で熊のように押した。木下は声も立てずに雪の斜面を転がり落ちた。

「大丈夫。あとから這い上がってきます」

本庄サチ子が、笑っている運転手の言葉を伝えた。

「八木さん。和子さんをあなたの手で、早くこのスイスの山野に撒いてあげてください」

小島春子が壺の前を指した。

八木正八はそこに膝を折った。小島春子もならんで坐った。本庄サチ子もそれにならった。

濁ったグレイの、太い幹がならぶブナ林から吹く風に、一筋の白い煙は下へ、流れて行く。下は地吹雪。消えなければ、斜面のブッシュの雪の上に、残りは地吹雪といっしょになろう。

小島春子は手を合せた。

壺の中はしだいに少なくなってゆく。北スイスの高原へ向かう白い筋は訣別（けつべつ）とも映る曲線の変化を描いて流れつづく。

「さよなら。……」

きれいだわ、和子さん。

小島春子が手を振った。

月の空には雲がまだ流氷のように動いている。

「八木さん。あなたの和子さんへの気持、わたしにはわかっていましたよ」

八木は鼠色の陶器を傾け、和子の白い灰の最後までを風に託し高原に渡していた。

（完）

解説

山前（やまえ）譲（ゆずる）
（推理小説研究家）

質的にも量的にも圧倒されるばかりの松本清張作品のなかで、光文社文庫の〈松本清張プレミアム・ミステリー〉として刊行された『黒の回廊』のように、海外を舞台にしている作品には独自の輝きがあるのではないだろうか。海外渡航が自由化されたのは東京オリンピックが開催された一九六四年のことだったが、松本氏は早速その年、ヨーロッパを旅している。その後も幾度となく海外へ足を延ばして取材を重ね、やはり〈松本清張プレミアム・ミステリー〉の一冊である『アムステルダム運河殺人事件』など、多彩な作品を紡いでいた。

その〈松本清張プレミアム・ミステリー〉の第六弾は『高台の家』、そして『翳（かげ）った旋舞（せんぶ）』と刊行されたが、それに続くのがヨーロッパを舞台にした『霧の会議』である。しかも上下巻の大作だ。

この長編での、日本からヨーロッパへのルートは三つある。道ならぬ恋に陥ってしまったカップルの旅、モナコ公国のモンテカルロで開催される「精神武装世界会議」に参加した文化人たちの旅、そして妻への疑念を確かめようとする画家の旅——だが物語はまず、ロンドンで幕を開ける。

一九八二年十月、「中央政経日報」ローマ支局に雇われている八木正八が、フリート街にある同紙のロンドン総局を訪れている。イタリアから密かに出国したロンバルジア銀行頭取のリカルド・ネルビを、彼は追いかけていた。ネルビは「P2」、すなわちフリーメーソンの「プロパガンダ第2部」の最高幹部のひとりでもあったが、カトリック教会の総本山であるヴァチカンとの癒着や、マネーロンダリングや違法送金など幾つかの疑惑で当局から追及されていた。

ヴァチカン銀行と称されるヴァチカン修道会信用金庫は、ローマ教皇庁の財政管理と資産運営を掌(つかさど)る組織で、「神の銀行」とも呼ばれる。その実態は上巻に詳しく語られているが、それはまさに「黒い霧」と言えるだろう。その「黒い霧」の中心にいるネルビが姿を消した。ローマ市警の刑事が追跡し、ロンドンで彼を見張っていたが、八木はその捜査に密着取材していたのである。ところがネルビがテムズ川で首吊り死体で発見されて……。

『霧の会議』の発端となっているこのミステリアスな事件は、実際の事件をモチーフとしている。一九八二年六月十八日の朝、イタリア最大の銀行であるアンブロシアーノ銀行のロベルト・カルビ（カルヴィとも表記される）頭取の死体が、まさに作中に描かれているような状況で発見されたのだ。その死にいたるまでの経緯もほぼ現実をなぞっている。『アムステルダム運河殺人事件』のほか、『小説帝銀事件』、『黒い福音』、『風の息』、『疑惑』など、現実の謎めいた事件をモチーフにしての松本作品は読者を魅了してきたが、『霧の会議』も虚実ない交ぜの展開が興味をそそっていく。

その銀行頭取の死に関わってしまったのが、ともに結婚している高平和子とルネッサンス美術史が専攻の木下信夫助教授だ。ラテン語の講座が縁で知り合い、恋に陥ってしまったふたりだが、敬虔なカトリック信者である和子には、夫の仁一郎との離婚という選択肢はない。ただカトリック信者だという縁で結婚した仁一郎に、愛を感じなかったとしても、そして信夫を追ってヨーロッパへ向かい、ロンドンで愛を育んだとしても……。そんな不安な思いをさらに募らせたのが、ネルビの怪死事件なのだ。事件が起こったときその近くにいただけでなく、もっと深い接点があったのだ。危機を感じたふたりはロンドンを離れるのだが……。

下巻はその和子と信夫の、パリでの不安な思いから幕を開ける。ふたりは、そして和子の夫である仁一郎は、まるで磁石に吸い付けられるように、モンテカルロで開催される「精神武装世界会議」に引きつけられていく。もちろん八木もだった。その会議の怪しげな雰囲気と新たな死……。下巻では、銀行頭取の死を発端とする新たな事件が、思いもよらぬ名探偵の登場とともに、ミステリーとしての興味をそそっていく。

『霧の会議』は「読売新聞」に二年の長きにわたって連載された後（一九八四・九・十一～一九八六・九・二十）、一九八七年七月に文藝春秋より上下巻で刊行された。やはり上下巻で文春文庫から一九九〇年六月に刊行されているほか、文藝春秋版『松本清張全集61』（一九九五・十）としても刊行されている。

連載の前に、以下のような「作者の言葉」が掲載された（「読売新聞」一九八四・九・六）

恋愛は当事者どうしの誓約という意味で宗教的なところがある。それが「不倫」であればもっと秘儀を帯よう。一方、イタリアでは中世宗教的な盟約の下に結ばれた金融マフィアがあり、世界の各所に手をひろげている。恋愛という「個」の宗教性がある機会から組織の暗黒宗教にふれたときの場合を、小説に想定したいと思う。


ここに作品全体を貫く創作の意図が端的に述べられている。

また、連載開始直前には、記者のインタビューに答えてタイトルの意味するところを語っていた（「読売新聞」夕刊　一九八四・九・十）。それによれば、「会議」には〝人間の意志ではどうにもならない超自然的なものが働いている場所という意味〟を持たせたという。そこには神々のようなものが集まっていて、霧のイメージから、〝会議に出る神々は、悪い神、悪魔的な神々になります〟としていた。具体的な会議はこの下巻のほうで描かれているが、「霧の会議」というタイトルが醸し出すイメージが、一段とミステリアスなものにしている。

また、連載終了直後に発表されたエッセイではこうも述べていた。

新聞小説として「新機軸」を出してみたいという気持があった。ぜんぶ外国にする。じっさい、ロンドンと地中海沿岸とスイス北部を舞台とし、日本は数章しか出さなかった。主な人物も外国人は直接に登場させず、日本人だけにした。この試みが成功しているかどうかは、擱筆直後の作者にはわからない。

――「霧の会議」を終えて（「読売新聞」夕刊　一九八六・九・二十二）

その背景には綿密な取材があった。

連載開始の数か月前、松本氏は物語の舞台を精力的に取材しているが、その様子は「フリーメーソンP2迷走記　――ヨーロッパ取材日記――」（「別冊文藝春秋」一九八四・九）で窺うことができる。出版社主催のヨーロッパ講演会に合わせてのもので、成田を飛び立ったのは一九八四年五月二十八日だ。

フランスのパリ、イギリスのロンドン、ハイランド地方、ドイツのジュセルドルフなどを回って講演会をこなした後、単独行となり再びパリへ向かったのは六月七日である。そこまでも講演の合間を縫って取材を重ねていたが、モンテカルロ、イタリアのミラノ、スイスのジュネーヴとベルン、そして再びロンドンへ向かうという後半の旅は、『霧の会議』の構想に沿ってのものである。成田帰着は十九日で、取材は約三週間にもなった。

ロンドンに着くとまず頭取の死体発見現場に足を向けている。やはり自分の眼で確認しなければ、怪死の謎には迫れないのだ。そして、事前にアポイントメントを取っていた関係者から、事件の背景を聞き出している。一方、旅の折々で現地の日本人銀行員からヴァチカンを巡る金融事情を取材するのだった。そして予定の旅が終わったところで、カルビが泊まったホテルが判明したことから、一日旅程を延ばしてまたロンドンを訪れる。そのホテルでの知見がこの物語の鍵を握ることになるのだ。

『霧の会議』の取材では、約千枚もの写真を撮ったという。また松本氏は取材行ではいつも、朝早く起きて前日の知見を詳細にまとめるようだ。時にはスケッチも添えられる。そんな綿密な取材が圧倒的なリアリティをもたらしている。

『霧の会議』の取材は一九八五年十月にも行われているが、それは別の作品のためにスコットランドほかを取材をしたあとのことだった。この頃、松本氏は毎年海外を訪れている。一九八三年には中国やインド、一九八六年にはオーストリアやチェコスロバキア、一九八七年には二度のヨーロッパと、七十代半ばから後半という年齢を考えると、まさに超人的である。そうした取材は、『暗い血の旋舞』、『赤い氷河期』、『詩城の旅びと』といった長編、あるいは古代史関係の著作に結実した。

カルビ事件に関しては、『霧の会議』の連載中の一九八五年二月、ラリー・ガーウィン

『誰が頭取を殺したか』（新潮文庫　飯島宏訳　原著の刊行は一九八三年）が翻訳刊行されている。また、一九八五年四月に刊行されたデイヴィッド・ヤロップ『法王暗殺』（文藝春秋徳岡孝夫訳　原著の刊行は一九八四年）はヨハネ・パウロ一世の死に迫ったものだが、その謎の死に至るまで、カルビは重要な登場人物となっている。

最初は自殺とされたものの、遺族は納得せず、スコットランド・ヤードの再捜査によって一九九二年に他殺と判断されたという。そして二〇〇五年、イタリアの司法当局は容疑者を特定して殺人罪で起訴したが、証拠不十分で被告は無罪となっている。『法王の銀行家　ロベルト・カルヴィ暗殺事件』（二〇〇二）という映画も製作されているほどで、ヨーロッパではまだこの事件の余波が残っているようだ。

だからこの『霧の会議』もいまだ進行形である。現実の事件の謎解き、上下巻なのにもかかわらず途切れぬサスペンス、錯綜する人間関係、ヨーロッパ各地の旅情豊かな風景、恋愛関係を織り込んでの人間心理の文、そしてリリカルなエンディングと、さまざまな魅力で読者を虜にする長編である。

一九九〇年六月　文春文庫刊

※本文中に、「浮浪者」「アル中」「痴呆」「外人」など今日の観点からすると不快・不適切とされる用語や、「知能の低いマフィア」「少しでも昂奮すると、ハンドルから手をはずして大げさな身ぶりになるのがラテン系人間の癖である」「直感はあるがプロセスの論理がない（中略）女性特有の感覚と才能」など、特定の職業・民族・性別への偏見に基づく表現が用いられています。しかしながら編集部では、本作が成立した１９８７年（昭和62年）当時の時代背景、および作者がすでに故人であることを考慮した上で、これらの表現についても底本のままとしました。それが今日ある人権侵害や差別問題を考える手がかりになり、ひいては作品の歴史的価値および文学的価値を尊重することにつながると判断したものです。差別の助長を意図するものではないということを、ご理解ください。

※この作品はフィクションです。実在の人物、団体、名称等とは一切関係がありません。【編集部】

光文社文庫

長編推理小説
霧の会議（下）　松本清張プレミアム・ミステリー
著者　松本清張

2020年3月20日　初版1刷発行

発行者　鈴木広和
印刷　堀内印刷
製本　榎本製本

発行所　株式会社　光文社
〒112-8011　東京都文京区音羽1-16-6
電話（03）5395-8149　編集部
8116　書籍販売部
8125　業務部

ISBN978-4-334-77993-1　Printed in Japan

組版　萩原印刷

光文社文庫　好評既刊

影の車	松本清張
殺人行おくのほそ道（上・下）	松本清張
花氷	松本清張
湖底の光芒	松本清張
数の風景	松本清張
中央流沙	松本清張
高台の家	松本清張
翳った旋舞	松本清張
京都の旅　第1集	松本清張 樋口清之
京都の旅　第2集	松本清張 樋口清之
恋の蛍	松本侑子
島燃ゆ　隠岐騒動	松本侑子
敬語で旅する四人の男	麻宮ゆり子
仏像ぐるりのひとびと	麻宮ゆり子
バラ色の未来	真山仁
新約聖書入門	三浦綾子
旧約聖書入門	三浦綾子
泉への招待	三浦綾子
色即ぜねれいしょん	みうらじゅん
セックス・ドリンク・ロックンロール！	みうらじゅん
極め道	三浦しをん
舟を編む	三浦しをん
江ノ島西浦写真館	三上延
殺意の構図　探偵の依頼人	深木章子
交換殺人はいかが？	深木章子
グッバイ・マイ・スイート・フレンド	三沢陽一
少女たちの羅針盤	水生大海
冷たい手	水生大海
プラットホームの彼女	水沢秋生
古書ミステリー倶楽部	ミステリー文学資料館編
古書ミステリー倶楽部Ⅱ	ミステリー文学資料館編
古書ミステリー倶楽部Ⅲ	ミステリー文学資料館編
電話ミステリー倶楽部	ミステリー文学資料館編
名探偵と鉄旅	ミステリー文学資料館編

大下宇陀児 楠田匡介 ミステリー文学資料館編
甲賀三郎 大阪圭吉 ミステリー文学資料館編
森下雨村 小酒井不木 ミステリー文学資料館編
少女ミステリー倶楽部 ミステリー文学資料館編
少年ミステリー倶楽部 ミステリー文学資料館編
ラットマン 道尾秀介
カササギたちの四季 道尾秀介
光 道尾秀介
赫眼 三津田信三
聖餐城 皆川博子
海賊女王(上・下) 皆川博子
ポイズンドーター・ホーリーマザー 湊かなえ
姐御刑事 南英男
爆殺 南英男
殉職 南英男
警察庁番外捜査班 ハンタークラブ 南英男
主犯 南英男

便利屋探偵 南英男
組長刑事 南英男
組長刑事 凶行 南英男
組長刑事 跡目 南英男
組長刑事 叛逆 南英男
組長刑事 不敵 南英男
組長刑事 修羅 南英男
警視庁特命遊撃班 南英男
はぐれ捜査 南英男
惨殺犯 南英男
猟犬魂 南英男
闇支配 南英男
告発前夜 南英男
仕掛け 南英男
獲物 南英男
監禁 南英男
星宿る虫 嶺里俊介